심연 속의 나

DONATO CARRISI

심연 속의 나

IO SONO L'ABISSO

도나토 카리시

이승재 옮김

검은숲

내가 쓴 가장 아름다운 이야기인 두 아들,
안토니오와 비토리오에게

인간이 나를 측은히 여기지 않는데,
왜 내가 인간을 가엾게 여겨야 하지?
—《프랑켄슈타인》(메리 셸리, 1818년)

그가 집에 있어!
—〈프랑켄슈타인〉(제임스 웨일 연출, 1931년)

6월 7일

맨 위에 적힌 간판 문구에 글자 몇 개가 빠져 있고, 또 몇몇 글자
는 일그러져 있다. 고작 다섯 살이라 아직 학교에 다닐 나이는 아
니었지만, 소년은 G와 H를 알아볼 수 있고, 작은 동그라미가 지
금처럼 무언가에 놀랐을 때 자신의 입술 모양과 똑같은 O라는
것도 알고 있다.

"그랜드 호텔(Grand Hotel)이라고 읽는 거야." 베라는 아이를
위해, 조용히 자신들을 기다리고 있는 커다란 건물을 가리키며
간판 문구를 읽어주었다. "내가 뭐라고 했지? 커다란 호텔에 가
서 아주 커다란 모험을 하게 될 거라고 했잖아?"

닫혀 있는 창문은 감은 눈 같았고, 벽에 난 금은 눈물이 흘러
내리다 마른 흔적 같았다. 더는 유쾌한 분위기가 느껴지지 않는
간판 문구나 알록달록한 그림은 마치 나이 들고 상처 입은 거인
같은 분위기만 풍겼다. 나무판자로 막혀 있는 자동 회전문은 고
장 난 회전목마 같았다. 아스팔트를 뚫고 나온 소관목들은 마치

무덤에서 튀어나온 손가락뼈처럼 여기저기서 자라고 있었다.

보이지 않는 매미 떼의 합창 소리 외에, 들리는 거라고는 베라의 발소리와 아이가 신고 있던 해변용 샌들이 바닥에 쓸릴 때 나는 마찰음이 전부였다. 파란 반바지와 셔츠 차림의 아이는 자기 보폭에 맞춰 걷는다기보다 억지로 끌려가는 듯 보였다. 반면, 한 마리 분홍색 홍학같이 호리호리한 몸매를 가진 베라는 반짝이는 끈 달린 샌들을 신고 자신만만하게 걸었다.

햇살에 눈이 부신데도 아이는 고개를 들고, 옆에서 걷고 있는 여자를 감탄 어린 눈빛으로 올려다보았다. 그녀는 고양이 눈 모양에 짙은 색 알이 들어간 선글라스를 끼고 있었고, 아이가 그토록 좋아하는 밀짚모자를 붙잡으려고 팔을 올릴 때마다 팔꿈치까지 흘러내리는 굵직한 팔찌를 세 개나 차고 다녔는데, 그중 분홍색 끈으로 된 팔찌는 둘이서 기념품 가게에 갔다가 몰래 가지고 나온 것이었다. 가게를 나서기 전에 아이는 그 팔찌를 차보라고 했고, 그녀는 아이를 기쁘게 해주기 위해 그 부탁을 들어주었다. 베라는 반바지와 티셔츠 안에 유명 영화배우처럼 초록색과 노란색 꽃무늬가 들어간 비키니 수영복을 입고 있었다. 가볍게 휘날리는 백금색 머리카락은 아침 햇살을 받아 빛났다. 매끈하고 부드러운 살갗에는 아주 가까이 가야만 보일 정도로 작은 점들이 여러 개 있었다.

그녀를 유심히 살피던 아이는 문득, 슬프다는 생각이 들었다. 가끔이긴 하지만 자신에게 이렇게 아름다운 엄마를 가질 자격이 있는지 의문이 들었기 때문이다. 땅딸막한 데다 볼품없는 자신과 달리 엄마는 너무나 완벽하니까.

"빨리 좀 올래? 이제 거의 다 왔잖아." 베라는 다소 성가시다는 듯한 말투로 아이를 다그쳤다.

아이는 숨을 헐떡였다. 베라에게 조금 천천히 걷자고 부탁하고 싶었지만, 그냥 아무 말도 하지 않았다. 그녀가 손을 확 놓아 버릴까 두려웠기 때문이다. 베라와의 물리적인 거리가 이렇게 가까운 건 극히 드문 일이라, 땀이 배어 축축한 자신의 손을 그녀가 아직도 잡아주고 있다는 사실이 믿기지 않았다.

하지만 오늘은 특별한 날이다.

베라는 타월과 도시락을 마구잡이로 쑤셔 넣은 커다란 가방을 어깨에 메고 있었다. 샌드위치 두 개와 콜라 두 병. 덕분에 볼로냐산 모르타델라 소시지 냄새가 코를 간질이고 작은 유리병이 서로 부딪치는 소리가 귀를 자극했다.

오늘은 두 사람이 커다란 모험을 하게 되는 날이다.

벌써 몇 주 전부터 그 이야기만 해온 터였다. 무엇보다 믿을 수 없었던 건, 이 커다란 모험을 제안한 게 그녀라는 사실이었다. 아이는 매번 그러하듯 이번에도 베라가 까맣게 잊고 지나갈 거라 생각했었다. 천만의 말씀. 베라는 아이에게 약속까지 했고, 보다시피 지금 이렇게 약속을 지키는 중이다.

아이는 커다란 모험을 경험할 장소가 이런 곳이 되리라고는 상상하지 않았지만, 어쩔 수 없는 일이다. 적어도 이번만큼은 두 사람 주변에 파리 떼 같은 남자들은 없으니까. 아이는 거리를 걸어 다닐 때 베라 쪽으로 방향을 틀고 두 눈으로 그녀를 감싸 안고는, 마치 파리 떼처럼 무슨 뜻인지 알 수도 없고, 신경만 거스르는 이상한 소리를 내는 남자들을 그렇게 부른다. 그런데 그런 순간에도 베라는 자기만 못 보고 못 들은 사람처럼 행동한다. 그런 남자들 중에 가끔은 그녀를 웃게 만드는 사람도 있다. 그러면 베라는 자기 아들의 의사는 묻지도 않고, 그를 자신의 삶 속으로 끌어들인다. 그런데 오늘만큼은 다르다. 오늘만큼은 아이 엄마를 웃게 할 남자도 없고, 아이 엄마로 하여금 아들의 존재를 까맣게 잊게 할 남자도 없을 것이다.

오늘만큼은 베라는 아이의 차지였다. 오직 아이만의 베라였다.

이제는 알 것 같았다. 파리 떼 같은 남자들은 언제든 오고 가지만, 오래 머물지 않는다는 것을. 어느 순간이 되면, 베라가 먼저 남자들에게 싫증을 낸다. 그러면 베라는 파리 떼 남자들을 무시하는 단계로 넘어가고, 아이는 그런 상황에 적응해나간다. 그렇게 오가는 남자들 중에는 이따금 아이의 존재를 인식하고는 아버지라도 되는 듯 가르치려 드는 남자도 있기 마련이다. 그런 남자에 대한 마지막 기억은 겨드랑이에 남은 흔적이었다. 뜨거운 담뱃불이 남긴 흔적.

아이는 친아버지가 누구인지 모른다. 아버지가 누구냐고 베라에게 물어본 적도 없다. 아마도 길 가다 만난 파리 떼 남자들 중 하나였을 것이다. 그렇게 사라지기 전에 베라의 배 속에 추악함의 씨를 뿌리고 가버린 키 작고 뚱뚱한 파리 떼 남자. 그 씨가 자라 아이가 된 것이다. 아마도 그래서 베라는 아이가 자신을 '엄마'라고 부르지 못하도록 했을 것이다. 아이는 오직 머릿속으로

만 '엄마'라는 단어를 사용한다. 그리고 두 사람은 '가족'이라는 단어도 서로 사용하지 않는다. 하지만 그런 베라도 이것만큼은 알고 있다. 아이를 낳은 부모는 아이에게 세상사를 가르치고, 아이가 그것을 배울 수 있도록 해주어야 한다는 사실. 예를 들면 이런 것이다. 두 사람은 몇 주 전에 어느 '가족'이 등장해 바닷가로 나들이 나가는 영화를 함께 보았다. 그 가족 중에는 자신 같은 어린아이가 하나 있었다. 그 아이의 아빠는 아이에게 잠수용 물안경을 주면서 어떻게 사용해야 하는지를 가르쳐주었다.

커다란 모험과도 관련이 있는 내용이었다. 베라가 아이에게 수영하는 법을 가르쳐주겠다고 약속했던 것이다.

아이에게는 수영복이 없었다. 하지만 떠나기 전에 베라에게 그 사실을 알리자, 베라는 이렇게 대답했다. "수영복 따위는 필요 없어. 팬티만 입어도 충분하니까."

그 순간, 아이는 아무래도 상관없었다. 아이는 미친 듯이 두방망이질하는 가슴으로 베라를 따라 덤불 속으로 걸어 들어가 깨진 돌덩어리나 유리 조각 등을 뛰어넘어 그랜드 호텔 뒷문으로 들어갔다.

"내가 뭐라고 그랬어?" 베라는 한껏 들떠서 강낭콩 모양으로 생긴 수영장을 가리키며 탄성을 내지르듯 큰 소리로 말했다.

아이는 잡고 있던 어머니의 손을 놓고 그 자리에 못 박힌 듯 그대로 서 있었다. 고작 다섯 살 꼬마에 불과했지만, 아이는 환상을 믿는다는 게 얼마나 괴로울 수 있는지 이미 경험을 통해 알고 있었다. 그 환상이 베라의 생각에서 비롯된 것이라면 더더욱.

하지만 이번만큼은 경우가 달랐다. 아이는 북받치는 감정에 목이 메었다.

물은 시커먼 색이었다. 벌레들과 잠자리 몇 마리가 수면 위로 낮게 날아다니고 있는데, 수면을 가만 보니 마치 투명한 막 같은 게 떠올랐다.

"왜? 뭐가 마음에 안 든다는 거야?" 베라가 짜증스럽게 물었다.

"아무것도 아니에요."

도저히 믿을 수 없었다.

"왜 그러는지 말해봐. 뭐가 마음에 안 든다는 건데?"

아이는 실망감을 감출 수 없었다.

"당장이라도 집으로 돌아갈 수 있어." 베라가 협박조로 말했다.

"아니에요! 여기 있어요." 아이는 자신이 모든 걸 망쳐버릴까 두려워서 애원하듯 말했다.

베라는 아이를 쳐다보면서 선글라스 위로 한쪽 눈썹을 살짝 치켜올리더니, 가방에서 타월 하나를 꺼냈다.

"일광욕하기 좋은 자리를 찾아보자."

두 사람은 여기저기 구멍이 뚫린 선베드 사이에 자리를 잡았다. 베라는 반바지와 티셔츠를 벗고 바닥에 누웠다.

"너는 옷 안 벗어?"

아이는 반바지를 벗고 다음으로 셔츠를 벗었다. 엄마가 그 과정을 뚫어지게 쳐다보고 있어서 불편했다. 아이는 엄마가 자신을 땅꼬마 돼지나 비곗덩어리 정도로 여길 거라 예상하고 있었다. 평소처럼. 그런데 이번에는 달랐다.

"왜 같이 안 들어가요?"

아이의 반응을 본 베라는 깔깔대며 웃다가 가방을 뒤적였다.

"너한테 줄 깜짝 선물이 있는데⋯⋯."

깜짝 선물? 엄마가 주는 깜짝 선물은 대부분 그리 반갑지 않은 것들이었다. 생일 선물을 사러 갔다 온다고 말해놓고 사흘 동안 집에 혼자 남겨뒀던 지난번처럼.

하지만 베라는 가방에서 팔에 차는 암 튜브 한 쌍을 꺼냈다.

"처음에는 이걸 팔에 차야 될 거야. 그럼 빨리 배울 수 있어."
베라는 그렇게 말하고는 암 튜브에 바람을 불어 넣었다.

도저히 믿기지 않았다. 베라는 이미 전에도 아이를 위해 가게나 슈퍼마켓에서 물건을 훔친 적이 있었다. 신발이나 옷가지 등등⋯⋯. 장난감을 포함해 아이가 가지고 있는 모든 건 훔치거나 쓰레기통에서 찾아낸 것들이었다. 암 튜브가 부풀어 오르자 베라는 아이가 팔에 찰 수 있게 도와주었다. 아이는 신이 나서 자신의 팔을 감싸고 있는 오렌지색 튜브를 이리저리 살펴보았다. 이제 남은 것은, 안이 들여다보이지 않는 탁한 물속으로 들어갈 용기를 내는 일이었다.

"자, 이제 다 됐어." 베라는 아이를 부추겼다.

아이는 자신 있게 앞으로 걸어가다가 갑자기 걸음을 멈췄다. 엄마가 옆에 없었기 때문이다. 여전히 바닥에 깔아놓은 타월 위에 앉아 있던 엄마는 담배에 불을 붙였다.

"같이 안 들어가요?" 아이는 수영장을 바라보면서 물었다.

"이것만 다 피우고 갈게. 먼저 들어가."

아이는 그녀를 기다리고 싶었다.

"왜 그러는 건데……. 너 설마, 무서워서 그래?"

아이는 그 말투가 몹시 마음에 들지 않았다. 무슨 뜻인지 너무나 잘 알기 때문이다. 베라는 파리 떼 남자들 앞에서 그런 말투를 자주 사용했는데, 그러고 나면 어른들은 다 같이 아이를 놀리곤 했다.

"안 무서워요." 아이는 자신만만한 모습을 보여주려고 단호히 대답했다.

오늘 하루만큼은 망치고 싶지 않았기에, 아이는 다시 수영장 쪽으로 다가갔다. 물가에 가까워지자 발을 뻗어 풀처럼 끈적거리는 물속에 발가락 하나를 담가보았다. 아이는 베라가 자신을 보고 있다는 것을 알았다. 뒤통수를 노려보는 그녀의 따가운 시선이 느껴졌다. 그래서 더는 머뭇거리지 않고 무릎 부위까지 잠기도록 물속으로 다리를 밀어 넣었다. 두 다리가 시커먼 액체 속으로 사라지면서 등골이 오싹할 정도로 소름이 끼쳤다. 아이는 크게 심호흡을 했다.

"암 튜브를 차고 있어서 물에 떠다닐 수 있어." 여전히 바닥에 깔아놓은 타월 위에 앉아 있던 베라는 아이를 안심시켜주었다. "나도 곧 따라 들어갈게."

아이는 고여 있는 액체 속으로 들어갈 용기를 냈다. 자신에게 주어진 시간이 얼마 남지 않았다는 걸 알고 있었다. 불행하다는 이유로, 아니면 단지 술을 지나치게 많이 마셨다는 이유로 베라가 자신에게 유리 재떨이를 집어 던질 때마다, 시간이 두려움과 같은 편이라는 사실을 온몸으로 배웠기 때문이다. 단 1초의 머뭇거림으로 왼쪽 귀 뒤쪽을 크게 베인 적도 있었다.

"거기 혼자 안 들어가면 이 빌어먹을 수영장에 확 버려버릴 거야." 엄마는 담배꽁초를 집어 던지면서 험악한 목소리로 윽박질렀다.

아이는 눈을 질끈 감고 수면 위로 몸을 던졌다.

처음에는 물속으로 가라앉는 것 같았는데, 잠시 후 몸이 다시 위로 떠올랐다. 암 튜브 덕에 시커멓고 걸쭉한 물 위를 떠다닐 수 있었다. 그런데 수영장이 잠에서 깬 것 같은 불길한 예감이 늘었다. 그래서 미친 듯이 발장구를 쳤다. 수영하기 위해서라기보다 거기서 벗어나기 위한 몸부림이었다.

"거봐, 전혀 어렵지 않잖아! 이제 앞으로 좀 가봐."

앞으로 가라고? 그게 무슨 뜻일까? 아이는 이쪽이 됐든 저쪽이 됐든, 어떻게 해야 자기 몸을 한 방향으로 움직일 수 있는 건지 전혀 알 수 없었다. 하지만 엄마를 실망시키지 않겠다는 일념으로 미친 듯이 팔을 저어 조금씩 가운데로 향했다. 그렇게 수영장 한가운데에 도달하니 스스로가 자랑스러웠다. 하지만 그 시간은 그리 오래 지속되지 않았다. 물속에 무언가가 있었다. 아이를 끌어당기는 무언가가. 발목에 무언가가 와 닿았다. 아이는 화들짝 놀랐다. 손일까? 아이는 날카로운 비명을 질렀다. 베라가 '계집아이' 같다고 할 정도로. 발이 무언가와 부딪히자 뭔지 모를 덩어리가 순간적으로 아이 바로 옆으로 쑥 솟아올랐다가 다시 내려앉았다. 마디가 굵은 나뭇가지였다. 저 멀리서 엄마가 깔깔거리며 웃는 소리가 들렸다. 순간, 아이의 관심은 얼굴 정면으로 날아든 한 줌의 공기에 쏠렸다. 어디서 나온 거지? 아이는 오른팔 위쪽으로 시선을 돌렸다.

오렌지색 쿠션에 작은 흔적이 하나 보였다.

대수롭지 않은 크기의 구멍이었지만 바람이 빠져나가기에는 충분했다. 암 튜브에서 바람이 빠질수록, 아이는 팔이 가벼워지는 것을 느꼈다. 아이는 수영장 가장자리로 돌아가고 싶었지만, 바로 그 순간, 반대편 암 튜브에서도 똑같은 현상이 일어났다.

심연으로 가라앉지 않게 수면 위에서 붙잡아주던 무언가가 아이를 포기하고 있었다.

아이는 고여서 썩고 있던 물이 자신을 끌어당긴다는 생각에 미친 듯이 몸부림쳤다. 물이 여러 차례 턱 위로 차오르다가 입 속으로 밀려들었다. 수영장은 아이를 곱게 돌려보낼 마음이 없었다. 아이가 처음으로 보인 반응은 베라에게 위험한 상황임을 알리는 것이었다. 가까스로 베라 쪽으로 고개를 쳐들고 베라의 이름을 부를 수 있었다. 거의 이름 전체를. 엄마가 보였다. 그리고 바로 그 순간, 아이는 질겁할 수밖에 없었다.

베라는 바닥에 깔고 앉았던 타월을 접어서 가방에 넣고 있었다.

공포에 사로잡힌 아이는 온몸이 뻣뻣해지면서 물속으로 빠져들었다. 수면 위로 올라가는 게 너무 힘들었다. 밀짚모자와 선글라스를 챙긴 베라는 반짝이 끈이 달린 샌들을 신고, 허리를 좌우로 흔들면서 멀어지고 있었다. 아이의 마음은 지금 벌어지는 일이 사실이 아니라고 말하고 있었다. 아이는 고함을 지르며 베라

아이는 흐느껴 울었다. 엄마가 비웃고 놀리더라도 어쩔 수 없는 일이다.

아이는 무엇을 해야 할지, 어디로 가야 할지 알 수 없었다. 머릿속에는 오직 두 가지 확신밖에 없었다.

엄마가 자신을 버렸다는 사실. 그리고 이제, 수영하는 법을 배웠다는 사실.

1

'지구상에서 가장 고요한 장소.'

청소하는 남자는 버스 안에 나뒹굴던 신문에서 그 문구를 읽었다. 아주 오래전에.

기사는 코모 호수에 관한 글이었다.

사실, 기사는 사람에 관한 이야기가 아니라 집에 관한 내용이었다. 빈집들이 '최적의 투자' 요건을 구성한다는 내용. 적어도 그가 이해한 바는 그랬다. 그는 글을 잘 모르기 때문에 문장의 의미를 이해하지 못할 때가 태반이었지만, 그 기사 제목만큼은 그에게 큰 울림으로 다가왔고, 그는 일종의 계시로 해석했다.

봄도 끝자락에 다다른 어느 날 아침, 녹지대로 둘러싸인 주택단지를 돌며 쓰레기를 수거하러 나갈 준비를 마친 그는 그때 일을 다시 떠올렸다.

그가 자신의 일상 관리라는 임무를 믿고 맡긴 진자시계의 시곗바늘은 4시 50분을 가리키고 있었다. 아직 어둠이 가시지 않

22

은 시각이었다. 지평선 위로, 마치 검은색과 회색이 어우러진 흑연으로 그어놓은 선처럼 호수가 보였다. 언덕으로 이어지는 작고 을씨년스러운 오르막길에 사는 사람은 아무도 없었다. 파란색과 초록색이 어우러진 시 소속 쓰레기 수거 차량의 운전대를 잡고 있던 남자는 실내로 바람이 들어올 수 있도록 차창을 내렸는데, 정성스레 빗어 가운데 가르마를 탄 적갈색 머리가 헝클어지지 않도록 아주 살짝만 내렸다.

청소하는 남자는 실내에 감도는 적막감, 여전히 이불 속에 몸을 파묻은 채 단잠에 빠져 있는 거주자들의 모습을 머릿속으로 그리며 집들을 살펴보았다. 어린아이들과 함께 사는 젊은 부부들, 오랜 시간 함께 지내온 노부부들. 저마다 자기 침대에 누워 있는 사람들. 개중에는 이런저런 이유로 가족이 없는 사람들도 있기 마련이다. 배우자를 잃고 홀로된 사람들, 이혼한 사람들, 그리고 그 누구도 만나지 않는 사람들까지. 홀로 사는 사람들. 적잖은 이런 독거인들이 상속인 하나 없이 죽음을 맞이하는데, 이로 인해 사람이 살지 않는 빈집이 점점 늘어가는 것이다.

"지구상에서 가장 고요한 장소." 남자는 나지막이 읊조렸다.

그리고 역시 지구상에서 가장 외로운 곳이기도 했다. 비록 그렇게 말하는 사람은 아무도 없지만 말이다. 하지만 10년 전, 청소하는 남자가 이곳에 자리를 잡은 것도 바로 그런 이유 때문이었다. 고독한 영혼들 사이로. 그 이후, 그 역시 하나의 고독한 영혼이 되었다.

그는 차를 세우고 시동을 껐다. 그런 다음 머리가 헝클어지지 않노록 각별히 조심하면서 시에서 지급한 작업복 모자를 머리에 얹었다. 차에서 내려 문을 닫자, 차분함이 보호 본능을 발휘하듯 그를 반겨주었다. 남자는 니켈 테의 돋보기안경을 벗고 짙은 초록색 작업복 위에 덧입은 오렌지색 조끼 끄트머리로 알을 닦고는 주변을 둘러보기 위해 다시 안경을 걸쳤다. 곧 있으면 창문에 하나둘 불이 들어올 터였다. 분주한 아침이 임박했다는 전조.

하지만 아직은 아니다. 아직은 여느 때처럼, 이론의 여지 없이 그가 창조주인 시간이었다.

동네를 한 바퀴 돌며 본격적으로 일을 시작하기 전까지 2, 3분 정도가 남아 있었다. 그는 고요한 이 정체 상태를 깨뜨리지 않고 조금 더 누리기로 마음먹었다. 이런 시각에는 평범한 일상적인 동작도 다른 의미를 가질 수 있었다. 만족스러운 방향으로. 손가락 마디를 꺾을 때 나는 희미한 소리도 고요와 평화 속에서는 크게 증폭되어 들리기 마련이다. 하지만 남자가 무엇보다 좋아하는 일은 심호흡이었다. 있는 힘껏 숨을 들이마시고 내쉬는 일. 사람들 대부분이 그리 중요하게 여기지 않는 일상의 소소한 즐거움 중 하나에 불과할지 모르지만, 청소하는 남자는 다섯 살 때 심호흡의 중요성을 깨달았다. 썩어가던 수영장이 자신을 집어삼키려 했던 그때.

아침 공기가 가장 신선하기에 그는 언제나 업무를 개시하는 첫 번째 근무자를 자청했다. 굳이 다른 동료들과 어울릴 필요가 없다는 것 외에, 이른 아침의 고요함을 만끽할 수 있다는 장점도 있었다. 이렇게 은밀한 특권은 그 누구와도 나눠 가질 수 없었다.

청소하는 남자는 과묵한 사람이었다. 심지어 생각할 때도, 머릿속에서 지극히 단순한 감각이 동반된 여러 개의 이미지가 이어지는 기나긴 숙고의 과정을 거칠 정도이다.

하지만 그의 내향성은 다른 사람들을 불안하게 만들기도 한다.

그는 자신으로 인해 남들이 불편하기를 바라지는 않는다. 과묵하면서 담배도 안 피우고, 술도 안 마시고, 스포츠나 여자에 관심도 없는 데다, 배우자나 자식에 대한 불평도 늘어놓지 않는 사람과 함께 시간을 보내는 건 그리 흥미로운 일이 아니니 말이다. 친구도 없는 사람. 아니, 입 밖으로 표현할 수 있있다면, 아마 스스로는 친구가 필요 없는 사람이라고 표현했을 것이다. 사실, 청소하는 남자는 자신을 어떻게 정의해야 할지 알지 못했다.

청소한다는 행위가 그를 가장 잘 나타내주는 표현이었다.

그는 자신의 직업에 대한 부정적인 인식을 잘 알고 있었다. 사람들은 누군가 자신들이 버린 쓰레기를 치워주고 관리해야 한다는 건 이해하면서도 속으로는 그 일을 하는 사람들을 딱하게 여긴다. 마치 그 일이 참회나 형벌이라도 된다는 듯. 하지만 그에게는 정반대로 전혀 부담스럽지 않았다. 악취가 불편하지도 않았고, 남들이 내다 버린 물건에 손을 대는 게 거북하지도 않았다. 이런 험한 일을 감내하는 사람도 있어야 하는 법이니 말이다. 피할 수 없는 삶의 법칙이었다.

코모에서도, 그 일대에서도, 청소는 아주 은밀히 진행되었다. 마치 마술을 부린 것처럼. 매일 밤, 해가 뜰 때까지 마감 업무를 담당하는 시 소속 미화원들이 도시를 청소한다. 일주일에 세 번씩, 거리를 청소하기 전에, 하늘색과 초록색으로 칠해진 소형 트럭들이 전날 밤 각 가정에서 인도에 내놓은 쓰레기봉투를 수거해 간다. 밀봉된 봉투들은 내용물에 따라 각기 색이 다른데, 요일별로 수거하는 쓰레기가 다르기 때문이다.

매주 목요일은 생분해성 쓰레기를 분류하는 날이었다.

청소하는 남자의 진자시계는 짤막한 전자신호음을 냈다. 정각 5시. 그가 근무를 시작할 시각. 남자는 트럭에서 작업용 장갑을 꺼내 손에 끼웠다. 여명이 밝아오면서 호수 수면을 수천 개의 광채로 빛나게 하던 순간, 남자는 주택단지를 돌며 입구에 놓여 있는 쓰레기봉투를 수거하기 위해 한적한 길로 향했다. 적당량을 수거하면, 왔던 길로 되돌아가 들고 온 봉투들을 쓰레기차 화물칸에 던져 넣은 다음 막대기로 꾹꾹 눌렀다. 그는 과묵하긴 했지만, 자기 일에 철두철미한 편이었다.

일대의 청소를 담당하게 된 건 6주 전이었는데, 교대 일정에 따라 다음 날부터는 다른 지역에 배치될 예정이었다. 그간 적응한 터라 내심 아쉬운 마음도 들었다. 다른 곳으로 옮기면 또다시 그에 따른 반복적인 규칙을 만들어야 했다.

예를 들어, 6주 전부터 그는 매번 23번지에 도착하면 걸음을 멈추고 20세기 초에 지어진 작은 주택을 물끄러미 쳐다보았다. 뾰족하게 돌출된 기이하게 생긴 창문이며 지붕의 첨탑이며, 주변을 둘러싸고 있는 철책이며. 성당과 작은 성 가운데 위치한 주택이었다. 레이스 달린 커튼은 열려 있었는데, 제법 널찍한 한쪽 가장자리로, 수국이 담긴 꽃병 옆에 고양이 다섯 마리가 잠들어 있는 커다란 쿠션 하나가 보였다. 은색 한 마리, 검은색과 흰색 얼룩무늬 한 마리, 다갈색 털 한 마리, 호랑이 무늬가 들어간 두 마리.

청소하는 남자는 남다른 의미가 있었던 그 집을 향해 마지막으로 인사를 건네고 다시 안경을 낀 다음, 현관 옆에 놓여 있던 작은 쓰레기봉투를 집어 들었다.

무게는 2킬로그램도 나가지 않았다.

코모는 지구상에서 가장 고요하고 또 외로운 곳이었다. 그가 느끼는 외로움을 포함한 그곳의 외로움 속에, 그 집에 사는 사람의 외로움도 빼놓을 수 없었다

트럭으로 돌아온 남자는 그 집에서 가져온 봉투를 다른 쓰레기봉투들처럼 화물칸에 던지는 대신, 그대로 차 문을 열고 운전석 아래로 밀어 넣었다.

그런 다음 차에 올라 시동을 켜고 다음 업무를 이어나갔다.

2

햇살은 쏟아지지만 선선한 오후 3시 무렵, 남자는 여느 공무원과 마찬가지로 민간인이 되어 차고에서 나와 집으로 돌아간다.

청소하는 남자는 대형 마트에서 옷을 사는데, 언제 입어도 튀지 않는 옷을 골랐다. 주로 중성적인 색상의 옷을 선호해서 밝은 색 청바지에 짙은 색 스웨터, 하늘색이나 흰색 셔츠, 그리고 갑자기 비가 내리는 날 뒤집어쓸 수 있도록 후드 달린 밝은 회색 폴리에스터 재질의 점퍼를 주로 입고 다녔다.

그날은 검은색 크로스백 하나를 메고 나왔다.

남자는 집까지 곧장 가는 버스가 있음에도 불구하고, 적어도 네 번 이상 버스를 갈아타고 자신이 사는 교외 지역으로 향했다. 특별한 이유가 있었기 때문은 아니다. 단지 매사에 조심하는 성격 탓일지도.

그는 평소에 하차하는 정류장에서 내려 고개를 숙이고 호주머니에 손을 찔러 넣은 채 여러 건물이 공동으로 사용하는 광장을 향해 걸어갔다. 발을 옮길 때마다 허리춤에 걸린 크로스백이 출렁거렸다. 남자는 아스팔트 위에 분필로 대충 선을 그어놓고 축구 시합을 하고 있는 아이들 사이를 지나쳐 갔다. 몇몇 여자들이 담배를 피우면서 이런저런 이야기를 하거나, 몇몇은 알아들을 수 없는 언어로 전화 통화를 하고 있었고, 아기를 태운 유모차를 조심스레 앞뒤로 미는 사람들도 있었고, 과장된 몸동작으로 이야기를 이어나가는 사람들도 있었다. 자신들만의 영역을 지키고 있던 남자들은 손에 맥주병을 하나씩 들고 마시며 대화를 나누고 있었다. 차창을 내린 채 주차돼 있던 차량의 스피커에서 다양한 박자의 음악이 흘러나와 서로 뒤섞였다. 이렇게 소란스럽고 눈길을 끄는 사람들 사이에서, 청소하는 남자는 외계인 같은 존재였다. 그런데 그렇게 남다른 그가 오히려 다른 사람들 눈에는 튀어 보이지 않았기에, 그에게 인사를 건네는 사람은 물론 하다못해 눈길 한번 던지는 사람도 없었다. 이론상으로는 진작에 사람들의 시선을 끌 수도 있었을 텐데, 그는 이미 오래전부터 그럴 위험이 거의 없다는 사실을 알고 있었다. 투명 인간이었기 때문이다. 전에는 그런 사실이 몹시 괴로웠지만, 어느 순간부터 다른 시각으로 보게 되었다. 이런 힘을 가진 사람이 과연 몇이나 될까? 그 힘덕분에 그는 평범한 인간과 다를 수 있었다.

'나는 투명 인간이다.'

남자는 대형 임대주택 단지에 있는 한 건물 로비로 들어갔다. 옥상에 물탱크가 설치된 건물이었다. 그는 유일하게 작동하는 승강기를 타고 8층으로 올라갔다. 그의 집은 어두운 복도를 지나

맨 끝에 있었는데, 현관에는 이사 오던 날 직접 설치한 잠금장치가 세 개나 달려 있었다. 그는 점퍼 주머니에서 장난감 같은 작은 양철 탱크 하나를 꺼냈다. 여러 개의 열쇠가 달린 열쇠고리였다. 그는 잠금장치를 하나씩 열었다.

문턱을 넘어선 후에야 그는 안도하며 바깥세상을 등지고 굳게 문을 걸어 잠갔다.

방 두 칸에 비좁은 욕실이 딸린 집이었다. 첫 번째 방은 거실 겸 간이 부엌이었는데 거기 놓여 있던 소파는 저녁이면 침대로 변한다. 두 번째 방은 광택 나는 황동 문고리가 달린 초록색 문을 열고 들어가야 하는 곳이었다.

그 방은 열쇠로 굳게 잠겨 있었다.

청소하는 남자는 굳게 닫은 현관문에 기댄 채 잠시 기다렸다. 아래층 광장에서 올라오던 소란스러운 소리가 이웃집에서 켜둔 티브이 소리, 싸우는 소리, 아기 우는 소리에 묻혔다. 하지만 얼마 지나지 않아 머릿속이 멍해지면서 소리가 하나씩 지워졌다.

창문으로 들어오는 빛은 그가 창유리 위에 덮어놓은 불투명 비닐 때문에 흐릿하게만 보였다. 봐도 봐도 콘크리트 건물뿐인 풍경에 관심도 없었고, 무엇보다 이웃들이 자신의 집을 엿볼 수 있다는 생각을 견딜 수 없었기 때문이다. 눈이 어둠에 적응하자, 남자는 혹시 집을 비운 사이 뜻밖의 방문이 있지는 않았는지 둘러보았다. 그의 집에 들어가는 건 벽을 뚫고 들어가는 것만큼이나 어려운 일이었지만, 남자는 본능이 이끄는 대로 자신의 집을 둘러보았다. 그의 집에는 컴퓨터도, 티브이도, 고가의 귀중품도 없었다. 통화할 사람도 없었기에 휴대전화조차 없었다. 시에서 월급을 받을 때는 우편대체 구좌를 이용하고, 꼭 필요한 액수만큼만 찾아 썼다. 그런데도 그는 타인이 자신의 사적인 영역을 침범하거나, 더 나아가 최악의 경우 오염시킬 수도 있다는 생각을 견딜 수가 없었다. 집은 다행히 그날 아침에 나설 때 그대로였다. 모든 게 제자리에 놓여 있었다.

무엇보다 방 한가운데 놓인 테이블도 그대로였다. 꽃무늬 테이블보 아래, 그 물건들을 숨겨놓은 그 테이블.

청소하는 남자는 현관에 신발을 벗어놓았다. 그런 다음 크로스백을 모자걸이에 걸고 작은 옷장의 왼쪽 문을 열었다. 그리고는 입고 있던 옷을 벗어 차곡차곡 개켜 넣었다. 하늘색 팬티에 흰 양말 차림으로 그는 옷장 문에 붙은 거울 속 자신을 쳐다보았다. 잔털이 없고 오동통한 체형, 펑퍼짐한 허리, 허연 피부 위에 여기저기 흩어진 작은 점들, 돋보기안경에 잘 빗어 넘긴 적갈색 머리.

'왜 같이 안 들어가요?'

그는 그 생각을 떨쳐내기 위해 고개를 절레절레 흔들고는 옷장 문을 닫았다. 기다란 짙은 색 비닐 앞치마를 몸에 걸친 다음, 검은 가방을 들고 서서히 지퍼를 열어, 이른 새벽에 23번지 주택에서 가져온 쓰레기봉투를 꺼냈다. 그는 손가락 두 개로 봉투를 들고 테이블로 다가가, 남은 손으로 테이블보를 걷어 올려 그 아래 숨겨둔 물건을 드러냈다.

왼쪽에서 오른쪽으로 일렬로 공들여 가지런히 정리한 물건들은 다음과 같았다. 개봉한 고양이 사료 상자 일곱 개, 빈 크로켓

상자 세 개, 깨진 고양이 구충제 네 병, 바닥에 누런 잔류물만 남아 있는 주름 방지 크림 통 하나, 다 쓴 튜브형 셀룰라이트 방지 크림 하나, 다 먹은 여덟 개들이 캡슐형 다이어트약 포장 용기 하나, 올이 나간 체형 보정용 팬티스타킹 여러 개, 검은 털이 그대로 묻어 있는 제모 패드 열두 개, 4분의 3 정도 사용한 백금색 염색약 한 병, 솔이 마모된 분홍색 칫솔 하나, 구겨서 버린 보그 담뱃갑 열아홉 개, 빅(Bic) 상표의 초록색 라이터 하나, 다 마신 싸구려 보드카 세 병, 다 마신 대용량 레모네이드 페트병 두 개, '안정제 로라제팜, 2밀리그램, 스포이트형, 하루 세 번'이라고 적힌 낡은 처방전, 다 쓴 스포이트형 로라제팜 약병 세 개, 전화 충전 카드 하나, 〈피플〉 잡지 여러 권, 스테이플러로 찍어둔 영수증 묶음, 그리고 마지막으로 어느 나이트클럽의 로고가 찍힌 성냥갑 하나.

블루 나이트클럽.

청소하는 남자는 지난 몇 주간에 걸쳐 차곡차곡 쌓아둔 소박한 쓰레기 보물을 찬찬히 살펴보았다. 모두 23번지에 있는 집에서 가져온 것들이었다. 다년간 자신이 치밀하게 짠 철칙에 따라 공들여 분류하고 엄선한 물건들이었다.

한 사람이 사용하는 쓰레기통은 그 사람에 대해 많은 걸 말해주는 법이다. 왜냐하면 사람과 달리 쓰레기통은 거짓말을 하지 않기 때문이다.

사람들이 버리는 물건들을 통해 많은 걸 알아낼 수 있다. 사실상, 이는 남자가 다른 인간과 상호작용을 하는 일종의 방식이었다. 그렇다고 모두와 그런 상호작용을 하는 건 아니었다. 그가 관심을 갖는 대상은 오로지 자신과 비슷한 부류였다.

외로운 사람들.

바닥에는 파란색 양동이 하나가 놓여 있었다. 남자는 양동이를 테이블 위 빈자리에 두고, 그 안에 쓰레기봉투를 내려놓았다. 그런 다음 서랍을 열어 라텍스 장갑 한 켤레를 꺼냈다. 마지막으로 가위 하나를 손에 들었다.

쓰레기봉투 상단을 조심스레 자른 뒤 봉투를 뒤집어 내용물을 쏟아부었다.

역시나, 23번지의 유일한 거주자가 마지막으로 먹고 버린 음식물 쓰레기는 간소하고 소박한 식습관을 다시 한번 입증해주었다. 청소하는 남자는 더 자세히 살펴보기 위해 장갑 낀 손가락 끝으로 음식물 쓰레기를 이리저리 뒤적이고 골라냈다. 테이블 위에 정렬된 다른 물건들과 자리를 같이하게 된 음식물 쓰레기는 23번지에 사는 여자의 경제적 형편이 넉넉지 못하다는 사실을 말해주고 있었다. 영수증 묶음이 그 짐을 확실히 뒷받침해주었다. 하지만 그 외에 다른 것도 알 수 있었다.

미묘한 차이 속에 감춰진 탓에, 감식안을 갖추지 못한 사람에게는 보이지 않는 나름의 사연 같은 것.

청소하는 남자는 이런 감춰진 의미를 포착하는 재주가 남달랐다. 타고난 재능과도 같았다. 그의 눈앞에 모여 있는 물건들의 집합체는 자기 자신보다 자신이 키우는 고양이들을 잘 먹이는 데 관심이 더 많은 한 인물의 초상을 그려주고 있었다. 술과 담배는

쾌락의 도구라기보다, 서글픔을 잠재우기 위한 마취제에 가까웠다. 외모에 지나치게 신경 쓴다는 것은 더 늦기 전에 어떻게든 삶을 개선해보고자 하는 필사적인 시도를 보여준다. 그러나 불행에서 벗어날 수 있는 유일한 방법은 가십거리를 다루는 잡지에 실리는 노골적인 사진 속 인물들의 행복을 부러워하는 일이었다.

그런데 이런 사변적인 부분 외에, 청소하는 남자의 관심을 끌어당기는 것이 하나 있었다. 그 자리에 모여 있는 쓰레기들은 지난 6주간, 23번지에 사는 사람이 점심이든 저녁이든 손님을 불러 식사를 같이 한 적도, 하다못해 차나 커피를 대접한 적도 없다는 증거를 담고 있었다. 외로운 식사는 여자가 빠져 사는 자포자기의 구렁텅이를 설명하고 있었다. 고양이가 주는 애정으로 성이 차지 않을 경우, 그녀는 아마도 싸구려 나이트클럽이 제공하는 만남의 자리를 통해 다른 인간의 체온을 찾아 나서는지도 모른다.

블루 나이트클럽 같은 곳으로.

청소하는 남자는 장갑을 벗은 다음, 서랍을 열고 거기서 페이지 사이에 연필 하나를 끼워둔 줄 쳐진 노트를 꺼내 빠른 속도로 펼치며 살펴보았다. 그는 지난 며칠간 23번지 여자의 쓰레기통에서 찾아낸 물건들을 빠짐없이 기록해왔다. 누군가는 남의 사생활에 끼어드는 건 올바르지 않은 행동이라고 비난하거나, 사생활 침해로 그를 고소할 수도 있을 것이다.

'오지랖만 넓은 쓸모없는 인간!'

그는 그건 사실이 아니라고 받아칠 것이다. 쓰레기를 제대로 분류해서 재활용이 가능한 것들을 골라내, 다시 생산 시스템으로 돌려보내면, 유리나 고철, 플라스틱, 알루미늄 등에 제2의 생명을 부여해 선순환 구조에 일조할 수 있다고.

사실, 그가 쓰레기통에서 꺼내는 것들은 그보다 훨씬 소중한 것들이다.

그는 목적을 달성했다는 걸 알고 있었지만, 그래도 소심한 불안감에 마지막 목록을 꼼꼼하게 작성했다. 노트를 덮고서야 일을 마무리했다는 만족감이 들었다. 조만간 내용물을 쓰레기봉투에 다시 담아 내다 버릴 터였다. 그런데 그간 모이던 나머지 쓰레기들도 처분할 수 있을 것 같았다. 이제 23번지 여자의 실체를 속속들이 다 파악했기 때문일 것이다. 아마 아무도 모르고 있을 실체를. 그리고 분명, 아무도 관심을 가지지 않을 것이다. 하지만 그는 스스로를 다른 인간의 은밀한 비밀을 알고 있는 남다른 사람이라고 여겼다. 그렇다고 해도 23번지 여자는 안심할 수 있을 것이다. 그녀의 비밀은 안전하게 지켜지고 있을 뿐만 아니라, 좋은 용도로만 사용될 테니까.

노트를 다시 서랍에 집어넣으려던 순간, 양동이에 담긴 걸쭉한 덩어리 속에서 반짝이는 무언가가 그의 관심을 끌었다. 그는 허리를 숙이고 연필 끝으로 덩어리를 들추면서 그때까지 파악하지 못하고 있었던 알록달록한 조각을 끄집어냈다. 그는 그 조각을 집어 들어 앞치마로 닦은 다음 눈앞으로 가까이 가져갔다.

'빨간 매니큐어가 칠해진 부러진 손톱.'

그는 놀라움과 반가움이 뒤섞인 마음으로 부러진 손톱을 빤히 처다보았다. 단순한 쓰레기 이상의 물건이었기 때문이다. 바로 그녀 신체의 일부.

성유물(聖遺物)과도 같았다.

그는 손톱을 조심스레 테이블에 내려놓았다. 그것은 묘한 빛을 발하고 있었다. 그리고 그것이 보내는 난해한 신호가 어렴풋이 느껴지는 것 같았다. 그는 흥분을 감출 수 없었다. 부러진 손톱은 '선택받은 사람'과의 진정한 첫 번째 접촉이었다.

청소하는 남자는 초록색 문으로 몸을 돌렸다. 다시 한번 그 문을 열 준비가 된 기분이 들었다.

미키의 의견을 물어봐야 할 순간이 왔던 것이다.

3

블루 나이트클럽은 인적이 드문 곳에 자리 잡은 육중하고 투박한 콘크리트 건물이었다.

밤 9시 15분, 미키는 주차장에 모습을 드러냈다. 그곳에는 이미 여덟 대의 차가 주차되어 있었는데, 낡은 미니버스는 손님을 실어 나르는 셔틀 차량이었다. '댄싱 블루'라고 적힌 네온 간판의 글자 몇 개는 불이 꺼진 상태였다. 통유리는 파란색으로 칠해져 있었지만, 색이 갈라진 틈 사이로 새어 나오는 회전 조명 장치의 불빛을 볼 수 있었다.

미키는 자신이 타고 온 피아트 포리노(이탈리아 자동차 제조사인 피아트에서 만드는 소형 밴—옮긴이)의 시동을 끄고는 바로 내리지 않고 기다렸다. 시간이 흐르면서 인내심을 갖고 기다리는 법을 깨달은 그였다. 자신을 통제하는 데 가장 필요한 덕목이었다. 스스로에게 부여한 철칙의 일환이었는데, 그 뒤부터, 충동을 완벽히 조절할 수 있게 되었다. 그는 인내심은 물론 관찰력도 뛰어났다.

두 가지 모두 아주 중요한 자질이었다.

밖에서 묵직한 저음이 들려왔다. 그의 머릿속으로 들어온 노랫소리는 그를 위해 기도하는 합창 소리로 변했다.

그가 그 자리에 왔다는 사실을 알고 있었던 것이다.

'모든 건 서두르지 말고 철저히 연구해야 해.' 그는 그런 생각을 하며 뱃속에서 요동치는 본능을 짓누르려 애썼다. 그랬기에, 돌발 상황 발생 가능성이 없다는 확신이 든 뒤에야 차에서 내려 건물 입구로 걸어갔다.

그는 검은 가죽 재킷, 거기에 맞춰 입은 바지, 날카로운 깃이 달린 꽃무늬 셔츠, 근사한 자주색 넥타이, 은색 버클이 달린 허리띠, 그리고 부츠 차림이었다.

머리는 백금색이었다.

만사가 귀찮다는 표정의 여직원이 그의 손등에 도장을 찍어주면서 입장료에 무료 음료 한 잔이 포함되어 있다고 알려주었다. 미키는 빨간 커튼을 젖히고 희미한 조명 속에 잠긴 커다란 홀 안으로 들어갔다. 그 순간, 자외선 조명이 손등에 와 닿자, 도장을 찍어준 자리에 바에 제시하는 티켓이 나타났다. '흥미롭군.' 그런 생각이 들었다.

나이트클럽은 '목요일의 테마 댄스'를 기획했는데, 그날의 테마는 포크송이었다. 하지만 손님들이 목요일에 그곳을 찾는 이유는 입장료가 다른 요일에 비해 저렴한 데다 무료 음료가 포함되어 있기 때문이었다.

미키는 선글라스 너머로 분위기를 살펴보았다.

작은 무대 위에서 5인조 그룹이 음악을 연주하고 있었고, 몇몇 커플이 디스코 볼 아래서 서로를 끌어안은 채 음악에 맞춰 춤을 추고 있었다. 바, 댄스 플로어, 그리고 기다란 의자를 차지하고 있는 사람들의 수는 대략 40여 명 정도 되어 보였다. 그는 그들을 유심히 살펴보았다. 막연히 그려봤던 대로, 블루 나이트클럽의 단골손님들 연령대는 대략 60대였다.

그는 불과 몇 초도 되지 않아, 흡연석에 홀로 앉아 있는 백금색 머리의 여자를 알아보았다. 그녀의 손가락에는 보그 담배 하나가 끼워져 있었고, 그녀 앞에 놓인 플라스틱 컵에는 분명 보드카 토닉이 담겨 있었을 것이다.

청소하는 남자의 정보는 아주 정확했다.

미키는 바로 다가가 도장이 찍힌 손등을 보여주며 콜라 한 잔을 주문했다. 그러고는 음료 잔을 손에 들고, 흥겨운 척 고갯짓으로 박자를 맞춰가며 사람들 사이를 지나갔다. 사실, 그러면서도 한 눈으로는 담배 피우는 여자를 주시하고 있었다.

그리고 그녀가 자신을 눈여겨봐주기를 기다렸다.

'조만간 나한테 관심을 둘 수밖에 없어.' 그는 그렇게 생각했다. 왜냐하면 그녀는 호시탐탐 기회만 노리고 있었는데, 다른 남자들은 이미 짝이 있거나, 짝이 없더라도 자신과 경쟁할 수준이 되지 않았기 때문이다. 사실 미키에게는 그들을 압도할 수 있는 장점이 하나 있었다.

바로 젊음.

미키는 블루 나이트클럽의 평균연령을 낮추는 존재였다. 그의 등장은 연상의 여성이 먹잇감으로 삼고도 남을 만큼 파격적이었다.

예상대로 가느다란 담배를 피우는 금발의 여자가 그를 눈여겨 보기 시작했다.

미키는 곁눈질로, 정체불명의 낯선 이를 보다 편하게 관찰하기 위해 자세를 바꾸는 여성의 모습을 확인했다. 저런 남자가 뭐 하러 이런 곳까지 오게 되었는지 의아해하는 눈치였다.

'아직 오늘 밤을 함께할 파트너를 찾지 못했군.' 미키는 생각했다. '다행이야.' 같이 춤을 추자는 한 남자의 제안을 거절하는 그녀를 보면서, 미키는 그녀가 자신에게 관심을 두고 있다는 확신이 들었다.

'나를 기다리고 있는 거야.'

그는 만족스럽게 그녀 쪽으로 걸어가면서 말보로 담뱃갑과 지포 라이터를 꺼냈다. 그리고 담배를 핑계로 그녀가 앉아 있던 기다란 의자 바로 뒤에 앉았다.

여자는 댄스 플로어를 주시하고 있었지만, 미키의 존재를 의식하고 있었다. 그녀의 자세가 여성 특유의 반응을 보이고 있었기 때문이다. 미키는 그녀를 찬찬히 뜯어보았다. 주름을 가리기 위해 진하게 화장한 60대 여성. 목에는 접힌 살, 흡연으로 인해 잿빛으로 보이는 피부. 레이스 달린 검은 원피스, 훤히 드러낸 가슴골. 발에 난 흉측한 티눈이 고스란히 보이는 하이힐 샌들. 화려한 장신구. 그리고 박하담배 향과 뒤섞이는 자극적인 향수.

여자는 경쾌한 동작으로 테이블에 놓인 보드카 토닉 잔을 집어 들기 위해 손을 뻗었다. 그러고는 한참 동안 빨간 립스틱 자국이 묻어 있는 빨대를 빨더니, 빈 잔을 손가락으로 두드렸다. 바로 그 순간, 미키는 그녀의 손톱에 빨간 매니큐어가 칠해져 있다는 사실을 확인했고, 중지의 손톱이 깨진 상태라는 점을 눈여겨보았다. 바로 그녀가 23번지에 사는 여자라는 확신이 들었다. 이미 알고는 있었지만 말이다. 처음부터 알고 있었다.

청소하는 남자는 그런 상세한 부분까지 파악해낼 정도로 치밀하고 교활했다.

그녀는 앞으로 몸을 숙여 재떨이에 담배를 비벼 끄고는, 인조진주가 달린 작은 핸드백에서 담배 한 개비를 다시 꺼냈다 미키는 그 틈을 노려 앞으로 한 걸음 다가가, 불을 켠 지포 라이터를 그녀에게 내밀었다. 여자는 놀란 척하면서 뒤로 돌고는 웃는 얼굴로 담배를 가져다 댔다.

"마그다라고 해요." 그녀가 자기소개를 했다.

"미키라고 합니다."

그는 자리에 앉았다.

"블루에 처음 온 거죠, 미키?"

"소문은 많이 들었는데, 실제로 온 건 처음이네요. 분위기 괜찮은데요."

"오늘 밤은 물이 별로예요." 그녀는 댄스 플로어를 가리키며 말했다.

"자주 오시나 보네요?"

"시간 될 때요. 주말에는 분위기가 그나마 괜찮은 편인데, 주중에는 나처럼 운전 안 하는 사람들이 주로 셔틀을 타고 오는 편이에요. 그래도 밴드 연주는 들어줄 만해요."

밴드가 연주하고 있던 포크송은 미키도 이미 들어본 노래였다. 포크송의 고전이 아닐까 싶긴 하지만, 확신은 들지 않았다. 그는 마그다가 춤추러 나가자고 청하지 않길 바랐다. 지금 당장은.

"그쪽이 마시는 건 뭐예요?" 여자가 물었다.

"쿠바 리브레(럼과 라임주스, 콜라를 섞어 만든 칵테일—옮긴이)예요."

거짓말이었다. 알코올은 감각을 무디게 만든다. 그런데 그는 맑은 정신을 유지해야 했다.

"무슨 일을 해요? 어떤 분야의 일이에요?"

마그다는 탐색전을 빨리 진행하기 위해 대화를 이어나갔다.

"영업 사원입니다. 여성화 전문 회사에 다녀요."

언젠가 여자들이 구두라면 사족을 못 쓴다는 이야기를 들은 적이 있는데, 여자들은 기회만 생기면 구두 이야기를 하고 이것저것 비교하면서 몇 시간을 보낼 수도 있다고 했다. 실제로 마그다는 말이 끝나기 무섭게 관심을 보였다. 그래서 미키는 이야기를 계속했다.

"업무 관계로 출장을 많이 다니는 편입니다. 힘들긴 하지만, 그래도 일은 재미있습니다. 이런저런 장소도 가고, 이런저런 사람을 만나기도 하고요."

"'젊고' 아름다운 아가씨들은 얼마나 많이 만났을까 궁금하네요."

그는 대화 상대가 오른쪽 새끼손가락에 차고 있던 터키석 반지를 유심히 살펴보았다.

"그렇긴 하지요." 그는 대수롭지 않다는 듯 대꾸했다. "하지만 뭐, 저는 행정 서류상의 내용으로 사람을 판단하지 않는 편이라……. 그리고 또 마음에 드는 여성을 만나는 게 흔한 일도 아니고요."

상대는 자신을 추켜세우는 말에 적극적으로 반응하지는 않았다.

"그럼 당신 같은 남자 마음에 들려면 어떤 여자여야 하는 건데요?"

"금발 머리 여자들이죠." 그는 상대를 바라보며 대답했다.

'그리고 그건 엄연한 사실이지.'

마그다는 미소를 지었고, 그는 그 침묵의 순간을 노려 그녀의 오른쪽 손목을 붙잡았다.

"좀 봐도 될까요?" 그는 손금을 보기 위해 상대의 손을 뒤집으며 물었다.

"손금 같은 걸 읽을 수 있다는 거예요?"

"조금은요."

"어머, 봐주면 좋지요……."

미키는 선글라스를 벗고 미간에 힘을 주면서 그녀의 손바닥 위에 교차하는 여러 개의 선이 담고 있는 미스터리를 풀어줄 것처럼 정신을 집중하는 척했다.

"뭐가 보여요?"

그녀는 초조한 듯 보였다.

그러는 동안 남자는 손가락 끝으로 조심스럽게 선을 그으며 손금을 따라갔다. 그녀가 찌릿함과 간지러움을 동시에 느끼고 있다는 사실을 인식하고 있었다.

"과거에 아주 기나긴 기다림이 있었다는 게 보이네요. 위대한 사랑도⋯⋯. 파란만장한 사랑이었어요. 운명, 그래요, 꿈같은 사랑을 이루지 못한 건 운명 때문이었어요. 운명이 그 사랑을 원치 않았고, 주변에 있던 못된 사람들의 시기와 질투가 그 사랑을 방해했네요."

굳이 상대의 얼굴을 쳐다보지 않더라도 자신이 정곡을 찔렀다는 사실을 알 수 있었다. 침묵만 지키고 있던 그녀의 팔이 뻣뻣해졌기 때문이다.

"그 이후로 당신은 남자를 만날 때마다 그때 그 감정을 되살려 보려 애를 썼지만, 소용없었을 거예요⋯⋯. 이미 상처를 받았으니까. 그러면서 경계심이 생겼네요. 잘한 거예요."

"미래에 관한 내용은 전혀 없어요?" 그녀는 수줍은 듯 물었다.

남자는 미소를 지었다.

"긴 여행을 떠나시겠네요. 항상 이 세상을 구경하고 싶어 하셨으니 말입니다. 그리고 뜻하지 않은 일을 겪게 되시겠네요. 모든 걸 영원히 뒤바꿀 만남이 보여요. 어떤 사람도 보이고⋯⋯."

"그게 누구예요?"

그는 고개를 들고 자신의 파란 눈동자로 그녀를 뚫어지게 쳐다보았다. 그러면서 혼자 대답을 상상해보도록 내버려두었다.

"아무튼 뭐 보는 눈이 있긴 하시네. 난 한 잔 더 했으면 해요."
그녀는 손을 빼면서 남자가 술 한 잔을 사주기를 바라는 마음으로 손등에 찍힌 도장을 가리켰다.

어느 모로 보나 그녀가 상황에 흥미를 보이는 게 분명했다.

"물론이죠." 미키는 다시 선글라스를 끼면서 말했다. "바에 다녀오겠습니다."

"보드카 토닉이에요!"

'그것도 이미 알아요.' 미키는 그렇게 대답해주고 싶었다.

바로 향하던 그는 그날 저녁의 일이 순조롭게 진행되는 것 같아 뿌듯했다. 모든 게 너무나 자연스러웠다. 결말까지 미리 음미해보았다. 이런저런 의식과 의례적인 감언이설이 끝나면, 진지한 단계로 접어들게 될 것이다. '어쨌든 나는 당신이 뭘 원하는지 잘 알고 있어. 아닌 척해봐야 소용없어.' 다만, 때를 기다려야 한다. 조바심을 내는 것처럼 보여선 안 된다. 무엇보다 한 마디 한 마디에 신중을 기해야 한다. 조바심에 뱉어낸 어설픈 단어 하나 때문에 그 단계에서 힘겹게 쌓아 올린 신뢰를 무너뜨린 일이 한두 번이 아니었다.

그는 여자가 주문한 칵테일을 들고 돌아왔다.

"같이 춤추는 건 어때요?" 마그다가 물었다.

그는 아무런 대꾸도 하지 않았다. 망설이는 상대를 본 그녀는 실망하지 않을 수 없었다.

"좀 늦은 시간이라서요." 미키는 금장 손목시계를 들여다보며 둘러댔다. "오늘은 그냥 잠깐 들러본 겁니다. 내일도 출근해야 해서요."

"어쩔 수 없죠."

하시만 여자는 버려진 기분이 들었다.

"실은 전처가 떠넘기고 간 고양이 때문입니다……. 그 녀석이 혼자 있는 걸 워낙 싫어해서요."

뜻밖의 사연을 털어놓자, 여자는 부드러워지면서 다시 그를 돌아보며 물었다.

"고양이 키워요?"

"그게, 말씀드린 것처럼 제 고양이는 아닌데……. 뭐, 그런 셈이죠. 지금은 저하고 사니까요."

"나도 고양이 여러 마리를 키우거든요. 무슨 말인지 잘 알아요."

"그러세요? 이런 우연이 다 있네요!"

"사실, 나도 좀 늦은 것 같네요. 혹시 집까지 태워줄 수는 있어요?"

"물론입니다."

그는 여자가 재킷을 입도록 도와준 다음 함께 출구로 걸어 나갔다. 일단 밖으로 나온 두 사람은 아무 말 없이 주차장을 가로질렀다. 미키는 둘 사이에 찌릿찌릿한 전기가 흐르는 것을 확실히 느끼고 있었다. 밤공기가 제법 쌀쌀한 탓에, 두 사람의 입에서 입김이 새어 나왔다. 그는 그녀에게 차가 있는 방향을 가리키면서, 주변에 사람이 있는지를 확인했다. 들리는 소리라고는 여자의 샌들이 바닥에 부딪히며 내는 마찰음이 전부였다. 그의 포리노는 도로에서 가까운 주차장 끝 쪽에 세워져 있었다. 그는 발걸음을 재촉했다.

순간, 그는 상대의 걸음걸이에서 망설이는 분위기를 감지했다.

'내 차가 낡았다는 걸 알아본 거야. 머릿속에서 위험신호가 울려 퍼지면서 걸음이 느려진 거지.' 그가 생각했다.

하지만 미키는 그 부분까지 이미 예상해둔 터라, 상대를 안심시키는 미소와 함께 뒤돌아보면서 물었다.

"신발 좋아해요? 아, 바보 같은 질문이었네요! 구두 싫어하는 여자가 어디 있다고. 마침 펌프스 몇 개가 있는데, 원하면 한번 신어봐요. 치수가 어떻게 돼요? 대충 보니 한 245밀리미터 정도 될 것 같네요."

"정확해요." 미니 밴을 바라보며 대답하던 그녀의 목소리가 동요된 듯 살짝 떨리고 있었다.

남은 거리는 불과 몇 미터였지만, 마그다는 더는 앞으로 나아가고 싶지 않은 눈치였다.

미키는 그런 사실을 전혀 눈치채지 못한 듯 행동했다.

"매장에서 보면 245가 항상 제일 먼저 물건이 빠지는 치수라는 거 아세요? 그런데 오늘은 운 좋게 그 치수 제품이 여러 켤레 있어요."

그러다가 적절한 순간, 그는 주머니에서 열쇠고리로 사용하는 작은 양철 탱크를 꺼냈다.

그녀는 장난감 같은 열쇠고리를 눈여겨보았다.

"조카가 준 선물입니다. 여동생 아들인데, 그 녀석한테 받은 거라 버릴 수가 없더라고요."

훈훈한 가족 이야기에 다소 안심이 되기는 했다.

"귀여운 열쇠고리네요. 이제 당신한테 고양이가 있고, 조카도 한 명 있다는 걸 알게 됐네요."

그런 사실을 알게 됐다는 걸 흥미롭게 여기는 분위기였다. 그녀는 몇 초간 생각하다가, 상대를 믿어도 될 만큼 충분히 알았다는 결론을 내렸다.

그는 차를 향해 걸어갔다.

미키는 완벽한 매너를 발휘해, 차 문을 열어주고 여자가 의자에 자리를 잡고 앉을 때까지 기다린 다음 문을 닫았다. 그러고는 한 바퀴 돌아 다시 운전석으로 와서 앉았다. 차에 시동을 걸고 히터를 가동했다. 마그다가 추워하는 것 같았기 때문이다.

"고마워요." 마그다는 재킷 단추를 목까지 채우며 말했다.

차 안에서 소나무 냄새가 나는 것 같았다. 송풍구에 달린 탈취제 냄새였다. 미키는 라디오를 켰다. 흘러간 이탈리아 옛 노래만 틀어주는 채널에 고정돼 있었다. 두 사람은 예전에 나온 사랑 노래를 들었다. 미키는 블루 나이트클럽 주차장에서 나와 길고 한적한 도로를 탔다. 호수에서 피어오른 안개가 주변 마을을 감싸고 있었다.

"그나저나 당신이 키우는 고양이 다섯 마리도 당신이 집을 비우는 걸 싫어해요?" 드디어 본격적인 질문을 던졌다.

"가끔은 그 녀석들이 자기 집에 나를 머물게 해주는 건 아닌가 싶은 생각도 들어요." 마그다는 농담을 던졌다.

그런데 갑자기 그녀가 말을 멈췄다.

미키의 예상대로였다. 일부러 그 질문을 던졌던 것인데, 그녀가 상황을 파악했다는 게 너무나 만족스러웠다.

"잠깐만요……." 마그다는 갈라지는 목소리로 말을 이었다. "아까 블루 나이트클럽에서 내가 고양이를 키운다는 말은 했지만, 다섯 마리나 키운다고는 한 적 없는 것 같은데……."

미키는 잠시 뜸을 들이다가, 도로에서 눈을 떼지 않고 아주 차분하게 대답했다.

"맞아요. 다섯 마리 키운다는 말은 안 했어요."

4

세차장의 솔은 최면 효과를 가지고 있었다.

미키는 주머니에 손을 넣은 자세로, 자신의 포리노를 닦고 있는 솔을 유심히 쳐다보았다. 내면의 평화가 밀려왔다. 한적한 주유소에서는 한밤의 추위가 휘발유 냄새와 뒤엉키고 있었다. 되살아나는 느낌이었다. 미키는 이미 실내 세차를 마치고 스팀 청소기에 차를 통과시켰다. 건조 작업이 마무리되자, 그는 다시 운전대를 잡고 차를 몰아 주차장으로 간 다음, 회색 방수용 커버를 씌웠다.

그는 새벽 1시에 집으로 돌아왔다.

문 앞에서 차분하게 옷을 벗고, 옷가지를 비닐봉지에 넣어서 욕실로 가져갔다.

불을 켜고 거울에 비친 자신의 모습을 쳐다보았다.

그는 선글라스를 벗어 터키석 반지, 금장 손목시계와 함께 세면대 위에 내려놓았다. 다음으로 인조 눈썹을 떼고 파란색 컬러 렌즈를 뺐다.

그러고는 양쪽 귀 뒤의 인조 피부를 움켜잡고 서서히 위로 들어 올렸다. 백금색 가발이 끌려 올라가면서 탈모로 듬성듬성한 머리가 드러났다. 그는 끈끈한 가발 접착제 잔류물을 제거하기 위해 머리를 긁으면서 머리 양쪽에 대칭을 이루며 수직으로 난 흉터를 어루만졌다. 한쪽은 스물일곱 바늘, 나머지 한쪽은 스물세 바늘을 꿰맨 상처였다.

'두 개의 지퍼 자국……'

미키는 폴리스타이렌 재질의 두상 마네킹 위에 가발을 내려놓았다. 청소하는 남자가 평소 쓰고 다니는 적갈색 가발 바로 옆에. 그런 다음 헤어스프레이와 드라이기를 가지고 가짜 머리를 다듬었다.

그는 샤워기 아래 서서, 장갑에 표백제를 묻혀 힘주어 온몸을 닦았다. 살이 타들어가고, 피부가 벗겨지는 느낌이 들었지만, 효과만큼은 탁월했다. 길지도 않은 손톱 사이에 끼어 있을지 모를 불순물들은 철 수세미로 벅벅 닦아 없앴고, 오른손 손등에 찍힌 블루 나이트클럽의 도장도 말끔히 지웠다.

다음은 옷가지를 처리할 차례였다.

바지와 셔츠, 양말, 속옷 등을 욕조에 넣고 유기물의 얼룩과 섬유조직 사이에 남아 있는 단백질 성분까지 날릴 수 있도록 효소 성분이 강화된 세제를 풀었다. 그런 다음 베이킹소다 한 숟가락을 넉넉히 섞었다. 슈퍼에 가면 파는 물건인데, 일반적으로 요리할 때 구운 고기의 육질을 부드럽게 만들어주는 제품이지만,

도축장 직원들이 작업복에 묻어 있는 생리 현상과 관련된 잔류물을 지울 때 사용하기도 한다.

그는 속옷이 마를 때까지, 공기 필터가 장착된 마스크를 쓴 다음, 드라이클리닝 용액을 써서 넥타이와 가죽 재킷 안감을 세탁했다. 그리고 경성세제를 천에 묻혀 재킷 겉 부분을 닦아냈다. 손목시계와 반지, 지갑, 허리띠 등은 암모니아 성분의 약품이 든 스프레이로 소독하고, 열쇠와 양철 탱크도 똑같이 처리했다. 그런 다음 가죽 부츠 밑창에 황산 크로뮴 성분의 접합제를 붙였다가 떼어냈다. 섬유나 부식토 등이 묻어 나왔다. 그는 도수 70도의 알코올로 희석한 유기산 용액으로 신발을 문지른 다음, 염색질을 두루두루 발랐다. 그리고 마지막으로 적막감이 흐르는 집 안에서 자신의 옷을 다리고 정성스레 개켰다. 여전히 알몸인 상태로.

기나긴 의식이 끝나자, 미키는 자신의 방으로 들어갔다. 얼마 지나지 않아, 청소하는 남자가 그 방에서 나와 초록색 문을 닫고 열쇠로 잠갔다.

황동 문고리에 손을 올리고 있었던 청소하는 남자는 자신이 미키와 헤어져야 하는 걸 싫어한다는 사실을 인식하고 있었다. 처음에 두 사람의 관계는 그리 순탄치 않았지만, 어느 순간부터 균형을 잡을 수 있었다. 사실상 미키는 언제나 그의 곁을 지키고 있었다. 상극이지만 서로를 완벽히 보완해주는 관계였다. 그는 내향적이었지만, 미키는 외향적이었다. 그는 사람들과 대화조차 제대로 못 하지만, 미키는 청소하는 남자가 몇 년 동안 베라 곁을 맴돌던 파리 떼 남자들의 입을 통해 들은 무수한 말들을 자유자재로 구사했다. 예를 들면, 손금을 봐주겠다는 말은 세르비아 출신 트럭 운전사가 했던 말이었다. 그의 어머니도 거기에 속아 넘어갔었다. 미키는 달리 그가 가질 수 없었던 걸 준 사람이었다. 목숨. 그래서 청소하는 남자는 그 대가로 미키를 먹여 살리고 있었다. 미키에게 새 옷을 사주고, 밤이면 유흥을 즐기러 나갈 수 있도록 돈을 모아두는 식으로. 두 사람의 합의는 만족스러웠다. 그때까지 두 사람의 동거는 평화로웠다. 완벽한 연합 관계.

무엇보다 남들과 달리, 미키는 그를 절대로 버리지 않을 사람이었다.

'네가 어디를 가든, 초록색 문만 열고 들어오면 내가 거기 있을 거야.'

짤막한 전자음이 그를 현실로 데려왔다. 진자시계가 오전 4시 2분임을 알리고 있었다. 밖은 어두웠다.

완벽한 하루가 시작됐다.

다음 날은 언제나 최고의 순간이었다. 모든 것에 완벽하게 성공한 그 느낌이 여전히 생생한 탓이었다. 조만간 기억은 희미해지겠지만 아직은 아니다. 그렇기 때문에 앞으로 다가올 몇 시간을 최대한 만끽해야 했다.

그는 모카 포트에 커피와 물을 붓고 평범한 여느 때처럼 가스 불 위에 올렸다. 이제 곧 출근할 시간이었다. 일상의 습관을 바꾸지 않는 게 무엇보다 중요했다. 몸은 피곤했지만, 졸음이 쏟아지지는 않았다. 여전히 미친 듯이 솟구치고 있는 아드레날린이 혈관을 타고 돌고 있었다. 결국은 피로감이 아드레날린을 잠재울

거란 걸 잘 알고 있었지만, 퇴근해서 집으로 돌아올 때까지 버틸 생각이었다. 쓰러지더라도 집에서 쓰러지겠다는 일념으로. 어쨌든 다음 날은 토요일이라 늦잠을 잘 수 있을 터였다.

다음 날 밤에는 아기처럼 실컷 자게 될 것이다.

남자는 커피를 마신 다음, 분리수거 봉투를 들고, 블루 나이트클럽의 여자를 연구하기 위해 지난 몇 주간 모았던 쓰레기들을 종류별로 분류했다. 출근길에 가지고 나가, 여러 군데 나눠서 버릴 계획이었다. 마무리 작업을 진행하는 동안 그는 공허한 기분이 들었다. 주어진 시간 내에, 예정된 방법에 따라, 맡은 바 임무를 완수해야 한다는 생각이, 하루하루에 의미를 부여해주던 일거리를 그만두어야 한다는 아쉬움과 갈등을 빚고 있었다.

적어도 미키가 새로운 임무를 부여하기 전까지는 이런 갈등은 지속될 터였다.

그는 여전히 과거에 대한 묘한 향수에 사로잡힌 채, 표백제로 테이블을 닦으면서 '선택받은 사람'의 흔적을 없앴다.

마무리 작업까지 다 마친 그는 옷장에 걸어둔 평상복을 걸쳤다. 그 옷도 조금 있으면 미화원들이 입는 진한 초록색 작업복으로 바뀔 터였다. 그런 다음 적갈색 가발을 머리에 잘 눌러쓰고는 금속 테로 된 돋보기안경도 썼다. 그는 밖으로 나가려다가 문턱에서 걸음을 멈췄다. 열쇠고리를 손에 든 채로.

'나는 투명 인간이다.'

이제야 완벽한 하루를 시작할 수 있었다.

5

코모 호수의 유일한 섬인 코마치나섬은 그 위를 뒤덮고 있는 야
생식물 덕분에 마치 수면 위에 떠다니는 난파선처럼 보였다. 정
면으로 보이는 자갈 깔린 호숫가로 가려면, 나무 사이에 난 가파
른 언덕길을 타고 내려가야 했다. 봄철 주말에는 가족 단위 나들
이객이나 산책 나온 사람들로 붐비는 곳이었다. 하지만 주중에는
한산했다.

그 금요일 아침, 청소하는 남자는 가는 길에 나무 쓰레기통 안
의 비닐을 새것으로 교체했다. 다음 주가 되면 다시 비워야 할 터
였다. 그는 트럭을 위쪽 빈터에 세워두고, 자연의 소리를 벗 삼아
걸어 내려왔다. 새소리, 물결이 찰랑거리는 소리, 산에서 불어와
월계수를 흔들고 그 향을 퍼트리는 산들바람 소리.

여느 때처럼, 청소하는 남자는 민첩하고 조심스럽게 자기 업무
에 열중했다. 할 일을 다 마친 뒤에는 잠시나마 호수를 끼고 있는
알프스산맥의 풍경을 감상했다. 살짝 포근한 날이었지만, 그는

더위를 느꼈다. 그래서 손수건으로 이마를 닦았다. 그런데 작업복 주머니에서 손수건을 꺼내다가 알록달록한 조각 하나를 발밑으로 떨어뜨렸다. 그는 뭘 떨어뜨렸는지 보려고 허리를 숙였다.

'선택받은 사람'의 쓰레기에서 찾아냈던 빨간 매니큐어 칠한 손톱 조각이었다. 성유물.

그는 손톱을 주워 흙을 털어내려고 입바람을 불다가 갑자기 동작을 멈췄다. 이게 어떻게 작업복 호주머니에 들어 있었던 걸까? 모든 걸 통제하고 있다는 확고부동한 믿음이 생전 처음으로 흔들렸다. 어떻게 이런 세세하고 중요한 부분을 놓칠 수 있었던 걸까? 이유야 어떻든, 그는 한동안 스스로를 채찍질하게 되리란 사실을 알고 있었다. 그의 천성이 그랬다. 이런 실수는 그를 끊임없이 괴롭히고 몰아붙일 터였다. 그는 이해하기 위해 애쓰고, 곰곰이 생각하다가, 지금 그 장소에 서니 마음이 편안해진다는 사실을 깨달았다.

그는 손톱을 멀리 던져버리려다가 생각을 바꾸고 손수건으로 곱게 쌌다. 당연히, 자신과 연결 고리를 찾을 수 없는 그런 장소에 버려서 처리해야 할 물건이었다. 그런데 실질적으로 다른 무언가가 있었다. 설명할 수 없는 무언가가. 전율이 느껴졌다. 겉보기에는 대수롭지 않아 보여도 대단히 위험한 물건이었는데, 역설적으로 그런 이유 때문에 그를 더 짜릿한 흥분 상태로 만들어주고 있었던 것이다. 주체할 수 없는 감정 역시 위험 요소인지라, 정신을 가다듬기 위해 굳은살이 박인 손으로 편백나무 껍질을 만지면서 눈을 감았다. 그런 식으로 나무의 호흡을 상상하면 평정심을 회복하는 데 도움이 됐다.

그 순간, 비명이 들렸다.

그는 눈을 뜨고, 경계심을 발동하면서 사방을 둘러보았다. 비명이 더 이상 이어지지 않자, 그는 자신이 엉뚱한 상상을 한 건가 의아해했다. 하지만 다시 비명이 이어졌다. 심장이 벌렁거렸다. 어디서 무슨 일이 일어났는지 알 수 없었기 때문이다. 그는 호수를 바라보았다.

나뭇가지 사이로 수면 위에서 몸부림치는 누군가가 시야에 들어왔다.

호숫가로부터 10여 미터쯤 떨어진 곳에서 허우적거리고 있었다. 그런데 그 정도 거리면 바람이 없는 날에는 기슭으로 돌아오는 게 그리 어렵지 않을 터였다. 청소하는 남자는 누군가가 불행히도 소용돌이에 걸려들었음을 깨달았다. 호수에서 심심치 않게 일어나는 일이었다. 기습적으로 사람들의 발목을 붙잡고 안으로 끌어들이는 소용돌이. 그는 그런 장면을 결코 보고 싶지 않았다. 말도 안 되는 죽음의 현장은 참혹해 보였던 만큼 그를 질겁하게 만들었다. 하지만 그와 동시에, 그는 그 장면에서 눈을 뗄 수 없었다.

도저히 다른 곳으로 관심을 돌릴 수 없었다.

오히려 더 자세히 보기 위해 위치를 옮겼다. 불쌍한 사람은 사라졌다 나타나기를 반복하면서 숨이 막히는 상황에서도 어떻게든 벗어나려고 필사의 몸부림을 쳤다. 잠깐이었지만, 그는 물에 빠진 사람의 얼굴을 쳐다보았다. 어린아이였다. 그런데 그냥 평범한 어린아이가 아니었다.

포동포동 살이 찌고, 양팔에 바람 빠진 오렌지색 암 튜브를 찬 어린아이였다.

청소하는 남자는 앞뒤 재지 않고 즉시 호숫가로 달려가 커다란 작업화를 벗어서 선글라스와 함께 자갈밭에 던졌다. 그러고는 잔잔하지만 탁하고 얼음장 같은 물속으로 들어가 길을 내며 앞으로 나아갔다. 마치 호수가 그를 그냥 지나가게 내버려두지 않겠다는 듯, 그 때문에 어린 생명을 거둬 가려는 것 같았다. 쓰레기 더미로 가득 찬 수영장과 관련된 과거의 빚을 이렇게 피와 살로 된 대가로 청산하려는 듯.

하지만 청소하는 남자는 그렇게 되도록 내버려둘 수 없었다.

물이 허리까지 차는 지점에 이르자 그는 물속으로 잠수하며, 비록 의도하지는 않았을 테지만 그의 어머니가 유일하게 가르쳐준 기술을 활용했다.

수영.

팔을 벌리고 힘차게 다리를 뻗으면서도 힘을 아끼기 위해 일정한 속도를 유지하려 애썼다.

'이거 봐요, 베라. 내 모습을 봐요, 내가 얼마나 잘하는지!'

그는 어린아이 쪽으로 다가갔다.

2미터 정도를 남겨둔 지점에서, 물살이 갑자기 발목을 붙잡고 아래로 끌어당기는 느낌이 들었다. 거대한 해양 생명체가 뻗은 촉수에 걸린 느낌이었다. 하지만 그건 치명적인 소용돌이일 뿐이었다. 그는 간신히 그 구간을 벗어날 수 있었다. 그런데 어린아이는 포기하고 있었다. 비명도 지르지 않았고, 팔의 움직임도 마치 줄 끊어진 마리오네트처럼 제멋대로였다. 청소하는 남자는 아이에게 조금 더 버텨보라고 소리치고 싶었다. 자신이 곧 구해주겠노라고.

하지만 아이는 납덩어리처럼 뻣뻣해진 채 수면 아래로 사라졌다.

청소하는 남자는 재빨리 숨을 한 번 크게 들이쉬고는 산소가 충분하기를 바라면서 물속으로 잠수했다. 그는 초록빛이 감도는 어둠 속에서 팔을 뻗으며 해초 사이를 뚫고 지나갔다. 어느 쪽으로 헤엄쳐 가야 할지 알 수 없었는데, 갑자기 무언가가 느껴졌다. 그래서 본능적으로 붙잡아서 자신 쪽으로 끌어당겼다.

팔뚝이었다.

단단히 붙잡지는 못했지만, 더 계산하고 따질 시간이 없었다. 그는 자신도 수면 아래 어둠에 갇히기 전에 위로 올라갔다.

그는 물 밖으로 머리를 내밀었다. 움직임이 없는 아이를 안은 채로. 생사는 알 수 없었다. 확인할 방법은 일단 기슭으로 데리고 나가는 길뿐이었다.

끝도 없이 헤엄친 것 같다는 생각이 들 무렵, 발밑에 바닥이 느껴졌다. 그는 뒤로 돌아 확인도 하지 않고 자신이 구한 사람을 계속 끌고 걸었다. 손목을 붙잡고 끄는 과정에서 팔을 너무 심하게 비틀지 않았나 하는 생각이 들었다. 아무래도 어깨를 삐게 만든 것 같았다.

일단 기슭 가까이에 이르자, 숨을 헐떡이면서 네발로 기었다. 그런 다음 천천히 호흡을 가다듬고 뒤를 돌아보았다.

그런데 그가 구한 선 남자아이가 아니라 소녀였다.

검게 보이는 긴 머리와 가녀린 몸매로 그 사실을 알 수 있었다. 여자아이는 자갈밭에 얼굴을 파묻은 자세로 엎드려 있었다. 검은색 청바지, 운동화, 그리고 알록달록한 가방을 메고 있는 걸로 미루어보아, 일단 수영하러 온 것으로 보이지는 않았다.

여자아이는 움직임이 거의 없었다. 하지만 아직 죽지 않았고, 어떻게든 숨을 쉬려 안간힘을 쓰고 있었다.

어쩌다가 소녀를 다섯 살 꼬마로 착각했는지 돌아볼 겨를도 없이, 남자는 아이가 질식하지 않도록 몸을 돌려 눕혔다. 그런데 얼굴을 보자마자 뒤로 흠칫 물러섰다. 섬세한 이목구비. 귀에 달린 피어싱. 눈꺼풀 위로 번져서 흘러내린 아이라인. 이마에 달라붙은 보라색 앞머리.

대략 열두 살에서 열세 살 정도 돼 보이는 10대 소녀였다.

눈동자는 뒤집혔고, 입과 코에서 허연 거품이 흘러나오고 있었다. 청소하는 남자는 멍하니 소녀를 쳐다보았다. 아연실색한 채로.

보라색 앞머리 소녀는 숨을 쉬지 않고 있었다. 그 상태로는 오래 버틸 수 없을 것 같았다.

목숨을 걸고 물에 들어가 구했는데, 정작 자갈밭 위에서 죽어가는 걸 속수무책으로 보고 있을 수밖에 없다니 너무나 안타까웠다. 마음 한구석이 이 상황을 도저히 받아들일 수 없었다. 그는 있는 용기, 없는 용기를 다 끌어다가 소녀 위에 걸터앉아 흉부를 압박하며 수축과 이완 운동을 도왔다. 점점 더 세게. 제대로 하고 있는 건지도 알 수 없었다. 소녀의 뼈마디가 아기 새의 뼈마디처럼 한없이 연약하게만 느껴졌다. 갈비뼈는 피스톤처럼 주저앉았다가 부풀어 오르면서 둔탁한 소리를 내고 있었다. 남자는 지쳐 있었지만 끈질기게 압박을 계속했다. 입에서 액체가 뿜어져 나오고, 후두에서 굵고 짧은 신음이 터져 나올 때까지. 청소하는 남자는 동작을 멈췄다. 뭘 해야 할지 알 수 없었다. 그러다 자신의 행동이 가져온 효과를 확인하고는 하던 동작을 다시 이어나갔다.

얼마 지나지 않아 소녀는 기침을 하다가 노란 액체를 토해냈다. 호흡이 안정적으로 돌아오자, 소녀는 망가진 인형처럼 몸을 뒤틀었다. 그는 어느 정도 시간이 흐른 뒤에야 소녀가 경련을 일으키고 있나는 사실을 깨달았다. 어렸을 때, 비슷한 상태로 응급실에 실려 갔던 끔찍한 기억이 떠올랐다. 그는 작업복 주머니에서 손수건을 꺼내, 소녀가 혀를 깨물지 않도록 입에 넣어주었다. 그러고는 더는 해줄 게 없다는 사실을 깨닫고 자리에서 일어났다. 하지만 발걸음이 떨어지지 않았다. 그렇게 멍하니 거기 서 있었다. 흘러내린 적갈색 가발을 얼굴 옆에 붙인 상태로. 그제야 소녀는 안정을 되찾고 눈을 깜빡거리며 떴다. 진한 밤색 눈동자에는 한없이 서글픈 기운이 서려 있었다.

소녀는 그 눈으로 그를 보았다.

'넌 나를 볼 수 없어.' 그는 생각했다. '난 투명 인간이거든.'

그는 그렇게 서서 부들부들 떨고 있었다. 그다음은 모든 게 순식간에 일어났다. 저 멀리서 외치는 메아리 소리가 귀에 들어왔다. 그러더니 사람들의 형체가 두 사람을 향해 뛰어왔다.

현장을 목격한 사람들이 그곳으로 몰려들고 있었다.

청소하는 남자는 그 사람들이 누구인지 생각할 겨를도 없이 결정을 내렸다. 거기 그렇게 서 있을 수 없었다. 나쁜 짓을 한 건 아니었지만, 무슨 말을 어떻게 해야 할지 알 수 없었다. 말을 한들 과연 사람들이 믿어줄지도 의문이었다. 경험을 통해 깨달은 게 있다면, 아무도 믿어선 안 된다는 사실이었다. 그래서 보라색 앞머리 소녀를 마지막으로 한 번 더 쳐다보았다. 자신을 바라보던 그 눈빛 속에 과연 무슨 사연이 숨겨져 있을지 알 수는 없을 것 같았다.

그는 소녀의 입에 물린 손수건을 꺼내려 했지만, 소녀는 입을 벌리지 않았다.

더는 지체할 시간이 없었다. 그는 안경과 부츠를 손에 들고, 맨발로 오솔길을 향해 달려갔다. 믿는 건 있었다. 나무가 자신의 모습을 가려줄 거라는 믿음이 있었다.

자신의 트럭을 향해 달려가는 동안, 현장으로 달려오던 사람들의 격앙된 목소리가 들려왔다. 다들 물에 빠진 소녀의 상태를 살피느라 정신이 팔려 자신에게는 관심을 갖지 않기를 바랐지만, 굳이 뒤돌아 상황을 확인하지는 않았다.

그는 트럭에 오르자마자 지체 없이 시동을 걸었다. 차를 몰면서 백미러로 슬쩍 시선을 돌렸다. 도로 외에는 아무것도 보이지 않았다.

9월 19일

아이는 냄새를 맡고 잠에서 깼다. 전에도 맡아본 냄새였지만, 어디서 맡았는지는 떠오르지 않는다.

아이는 눈을 떠보려 하지만, 들리지도 않을 정도로 눈꺼풀이 무거웠다. 잠이 깨긴 한 건지, 아직 꿈속인지조차 구분되지 않는다. 가끔은 그렇게 꿈속으로 빠져드는 기분이 들기도 하고, 배 속이 뒤집히는 느낌도 들다가, 얼마 지나지 않아 다시 수면 위로 올라왔다. 잠시 이런 느낌이 지속된다. 마치 롤러코스터를 타고 있는 것처럼. 단, 칠흑 같은 어둠 속에서. 그리 신나는 경험은 아니다.

머리가 아팠다. 두 눈 사이에 극심한 통증이 느껴졌다.

코를 찌르는 냄새가 익숙하다. 소독약 냄새. 병원에서 맡아본. '그래, 난 병원에 와 있는 거야.' 아이는 생각했다. '이번에도.'

"왜 이렇게 못 알아들어요. 이렇게는 지낼 수 없다니까요." 일 그러진 목소리가 다그치고 있었다. "이번에는 용케 헤어났지만,

다음에는요? 이번에도 간신히 구한 거라고요."

마르티나였다. 사회복지사. 마르티나가 누군가와 언쟁을 벌이고 있다.

"난…… 난 그냥……." 상대는 울먹였다.

"난 그냥 뭐요? 당신이 책임져야 하는 거예요, 베라. 당신은 아이 엄마니까 보호해줘야 했다고요."

두 여자는 아이와 한 장소에 같이 있었다. 두 사람은 아이를 깨우지 않으려는 듯, 아이가 깨어 있으면 들리지 않게 하려는 듯 나지막이 중얼거리고 있었다. 아이는 여전히 눈을 감은 채로 두 사람의 모습을 상상하고 있다. 베라는 짧은 치마에 하이힐을 신고, 매니큐어 칠한 손톱 주변의 살을 물어뜯고 있을 것이다. 담배를 피울 수가 없어서. 머리를 뒤로 넘겨 한 갈래로 묶고 운동화를 신은 마르티나는 마치 얼토당토않은 실수를 저지른 10대를 대하듯 베라를 낮잡아 보면서 다그치고 있을 것이다. 그래봐야 베라보다 고작 열 살밖에 많지 않은 나이인데.

"이렇게 심각할 거라고는 생각하지 않았다고요……." 베라는 핑계를 대면서 울먹였다.

"그게 심각하지 않으면 도대체 어떨 거라고 생각했던 거예요? 머리를 그 지경으로 만들면 말이에요?"

'두 개의 지퍼 자국…….'

아이는 당시의 목소리를 기억해냈다. 지하실에서 울려 퍼지던 그 웃음소리, 그리고 피 냄새까지. 자신의 피.

"전에는 애한테 이렇게 한 적 없었다고요. 자기 아들 같다고도 했고요. 동물원에 데리고 간 적도 있다니까요!"

"세상에, 사람이 어떻게 이렇게 순진할 수가 있어요? 아니면 멍청한 거예요?"

마르티나가 그렇게 화를 내는 건 처음이었다. 마르티나는 언제나 다정하고 웃음을 잃지 않는 사람이었다.

"내가 그걸 어떻게 알 수 있었겠어요? 집에 왔을 때 애는 자기 방에서 자고 있었단 말이에요. 자기가 아이 머리에 붕대를 감아 줬는데, 계단에서 굴렀다고만 얘기했었다고요."

"자고 있었던 게 아니라고요, 베라. 당신 아들은 그때 이미 혼수상태였다고요."

베라는 울음을 터뜨렸다.

'네가 지금 무슨 짓을 한 건지 알아? 이건 네 잘못이야, 애새끼야……'

'나는 계단에서 넘어진 게 아니에요.' 아이는 그렇게 말하고 싶었다.

"아니, 이건 아니에요. 이건 못 받아들이겠어요." 아이 엄마는 돌연 정색하며 확신에 찬 투로 말했다.

"뭘 못 받아들이겠다는 거예요?"

"미키가 그런 게 아닐 거예요……. 난 그를 알아요. 그런 일을 벌일 사람이 아니에요."

"왜 그 인간을 이렇게 두둔하는 거예요? 아이를 죽일 수도 있었다니까."

"그 사람은 우리를 사랑한다고요!"

"베라, 난 당신이 누구랑 잠자리를 하든 그런 것 따윈 아무런 관심도 없어요. 그런데 어느 날 당신 애인 중 하나가 그저 심심하다는 이유로, 여섯 살 난 당신 아들 머리가 얼마나 단단한지 시험을 하겠다고 하면, 당신이 해야 할 최소한의 일은 신고하는 거예요."

'이리 와봐, 꼬맹아. 우리 재미있는 놀이나 하자…….'

뚜껑 문이 열렸다. 지하로 내려가는 뚜껑 문은 초록색이다.

부엌을 통해 아래로 내려가는 것이다. 손에 손을 잡고, 한 번에 계단 한 칸씩만. 고분고분하게, 저항하지 않고. 우리를 사랑하는 사람은 우리를 해치지 않으니까.

"미키가 술을 마시면 이성을 잃을 때가 있기는 해요." 베라는 사실을 인정했다. "하지만 나쁜 사람은 아니에요. 항상 후회한다니까요. 한번은 말싸움을 하다가 내 코를 부러뜨렸는데, 곧바로 펑펑 울었다고요. 얼마나 울던지, 진정시키려고 밤새도록 안아줘야 했을 정도였어요."

"정말 당신하고는 뭘 어떻게 해야 할지 모르겠네요, 베라. 난 이제 정말로 모른다고요." 마르티나는 자포자기한 사람처럼 말하고 있었다. "어쨌든 경찰이 미키를 찾고 있어요. 그러니까 연락이 오거든 우리한테 알려줘야 해요. 그건 확실히 알았지요?"

"알았어요, 알았다고요."

"그리고 아들한테 신경 좀 써요." 마르티나가 단단히 타이르듯 말했다. "애한테 옷도 좀 사주고 그래요. 지금 입혀놓은 것들은 치수가 너무 작다고요. 또 제대로 좀 먹이고요. 애가 나이에 비해

발육이 너무 늦어요."

"애한테 다른 가족을 찾아주는 게 더 낫지 않을까 싶어요." 아이의 어머니는 갑자기 협조적으로 나왔다. "그게 모두를 위해 나을 테니까요. 특히 애한테요."

"지난번에 어떻게 됐는지 잘 알잖아요……."

"알아요. 하지만 또 시도해볼 수 있는 거잖아요."

10대 소녀가 어른에게 무언가를 부탁하고 초조하게 대답을 기다리는 모양새였다. 하지만 마르티나는 꿈쩍도 하지 않았다.

"당신 아들은 아무도 데려가려 하지 않을 거예요, 베라. 사람들이 아이 사연을 알고 나면 더더욱 움츠러들어요. 이제는 더 힘들어지겠죠. 머리에 이런 흉터까지 남게 됐으니까요. 그건 당신이 나보다 더 잘 알 거예요."

'내 사연.' 여전히 고통스러운 반수면 상태에 있던 아이는 머릿속으로 그 말을 따라 했다. '내 사연은 어떤 내용일까?'

6

그는 문을 열고 들어가자마자 등 뒤로 황급히 문을 닫았다.

헐떡이는 숨소리가 고요한 집 안에 울려 퍼지고 있었다. 그는 쓰레기차를 공터에 그대로 방치한 채 집으로 뛰어 들어왔던 것이다. 하치장에 들르지도 않았으니, 옷도 갈아입지 않은 상태였다. 흥건히 젖은 작업복에서 타일 바닥으로 물이 뚝뚝 떨어지고 있었다. 가발에서도 젖은 마포 조각처럼 물이 흘러내렸다.

'내가 무슨 짓을 한 거지?' 남자는 화풀이하듯이 가발을 벗었다. '무슨 짓을 한 거냐고?'

자갈밭에 누워 있다가 눈을 뜨고 그를 쳐다보던 보라색 앞머리 소녀의 모습이 머릿속에 깊이 각인된 뒤였다. 그렇게 각인된 모습의 소녀가 지금도 계속 그를 쳐다보고 있는 것 같았다. 아니, '바로 이 순간에도' 그를 볼 수 있을 것만 같았다. 그가 어떻게 생겼는지, 어디에 살고 있는지 보고 있는 것 같았다. 청소하는 남자는 그 누구도 집에 들인 적이 없었는데도 말이다. 더 끔찍한 건, 그의 마음속까지 읽고 있는 기분이 드는 것이었다.

'나는 투명 인간이야.' 지금처럼 외부에 노출되고, 약점을 드러 낸 느낌이 드는 건 처음이었다.

가면을 벗을지 말지를 결정하는 건 대개 미키의 몫이었다. 그 리고 여자들이 그의 실체를 파악하더라도, 그녀들에게는 자신이 발견한 사실을 현실과 비교해볼 시간적 여유가 주어지지 않았다. 그들의 눈 속에 담긴 의식이 생명의 빛과 동시에 꺼져버리기 때문 이다.

그런데 이제 모든 게 끝이다. 목격자가 생긴 것이다.

그냥 물에 빠져 죽게 내버려두었으면 일이 이 지경까지 되지는 않았을 것이다. 그는 운명의 흐름을 바꾸고 싶었다. 그리고 지금 은 그간 오랫동안 억눌러온 감정이 솟구쳐 올라오는 게 느껴졌다.

두려움.

그는 이토록 경멸스럽고 저속한 충동으로 인해 통제력을 상실 하는 일은 죽어도 없을 거라 다짐하면서 평생 두려움을 철저히 배격해왔었다. 그런데 지금, 그의 심장은 용기를 잃은 사람처럼 미친 듯이 쿵쾅거리고 있었다.

"아니지." 남자는 고요한 집 안에서 소리를 들었다. "아니라 고."

청소하는 남자는 잠겨 있는 문으로 향했다. 문 뒤에서 미키가 말하고 있었다. 순간적으로 남자의 심박이 정상으로 돌아왔다.

"그날 내가 지하실에서 가르쳐준 거 기억나?"

남자는 기억하고 있었다. 창으로 보이는 빛. 송진 냄새. 못, 나사, 볼트가 들어 있던 상자. 나무로 된 조리대 위에 정렬된 공구들. 그리고 위로 벌려놓은 철제 바이스.

"배운 걸 한번 읊어봐……."

청소하는 남자는 마치 예전 흉터 자국에 과거의 통증이 고스란히 되살아나기라도 한 것처럼 본능적으로 두 손을 머리 양옆으로 올렸다.

"울지 않는다, 비명을 지르지 않는다고 배웠어요."

그 통증은 아이가 견디기 힘든 강도였다. 그리고 아이를 빤히 노려보고 있던 얼굴, 입 한구석에 물고 있던 담배.

"다 너를 위해서 그런 거야, 꼬맹아. 너를 위해서."

"그다음은 뭐지?" 미키가 물었다.

"두려움은 아무짝에도 쓸모없다고 배웠어요. 쓸데없는 거라고……. 두려움은 날 구해주지 않을 테니까."

"잘했다. 그러면 두려움이 속삭이는 대로 따라 하면 어떻게 된다고 했지?"

청소하는 남자는 순간 망설였다.

"스스로 벌을 내려야 한다고요."

절차는 이미 알고 있었다. 남자는 부엌 구석으로 가서 식기가 든 서랍을 열고는 거기서 날카로운 칼 하나를 꺼냈다. 그리고 오른손으로 칼날을 감쌌다.

그런 다음 꾹 눌렀다.

새로운 통증이 두려움을 지워버리고, 그의 수치스러운 행동을 깨끗이 닦아주었다. 그가 손바닥을 펴고 개수대에 칼을 던진 다음 행주로 손을 감싸자, 행주가 시뻘겋게 물들기 시작했다.

"녀석, 아주 잘했다." 미키가 그를 칭찬해주었다.

그런 다음에야 그는 초록색 문 뒤로 멀어져갔다.

7

그는 남은 아침 시간과 오후 내내, 멍한 상태로 그저 소파에 앉아 있었다. 트럭에 관해서는 일단 핑곗거리를 만들어내야만 하는 상황이었다. 타이어 한두 개 정도 펑크를 내 사고로 위장할 수는 있었다. 하지만 지금 당장은 아무래도 상관없었다.

몸에서 끓어오르는 열 덕분에 조금씩 마르고 있는 젖은 작업복이 전하는 감각 외에는 아무것도 느껴지지 않았다.

어둠이 내렸다. 붕대 삼아 손에 감아놓았던 행주가 질퍽하게 젖은 상태였지만, 출혈도 멈췄고, 통증은 어느새 따끔거리는 수준으로 떨어졌다.

그는 씻으러 갔다.

그리고 실과 바늘로 상처를 꿰맨 다음, 그 위에 제대로 된 붕대를 감았다. 그러고는 버미셀리 즉석 수프를 요리해, 팬티와 양말만 신은 채 식탁에 앉았다. 정신은 어딘지 모를 곳을 돌아다니고 있었지만, 손은 무의식중에 숟가락을 입으로 가져갔다. 뜨거운 물로 샤워를 한 탓에 살갗이 벌겋게 달아올랐지만, 마치 고인 물이 살에 스며들기라도 한 듯, 호숫물 냄새가 지워지지 않았다. 견딜 수는 있었지만, 진이 다 빠진 상태였다. 식사를 마친 그는 설거지를 하고 그릇을 정리해 찬장에 넣어두었다. 그리고 저녁이 되면 늘 그렇듯, 소파 베드를 잡아당겨 침대로 만들고 깨끗한 이불 속으로 들어갔다. 그런 다음 불을 끄고 침대에 누웠다.

그는 눈을 감고 잠을 청했다.

평소처럼 긴장을 푸는 데 도움이 되는 소리에 귀를 기울였다. 천장에 설치된 물탱크의 목소리. 그는 물탱크가 천장에 달린 스프링클러를 타고 마치 돌고래처럼 신음하거나 더 나아가 노래 부르는 소리를 들었다. 스프링클러도 아마 제대로 작동하지 않을 것 같았다. 방치된 듯 버려진 건물의 다른 것들과 마찬가지로. 하지만 몇 센티미터 두께의 콘크리트 벽 바로 위층에 어마어마한 양의 물이 고여 있다는 생각이 그의 마음을 편안하게 해주었다.

마치 머리 위에 수영장을 이고 다니는 기분이었다.

그런데 하필 그날 밤은 물탱크도 입을 닫았다. 침묵의 경고라도 하듯.

애초 계획대로였다면, 숙면으로 완벽한 하루를 마무리했어야 할 시점이었다. 쓰러지듯 침대에 누워 스스로에게 취해, 원기가 충만한 상태로 아침을 맞이하기 위해 잠자리에 들었어야 했다. 블루 나이트클럽에서의 결정적 한 방을 위해 몇 주에 걸쳐 진행해온 연구와 분석, 준비 과정 등 고도로 전문적인 작업에 대한 포상으로 주어질 달콤한 휴식이었다. 그런데 그날 아침 벌어진 사건이 모든 걸 지워버렸다. 정당하게 피곤할 권리까지. 이전의 생활이 까마득한 과거처럼 느껴졌다. 게다가 미키와의 협력 관계도 망쳐버린 것 같았다. 그런데 있는 그대로 받아들이기는 힘들었지만, 무언가 다른 게 있었다. 그게 뭔지는 모르겠지만, 무언가가 있었다.

문득 생각 하나가 떠올랐다. 그런데 도저히 지워지지 않아서 결국 눈을 떴다.

변죽만 울리고 있어봐야 소용없는 일이다. 사실, 온종일 어떻게 해보려 애썼지만, 소득이 없었다. 더는 아무렇지 않은 척 넘어갈 수가 없었다. 보라색 앞머리를 가진 소녀에 관한 소식이었다. 그 소녀가 누구인지, 어떻게, 왜 그 호수에 빠졌는지 따위는 궁금하지 않았다. 알고 싶은 건 딱 하나였다.

'무사할까?'

그는 소녀를 자갈밭에 그대로 두고 현장에서 도망쳤다. 사고 현장으로 뛰어오는 사람들을 보기는 했지만, 그다음은 어떻게 됐는지 알 수 없었다.

"자, 말해봐⋯⋯." 미키는 초록색 문 뒤에서 차분한 목소리로 남자를 구슬렸다.

"그 아이가 살아 있다면, 내 얼굴을 기억할 거예요." 그는 한숨을 내쉬며 말했다. "그 아이가 죽었다면, 사람들은 무슨 일이 있었는지 알아보려고 나를 찾아다닐 테고요."

그의 운명은 지금 누군지 모를 남의 운명과 떼려야 뗄 수 없는 관계에 놓여 있었다. 원했던 것보다, 상상했던 것보다 더 긴밀한 관계로. 그래서 관심을 두지 않을 수가 없었던 것이다.

"뭘 어떻게 해야 하는지 잘 알잖아……."

"아니, 모르겠어요."

하지만 거짓말이었다. 그는 알고 있었다. 어느 정도는.

"시간이 얼마 없어. 여기까지 찾아올 거야."

생각만으로도 두려웠다. 하지만 미키의 말이 옳았다. 그게 유일한 해결책이었다.

그는 이불을 치우고 침대에서 일어났다.

8

그는 밤 11시에 위아래 어두운색의 옷을 입고 집에서 나왔다. 그리고 민머리에 검은 모자를 눌러써서 얼굴을 가렸다.

소녀를 찾아야 했다.

인터넷을 사용하지 않는 탓에 지역 언론에서 그날 아침 사건을 언급했는지는 알 수 없었다. 소녀가 어느 병원에 입원했는지도 알 수 없었다. 유일한 방법은 일일이 찾아가 확인하는 것뿐이었다. 사고 현장에서 가장 가까웠던 메나조는 이미 가봤고, 발두체도 가봤지만 허탕이었다. 새벽 1시 15분 전, 그는 산탄나 병원을 지나가는 빈 버스에 올랐다. 그리고 병원 다음 정거장에서 내려, 도보로 병원으로 향했다.

병원 본관 앞에 이르자, 카메라를 비롯한 촬영 장비를 갖춘 한 무리의 기자들이 누군가를 기다리는 듯 모여 있는 게 눈에 들어왔다. 무슨 일이 벌어진 것이다. 기자들의 존재에 남자는 신경이 날카로워졌다. 동시에, 자신이 제대로 찾아온 거라는 느낌도 들었다.

그는 정문 대신 의료 폐기물 수거 차량이 드나드는 동쪽 출입구로 향했다. 그는 초소에 있던 경비원에게 시에서 발급해준 환경미화원 신분증을 내밀었고, 경비원은 아무것도 묻지 않고 문을 열어주었다.

전에도 이미 그렇게 병원에 출입한 적이 있었다. 야간에도. 업무 때문이기도 했지만, 약이나 의료 장비를 훔치기도 했다. 손을 꿰맬 때 사용한 실처럼, 콜라겐이 함유되어 있고 피부에 흡수되는 특수한 의약품 같은 것들. 그는 병원 소독을 담당하는 직원 탈의실로 향했다. 그곳은 비어 있었다. 그는 사물함 하나를 골라 주머니에서 꺼낸 드라이버로 자물쇠를 강제로 열었다. 그리고 그 안에 있던 파란색 직원용 옷으로 갈아입었다. 신발 보호용 발싸개와 머리에 난 흉터를 숨기기 위한 비닐 모자까지 뒤집어썼다. 그런 다음 창고에서 청소 도구가 담긴 카트를 끌고 직원 전용 엘리베이터에 올라탔다.

야간에는 그나마 병원이 조용할 거라는 계산이었다. 하지만 소녀를 찾는 데 주어진 시간은 그리 많지 않았다.

그는 집중 치료실과 회복실 위주로 탐색해나갔다.

병원균 차단을 위해 모든 직원은 수술용 마스크를 착용하고 다녔다. 그래서 남자 역시 얼굴이 노출되지 않도록 그들을 따라 마스크를 썼다.

그는 자동 청소기의 전원을 켰다. 청소용 솔이 회전하면서 내는 소리가 일정한 박자로 이어지는 산소호흡기의 묵직한 소리와

심전도 모니터의 맑은 신호음과 완벽하게 조화를 이루며 어우러
졌다.

그는 바닥을 청소하며 병실을 하나씩 확인해나갔다. 몇몇 병
실에는 환자 네 명이 동시에 누워 있었는데, 대부분 남성이거나
혹은 노인이었다. 가만히 보고 있자니, 헬륨 가스를 채워 넣은 풍
선처럼 둥둥 하늘로 떠오를 준비를 마친 사람들 같았다. 이들은
가느다란 끈을 통해 여전히 이 세상에 연결돼 있었던 것이다.

반면, 놀이동산에 있는 유령의 집 같은 그곳을 찾은 가장 어린
환자는 복도 끝 쪽에 있는 1인실을 차지하고 있었다.

소녀는 혼자가 아니었다. 간호사 하나가 생명 유지 장치에 나
오는 수치를 차트에 기록한 뒤 침대에 걸어두고 병실을 나갔다.
간호사는 청소하는 남자를 힐끗 쳐다보기만 했다. 남자는 그녀가
멀어질 때까지 기다렸다가 소리의 조화를 깨뜨리지 않기 위해 청
소기는 끄지 않고 그대로 세워두었다.

그런 다음 병실로 들어갔다.

보라색 앞머리 소녀는 잠을 자고 있었다. 평온하게. 아마 진통
제를 투여했을 것이다. 입에는 산소흡기 마스크가 씌워져 있었
다. 심박수를 살피는 전자 장비는 소녀가 의식을 차리면 경보음
을 통해 알려줄 터였다. 하지만 지금은 규칙적인 신호음만 내고
있었다. 그래서 남자는 침대 가까이 다가갔다.

머리를 뒤로 젖힌 채 검은 머리는 베개 위에 흐트러뜨리고 있
었고, 얇은 환자복을 입고 있었다. 가느다란 두 팔은 허리를 따
라 가지런히 뻗어 있었다. 왼쪽 팔에 수액이 두 개 연결돼 있었

다. 목선이 아주 가느다래 보였고, 쇄골 주변으로 감은 붕대가 가슴을 감싸고 있었다. 그가 호수 밖으로 끌어내는 과정에서 다친 모양이었다. 폐에 찼던 물을 토해내게 하려고 가슴을 누르다가 아마 갈비뼈를 몇 대 부러뜨렸을 수도 있다. 그리고 한쪽 발목에는 부목이 대어져 있었다.

가까이 다가가던 그는 소녀의 피부가 파래 보일 정도로 창백하다는 데 주목했다. 물살의 치명적인 포옹에서 벗어나려 사투를 벌인 흔적이었다. 그는 제대로 기억할 수 없었던 소녀의 얼굴을 유심히 뜯어보기 시작했다. 그는 여전히 스스로에게 묻고 있었다. 자신이 어쩌나가 본능적으로 소녀의 목숨을 구하려 들었는지를. 처음에 소녀를 어릴 적 자신의 모습으로 착각했던 게 이유의 전부는 아니었다. 잘못 봤다는 걸 깨달은 뒤에는 굳이 응급조치를 하지 않고 그대로 호숫가에 내버려둘 수도 있었다. 모든 게 너무나 혼란스러웠다. 그는 필요한 경우가 아니면 다른 사람과의 접촉을 일체 피하면서 철저히 주변인으로 살아왔다. 그런데 무슨 이유로 이 소녀 때문에 예외를 만들었던 걸까? 별로 특별할 것도 없어 보이는 소녀였다. 남자는 그런 생각이 위험하다는 사실을 알고 있었다. 자신이 이런 식으로 의심하고 있다는 사실을 미키는 몰라야 했다.

누군가 침대 머리맡 선반에 액자에 담긴 사진 한 장을 올려놓았다. 의식을 회복한 뒤에 보게 될 그 정겨운 사진 속의 소녀는 40대 남성과 그보다 몇 살 더 젊어 보이는 여성 사이에 서 있었다. 아마도 부모인 듯했다. 두 사람 모두 준수한 외모에 구릿빛 피부, 웃는 표정을 하고 있었다. 행복을 간직하는 특이한 방법. 청소하는 남자는 매번 누군가의 가족사진을 볼 때마다 그런 생각을 했다. 사람들은 정말로 자신들이 느끼는 감정을 사진 속에 담아 간직할 수 있다고 믿는 걸까? 그는 평생 사진을 찍어본 적 없었다. 심지어 환경미화원 신분증이나 자신의 신분증 사진도 그 자신이 아닌, 그와 닮은 다른 사람의 사진이었다.

그는 의자 위에서 환자의 개인 소지품이 담긴 봉투를 발견했다. 그리고 그 안에서, 소녀가 경련을 일으켰을 때 자신이 직접 입에 넣어준 손수건을 알아보았다. 그는 손수건을 챙기다가 문득, 그 손수건으로 감싸두었던 부러진 손톱을 떠올렸다.

성유물.

손수건을 펼쳐보았지만, 당연히 손톱은 그 안에 없었다. 그는 부주의한 실수가 어떤 결과로 이어졌을지 생각해보았다. 손톱은 물속으로 사라졌거나, 호숫가 자갈밭 어딘가에 묻혀 있을 터였다. 다시 찾는 건 불가능한 일이다. 그는 손수건을 주머니에 챙겨 넣으면서 자신이 골치 아픈 일에 휘말렸다고 생각했다.

종지부를 찍어야 할 순간이 왔다.

그는 약과 제세동기가 있는 카트로 다가갔다. 그 안에 자신이 찾는 게 있을 거라는 확신이 있었다.

라텍스 장갑. 피하주사기. 인슐린 바이알.

그는 병실 문에서 눈을 떼지 않고, 주사기에 인슐린을 최대치로 채웠다. 아무도 환자의 발가락 사이에 난 미세한 자국을 눈여겨보지 않을 것이다. 몇 초만 지나면 그들의 관계도 끝이 나는 것이다. 두 사람 모두 자유를 찾는 것이다. 영원히.

그는 다시 침대로 다가갔다. 심전도 모니터가 심장박동 이상을 감지하고 경보음을 울리기 전에 일을 처리하고 자리를 벗어나기까지는 채 2분도 걸리지 않을 것 같았다. 그는 감행을 결심했다. 한 손에 주사기를 수직으로 들고, 다른 손으로 시트를 들어 올렸다.

그는 허리를 숙이다가 주사기 든 팔을 허공에 치켜든 채로 동작을 멈췄다. 종아리 살 안쪽에, 할퀸 자국 사이로 작은 크기에 희미해진 글자가 눈에 들어왔다.

볼펜으로 직은 일련의 숫자였다.

청소하는 남자는 어안이 벙벙해진 상태로, 들고 있던 시트를 내려놓고 뒷걸음질 쳤다. 온몸에 오싹 소름이 끼쳤다. 그걸 본 것만으로도 어떤 반응이 연쇄적으로 일어났는데, 그가 주체할 수 없는 것들이었다.

남자는 깨달았다. 자신은 절대로 소녀의 몸에 주삿바늘을 찔러 넣을 수 없다는 사실을.

9

오전 6시가 되자, 역에 있는 바에 사람들이 모여들기 시작했다.

청소하는 남자는 구석에 떨어져 있는 테이블에 자리를 잡고 앉았다. 먼저 앉았던 손님이 두고 간 더러운 잔이 놓여 있었다. 점퍼 주머니에 양손을 찔러 넣고, 모자를 눌러쓴 그는 카운터 주변을 오가는 사람들을 유심히 살펴보았다. 막노동하는 사람들은 가방도 없이 와서 일하러 가기 전에 그곳에서 대충 아침 식사를 한다. 여행객들은 몇 시까지 플랫폼으로 가면 되는지 시간을 확인하면서 커피를 마신다. 청소하는 남자는 저들은 과연 어디서 오는 것이며, 어디로 가는 것일까 궁금할 따름이었다. 거기서 어딘가로 갔다가 돌아오는 건지, 아니면 영영 그곳을 떠나는 건지도. 저들은 어디에 살고 있으며, 누군가에게 잘 있으라는 인사를 하고 온 건지, 혹은 누군가가 어딘가에서 저들을 기다리고 있는 건지도 궁금했다.

그런 생각을 하면서, 간간이 벽에 달린 티브이로 시선을 돌렸다. 티브이에서는 계속해서 뉴스 화면이 흘러나오고 있었다. 화면 시퀀스가 어떻게 진행되는지 외울 정도였다. 국제 뉴스가 끝나면 병원에서 사진으로 봤던 남자와 여자가 다시 등장할 터였다.

보라색 앞머리 소녀의 아버지가 산탄나 병원 입구에서 마이크에 둘러싸여 카메라 세례를 받으며 무언가를 발표하는 장면이었다. 출발하는 기차, 도착하는 기차를 알리는 안내 방송 때문에 목소리는 들리지 않았다.

"저는 위험을 무릅쓰고 제 딸아이의 목숨을 구해주신 분이 누구인지 알고 싶습니다." 소녀의 아버지는 북받치는 감정을 주체하지 못해 아무런 말도 할 수 없었던 아내의 어깨를 한쪽 팔로 감싸 안은 채 그렇게 말했다. "그분이 무슨 이유에서 익명으로 남고자 하시는지 모르겠지만, 그분의 결정은 존중합니다. 다만, 언젠가 부모 된 입장으로, 악수라도 한번 나눌 수 있었으면 하는 바람입니다."

청소하는 남자는 여러 차례에 걸쳐 소녀의 아버지가 하는 말을 들었지만, 매번 불협화음을 듣는 기분이었다. 자신이 그리 영리한 사람이 아니라는 건 잘 알고 있었지만, 그렇다고 해도 이런저런 결과를 예측하지 못할 정도는 아니었다.

"그분이 무슨 이유에서 익명으로 남고자 하시는지 모르겠지만……."

그 말은 그에게 의혹의 눈초리를 던지는 말이었다. 그가 숭고한 이유에서 익명으로 남고 싶어 하는 거라 여기는 사람이 있는가 하면, 착한 사마리아인에게 무언가 숨기고 싶은 게 있었을 거라 여기는 사람도 있었다.

'저들이 나를 찾아낼 거야.' 남자는 확신처럼 그 생각을 계속했다. 미키가 옳았다. '그들'이 찾아올 것이다. 병원에서 보라색 앞머리 소녀를 끝장내지 못한 스스로가 원망스러웠다. 유일한 기회를 날려버렸던 것이다. 미키가 좋아하지 않을 상황이었다.

"제 딸아이는 곧 회복할 겁니다." 뉴스 화면 속의 남자는 그렇게 말했다.

남자는 권위와 힘, 그리고 안정감을 자아냈다. 청소하는 남자는 그 아버지라는 사람이 누구인지, 기자들이 왜 이토록 이 일에 관심이 많은지 알 수 없었다. 다만, 자신의 가족에게 일어난 사건을 조용히 넘길 수 없는 걸로 미루어보아, 유명 인사가 아닐까 추측할 따름이었다. 그 점도 간과할 수는 없었다. 청소하는 남자는 이런 생각이 들었다. 사람들이 원하는 정보를 알아내지 못하면, 이 일을 그대로 넘기지 않을 것 같다는 생각. 그런데 바에서 뉴스에 흥미를 보이는 손님들의 수로 미루어보아, 그런 일이 당장에 벌어질 것 같지는 않았다.

기자들 역시, 사건의 정황에 관한 질문을 던진 어느 기자가 알아낸 세부 사항 때문에 더더욱 취재에 열을 올렸다. 답변하는 소녀의 아버지 얼굴에 그림자가 드리워졌다. 청소하는 남자는 그림자를 알아볼 수 있었고, 그 즉시, 그게 두려움의 그림자라는 사실을 알 수 있었다.

"저희 아이는 스마트폰으로 사진을 찍으려다 발목을 접질리면서 호수에 빠졌습니다." 그는 억지웃음을 지으며 그렇게 말했다.

"아마 셀카를 찍으려 했던 것 같습니다."

아버지가 느끼는 가장 큰 불안은 자신이 설명한 정황과 실제 사건 정황이 다를 수도 있다는 사실이었다. 확신할 수 없는 의심은 그의 속을 갉아먹고 있었다. 하지만 딸아이를 보호해야 하는 필요성이 진실에 대한 두려움까지 감추게 만들었다.

그리고 아마 그 수수께끼의 해답은 청소하는 남자가 쥐고 있을 듯했다.

이 얼마나 역설적인 운명의 장난인가. 기차역의 바에서 테이블을 하나 차지하고 앉아 있는 이름 모를 남자가, 자신의 속을 갉아먹고 있는 그 이흑에 내해 누구보다 잘 알고 있다는 사실을 소녀의 아버지는 죽었다 깨어나도 알 수 없었다. 자신은 물론 자신의 가족, 더 나아가 평소 어울리는 사람들과 너무나 다르고, 자신과 너무나 이질적인 방식으로 세상을 파악해나가는 웬 낯선 이가, 자신과 관련 있는 무언가를 손에 쥐고 있다는 사실은 아마 상상도 할 수 없었을 것이다. 그리고 그가, 수정과도 같은 자신의 세상을 단번에 산산조각 낼 수 있다는 사실도.

해답.

청소하는 남자는 자신의 이론을 확인할 타당한 이유를 찾아야 했다. 하지만 그러려면 또다시 환한 빛의 세상으로 한 발 더 다가가야 했다. 그는 어둠이 주는 안락함을 뒤로하고 떠날 수 있을지 스스로에게 확신이 없었다. 그래서 그 바에서 벌써 한 시간 넘게 머물고 있었던 것이다.

아무 기차에나 올라타 이렇게 영영 사라지는 게 과연 모범 답

안인지 결정해야 할 시간이었다.

사실, 이미 전에도 몇 번은 해본 일이었다. 아무것도 없이. 모든 걸 그대로 남겨둔 채로. 아파트며, 별 가치 없는 물건들, 옷장에 든 옷가지들. 그렇게 내버려두고 떠나더라도 사람들은 그에 대해 아무것도 알아낼 수 없으리라. 그리고 궁금해할 사람도 없었다.

초록색 문 뒤에 남겨둔 것들도 별로 걱정스럽지 않았다.

처음에는 이게 도대체 무엇에 쓰는 물건들인가 의아해하겠지만, 이해하지 못할 테니 결국은 포기하고 말 것이다.

아마 자신도 모든 걸 다 잊고 지내게 되리라 싶었다. 다른 도시로 가서 다른 집을 구하고, 또 다른 문을 초록색으로 칠하고, 그 안에 자신의 비밀을 처박아둔다면 말이다. 그렇게 모든 걸 제자리에 두는 것이다. 코모 호수에서 보낸 세월이 10년이었다. 지금까지 한곳에서 이렇게 오래 머문 적은 없었다. 이 정도면 충분했다.

마음의 결심을 내렸다는 생각이 들자, 그는 자리에서 일어났다. 장시간 같은 자세를 유지한 탓인지, 아니면 어깨에 힘이 들어가 긴장한 탓인지 팔에 쥐가 나고 저렸다. 그는 남들의 시선을 끌지 않으려고 고개를 숙인 채 바에서 나와 플랫폼으로 이어지는 통로로 향했다.

사람들은 그와 마주 보고 걸어오거나 그를 스치고 지나갔다. 사람들은 자신들 곁에서 걷고 있는 그 남자가 어떤 사람인지 모른다. 그들에게는 그저 어느 순간 시야에 나타났다 슬쩍 사라질 그런 투명한 점 하나에 불과했다. 남자는 찰나의 순간일지라도, 사람들이 자신을 쳐다보면 어떤 반응을 보일까, 그게 가끔은 궁금하기도 했다. 드문 경우이기는 하지만, 청소하는 남자는 간혹 대중 사이에 뒤섞이기로 마음먹을 때도 있었다. 그건 자신이 지닌 투명 인간의 힘을 즐기기 위해서였다.

그런데 이번에는 상황이 달랐다.

그날 아침, 그가 기차역으로 몸을 피했던 진짜 이유는, 거기에 가야 공중전화를 찾을 수 있었기 때문이다. 그리고 그가 걸게 될 전화가 코모 호수를 떠나느냐 마느냐를 결정하게 될 터였다.

그는 수화기를 들고 투입구에 동전을 밀어 넣은 다음 소녀의 종아리 안쪽에 적혀 있던 번호를 눌렀다.

한참 동안 연결음이 이어지다 웬 남자가 전화를 받았다.

"여보세요……."

청소하는 남자는 아무 말 하지 않고 기다렸다.

"여보세요?" 짜증 섞인 목소리가 이어졌다. "누구십니까?"

'내가 이렇게 존재한다는 걸 알고 있어. 내 숨소리도 듣고 있고.'

"누구시냐니까요?"

청소하는 남자는 전화를 끊었다. 몇 마디 말만으로도 목소리의 주인공을 알아볼 수 있었다.

'당신은 내가 누구인지 알고 싶겠지……. 안 그래? 자, 이제 당신은 나를 아는 거야.'

"또 자라는 거죠, 그렇죠?"

마르티나는 아이의 가방을 싸느라 정신이 팔려 있었다.

"뭐가?"

아이는 창문 앞에 서 있었지만, 바깥 풍경이나 병원을 드나드는 사람들을 바라보는 건 아니었다. 아이의 시선은 유리창에 비친 암울한 자신의 모습에 고정돼 있었다.

"머리 말이에요. 또 자라는 거죠?"

마르티나는 아이 곁으로 다가왔다.

"물론, 다시 자라지." 그녀는 솜털 같은 붕대가 감긴 아이의 머리를 쓰다듬으면서 안심시켜주었다.

"흉터는요? 흉터는 사라져요?"

"그렇게 되지는 않을 것 같구나." 마르티나는 평소처럼 진지한 태도로 대답했다. 그 덕분에 아이들에게 신뢰를 얻을 수 있었다. "그런데 머리가 다시 자라면 흉터가 보이지는 않을 거야. 대신 그렇게 될 때까지 쓰도록 이걸 선물로 줄게."

사회복지사는 자기 가방을 가지러 가서 안을 뒤적이다가 모자 하나를 꺼내 아이의 머리에 씌워주었다.

"아주 잘 어울리네."

아이는 다시 유리창에 비친 자신을 바라보았다. 자기 눈에는 그렇게 보이지 않았지만, 마르티나가 속상해할까 봐 아무 말도 하지 않았다. 오늘은 중요한 날이다. 마르티나는 아이가 한 달 가까이 이어진 병원 생활을 벗어나 퇴원할 수 있게 된 것에 기뻐했다. 하지만 아이는 자신도 이 상황을 기뻐해야 하는 건지 알 수 없었다.

"아줌마는 천국을 믿어요?"

"가끔은." 마르티나가 대답했다. "그런데 왜?"

"우리가 죽었는데 아무도 우리 이름을 모르면, 무덤에다가는 뭐라고 써요?"

"하느님은 우리가 누구인지 다 아셔."

"내가 여기 왔을 때 아무도 내 이름이 뭔지 모르던데⋯⋯."

아이는 응급실에 도착했을 때 모든 사람들이 고함을 지르던 것을 떠올렸다. 얼마나 심하게 떨었는지, 그 모습을 본 의사들은 아이가 혀를 깨물지 않도록 입 속에 무언가를 밀어 넣었다. 하지만 그것 때문에 자신의 이름이 뭔지 말할 수가 없었다. 아이는 혼자였다.

"하지만 이제 다 끝났잖아." 마르티나는 아이의 말에 반박하지 않았다.

사실, 아이에게도 병원이라는 장소를 떠나는 건 기쁜 일이었다. 더는 소독약 냄새를 맡지 않아도 되니까. 하지만 동시에 슬프기도 했다.

"집에 꼭 가야 하는 거예요?"

"더 큰 집을 구해놨어. 이제는 너만 혼자 쓸 수 있는 네 방을 갖게 되는 거야."

"베라는 나를 원하지 않잖아요. 얘기하는 거 다 들었어요……. 내가 잠든 줄 알았겠지만, 깨어 있었어요."

'내가 죽었을 거라 생각했겠지만, 나는 살아 있었어요.'

"너도 알다시피, 너희 엄마가 말이 좀 많은 편이긴 해. 그래도 이제는 일자리도 구했으니 너를 잘 돌봐줄 거야. 다 잘될 거야."

"그럼 미키 아저씨는요?"

그 질문은 연못에 돌멩이를 던졌을 때와 같은 효과를 가져왔다. 돌멩이는 그 즉시 수면 아래로 가라앉지만, 파동이 동심원을 그리며 퍼지는 동안에는 돌멩이의 존재를 무시할 수 없는 법이다.

"베라가 아줌마한테 약속했어. 네가 다시는 미키와 마주칠 일 없게 하겠다고." 마르티나는 진지한 목소리로 대답했다.

"난 안 믿어요."

"경찰이 지금 미키를 찾고 있으니, 미키도 남들과 마주치기를 바라지는 않을 거야."

"경찰은 미키 아저씨 못 찾아요."

얼마나 확신에 찬 말이었는지, 아이는 눈물을 글썽였다.

"무서워하지 않아도 괜찮아. 미키는 더 이상 널 아프게 할 수 없어."

마르티나는 미키가 누구인지 몰랐다. 하지만 아이 엄마 주변을 맴도는 파리 떼 같은 남자와 다를 바 없다 생각했다.

"베라랑 같이 있으면 분명 다시 찾아올 거예요."

"그렇지 않아."

"맹세할 수 있어요?"

사회복지사는 머뭇거렸다. 아이는 상대가 머뭇거리는 걸 알아차렸다. "맹세할 수 있어요?" 그 세 마디 말은 어른의 말문을 막았다. 아이는 고작 여섯 살이었지만, 이미 세상이 어떻게 돌아가는지 알고 있었다. 어른이 진실을 말하는지 알고 싶다면, 자기 앞에서 맹세하게 하면 된다는 사실을. 상대가 누구든 다 통했다. 하지만 베라에게는 통하지 않았다. 그나마 마르티나는 베라 같지 않았다. 마르티나는 거짓말하는 걸 좋아하지 않는다.

사회복지사 아줌마는 침대 위에 걸터앉으며 아이에게 옆으로 와서 앉으라고 손짓했다. 아이는 시키는 대로 했다.

"자, 우리 이렇게 하는 거야."

마르티나는 아이의 한쪽 다리를 들어 올리고, 바지를 걷어 올려 양말을 내린 다음, 볼펜으로 발목 위 살갗에 무언가를 적었다. 의아해하던 아이는 볼펜 끝이 기분 좋게 간질이는 걸 느꼈다.

"이건 내 전화번호야." 사회복지사는 아이에게 설명해주었다. "지우지도 말고, 문지르지도 마. 어찌 됐든, 아줌마는 네가 베라랑 잘 지내고 있는지 매주 확인할 거야. 그리고 필요하면 번호는 또 적어줄게."

"번호를 알면 뭐가 좋은 건데요?"

그렇게 물었지만, 아이는 그게 자신한테 좋은 거라 생각해 안심이 되었다.

"이건 우리만의 비밀이야. 무슨 일이 생기면 나한테 전화해도 되고, 다른 사람한테 보여주고 나한테 전화를 걸어달라고 부탁해도 돼. 그럼 내가 즉시 달려올게."

"내가 죽으면요?"

사회복지사는 말문이 턱 막혔다. 그러자 아이가 대답을 대신했다.

"내가 죽으면 적어도 아줌마는 내 이름이 뭐였는지 사람들한테 말해줄 수 있겠네요."

10

냉동식품 칸에 들어간 피클 단지.

그녀는 여자아이들이 중학생이 되면, 피클 단지가 왜 냉동식품 칸에 들어가게 되었는지를 설명해준다. 그리고 아이들이 자라는 내내 그 이야기를 반복해서 설명한다. 그들이 그 일의 중요성을 깨닫는 게 관건이었다. 언제 그런 일이 벌어지는지, 아니, 사실, 이렇게 한다고 도움이 될지도 알 수 없는 일이다. 평생 이런 상황이 닥치지 않기를 바랄 따름이다. 하지만 이것도 하나의 가능성이라는 걸 알아서 나쁠 건 없었다. 그리고 무엇보다 중요한 점은 남자들에게는 절대로 알려주지 않아야 한다는 것이다. 여성이라는 계급만이 공유할 수 있는 일종의 비밀이었다.

냉동식품 칸에 들어간 피클 단지는 하나의 신호였다.

인근에 있는 슈퍼마켓에서 일하는 직원 중 하나가 냉동식품 칸에서 피클 단지를 발견하면, 그 즉시 점장에게 이 사실을 알리고, 점장 역시 곧바로 그녀에게 소식을 전하는 방식이었다. 중간 전달자 중에서 이 같은 절차의 목적에 대해 아는 사람은 아무도 없었다. 그렇게 되면, 사냥하는 여자는 어딘가에 위험에 처한 여성이 있다는 사실을 알게 되는 것이다. 가정폭력에 시달리는데 신고조차 할 수 없는 여성이 있거나, 데이트 폭력으로 협박받는 여성, 최악의 경우 감금 피해 여성이 있다는 사실을.

사냥하는 여자는 혼자서 이런 포로들에게 자유를 찾아주고 있었다. 그녀는 일주일 전부터, 교외에 있는 슈퍼마켓을 지속적으로 지켜보던 중이었다. 피클 단지가 엉뚱하게 냉동식품 칸에 들어가 있다는 연락을 받았기 때문이다.

그녀는 온종일 장 보는 척, 슈퍼마켓 매대를 이리저리 돌아다니고 다른 손님들을 살펴보면서 구조 신호를 보낸 당사자를 알아볼 수 있기를 바랐다. 만약 위험에 처한 여성이 슈퍼마켓에 나타나면, 사냥하는 여자는 대번에 알아볼 수 있었을 것이다. 그런 여성이 '학대 피해자'라고 적은 팻말을 들고 다닐 일은 당연히 없겠지만, 가만히 살펴보면 그렇다는 사실을 드러내 보여주는 자잘한 단서가 늘 있기 마련이다. 예를 들면 멍 자국, 상처, 골절상 등. 또 더운 날임에도 긴팔 외투나 스카프 등을 걸치는 사람, 혹은 지나치게 커다란 선글라스를 끼고 다니는 사람 등.

사냥하는 여자는 학대받는 여성을 알아보면, 상대와 눈을 마주칠 기회를 만든다. 그리고 그녀와 눈빛을 교환하는 순간, 상대는 빠져나갈 출구가 존재한다는 사실을 깨닫게 된다. 사냥하는 여자는 그들의 눈빛에서 길을 잃은 심정, 무력감, 그리고 무엇보다 두려움을 읽을 수 있었다.

가해자들은 매사에 신중에 신중을 기했고, 대부분의 피해 여성들은 전화는 물론 인터넷조차 사용할 수 없는 상황에 놓여 있었다. 어쨌든 그런 피해 여성 대부분은 아마 이런 식으로 도움을 요청할 엄두도 내지 못했을 것이다. 이들에게는 피클 단지를 냉동식품 칸에 옮겨둔다는 것 자체가 이미 대단한 걸음이었다. 폭력과 위협이 일상이라, 예를 들면 접시를 깨뜨리는 등의 사소한 실수만으로도 무시무시한 벌을 받기 때문에, 피클 단지는 피클 단지가 있는 곳에 진열되어 있어야 하고, 냉동식품은 냉동식품끼리 보관되어야 했다. 그래서 피해 여성들은 구타의 위험을 무릅쓰면서까지 일상의 규칙을 거스르려 하지 않는 편이었다.

그러니 슈퍼마켓 매대에 통용되는 규칙을 거스르는 행위는 이미 반항의 신호탄이라고 할 수 있었다.

그런데 그 월요일, 사냥하는 여자는 점점 낙관적인 희망을 잃어가고 있었다. 벌써 며칠째, 두 시간 간격으로 쇼핑 카트를 잔뜩 채웠다 다시 비우기를 반복하고 있었다. 온종일 서 있다 보니 허리까지 쑤셨다. 니코틴 결핍은 말할 것도 없었다. 담배를 피우겠다고 20분 간격으로 쉴 수도 없었기 때문이다. 감시하는 생활을 시작한 뒤로, 그녀는 흡연량을 줄여나갔다. 그리고 그럴 때마다, 가래 끓는 기침으로 고생했다.

쉰세 살 나이였지만, 육체적인 건강은 고민거리 축에도 끼지 못했다.

그녀는 몸 관리에 소홀했다. 관심사도 아니었다. 심리 상담사는 언제나 그녀가 우울증 직전 단계에 와 있다고 경고했다. 하지만 5년간 심리 치료를 받은 뒤로, 진작에 그녀를 제대로 무너뜨렸을 그런 심리적 불안감은 발현되지 않았다. 반대로 그녀가 바라는 건 단지 평화일 뿐이었지만, 뒤늦게 찾아온 폐경기 증상으로 인해 괴로운 일상을 벗어날 수 없었다. 사냥하는 여자는 늙는 것도, 주름이 늘어나는 것도, 살이 찌는 것도 두렵지 않았다. 미모의 여성이던 시절도 있긴 했지만, 이미 다 지나간 옛일인 데다 딱히 그 시절이 그립지도 않았다.

머리는 짧게 깎고 다녔는데, 그 이유는 편하기 때문이었다. 화장은 할 생각도 없었다. 그리고 옷도 그저 편한 것 위주로 사 입었다.

시간은 오후 2시 15분을 가리키고 있었다. 일반적으로 슈퍼마켓은 오후 1시부터 점차 한산해진다. 주부들이 점심을 차리러 집으로 돌아간 뒤라, 매장에는 조용한 틈을 타서 천천히 금주의 할인 행사 상품을 살펴보려는 독신자들이나 노부인들이 대부분이었다. 그래서 담배 한 대 정도는 피워도 되겠다고 생각했다. 그러면서 뻐근한 발을 주무르려고 쇼핑 카트에 기대선 채 아침 식사거리가 진열된 매대 쪽으로 시선을 돌렸다.

순간, 스물다섯 정도에 모델 같은 몸매를 가진 여자가 눈에 들어왔다. 야구 모자에 원색의 레깅스, 운동화, 커다란 루이 비통 가방, 무릎까지 내려오는 트레이닝복 상의 차림의 여자였다. 시리얼 제품을 앞에 두고 고르던 중이었다. 그런데 사냥하는 여자는 그녀가 아니라, 그녀와 함께 있던 남자를 찬찬히 뜯어보았다. 꿀색의 긴 머리를 강박적으로 계속 귀 뒤로 넘기는 그 남자는 티셔츠에 카디건, 고가 브랜드의 운동화를 신고 있었는데, 잘생겼지만 음험한 분위기를 풍겼다. 한마디로 좋아했다간 후회하게 될 그런 부류의 남자였다.

남자는 팔짱을 낀 채로 여자 친구를 빤히 쳐다보고 있었는데, 그 눈빛은 거의 개 목줄 같은 역할을 하고 있었다. 물론 주관적인 느낌에 불과할 수도 있다. 젊은 여자에게서는 별다른 폭행의 흔적은 찾아볼 수 없었다. 어쨌든 옷으로 다 가리고 있던 터라 확인할 수도 없었다. 젊은 남자의 태도를 제외하면 특별히 의심스러운 정황은 없었다.

하지만 어딘가 어색하다는 느낌을 지울 수 없었다. 사냥하는 여자의 상상력이 가동되기 시작했다.

두 사람 모두, 이런 규모의 슈퍼마켓에서 장을 보기에는 지나치게 고가 브랜드의 의상이나 소품을 착용하고 있었다. 시내 중심가에 사는 사람 같아 보였다. 아마도 여자가 굳이 이 슈퍼마켓에 가자고 남자 친구를 졸랐을 것이고, 남자 친구는 그래서 짜증이 났을 것이다. 뭐 하러 이민자나 할 일 없는 동네 아줌마들이나 찾을 법한 슈퍼마켓에 와 있는지 모르겠다는 생각으로. 여자 친구가 그를 이곳으로 데려온 게 벌써 두 번째일 것이다. 그러니 성질을 건드리면 톡톡히 대가를 치르게 해주겠다는 생각을 하고 있을 것 같았다.

사냥하는 여자는 자신의 가설을 확인해보기로 마음먹었다.

그녀는 자신의 카트를 두 사람이 서 있는 방향으로 밀고 갔다. 그리고 두 사람 사이를 지나 유제품 매대에 멈춰서 냉장고 문을 열고 우유 한 병을 골랐다. 그리고는 상대가 무언가를 느끼기를 바라는 마음에서, 의식적으로 그녀를 쳐다보았다. 순간적으로 두 사람의 시선이 교차했지만, 의미가 담긴 신호를 보내기에는 너무나 찰나의 순간이었다. 그래서 사냥하는 여자는 우유 병마개를 슬쩍 연 다음 갑자기 홱 돌아섰다.

하얀 액체가 젊은 남자의 머리에서부터 발끝으로 흘러내렸다.

"어머, 미안해요. 뚜껑이 열려 있었는지 몰랐어요." 그녀는 터져 나오려는 웃음을 꾹 참으면서 사과의 말을 건넸다.

남자는 정확히 그녀가 예상한 반응을 보였다. 본능적으로 주먹을 쥐고 팔을 들어 올리다가 동작을 멈췄다. 싸늘한 적막감이 감돌았다. 젊은 여자는 그 과정을 멀뚱멀뚱 지켜보고 있었다.

"됐어요, 별거 아닙니다." 남자는 그렇게 말하고 있었지만, 툭 불거져 나온 목의 혈관은 긴장 상태임을 알리고 있었다.

확실한 경고였다. '당장 내 앞에서 꺼져.'

"전에도 이런 적이 있었어요." 그녀는 꿈쩍도 하지 않고 말을 이어나갔다. "그런데 지난번에는 피클 단지 뚜껑이 말썽이었어요."

'피클 단지'라는 단어에 젊은 여자는 소스라치게 놀랐지만, 아무런 말도 하지 않았다. 그러고는 트레이닝복 주머니에서 휴지를 꺼내, 남자 친구의 옷에 묻은 우유를 닦아준다는 핑계로 그녀에게서 등을 돌렸다. 사냥하는 여자가 자리를 벗어날 수 있도록.

그녀는 다른 곳으로 걸어가면서 남자가 하는 말을 들었다.

"됐어. 그냥 내가 할 테니까."

사냥하는 여자에게도 소기의 성과는 있었다. 그녀는 슈퍼마켓 밖으로 나와 두 남녀가 타고 온 차를 찾아보았다. 주변과 전혀 어울리지 않는 흰색 포르쉐가 분명했다. 그녀는 담배에 불을 붙이고 두 사람이 밖으로 나오기를 기다렸다. 기다림은 그리 오래가지 않았다.

밖으로 나오자, 남자는 안에서 참았던 화를 터뜨렸다. 남자 친구보다 몇 걸음 앞서가는 여자는 바닥만 내려다보고 있었다.

"앞으로 다른 시리얼로 바꿔. 난 다시는 이 거지 같은 동네에 올 생각 없으니까." 남자가 말했다.

두 사람이 자신의 앞으로 지나가자, 사냥하는 여자는 담배꽁초를 버리고 그 뒤를 따라갔다.

"저기요." 그녀는 두 사람을 불렀다.

금발 머리 남자가 뒤돌아보더니, 그녀를 보고 놀란 반응을 보였다.

"또 왜 그러시는데요?"

그녀는 주머니에서 5유로 지폐 한 장을 꺼냈다.

"미안해서 그러는데, 세탁비를 드리고 싶어서요."

남자는 으름장을 놓아 상대를 쫓아버릴까, 노골적으로 비웃어 줄까 고민이라도 하는 듯 머뭇거렸다.

"됐어요."

더 이상 건드리지 말라는 뜻이었다.

하지만 그녀는 오히려 한 걸음 더 다가갔다. 자신의 심리 상담사가 '경계 지역'이라고 지칭하는 영역에 위험하게 발을 들였던 것이다. 폭력 성향을 지닌 상대가 무력을 행사해도 된다고 여기는 영역에.

"그래도 받아요."

"이 아줌마가 지금 계속 사람 성질 건드리겠다, 이건가?" 남자는 빈정거리며 말했다.

여자 친구는 질겁한 채로 얼어붙어 있었다. 천사 같은 얼굴이 당장이라도 폭발할 것 같았다.

"내가 너무 잘못한 것 같아서 그래요." 사냥하는 여자는 그렇게 말하며 금발 머리 남자의 청바지 뒷주머니에 지폐를 넣어주려고 했다.

"내 몸에 손대지 마, 더러운 레즈비언 같은 년아!"

사냥하는 여자는 상대에게서 떨어지면서, 돌처럼 뻣뻣이 굳은 채 그 광경을 지켜보고 있던 여자를 슬쩍 쳐다보았다. '좋아.' 느낌이 왔다. '남자 친구가 자기 아닌 다른 여자한테도 폭력을 행사할 수 있는 사람이라는 걸 고스란히 보면서, 어쩌면 그가 자신을 진심으로 사랑하는 게 아닐 수도 있다는 사실을 깨달을지도 몰라. 더 나아가, 피클 단지를 엉뚱한 곳에 넣는 것 이상의 용기를 낼지도 모르고. 고소 같은 걸 한다든지.'

사냥하는 여자는 젊은 남자의 팔을 놓아주면서 동시에 청바지 주머니에서 무언가를 꺼냈다. 남자는 그녀가 왜 그런 동작을 했는지 눈치채지 못했다. 하지만 곧바로 표정이 달라졌다. 그는 더 이상 화를 내지 않았다.

자신의 고환에 닿은 잭나이프의 날을 느꼈던 것이다.

사냥하는 여자는 기침을 하다가 상대의 얼굴에 가래를 뱉었다.

"또 미안하게 됐네." 그녀는 따끔거리는 목으로 말했다.

파리가 거미줄에 걸려들었다. 이제는 젊은 여자에게 신경을 쓸 차례였다. 그녀는 여자에게 다가갔다.

"괜찮아요." 그녀는 여자를 안심시키면서 자신의 스마트폰을 건넸다.

남자가 증오심이 묻어나는 눈빛으로 여자 친구를 쏘아보았다.

"뭐야, 아는 여자였던 거야?"

여성은 상대가 건네는 스마트폰을 쳐다보면서 잠시 머뭇거렸다.

"아니."

"개 같은 년. 아는 사이잖아."

사냥하는 여자가 끼어들었다.

"폭행으로 고소할 수 있어요."

'그래, 이 아가씨야. 이 전화 받아서 번호를 누르라고. 지금이 이 거지 같은 인간에게서 영원히 벗어날 기회라고. 사소한 이유 하나라도 대면 되는 거야. 아니, 그저 도와달라는 말만 해도 순식간에 도움이 찾아온다니까.'

하지만 젊은 여자는 머뭇거렸다.

"이 모든 상황을 여기서 끝낼 수 있어요." 사냥하는 여자가 단호히 말했다.

그 순간, 순해 보이던 여성의 표정이 일그러졌다.

"아니, 누구신데 이러는 거예요? 미친 거 아니야? 우리한테 원하는 게 뭐예요?"

그 '우리'라는 말은 패배를 뜻했다. 갑지기 두 사람이 한편이 되었다. 사냥하는 여자는 결국 상대를 도울 수 없으리라는 사실을 깨달았다. 심리적인 종속 상태가 심각했다. 지속적인 지배 관계의 결과였다. 가축으로 길이 잘 들어 조용히 주인의 손을 핥는 동물들은 채찍을 맞아가며 말을 듣기 마련이다. 실망을 금할 수 없었던 사냥하는 여자는 마지막 카드를 던졌다.

"처음에는 손찌검 한 번이라 봐줄 수도 있었을 거예요. 원래 이런 사람 아니라고 생각하겠지요. 그냥 술이 좀 과했던 거라고. 그다음은 애인 탓이 아니라고 생각하기까지 아마 전보다 시간이 더 걸릴 거예요. 하지만 어쨌든, 본인에게는 스트레스 요인이 되겠지요. 그러다 또 같은 일이 벌어지면 그때는 본인 탓을 할 거예요. 내가 잘못해서 그런 거라고. 내가 화를 내고 시비를 걸어서, 애인을 열받게 한 거라고. 그런데 그러는 동안 손찌검의 강도는 점점 세질 거예요. 얼마 안 가 발길질과 주먹질이 날아들면, 멍은 어떻게 가려야 하나 고민해야 하는 상황이 발생할 거예요. 화장으로도 감출 수 없을 정도가 될 테니까. 가끔은 애인이 미안하다고 울면서 사과할 때도 있을 거예요. 그냥 모든 걸 다 잊을 수 있기를 바라면서 애인하고 사랑을 나누기도 하겠지요. 하지만 동시에 마음속으로는 제발 임신하는 일만은 없기를 바랄 거예요. 아가씨한테 남는 거라고는 거울도 제대로 들여다보지 못할 정도의 수치심과 멍 자국일 거예요. 그래도 뭐, 괜찮아요. 침착하게 있으면 애인이 다 해결해줄 테니까. 애인이 당신 머리채를 붙잡아 흔들면서 얼굴을 거울에 찍어버려 산산조각 내줄 테니 말이에요……."

사냥하는 여자는 펼쳤던 잭나이프를 다시 접으면서 여성의 표정에 이는 미세한 변화를 감지했다. 무언가를 깨달았는지 몸을 웅크렸다. 그녀는 지금까지 자신에게 채워지지 않았던 그 용기를 달라고 눈빛으로 애원하고 있었다. 아니, 어쩌면 그건 사냥하는 여자의 희망 사항에 불과했을지도 모른다.

'이제 다시 아가씨 혼자야. 애인하고 단둘이라고.'

사냥하는 여자는 발걸음을 돌려 그들에게서 멀어졌다. 이를 악문 채로. 대신, 포르쉐 옆을 지나가면서 번호판 사진을 찍었디. 순간, 손에 들린 전화기가 진동했다. 누군가 그녀에게 메시지를 남겼다. 그녀는 음성 메시지를 확인해보았다.

"네소로 가시오." 기계로 된 여성의 음성이었다. "오전에, 호수에서 팔 한쪽 발견되었음."

11

코모 호수의 면적은 145제곱킬로미터에 달한다. 그리고 연안의 잘린 형태가 고르지 않아 주변으로의 이동이 쉽지 않은 곳이기도 하다.

사냥하는 여자는 자신의 초록색 클리오를 타고 호수 동쪽 연안으로 가는 중이었다. 15년도 넘게 몬지라 점검도 받아야 하고 제대로 된 세차도 필요한 상태였다. 그녀는 조수석에 어지럽게 쌓여 있는 전단지 사이를 더듬거리며 담뱃갑을 찾았다. 자신이 직접 만들어 인쇄하고 슈퍼마켓이나 병원 대기실 등에 붙인 전단지 뭉치였다.

전화번호, 인스타그램과 페이스북 계정 주소, 그리고 문과 창문이 없는 집 그림과 함께 다음과 같은 문구가 실린 전단지였다. '나가는 문, 그건 바로 당신 자신이다!'

사냥하는 여자는 신경이 곤두선 상태라, 담배 한 대가 간절했다. 그녀는 어떤 일로 이어질지도 모른 채, 정보원이 보낸 메시지의 지시를 따르고 있었다.

호수의 시커먼 물이 팔 한쪽을 도로 뱉어냈다. 팔 한쪽. 믿을 수 없는 일이었다.

사냥하는 여자는 호수를 싫어했다. 그래서 그 일대에 찾아와 정착하는 사람들을 도대체 이해할 수 없었다. 전 세계 방방곡곡에서 찾아온 사람들은 벨라조에 있는 호화 별장을 사들였다. 어촌이었던 바레나는 유행을 좇는 힙스터들에게는 '핫플레이스'가 되었다. 그리고 백만장자를 비롯해 유명 영화배우들이 유구한 역사를 지닌 이곳으로 점점 몰려들기 시작했다. 하지만 그들은 오래 머물지 않았다. 얼마 지나지 않아 이런저런 이유로 정원이 딸리고 호수로 이어지는 전용 출구가 갖춰진 호화 별장을 하나둘 떠나기 시작했다. 덧문을 굳게 닫아놓은 채로.

반대로 그곳에서 태어난 사람들은 그곳을 벗어나지 못했다.

사냥하는 여자도 멀리 떨어진 도시에 아파트를 구해 살아보기도 했다. 하지만 어느 시점이 되자, 호수가 그녀를 데리러 왔다. 세면대 배수관에서 호수가 부르는 소리를 들었던 것이다. 물이 빠져나가는 기묘한 소리와 함께 스며든 묘한 냄새는 태곳적 격동 속으로 그녀를 부르는 초대장 같았다. 배관공에게 이런 상황을 설명해주자, 마치 미친 사람 대하듯 그녀를 쳐다볼 뿐이었다. 모든 게 다 호수 때문이었다. 어릴 때부터 뼛속까지 스며든 호수의 기운. 자궁 속에서부터 마셔온 호수. 자신의 근원.

그래서 사냥하는 여자는 다시 돌아왔다.

그리고 5년 전부터 헌신적으로 자신의 임무를 다하고 있었다.

더 늦기 전에 위험에 빠신 여성들을 찾는 일. 그녀는 해로운 관계, 건전하지 못한 관계, 망가진 결혼 생활로 인해 고통받는 여성들에게 탈출구를 제시하는 일을 하고 있었다. 성공할 때도 있지만 비극으로 끝날 때도 있었다. 그렇다고 피해 여성들을 너그럽게만 대해주지는 않았다. 학대 피해 여성들을 향해 '따지고 보면 본인들이 자초한 일'이라며 손가락질하는 사람들을 경멸하긴 하지만, 실제로 적잖은 피해 여성들이 완전히 무고한 피해자는 아니라는 사실을 깨닫게 되는 일도 더러 있었다. 슈퍼마켓에서 마주쳤던 그 젊은 아가씨처럼 말이다. 기껏 도움을 요청해놓고는, 눈앞의 편의 때문에 결심을 뒤집는 그런 사람들. 비단 흰색 포르쉐를 모는 금발 머리 남자 친구가 보장해주는 호화로운 생활을 포기해야 하는 게 문제의 전부는 아니었을 것이다. 어쩌면 자기 삶의 모든 걸 스스로 다 헤쳐나가야 하는 상황 때문이었을지도 모른다. 아무런 확신도, 보장도 없이.

사냥하는 여자는 폭력이 사람을 고분고분하게 만드는 게 아니라, 나태하게 만든다는 사실도 깨달았다.

변화에 맞선다는 두려움이 폭력으로 인한 두려움보다 크게 느껴질 때가 의외로 많다. 적잖은 수의 피해 여성들은 자신들을 괴롭히는 가해자들이 얌전해지기를 헛되이 기다리곤 한다. 그런 날은 찾아오지 않을 거라는 생각을 하지 못한 채로.

그래서 정보원이 소식을 전할 때면, 그녀는 혼자 힘으로 '탈출구'를 찾지 못하는 여성이나, 자신의 죽음까지는 상상하지 못했을 여성들을 떠올렸다.

네소에 도착했을 때는 오후 4시였다. 언덕 위쪽에 있는 마을로, 바위틈을 사이에 두고 양쪽으로 갈라지는 곳인데, 협곡 하나에서 물줄기가 두 개로 갈라졌다가 호수로 뻗어나가기 직전에 다시 하나로 합류해서 200미터 높이에서 떨어지는 폭포를 형성하는 그런 곳이었다.

사냥하는 여자는 망루 근처에 자신의 클리오를 세운 뒤, 차에서 내려 계단 340칸을 걸어 내려가, 로마 시대에 만들어진 치베라 다리로 향했다. 그녀는 혼자였다. 협곡을 내려다보는 위치에 지어진 별장의 현관문 앞을 지나는 동안 폭포 소리가 점점 더 커졌다. 곧이어 아래쪽에 있는 선창에서 올라오는 목소리가 들렸다.

일대에서 범죄 사건이 벌어지면, 그녀는 언제나 똑같은 담당자를 볼 수 있었다.

오래전부터 지역 방송사에 정보를 제공해온 프리랜서 기자가 헌병대의 고무보트 곁에 서 있었다. 평소 싸구려 담배 냄새와 땀 냄새를 풍기는 사람이었다.

"이거 가지고는 아무것도 못 써요!" 기자는 큰 소리로 불만을 드러냈다.

"저기, 나도 여기서 밤샐 생각 없어." 법의학자인 실비 박사가 대답했다.

비쩍 마른 60대 남성은 '망자 전문 의사'라는 별명을 가진 사람이었다. 별도의 치료가 필요 없는 환자들만 만나기 때문이다.

"적어도 5천 자 정도는 써야 겨우 45유로 번단 말입니다. 이 정도로는 단신 기사 하나도 못 쓴다니까요." 기자가 불평을 늘어놓았다.

"그건 내가 상관할 문제가 아니지." 법의학자는 잠수부들이 산소통을 벗도록 도와주며 무심하게 대꾸했다.

잠수부 중 젊은 중위 한 사람이 가장 먼저 사냥하는 여자를 발견했다.

"누구한테 듣고 여기까지 오신 겁니까?" 그는 의혹에 찬 말투로 물었다.

여자는 손짓으로 인사를 대신하고는 당당하게 그들 앞으로 걸어갔다.

"스타 페미니스트가 행차하셨네." 기자는 빈정거리는 투로 한마디를 던졌다. "어쩐지 누구 하나가 안 보인다 했는데……."

해는 호수 반대편으로 뉘엿뉘엿 저물어가고 있었고, 산 그림자가 서서히 그들 머리 위로 내려앉고 있었다. 살을 에는 듯한 추위는 기온 때문은 아니었다. 아마 범죄 현장 특유의 그 싸늘한 기운 때문이었을 것이다. 여름이라 할지라도.

"뭐 건진 건 좀 있어요?" 사냥하는 여자는 선창 끝 쪽에 멈춰서서 질문을 던졌다.

"자네한테 해줄 얘기는 없으니 그냥 돌아가는 게 좋을 거야." 법의학자가 말했다.

"팔 하나가 나왔다고 들었어요. 피해자가 여성이에요?" 그녀는 작은 스테인리스 상자를 가리키며 물었다.

실비 박사는 어이없다는 듯 하늘을 올려다보았다.

"그래, 아직 DNA 분석 결과는 못 받았지만, 피해자 성별은 여성이라고 추정할 수 있어." 그는 짜증 섞인 목소리로 대답했다.

"시신의 나머지 부분은요?"

"나야 모르지……."

더 이상 아무도, 아무 말 하지 않았다.

사냥하는 여자는 그들의 무심함이 놀라울 따름이었다.

"경계경보는 발령할 거예요?"

"뭐 하려요?" 중위가 놀란 반응을 보이며 되물었다.

"재미 삼아서 여성들을 토막 내는 작자가 버젓이 살아 돌아다 닌다는 사실을 알려야죠."

여기저기서 웃음이 터져 나왔다. 자신을 진지하게 대해주지 않 는다는 사실에 화가 난 나머지 성급하게 내린 결론이었다.

"사실, 범인이 누군지는 이미 알고 있어요." 기자가 끼어들었다.

그녀는 그를 빤히 쳐다보았다. 제정신으로 하는 말인가?

"그게 누군데요?"

"호수지." 망자 전문 의사가 대답을 대신 하고는, 기자를 보고 말을 이었다. "이 일이 왜 자네한테 별 흥미가 없는 건지 직접 설 명해주지 그러나."

"그러니까 호수는 2년이나 3년 주기로 사람의 발이나 다리를 되돌려준다고 할 수 있어요……. 가끔 가다 머리가 나올 때도 있 고요."

"그런 게 어디 있어요." 사냥하는 여자가 말했다.

법의학자는 재미있다는 듯 기자를 부추겨 설명을 이어나가게 했다.

"독일 관광객 이야기를 해주지 그러나……."

"아, 그러네요! 호수가 자기가 집어삼켰던 독일 관광객을 조각조각 하나씩 뱉어낸 적이 있어요. 처음에는 귀, 그다음에는 손, 마지막에 상체 이런 순서로요."

"우리는 그렇게 조각조각 수습한 시신을 퍼즐처럼 거의 온전한 상태로 맞춰서 아내에게 인도했지." 실비 박사가 자신 있게 설명을 이어나갔다.

그러더니 다시 웃기 시작했다. 그들은 그런 이야기를 농담처럼 해도 괜찮다고 여기는 듯했다. 어쨌든 지금 발견된 팔 한쪽은, 그들에게는 그냥 하나의 물건에 불과했기 때문이다. 얼굴도 이름도 없으니, 감정이입을 할 피해자도 없는 것과 마찬가지였다.

"이렇게 발견되는 시신은 호수에 뛰어들어 자살한 사람들입니다." 터무니없는 억측에 종지부를 찍겠다는 듯 헌병대 중위가 설명에 나섰다. "저 위에서 몸을 던지면 추락하는 과정에서 바위에 부딪히게 되고, 그 이후에는 물살이 할 일을 하는 셈이지요. 자갈이 깔린 연안으로 밀어내거나, 아래로 끌고 내려가거나."

"무슨 근거로 이 팔 주인이 자살한 거라고 확신하는 건데요?"

"확신은 못 합니다." 헌병대 중위도 그 사실은 인정했다. "하지만 지금으로서는 가장 가능성이 큰 이론입니다."

"그러니까 이 불쌍한 여성의 시신 나머지 부분을 찾으러 다시 잠수할 일은 없다는 말인가요?"

"지금까지 그 작업을 하고 있었습니다. 하지만 이 지역에는 수심이 400미터에 달하는 지점이 있습니다." 그는 겉보기에 평온해

보이는 호수 쪽으로 고개를 돌리며 말을 이었다. "거기까지 내려가는 것 자체가 힘든 일인 데다, 너무 어둡고, 아래에는 모랫바닥이 있습니다. 슬쩍 움직이기만 해도 바닥에서 이런저런 것들이 떠오를 테고, 시야를 확보하지 못하면 자칫 방향감각까지 잃을 수 있습니다."

사냥하는 여자는 체념의 한숨을 내쉬고는, 스테인리스 상자를 쳐다보면서 새로운 질문을 던졌다.

"뭐가 들었는지 봐도 돼요?"

기자는 구역질 난다는 듯 고개를 절레절레 저었다

"난 갈래요."

중위가 고개를 끄덕이자 법의학자가 고리를 풀고 뚜껑을 열었다.

사냥하는 여자는 한 발 더 앞으로 다가갔다. 내심으로는 이 과정을 생략하고 싶었지만, 신원 불상자도 역겨운 시선보다 더 나은 시선으로 대접받을 자격이 있다는 생각이 들었다. 어쨌든 한 사람의 인간이었으니까.

"백인 여성, 나이는 60대. 발견 당시 피부 조직이나 전형적인 열상의 흔적으로 보아 적어도 이틀에서 사흘 정도 물속에 잠겨 있었어. 절단된 부위는 오른쪽 어깨 부근이야. 절단면의 상처로 봐선 날카로운 도구를 사용한 것 같지는 않아."

누군가 고의적으로 조각낸 게 아니라는 뜻이기도 하다. 사냥하는 여자는 법의학자의 전문용어를 단순화시켜 생각했다. 그게 아니었다면 신경이나, 혈관, 동맥, 상박골 주변의 살점 등등이 뽑혀 나간 게 아니라, 고른 절딘면을 남기고 잘려 나갔을 터였다. 그렇다고 살인 사건의 가능성을 배제할 수는 없었다.

"사인은 정체불명의 어마어마한 외력이라고 할 수 있지."

상투적인 그 마지막 말은 대개 법의학자가 사망의 형태가 거칠고 잔혹할 때 보고서 말미에 의례적으로 적어 넣는 문구였다. 범인 없는 살인 사건의 경찰 보고서나 판결문 말미에서 만날 수 있는 문구이기도 하다. 그리고 이런 경우는 대개 시신의 상태가 온전하지 못해 신원 파악이 불가능한 사건과 겹치기 마련이다.

그런 이유로, 사냥하는 여자는 이름 없는 그 팔에서, 그 팔의 주인에 대해 무언가를 알려줄 수 있는 특이 사항을 유심히 살펴보았다. 이 60대 여성의 개인적인 삶, 그녀의 집, 인간관계에 대해 알려줄 수 있는 남다른 특징 같은 것. 하지만 며칠간 물속에 잠겨 있었던 탓에, 훼손되고 퉁퉁 붓고 창백해진 사지의 일부분에 남아 있던 유일한 과거 흔적은, 손톱에 칠해진 빨간 매니큐어가 전부였다.

사냥하는 여자는 그중에서 손톱 하나가 부러져 있는 것을 눈여겨보았다.

12

체르노비오에는 호숫가 근처에 커다란 별장 하나가 있다. 멀리서 보면 화려하게 장식된 낡은 상자처럼 보였다. 위에 달린 통유리는 질서 정연하게 설치된 생울타리로 둘러싸인 정원 쪽을 향해있었는데, 실편백과 장미나무가 자라고, 돌로 된 벤치, 분수 등이 설치되어 있었다.

청소하는 남자는 멀지 않은 언덕에서 그 별장을 내려다보면서 그런 집에서는 사람들이 어떻게 살아가는지 머릿속으로 그려보려 했다. 자신이 사는 세상과는 너무나 명확히 구분되는 세상이라 이전에는 궁금하게 여긴 적도 없었다. 그런데 그 답을 얻으려면 화려한 별장의 문턱을 넘어서는 것만으로는 충분하지 않다는 사실을 깨달았다. 애초에 그런 집에서 태어나야 했다. 세상을 바라보는 단순화된 그의 시각에서 보면, 그는 언제나 돈 많은 사람이 행복한 사람이라고 생각했었다. 비록, 그제 겪은 일처럼 뜻하지 않은 사건이 그 생각을 바꿔놓긴 했지만.

"저희 아이는 스마트폰으로 사진을 찍으려다 발목을 접질리면서 호수에 빠졌습니다." 보라색 앞머리 소녀의 아버지는 병원 앞에서 기자들을 향해 그렇게 말했었다. "아마 셀카를 찍으려 했던 것 같습니다."

하지만 종아리 안쪽 부분에 적힌 전화번호는 다른 이야기를 전하고 있었다.

청소하는 남자는 그 집 앞에서 자신이 무얼 해야 할지 알 수 없었다. 하지만 새로운 충동이 일었다. 뭐라고 이름 붙여야 할지 모를 그 충동은 그에게 자신이 구한 소녀의 비밀을 파헤쳐보라고 자극하고 있었다. 그는 초록색 작업복 차림이었다. 비록 그날 아침, 병가를 내기 위해 회사에 전화를 걸긴 했지만 말이다.

그가 아는, 누군가의 비밀을 알아내는 방법은 단 하나였다. 쓰레기통을 뒤지는 일.

'인간에게는 약점이라는 게 있어.' 그는 생각했다. '인간은 죄를 저지르고, 그 사실을 수치스럽게 여겨. 그래서 자신들의 실체를 어떻게든 감추려고 애쓰지. 그런데 사소한 사실 하나를 잊고 지나가. 거짓말을 만들어내면서 아무 생각 없이 버리는 그 쓰레기들, 허구에서 나온 쓰레기들이 진실을 드러내 보일 수도 있다는 사실을.'

남다른 방식으로 자신들의 쓰레기를 처리하는 돈 많은 사람들이다. 쓰레기의 악취가 자신들을 둘러싼 화려함을 해치지 않을까 하는 걱정 때문에. 별장 사람들은 별도의 음식물 전용 처리기를 보유하고 있었다. 그 외의 쓰레기와 폐기물은 주거 공간과 멀찍이 떨어진 헛간에 쌓아둔다. 쓰레기 수거일이 되면, 집에서 일하는 사람들이 쓰레기통을 쪽문 앞에 내다 놓는다. 청소하는 남자는 감시 카메라의 시선을 피해 그 쓰레기들을 손에 넣을 방법을 연구해보았다. 결코 간단해 보이지는 않았다. 포기하는 게 나을 것 같은데도, 무언가가 포기하지 못하게 그를 다그쳤다.

남자는 소녀가 자해 행위를 하려던 거라고 확신했다. 발을 헛디뎌 호수에 빠진 게 아니었다. 스스로 뛰어들었던 것이다.

종아리에 아버지의 전화번호를 적은 소녀는 자신의 시신이 발견되면 가장 먼저 아버지에게 연락이 가기를 원했던 것이다. 그런 이유로 이 일을 마치 단순한 사고인 양 치부하려던 아이 아버지의 행동을 본 그는 분노를 참을 수 없었다. 돈 많은 사람들은 안전을 목적으로 담장을 두르는 게 아니다. 남들이 어떻게 사는지 보면서 신경 쓸 일이 없도록 높은 담장을 쌓아 올리는 것이다. 그리고 일하는 사람을 고용해 자신들이 만든 쓰레기를 청소하고 치우게 한다. 따라서 그 거짓말에는, 무언가 자신들의 마음에 들지 않는 어떤 일을 덮으려는 목적이 있었던 것이다.

청소하는 남자는 자기 아파트로 돌아가려다가, 사이렌을 끈 앰뷸런스 한 대와 창유리를 짙게 선팅한 검은색 벤츠 승용차가 별장 앞에 도착하는 광경을 목격했다. 근사한 철문이 자동으로 열리자 소규모 자동차 행렬은 식물들로 둘러싸인 구불거리는 자갈길을 타고 별장 건물 앞에 도착했다.

얇은 스웨터에 블레이저 차림의 남자와 레인코트 차림의 여성이 뒷문을 열고 내렸다. 집에서 일하는 사람 여럿이 현관 앞에 모여 대기하고 있다가 보라색 앞머리 소녀의 부모를 맞이하면서 일사불란하게 움직여 그들의 짐 가방을 차에서 꺼내고, 계단 위에 철제 난간을 설치했다.

곧이어 간호사들이 앰뷸런스 뒷문을 열더니 휠체어를 내렸다. 소녀는 그 휠체어에 앉아 있었다.

제법 먼 거리였지만, 청소하는 남자가 보기에 다리에 부목을 댄 것 외에는 소녀의 건강 상태는 심각하지 않아 보였다.

어머니란 사람은 팔짱을 낀 채로 꼿꼿이 서 있었다. 반대로 아버지는 모든 걸 통제하는 사람처럼 보였다. 그는 휠체어가 최대한 편안한 상태로 집 안으로 들어갈 수 있도록 사람들에게 이런저런 지시를 내리고 있었다.

청소하는 남자는 그 장면을 지켜보면서, 호수에 빠진 소녀를 알아보기 직전에 자신이 하고 있던 일을 떠올렸다. 완벽한 하루였다. 숲에서 불어오는 산들바람. 저 멀리 보이는 알프스산맥. 날씨는 온화했지만, 그는 땀을 흘리고 있었다. 그는 이마와 목에 흐르는 땀을 닦기 위해 손수건을 꺼냈다. 소녀가 발작할 당시 혀를 깨물지 못하도록 소녀의 입에 물렸던 바로 그 손수건. 몸부림치던 작은 몸뚱어리, 폐에 공기가 돌게 해주려 애쓸 때 헐떡이던 그 숨결이 고스란히 기억났다. 의식이 돌아온 뒤, 꿰뚫어 보듯 자신을 빤히 쳐다보던 그 눈빛도.

그 전과 그 이후. 명확히 구분되는 동시에 서로 맞닿아 있는 두 개의 순간이었다. 그 후로 모든 게 달라졌다. 그리고 비록 달라진 지금의 상황을 받아들여야 한다는 사실은 인식하고 있었지만, 왜 그래야 하는지 그 이유는 이해할 수 없었다.

그는 왜 거기 그렇게 나와 있었던 걸까? 거기는 그가 있어야 할 자리가 아니었다.

휠체어가 별장 건물 안으로 들어가고 현관문이 닫혔지만, 청소하는 남자는 보라색 앞머리 소녀의 아버지가 같이 들어가지 않고 밖에 그대로 남아 있다는 점을 눈여겨보았다. 그는 머뭇거리다가 잠시 걸음을 멈추더니 정원과 호수 쪽을 돌아보았다. 부와 권력을 손에 쥔 남자는 주변을 둘러보기 시작했다. 마치 자신의 세상과 자신이 한 번도 관심 가져본 적 없는 다른 세상의 경계에 무언가가 있는지, 누군가가 있는지를 살펴보는 것처럼.

아마 예감에 대한 확신 같은 것이었을 것이다. 어쩌면 새벽녘에 걸려 온 전화에 대한 답이었을 것이다. 아무 말 없이 끊어버린 그 전화.

13

'정체불명의 어마어마한 외력.'

설명 불가능한 잔혹한 사인에 대한 정형화된 짤막한 문장이 돌아오는 길에 계속해서 머릿속을 맴돌았다. 사냥하는 여자는 만사가 나름의 자리를 하나씩 가지고 있어야 직성이 풀렸다. 그러니까 논리적인 의미가 있어야 했다. 세상은 정확한 법칙에 따라 돌아가야지, 혼돈의 법칙에 따라 돌아가면 안 된다.

"절단된 부위는 오른쪽 어깨 부근이야." 호수 위로 떠오른 한쪽 팔에 대한 실비 박사의 설명이었다. "절단면의 상처로 봐선 날카로운 도구를 사용한 것 같지는 않아."

분명 호수 밑바닥 어딘가에 이름 없는 한 여성의 신체 나머지 부분이 잠겨 있을 터였다. 지금으로서는 그녀가 60대 여성이라는 것과 생의 마지막 순간을 앞두고 손톱에 빨간 매니큐어를 칠했다는 사실뿐이었다. 전방 도로를 주시하고 있던 사냥하는 여자는 머릿속으로 그 장면을 그려보았다. 손톱 위로 부드럽게 지나가는 작은 매니큐어 솔, 그 냄새, 빨리 마르라고 방금 매니큐어를 칠한 손톱을 후후 부는 여자.

'정체불명의 어마어마한 외력.'

이 문장은 무력감의 고백이자 항복 선언과도 같았다. 참을 수 없는 문장이었다. 남성에 의한 여성 살해 사건을 규정하는 단어만큼이나 참을 수 없는 문장이었다. 입 밖으로 내뱉기도 힘든 말이었다. 왜냐하면 이런 단어는 살인범을 비난하는 대신, 피해자의 신원을 자동으로 기억에서 지워버리고 '살해당한 여성'으로 전락시켜, 평생 그 가해자에 관한 기억 속에서 단지 불행한 피해 여성으로만 묶여 있게 만들기 때문이었다.

그녀는 샛길에 차를 세우고 시동을 껐다. 자살하러 가는 사람이 손톱에 정성스레 매니큐어를 바를 것 같지는 않다는 생각이 들었다. 혹시 좋은 날이라 옷까지 화려하게 차려입고 나섰던 건 아닐까? 사실 그녀의 할머니도 돌아가시기 직전까지, 진료를 받으러 의사를 만나러 가는 날에도, 빨간 립스틱 바르는 걸 철칙으로 여기시긴 했었다. 어쩌면 호수의 그 여인도 죽음과 만나기 위해 가장 화려하게 차려입고 길을 나섰을지도 모를 일이다. 아니면 시신으로 발견되었을 때 너무 딱해 보이지 않았으면 하는 마음이었을지도.

그녀는 차에서 나와 자신이 살고 있는 복층 주택 중이층으로 이어지는 콘크리트 계단을 내려갔다.

기나긴 하루에 녹초가 된 그녀는 핸드백을 아무렇게나 던져놓고 손을 뻗어 전원 스위치를 더듬거렸다. 그녀는 방 반대편에 있는 불을 껐다. 낡은 스키프를 전등갓처럼 둘러놔서 조명이 호박색이었다.

한기를 느낀 그녀는 소파 옆에 있는 작은 벽난로로 걸어갔다. 외투를 벗기 전에, 바구니에 가지런히 담겨 있던 장작 몇 개를 벽난로에 넣고 불을 붙였다. 타닥거리며 불길이 피어오르고 온기가 퍼지기 시작했다.

사냥하는 여자는 주변을 둘러보았다. 집 안 상태가 엉망이었다. 여기저기 종이가 흩어져 있었고, 먼지도 수북이 쌓여 있었다. 구석에 있는 서재는 창고라고 해도 무방할 지경이었다. 데스크톱 컴퓨터와 프린터는 어쩌다 그렇게 됐는지 모를 정도로 오만 잡동사니로 둘러싸여 있었다. 부엌과 욕실은 차라리 언급하지 않는 편이 나을 것이다. 한마디로 사람 사는 곳이 아니라 영락없는 동물의 소굴이었다.

부모님에게 물려받은 2층짜리 주택에서 그녀는 예전에 일종의 놀이방처럼 사용했던 아래층만 쓰고 있었다. 그녀의 가족은 일요일이면 으레 친구들을 초대해 카드놀이 같은 걸 즐기곤 했었다. 온종일 부라코 카드 게임을 하며 승부욕을 불태우기도 했었다. 더 어렸을 때는 잘못을 저지르고 혼이 날까 두려워 놀이방에 꼭꼭 숨어 있기도 했었다. 술에 취한 어느 여름날, 난생처음 성 경험을 한 곳도 그 놀이방이었다. 지금은 난방비 절약 차원에서 아래층만 쓰고 있었다. 그녀는 적어도 그렇게 믿고 싶었다. 사실, 위층에는 반갑지 않은 유령이 너무 많았다.

위층에 올라가지 않고 지낸 게 벌써 5년째였다.

아래층에서 지내면 유령들이 그래도 자신을 건드리지 않고 가만히 두기는 하는 것 같았다. 그녀는 벽에 붙여놓은 단순한 침대에서 잤는데, 위치가 정원으로 향한 창문 아래라 거리를 내다볼 수 있었다.

다소 외진 곳에 홀로 있는 단독주택이었지만, 별로 무서울 것도 없었다.

벽난로의 온기가 몸까지 전해지자, 그녀는 자신의 SNS 계정에 도움을 요청하는 메시지가 있는지 확인하려 컴퓨터를 켰다. 그 순간, 전화벨이 울렸다. '번호 정보 없음'이라는 문구가 떴다. 그녀는 전화를 받았다.

"수신자 부담 전화입니다. 허가 번호는 200607번." 기계음이었다. "수신하시려면 9번을 눌러주세요."

그녀는 받지 않고 그냥 끊어버렸다. 마지막으로 이 전화를 받은 게 1년 전이었는데, 간격이 점점 짧아지는 느낌이었다.

그녀는 본능적으로 천장을 올려다보았다. 위층과 맞닿은 천장.

그녀는 본격적으로 검색을 시작하기에 앞서 부엌으로 갔다. 벌써 몇 시간째 아무것도 못 먹은 터라 배가 고파 죽을 것 같았다. 찬장은 텅 비어 있었다. 일주일 내내 슈퍼마켓 매대를 이리저리 오갔던 사람의 입장에서 보자면 참으로 아이러니한 상황이었다. 장이라도 봐 와야 했는데, 그걸 깜빡했던 것이다. 남은 거라고는 간편식 수프에 크래커가 전부였다. 그녀는 물을 담은 냄비에 수프 가루를 풀고 불 위에 얹었다. 그러는 동안 밖에 있는 계단에서 발소리가 들려왔다. 그녀는 현관문으로 고개를 돌렸다.

여기까지 올 사람이 도대체 누굴까?

몇 초가 지나자 누군가 문을 두드렸다. 사냥하는 여자는 경계 태세를 유지하고 문으로 다가가 현관에 달린 반투명 유리창을 통해 방문자가 누구인지 확인해보았다. 그러고는 문을 열었다.

"미안해요, 방해하려던 건 아닌데, 잠시 들어갈 수 있을까요?" 방문객은 문턱에 서서 물었다.

"물론이지." 사냥하는 여자는 그렇게 대답하고는 문 옆으로 비켜서며 자리를 내주었다.

동시에 방금 했던 생각을 다시 떠올렸다. '여기까지 올 사람이 도대체 누굴까?'

파멜라는 트레이닝복 차림이었다. 즉, 헬스클럽에서 오는 길이었다. 계피 향 샴푸 냄새가 났다. 파멜라는 한 번도 집으로 찾아온 적 없는 친구이지만, 그렇다고 그녀를 탓할 수는 없었다. 일종의 침묵과도 같은 금계를 깼다는 것은 무슨 일이 벌어졌음을 의미했다. 파멜라는 집 안을 둘러보고 있었고, 사냥하는 여자는 상대의 불안감을 감지할 수 있었지만, 두 사람 모두 아무렇지 않은 척했다.

"아주 엉망이네요!" 파멜라는 특별한 용건은 아니라는 듯 괜한 말부터 꺼냈다.

"맞아. 이 상태라 편하게 놀러 오라고 말도 못 하는 거야. 그런데 뭐, 내 심리 상담사 말로는 원래 질서라는 게 속임수 같은 거라더라고."

친구는 농담을 이해하지 못했는지, 아니면 반박하고 싶지 않아서인지, 아무튼 별 반응 없이 허리춤에 손을 올린 채 그냥 가만히 서 있었다. 다소 긴장한 표정이었다.

"맥주라도 하나 내놓고 싶은데, 냉장고가 텅 비었어."

"괜찮아요, 오래 있지는 않을 거예요."

파멜라는 그렇게 말해놓고도 웃옷을 벗어 매일 몇 시간씩 단련해 가다듬은 복근을 돋보이게 해주는 착 달라붙는 티셔츠를 드러냈다.

사냥하는 여자는 자신의 배꼽 주변에 뭉쳐 있는 뱃살을 일컬어 '또 다른 엉덩이'라고 지칭했다.

"그래, 호수에서 발견됐다는 그 팔은 어떻게 됐어요?" 친구가 물었다.

사냥하는 여자는 어깨를 한 번 으쓱하고는 벽난로로 다가가 장작 하나를 불 속에 던져 넣었다.

"60대 여성이래. 대략 지난 금요일부터 물속에 잠겨 있었을 거라더라고. 헌병대 중위하고 법의학자는 자살로 보고 있지만, 그 근거라는 건 단지 과거에 있었던 자살 사건하고 유사하다는 것뿐이야."

"그렇게 마무리될 거라 예상은 했었는데……."

파멜라는 여성이 피해자인 강력 사건에 관한 정보를 그녀에게 흘려주는 정보원이었다. 서른한 살에 벌써 헌병대 중사의 자리에 오른 여성이었다. 비록 나이 차는 있지만 두 사람은 가까운 친구처럼 지냈다.

"중위라는 인간이 나머지 시신을 찾을 생각이 없어 보이니, 뭐 그 가련한 여성의 신분을 확인하려면 호수가 다시 뱉어내기를 기다릴 수밖에 없지."

"며칠 안으로 분명 실종자 신고가 들어오겠죠." 파멜라는 그렇게 예상했다. "그럼 DNA를 대조해서 신원을 알아낼 수 있을 거예요."

"하지만 그렇다고 해서 강력 사건의 가능성을 완전히 배제할 수도 없는 거잖아……."

파멜라는 고개를 가로저었다.

"항상 그렇지만, 여사님은 해답이 아주 간단할 가능성을 배제하시는 경향이 있어요. 매번 최악의 시나리오만 떠올리시잖아요."

사냥하는 여자는 진열장에 놓여 있던 짚을 엮어 만든 닭 머리 모양의 상자를 열고 담뱃잎과 말아 피우는 종이를 꺼냈다.

"부탁이 하나 있어." 그녀가 조심스럽게 말했다.

"뭔데요?"

그녀는 주머니에서 스마트폰을 꺼내 상대에게 던졌다. 파멜라는 스마트폰을 제대로 받았다.

"최근 사진 한번 봐봐."

"오, 이건 여자한테 잘 보이고 싶어 하는 애들이 주로 타는 차잖아요!" 파멜라는 흰색 포르쉐를 보며 말했다.

"차주가 누구인지 좀 알아봐줬으면 좋겠어. 이름이 뭔지, 뭐하는 친구인지, 혹시 전과는 있는지, 무엇보다 학대나 폭행하고 관련 있는 거. 그 인간 여자 친구가 도움을 요청했는데, 정작 도

124

와주러 갔더니 막판에 마음을 바꾸더라고."

사냥하는 여자는 조만간 그 아가씨가 자신의 결정을 후회하리라 확신하고 있었다.

"상처 같은 게 있었어요?"

"외관상으로는 안 보여."

파멜라는 단순한 직감만으로는 신원 조회에 필요한 서류 작성도 힘들기 때문에 뾰족한 수가 없다는 듯 두 팔을 벌렸다.

"최악의 가해자는 매일같이 주먹을 휘두르는 인간이 아니라, 무력을 행사한 다음 날 꽃다발을 안기는 인간들이라고."

"알았어요. 일단 그 사진, 메일로 보내주세요." 파멜라는 상대에게 다시 전화기를 건네주며 말했다. "이제 가봐야겠어요."

하지만 딱히 집으로 가고 싶은 마음이 없다는 게 빤히 보였다.

사냥하는 여자는 별말 없이 담배를 하나 말아서 그녀에게 건넸다. 파멜라는 한 모금 깊이 빨아들인 다음 자욱한 담배 연기를 내뱉었다. 하지만 정작 자신의 마음을 짓누르고 있는 이야기는 털어놓지 못하고 있었다.

"호수에서 발견된 여성에 대해서는 저도 중위님하고 실비 박사님 의견이 옳을 것 같다는 생각이에요. 자살일 가능성이 매우 커요. 그냥 편히 쉬시라고 빌고 넘어가는 게 나을 거예요."

"왜 그렇게까지 해야 했는지는 알고 싶지 않아?"

"그건 본인 문제잖아요. 어쨌든 본인이 원했던 거니까요. 사라지고, 잊히는 게."

"그런 행동에 이를 수밖에 없었던 특별한 정황이 있었는지, 그건 자네도 모르는 일이잖아?"

"그럼 여사님은요? 그 특별한 정황을 알아내기라도 하면 기분이 더 좋으시겠어요?"

사냥하는 여자는 파멜라의 냉소적인 반응에, 처음에는 개인적으로 저기압이라 괜히 시비를 거는 건가 생각했지만, 이내 그녀가 던진 질문은 일종의 정면 승부 같은 의미가 담긴 질문이라는 걸 깨달았다.

"그걸 알아낸다고 내 기분이 나아질 건 전혀 없지." 그녀도 인정했다.

젊은 친구는 자신이 선을 넘어 민감한 영역까지 들어갔다는 사실을 깨달았다.

"이러려고 한 말은 아니었어요."

하지만 사냥하는 여자는 다른 여성들을 위해 자신이 하는 일이, 지난 시절 자신의 과오에 대한 일종의 보상 심리에 의한 행동이라는 사실을 부정할 수는 없었다. 파멜라는 사건에 너무 깊이 개입하려는 그녀를 걱정하는 것뿐이었다.

"괜찮아." 그녀는 담배 하나를 더 말아 불을 붙이며 대답했다.

"어쨌든 팔의 주인이 호수에 빠진 그날, 열세 살짜리 소녀 하나도 거기에 빠졌어요." 파멜라는 자신의 행동을 정당화하려고 불안해하며 이야기를 꺼냈다. "그런데 다행히 구조되었어요. 생각해보세요. 거기서 발견한 게 여러 부분으로 조각난 그 아이의 시신이었다면 어땠을지 말이에요."

"뭐 하는 아이였는데?" 사냥하는 여자는 건성으로 물었다.

"로팅어 부부의 딸이에요."

"내가 알고 있어야 하는 사람들인가?"

"은행 잔고에 적어도 우리보다 0이 세 개는 더 붙는 액수를 넣어두고 사는 그런 사람들이요."

"아이는 자살하려 했던 거고?"

"음주 상태였어요."

"음주 상태?"

"병원에서 검사했더니 혈중알코올농도가 상당히 높게 나왔다더라고요. 가족은 실족으로 인한 사고라고 주장하고 있어요. 셀카를 찍다가 발을 헛디딘 거라고. 그 과정에서 발목을 접질린 거라고요. 그게 사실이 아니라고 해도, 아이 아버지인 귀도 로팅어란 양반은 전 세계 사람들이 그렇게 믿게 할 정도로 비상하고 막강한 영향력을 지닌 사람이에요."

"어떻게 구조됐는데?"

"목격자들 말로는 웬 남자가 목숨 걸고 뛰어들어 아이를 데리고 나오더니 사라졌대요."

"사라졌다고?"

희한한 일이었다. 그게 말이 되나 싶기도 했다.

"두고 보세요. 로팅어 부부의 감사 표시가 어마어마할 거라는 걸 알면 정체를 드러낼 거예요."

사냥하는 여자는 그런 일이 없기를 바랐다. 점점 보기 힘들어지는 얼굴 없는 영웅이었으면 하는 바람 때문이었다.

"그래, 애는 이제 좀 괜찮은 건가?"

"일단 집중 치료실에 입원해 있었는데, 그건 뭐 워낙 대단한 집안의 자제라 그런 거고……. 발목을 접질려서 간단한 정형외과 시술을 받고 퇴원했는데 그 밖에는 어깨 탈구에 찰과상 정도가 전부였어요. 아, 다른 게 하나 더 있긴 하네요. 입에 희한한 걸 물고 있었다고 하더라고요. 아마 들으면 깜짝 놀라실 거예요."

"뭔데 그래?"

"빨간 매니큐어가 칠해진 부러진 손톱요."

4월 16일

며칠 전부터 베라는 몹시 침울해졌다.

아침에는 일어나는 게 싫어 그대로 누워 있다 저녁이 될 때까지 내내 자는 날도 더러 있었다. 그나마 침대에서 기어 나와 고작 한다는 게 티브이 앞에 놓인 소파에 앉아 새벽까지 티브이 보는 게 전부였다. 눈은 화면을 보고 있지만, 생각은 이리저리 돌아다니고 있었다. 아이도 그 멍한 눈빛을 보면서 알 수 있을 정도였다. 아이는 그녀가 직장에 나가야 한다는 사실을 알고 있었고, 그렇게 나가지 않으면 일자리를 잃게 된다는 것도 알고 있었다. 마르티나 아줌마가 백방으로 뛰어다니며 온갖 수단을 동원한 끝에 간신히 미용실에서 샴푸를 담당하는 미용사 보조 자리를 얻어주었다. 베라도 처음에는 마음에 들어 했다.

그런데 지금은 왜 저러는 걸까?

베라는 전에도 이렇게 침울해했었다. 대개 파리 떼 같은 남자들 때문이었다. 매번 똑같았다. 아이는 경험칙으로 그 사실을 깨날았나. 왜냐하면 엄마가 혼란스러워하고 있었기 때문이다. 예를 들면, 베라는 커피 잔에 담뱃재를 털고도 그런 적 없다는 듯 멀쩡히 그 커피를 마시기도 했고, 팬티도 입지 않은 채 베란다로 나갈 때도 있었고, 뭘 해야 할지를 까먹어서 아파트 복도에 몇 시간 동안 서 있을 때도 있었다.

아이는 베라가 이런 식으로 미용실에 나가지 않으면, 미용실에서 베라에게 장을 보고 물건을 살 수 있는 돈을 주지 않는다는 사실을 잘 알고 있었다. 베라의 핸드백에는 돈이 한 푼도 남아 있지 않았다. 먹을거리를 쌓아두는 찬장도 텅 빈 상태였다. 그런데도 베라는 걱정이 되지 않는 눈치였다. 하지만 아이는 매일 밤, 속이 쓰릴 정도로 주린 배를 부여잡고 잠이 들었다.

가장 끔찍했던 건, 엄마가 침울해지면 말을 한마디도 걸지 않는다는 사실이었다. 질문을 해도 대답하지 않았다. 정신을 다른 집에 두고 몸만 온 것처럼.

마지막으로 식사라는 걸 하고 시간이 얼마나 지났을까? 아이는 부엌에 있는 달력을 들춰보았다. 아무것도 먹지 못한 게 벌써 7일째였다.

마르티나 아줌마는 매주 들르겠다고 약속했지만, 아줌마가 찾아온 지도 한참 되었다. 아줌마는 어디로 간 걸까? 왜 들르지 않는 걸까?

이제는 아이도 항상 졸렸다. 수도꼭지를 틀고 물 한 모금을 마신 다음 베라 곁으로 돌아와 누웠다. 전에는 베라에게 먹을 걸 달라고 조르기도 했지만, 이제는 울면서 보채지도 않는다. 그래봐야 소용없다는 걸 알기 때문이다. 그냥 그렇게 베라의 곁에 누워 숨소리를 들으며 잠을 청할 뿐이다.

전에는 때가 되면 베라가 결국 침대에서 일어나 샤워를 하고, 전처럼 살아보려 서서히 준비하곤 했었다. 그런데 이번에는 달랐다. 아이는 이번은 이전과 다를 것 같아 걱정이었다. 이번에는 잠이 들었다가 다시는 깨어나지 않는 게 아닌가 두려웠다. 점점 더 힘이 빠지고 있었기 때문이다.

눈을 감고 있는데 밝은 빛이 느껴졌다. 눈을 뜰 수 없었다. 눈이 멀 것 같아 두려웠기 때문이다. 아이는 고개를 들었다, 블라인드가 젖혀져 있었다. 햇살이 따귀처럼 강렬하게 방 안으로 날아들었다.

누군가 가사 없는 노래를 흥얼거리고 있었다.

아이는 눈을 비볐다. 몸은 피곤했지만 다시 잠들고 싶지는 않았다. 아이는 무슨 일인지 알고 싶었다. 노래를 흥얼거리는 베라의 목소리가 들려온 건 욕실이었다. 기분이 좋은 모양이었다. 걸어보려고 했지만 아이의 무릎이 휘청거렸다. 그래서 아이는 벽에 기대 걸었다. 욕실 문 가까이 다가간 아이는 거울에 비친 베라를 볼 수 있었다. 알몸 상태로, 기다란 금발 머리에 빗질을 하고 있던 베라. 빨간 립스틱까지 바르고 있었다. 베라는 아이를 보더니 흥얼거림을 멈추고 거울을 통해 아이에게 미소를 지어 보였다. 찬란한 미소. 아이가 좀처럼 볼 수 없었던 찬란한 미소.

"여명처럼 밝은 당신, 공기처럼 싱그러운 당신……." 이번에는 베라가 가사 있는 노래를 흥얼거렸다.

아이도 아는 노래였다. 엄마가 기분 좋을 때만 부르는 노래였
다. 좋은 징조였다. 침울한 분위기가 사라졌다는 뜻이니까. 하지
만 아이는 엄마의 입술이 움직이지 않는다는 사실을 깨달았다.
이상했다. 목소리는 다른 방에서 흘러나오고 있었다. 아이는 다
시 고개를 돌렸다. 욕실 거울에 비쳐 보이던 베라가 사라졌다. 대
신, 베라는 시뻘건 옷을 입고 부엌에 있었다. 이게 어떻게 가능하
지? 아이는 머리가 어질어질했다. 그래도 가까스로 베라를 향해
걸어갔다.

"저기, 배가 너무 고파요……." 아이는 그렇게 말하고 싶었지
만, 지금이 그런 말을 해도 되는 상황인지 구분이 되지 않았다.
구역질이 치밀어 올랐기 때문이다.

베라는 다시 아이를 보면서 미소를 짓고 있었다. 아무 말 없
이. 베라는 자신의 몸에 향수를 뿌렸다. 그제야 아이는 엄마가 외
출한다는 사실을 깨달았다. 엄마는 현관문을 향해 걸어가고 있었
지만, 아이는 엄마를 따라갈 수가 없었다.

"어디 가요?"

대답은 없었다. 베라는 굽이 높은 구두를 신었다.

"난 혼자 있기 싫어요, 제발요……. 혼자 두지 마세요……."

하지만 베라는 아무 데도 가지 않는다. 베라는 아무런 말이 없
었다. 그래서 아이는 깨달았다. 누군가를 위해 예쁘게 치장한 거
라는 사실을.

누구를 위해서일까?

아이는 눈을 들어 엄마의 시선이 향한 곳을 쳐다보았다.

먹을거리를 채워두는 찬장은 초록색이었다. 전에는 다른 색이었는데, 누군가 색을 칠한 모양이었다. 아이는 그 안에서 나는 소리를 들었다. 날카로운 소리에 손톱으로 나무를 긁는 듯한 소리가 더해졌다.

누구인지는 몰라도 찬장 안에서 밖으로 나오고 싶어 하는 것 같았다.

"힘을 내!" 엄마가 찬장을 향해 말했다. "이 녀석이 기다리고 있잖아……."

집에 손님이 있었던 것이다. 어떤 선율이 울려 퍼지고 있었다 길게 이어지는 두 개의 음이 기분 나쁘게 감미로운 소리를 냈다. 벨 소리.

아이는 초록색 문을 향해 불안한 발걸음을 내디뎠다. 가다가 베라 쪽으로 고개를 돌렸는데, 베라는 온데간데없이 사라졌다. 아이는 계속 걸어가 손잡이 앞에 이르렀다. 팔을 뻗었지만 그걸 누를 힘이 없었다. 시야가 흐려졌다. 아이는 그래도 다시 한번 도전했다. 이번에는 제대로 누를 수 있었다. 문이 열렸던 것이다. 그런데 신기한 일이 벌어졌다. 방 안으로 밀고 들어왔던 밝은 빛이, 겁이라도 집어먹은 것처럼 사라져버렸다. 그리고 어둠 속에서 담뱃불만이 간간이 빨갛게 달아올랐다가 식기를 반복했다.

"잘 지냈냐, 꼬맹이?" 익숙한 목소리가 말을 걸었다. "앞으로는 내가 휘파람을 불면 재깍재깍 튀어 와야 하는 거야, 알겠냐?"

아이는 어둠 속의 형체만으로도 그게 누구인지 알아볼 수 있었다. 눈으로 보고서도 믿을 수 없었다. 미키가 돌아왔던 것이다.

거기 그렇게. 딩 빈 천장 사이에.

"이번에는 아무한테도 이야기하지 않겠다고 약속할 수 있어?"

아이는 고개를 끄덕였다.

"보아하니 머리가 안 자라나 보구나."

마르티나 아줌마는 자랄 거라 장담했었는데, 그게 아니었다.

"잘된 거야." 미키는 확신에 찬 투로 말하며 웃었다. "이래야 지퍼가 지나간 자국이 확실히 보이지."

마르티나 아줌마는 미키가 다시 찾아올 일은 없을 거라고 장담했었다.

"이리 와, 까까머리. 문 닫고 들어오라고."

아이는 그 말에 따랐다. 무서워서. 문을 닫고 뒤로 도니, 미키가 왼쪽 팔을 등 뒤에 숨기고 있었다.

"네가 배가 고프다고 하는 소리를 들었어."

아이는 머뭇거렸다. 그러다 고개를 끄덕였다.

미키는 난처하다는 듯 혀를 한 번 찼다.

"이건 아니지, 이건 아니라고……. 네 엄마가 너를 위해 큰 희생을 했는데, 넌 그 은혜를 어떻게 갚을 거야? 설마 이렇게 징징거리면서?"

"앞으로 안 그럴게요." 아이는 약속했다. "배고프다고, 먹을 거 달라고 안 그럴게요."

"네가 진심으로 한 말이라는 건 알아. 하지만 그래도 네가 그 사실을 절대 잊지 않도록 만들어줄게."

아이의 맨발 위로 뜨거운 눈물이 흘러내리고 있었다.

"필요한 과정이라는 건 너도 잘 알잖아. 내 의무이기도 하고 말이야." 미키는 문제가 없다는 식으로 정당화하고 있었다. "그렇지 않으면 어떻게 널 가르칠 수 있겠냐?"

"싫어요……." 아이는 웅얼거리며 싫다고 말했다. "제발요. 부탁이에요……."

"지난 몇 년간 얼마나 많이 처먹었기에, 이렇게 피둥피둥 살이 찐 거야? 그런데도 먹을 걸 안 준다고 엄마 탓을 해? 이게 다 너 잘되라고 하는 거야, 머저리 새끼야."

아이는 터져 나오는 울음을 참을 수 없었다.

미키는 인내심을 잃었다. 결국, 등 뒤에 숨겼던 팔을 꺼내 보였다.

그 손은 어둠 속에서도 밝게 빛나는 물건을 쥐고 있었다.

아이는 도망치려 해도 소용없다는 사실을 알고 있었다.

미키는 담배를 이빨 사이로 물고 말했다.

"이리 와서 아가리 벌려."

14

청소하는 남자는 호숫가에 불을 질러놓은 듯 번져가는 새벽빛을 감탄스럽게 바라보고 있었다. 미키가 생각났다.

걱정거리가 하나 생겼다.

지금이야 동거인이 초록색 문 뒤에서 얌전히 지내고 있지만, 시간문제일 뿐이다. 조만간 그가 침묵을 깨고 나올 것이다.

아무튼 그동안은 일상에 변화를 주는 건 신중하지 못한 행동이다. 그래서 청소하는 남자는 다시 정상적으로 출근했다.

그는 자신이 세운 계획의 발목을 잡은 그 사건이 일어난 장소에 다시 찾아갔었다. 호숫가. 보라색 앞머리 소녀의 목숨을 구해줬지만, 자신의 성유물을 잃어버리고, 미키의 명령을 거역했던 그 장소.

청소하는 남자는 이 모든 게 돌이킬 수 없는 일이라는 사실을 잘 알고 있었다.

지난 금요일에 그곳을 찾았을 당시 예상했던 대로, 주말이 되자 가족 단위의 나들이객들이 천국 같은 그곳으로 몰려들었다. 쓰레기통을 꽉 채운 온갖 종류의 쓰레기들이 그 사실을 잘 보여주고 있었다. 무엇보다 소풍 나왔던 사람들이 버리고 간 쓰레기들. 남자는 쓰레기통을 돌아다니며 봉투를 꺼내서 입구를 막고, 쓰레기통에 새 봉투를 씌운 다음, 밀봉한 봉투를 쓰레기차에 던져 넣었다.

그 일을 하면서 주변을 유심히 살폈다.

다시 출근해서 정상적인 근무를 하는 것도 사실 별다른 관심을 끌지 않고 현장에 나가 살펴보기 위한 핑계에 지나지 않았다. 그는 자신이 호수에 빠진 소녀를 발견하기 전에 과연 무슨 일이 있었는지 알아내고 싶었다. 그 일이 벌어지기 이전의 순간을 재구성하는 게 관건이었다.

더 정확히 말하자면, 그는 하나의 질문에 대한 답을 찾고 싶었던 것이다. 보라색 앞머리 소녀가 과연 어디서 몸을 던진 것인가?

그는 주변을 유심히 살피면서 강과 코마치나섬 사이의 운하를 따라 소녀를 그곳으로 데려왔을 물살의 흐름을 다시 한번 떠올려보았다.

대략 500여 미터 앞에, 무성한 식생 사이로 보일락 말락 한 부교가 눈에 들어왔다.

그는 진자시계의 타이머를 15분 뒤에 울리도록 조절했다. 그런 다음, 마치 그를 말리려는 듯 보이는 소관목들 사이로 길을 내며 호수가 내려다보이는 언덕 위로 올라갔다. 일단, 단단히 마음을 먹은 게 아니라면, 그 지점까지 올라가는 게 결코 쉬운 일이 아니라는 사실에 주목했다. 자신의 목숨을 스스로 끊겠다는 정도로.

부교에 도달한 그는 걸음을 멈췄다. 나무는 썩어 있었다. 난간 대용으로 밧줄이 감겨 있긴 했지만, 바닥에 깔린 널빤지는 군데군데 빈 상태였다. 육중한 자신의 몸무게로 남은 널빤지마저 물속에 빠뜨릴 위험은 감수하지 않았다. 하지만 그는 그 끝에서 무언가를 발견했다.

하얀색 장바구니였다.

그대로 발걸음을 돌려 트럭으로 되돌아갈 수도 있었고, 아니면 그 안에 든 게 무언지 확인해볼 수도 있는 상황이었다. 그 장바구니가 보라색 앞머리 소녀의 물건인지도 알 수 없었지만, 그의 본능은 그렇다고 말하고 있었다.

시간 여유가 많지 않았다. 그는 일단 주변에 보는 사람이 아무도 없는지부터 확인한 다음, 발로 부교의 널빤지를 더듬거리며 앞으로 걸어갔다. 세 번째 걸음을 내딛다가 밑으로 빠질 뻔했다. 중간 지점에 이르렀을 때는 아예 구멍이 뚫린 상태였다. 또다시 물속에 빠지고 싶지는 않았다. 그 잔잔한 수면 아래 무엇이 숨겨져 있는지 너무나 잘 알았기 때문이다.

부교 끝까지 도달하는 데 7분이 걸렸다. 그는 장바구니를 들고, 안에 든 내용물을 확인하느라 시간 낭비하지 않고 곧바로 기슭으로 되돌아왔다. 타이머가 울리는 순간, 그는 이미 주차장으로 이어지는 오솔길을 오르고 있었다.

차 안에서 들리는 소리라고는 그의 숨소리뿐이었다. 묘한 흥

138

분이 그를 자극했다. 두려움이 일으킨 자극과 동시에 호기심이 유발한 자극. 새로운 모험에 나섰을 때처럼. 이런 감정은 원래 미키만의 전유물이었다. '선택받은 사람'을 만나러 나가던 날 밤마다 느꼈던 감정. 청소하는 남자는 언제나 그렇듯 그 나머지에 만족해야 했다. 그런데 이번만큼은 자신이 모든 일의 주인공이 된 기분이었다. 그는 판단력이 정상으로 돌아올 때까지 기다렸다가 장바구니를 열어보았다.

절반 정도 빈 위스키 병 하나. 10대 소녀들이 마시면 안 될 거라는 생각이 들었다. 하지만 그가 10대 청소년에 대해 뭘 안단 말인가. 아무튼 그는 소녀가 몸을 던질 용기를 내기 위해 그걸 마셨다는 사실을 깨달았다. 다시 말하면, 소녀가 스스로 물에 뛰어들었다는 사실을 뒷받침해주는 물건이란 뜻이었다. 청소하는 남자는 장바구니에서 손바닥 크기의 자그마한 패널 비슷한 물건을 꺼냈다.

무엇에 쓰는 물건인지 깨닫기까지 3초 정도가 걸렸다. 그는 질겁하면서 물건을 멀찍이 던져버렸다. 스마트폰은 조수석 시트 아래로 떨어져 그의 시야에서 사라졌다.

심장이 미친 듯이 벌렁거렸다. 청소하는 남자는 평생 휴대전화라는 걸 가져본 적도 없고, 지극히 단순한 이유로 휴대전화를 경계했다. 자신이 가진 가장 큰 능력을 무력화하는 도구이기 때문이다. 투명 인간의 능력을. 사람들이 그 도구를 통해 주고받는 이야기는 경찰이나 헌병대가 도청할 수도 있었다. 안 그래도 지금 그런 일이 벌어지고 있을지도 모를 일이었다. 당장에 어떻게든 처리해야 했다. 그는 변속기와 조수석 시트 사이로 손을 넣어 손가락 끝으로 그 도구를 집어 들었다.

자세히 살피다 보니 안심해도 될 것 같았다.

화면이 검은색이었다. 전화기라는 물건이 고장 났거나, 전원이 나갔거나, 아니면 단순히 꺼진 것 같았다. 그래서 어떻게 처리할까 생각하기 전에 일단 확인부터 하기로 했다. 기계 테두리에는 야광 성분의 분홍색 조가비 장식이 있었고, 작은 별들에 둘러싸인 문구가 적혀 있었다.

'F-u-c-k.' 그는 힘겹게 문구를 읽었다.

무슨 뜻일까? 보라색 앞머리 소녀의 이름이었을까?

미키는 분명 불같이 화를 낼 것이다. 물론 그에게 이 사실을 숨길 수도 있을 것이다. 하지만 그의 공범은 언제나, 어떻게든, 모든 걸 알아냈다. 청소하는 남자는 그 부분을 생각했다. 왜냐하면 한 가지 아이디어가 떠올랐기 때문이다. 휴대전화는 위험을 뜻하는 물건인 동시에 기회를 의미하기도 했다. 그가 그리 똑똑한 사람은 아닐지 모르지만, Fuck이라는 소녀가 부교에 굳이 그 장바구니를 남겨두었다는 건, 누군가 그걸 찾아주기를 바랐기 때문일 수도 있다는 사실을 깨달을 정도는 머리가 돌아갔다. 소녀의 아버지. 그는 소녀가 종아리에 적어놓은 전화번호를 떠올리며 그런 결론을 내렸다. 그러니까 그 물건은 소녀에게 아주 중요한 것이었다.

하지만 왜?

왜라는 수수께끼가 그의 신경을 긁었다. 아무튼 그가 휴대전

140

화를 보관하기로 한 건 다른 이유가 있었기 때문이다. 그게 소녀의 물건이기 때문이었다. 그 덕분에 그는 소녀와 가까워질 수 있었다. 아주 가까이. 호숫가에서 그랬던 것처럼. 병실에서 그랬던 것처럼.

무언가가 두 사람을 이어주고 있었다. 그리고 청소하는 남자는 그게 무언지를 알아내야만 했다.

15

"불가능해요." 젊은 친구는 전화로 그렇게 말했지만, 상대에게 설득되고 있다는 사실이 후회스러웠을 것이다.

두 사람은 산탄나 병원 앞에서 만나기로 약속했었다.

사냥하는 여자는 파멜라가 본의 아니게 흘린 정보에 완전히 홀린 탓에, 밤새도록 한잠도 잘 수 없었다. 다음 날 아침, 그녀는 꼭두새벽부터 젊은 친구에게 전화를 걸어 잠을 깨우고는 자신과 함께 그 이야기가 과연 음산한 농담에 지나지 않는 건지 확인하러 가자고 부탁하는 중이었다. 그러면서 내심 자신의 직감이 틀리기를 바랐다. 또 다른 집착의 대상이 생기는 걸 원치 않았기 때문이다. 심리 상담사에게 나가는 비용이 지금도 어마어마하다는 사실을 다시 한번 생각했다. 하지만 그녀의 일부는 극히 높은 가능성을 애써 밀어내려는 반면, 나머지 일부는 그걸 모른 척 넘기기를 거부하고 있었다.

운명은 잔인한 힘과도 같다. 그녀는 차를 타고 코모 호수를 지나면서 그런 생각을 했다. 하지만 또 운명이 흥미로운 결과를 가져올 때도 있었다. 빨간 매니큐어가 칠해진 부러진 손톱 조각처럼 말이다.

"빨간 매니큐어가 칠해진 손톱 조각이 네소에서 건져 올린 팔에서 나온 거라면, 그게 스스로 10해리를 움직여서 로팅어 부부 딸아이 입 속으로 흘러들었다는 뜻이 되는 거예요." 파멜라는 수화기 너머에서 반대 의사를 분명히 밝혔다. "일단 그런 말도 안 되는 부분은 접어두자고요. 여자아이가 호수에 빠진 건 지난 금요일이에요. 그 팔을 건져 올린 게 어제라면, ㄱ 팔이 주인도 끝은 날 자살한 거라고 추정할 수 있어요. 그러니까 어떤 경우라도, 그렇게 짧은 시간 안에 물살이 그 손톱 조각을 이 지점에서 저 지점까지 옮겨놓을 수는 없다는 결론이 나오는 거예요."

"나도 그 생각은 했다고." 사냥하는 여자가 대답했다.

자신도 확실하게 아는 건 아무것도 없었다.

"그렇게 생각을 하시고도 왜 자꾸 같이 가보자고 그러시는 건데요?" 상대는 화를 참지 못하고 버럭 소리를 질렀다.

"내가 확실히 정신 나간 사람이라는 걸 확인하고 싶고, 또 자네 도움 없이 혼자서는 할 수 없을 테니까."

오전 7시 20분, 클리오는 병원 주차장으로 이어지는 비탈길을 내려가고 있었다. 파멜라는 자신의 차에 기대서 그녀를 기다리고 있었다. 팔짱을 낀 채 짜증 난 표정으로. 여느 때처럼. 근무시간까지 얼마 남지 않은 터라 아예 제복을 차려입고 있었다.

"저 혼자 갈 거예요." 파멜라는 아무런 사전 설명도 없이 그녀에게 다가가며 쏘아붙이듯 말했다. "여사님은 여기서 기다리세요."

"말도 안 되는 소리." 사냥하는 여자는 고분고분하게 응하지는 않았다.

"여기 발길을 끊으신 지 몇 년 됐어요?"

그 질문에 그녀는 허를 찔린 기분이 들었다. 두 사람이 처음으로 만나게 된 게 그 병원이었기 때문이다. 5년 전, 어느 날 밤.

"난 아무렇지 않아." 그녀가 말했다. "하지만 뭐, 알았어. 여기서 기다리지."

그녀는 젊은 친구가 엘리베이터로 걸어가는 모습을 바라보았다. 혼자 남게 된 사냥하는 여자는 주차장 내 흡연 금지라는 경고판을 무시하고 담배를 꺼내 불을 붙였다. 호수 인근 지역에 있는 응급실들은 그녀의 주 활동 무대이기도 하다. 도움이 필요한 여성들을 주기적으로 만날 수 있는 곳이기 때문이다. 그리고 주로 길고 어려운 설득 작업이 시작되는 곳이기도 하다. 아내에게 폭력을 행사하는 남편에 대한 사회적인 평가는 여타 다른 범죄자들만큼 부정적이지 않다. 그를 잘 모르는 주변 사람들은 그를 두려움의 대상으로 여기지 않기 때문이다. 그리고 그런 사람일수록 주변 사람들을 친절하고 우호적으로 대하고, 친근감까지 주기 때문이다. 그런 이유로 사실관계를 재구성하는 과정에서 항상 모순적인 상황이 발생하기 마련이다. 피해자에게는 맹목적인 신뢰가 필요했다. 오랫동안 제대로 반항 한번 못 해본 피해자이기 때문이다.

어쩌면 사람들이 공감해주기를 바라는 것 자체가 무리였던 건 아닐까, 사냥하는 여자는 생각했다.

게다가 여성 살해범에 대한 엄한 처벌을 요구하는 대신, 그를 뺨 한 대 맞고 자유의 몸이 되게 풀어주는 법이 통과되었다면, 아마 상황은 달라졌을 것이다. 하지만 아무래도 사망자 통계 수치가 더 중요한 모양이었다. 왜냐하면 사망자는 신문의 1면 기삿감이면서 동시에 아무런 말도 할 수 없기 때문이다. 사랑에 속아 이리저리 끌려다녔다는 사실을 인정하는 멍청한 여자보다 순교자 하나가 시사하는 바가 더 크니까.

그런 생각을 하다 보니, 호수에서 발견된 팔의 주인은 그렇게 생을 마감하기 전 누군가에게 도움을 요청한 적은 없었을지 궁금해졌다.

사냥하는 여자는 담배꽁초를 바닥에 떨어뜨리고 신발로 짓밟아 껐다. 그녀는 산탄나 병원은 절대로 찾지 않았다. 언젠가는 이 병원에 발을 들일 엄두를 낼 수 있으리라는 생각도 한 적 없었다. 그래서 더더욱 파멜라를 이번 일에 끌어들였던 것이다. 헌병대 소속이라는 그녀의 지위를 조사에 유리하게 활용하는 것과는 별개로 말이다. 하지만 그 장소에 그렇게 혼자 있자니 불안감이 점점 커졌다.

발소리가 들렸다. 그녀는 본능적으로 주변을 살폈지만 주차장은 텅 빈 상태였다. '내가 무슨 소릴 들은 거지?'

그녀는 심리 상담사가 불안 증세가 심해질 때를 대비해 가르쳐준 대로, 규칙적으로 심호흡을 했다. 자신을 따라다니는 유령은 없다는 사실을 그녀도 잘 알고 있었다.

그녀가 들은 소리는 자신의 발소리였다. 몇 년 전 6월 어느 저녁의 발소리.

다행스럽게 한쪽 엘리베이터 문이 열리더니 그 안에서 파멜라가 걸어 나왔다.

"어떻게 됐어?"

젊은 친구는 어깨를 으쓱했다.

"제가 생각했던 대로예요. 시간만 날렸다고요."

"손톱에 대해서 뭐라고 하는데?" 사냥하는 여자는 난처해하는 젊은 친구는 아랑곳하지 않고 궁금한 것부터 다짜고짜 물었다.

"익사 직전까지 갔던 사람들의 경우 구강은 물론 폐나 위장에서도 이물질이 발견되는 건 흔한 일이라네요. 이런저런 물건이 나올 때도 있대요."

"그건 알겠는데, 그 손톱, 보관은 하고 있대?"

"보관해둘 이유가 없잖아요."

"다른 사건의 중요한 단서가 될 수 있다고 얘기는 한 거지?" 그녀는 실망스러운 기색으로 물었다.

"말은 했는데, 지금은 병원 폐기물하고 같이 처리된 상황이에요."

사냥하는 여자가 예상한 대로였다. 당연한 일이었다. 그래도 시도는 해보고 싶었다.

"제가 어쩌다 이 장단에 맞춰 춤을 췄는지 모르겠네요." 파멜라는 투덜거리며 짜증을 냈다.

"상관한테 가서 이 얘기 안 할 거야?"

"손톱이 없으면 팔에서 채취한 DNA랑 비교가 불가능하잖아요. 그러니 지금으로선 각기 다른 두 사람에게 속한 각기 다른 손톱이라고 볼 수밖에요."

사냥하는 여자는 포기를 거부했다. 그녀는 차까지 파멜라를 따라가서 젊은 친구가 차 문을 열기 전에 그 앞을 막아섰다.

"자네가 보기에는 정신 나간 소리 같겠지만, 나는 여기 뭔가가 있는 것 같다고 느낀다고."

파멜라는 대놓고 짜증을 낼 수 없어서 하늘만 올려다보았다.

"중위님한테는 아무 말 안 할 거예요. 꿈결에서라도 한마디도 안 할 겁니다. 저한테도 쉬운 일이 아니라는 거 아시잖아요."

그녀도 잘 알고 있었다.

"어젯밤 우리 집에 찾아왔을 때, 자네는 혼란스럽기도 하고 화도 난 상태였어. 그걸 내가 못 읽어냈을 거라고는 생각하지 마."

"조르자가 자꾸 신경을 긁어서 그런 거예요." 젊은 친구는 결국 속내를 털어놓았다. "우리도 '커밍아웃'을 해야 한다고 자꾸 고집을 부리는데, 저한테는 상상도 못 할 일이란 말이에요!"

"있는 그대로의 사실을 얘기하려고 해봤어?"

"어떻게요?"

"여성이 군 소속일 때는 자기 성적 취향을 드러내지 않아도 이미 여성이라는 것 자체로도 만만하지 않다고 말이야."

하지만 파멜라는 동료나 상사가 자신을 다른 방식으로 대하는 걸 결코 인정할 수 없을 정도로 자신의 제복에 대한 자부심이 강한 사람이었다. 파멜라는 굳은 표정을 지어 보였다.

"여사님이 학대 피해 여성들을 찾을 수 있게 도와드린다고 해서, 그게 꼭 여사님을 커플 관계에 관한 진실을 믿고 털어놓을 수 있는 사람이라고 여겨서 그런 건 아니에요."

"오히려 정반대지. 나야말로 그런 조언을 하기에 가장 부적절한 사람이잖아." 사냥하는 여자는 나름 유머 감각을 동원하며 사실을 인정했다.

자기 심리 상담사가 자주 지적하는 내용이라고 말하려던 순간, 전화벨 소리가 그녀의 말을 가로막았다.

이번에도 역시 '번호 정보 없음'이었다. 누가 걸었을지 알 것 같았다. 그녀는 수신을 거부했다.

"왜 안 받으세요?"

"광고 전화야." 그녀는 거짓말을 했다. "통신사 바꾸라고 성화더라고."

젊은 친구는 그 말을 믿었다. 아니면 더 깊이 파고들 마음이 없었거나. 마찬가지로 자신의 사생활에 관한 이야기도 더는 하고 싶지 않았다.

"그럼 이제 그 손톱하고 팔은 포기하시는 거죠?"

"아니."

파멜라는 악착같은 상대가 지긋지긋하다는 듯 그녀를 옆으로 밀어내고 차 문을 열었다. 하지만 출발하기 전에 그녀에게 봉투 하나를 건넸다.

"이건 뭐야?"

"로팅어 집안 아이 관련 조서 사본이에요. 호숫가에서 벌어진 일은 사고로 종결됐어요. 제가 또 여사님을 잘 알잖아요. 한번 무셨으니 계속 이리저리 알아보시려 할 텐데, 난처한 일 겪으시기 전에 미리 해답을 드리는 거예요."

"내가 무슨 이유로 난처한 일을 겪을 거라는 거야?"

"이미 말씀드렸잖아요. 로팅어 씨는 이번 일을 덮기 위해서라면 뭐든 할 사람이라고요."

"그러니까 왜?" 사냥하는 여자는 다른 이유가 더 있을 거라는 확신으로 꼬치꼬치 캐묻고 있었다.

파멜라는 아주 솔직한 정공법을 쓰기로 했다.

"상상해보세요. 여사님 같은 과거를 가진 사람이 끼어들었다는 사실을 알게 되면 어떤 일이 벌어질지 말이에요."

너무나 단도직입적인 대답이었지만, 틀린 말은 아니라는 생각이 들었다. '과거와 관련된 인물.' 그래서 더는 캐묻지 않고 봉투를 받았다.

16

그는 항상 그들을 지켜보았다.

그들은 자기 의지대로 움직이지 못하는 사람처럼, 손에 든 화면에서 나오는 불빛을 얼굴에 받으면서 거리를 걸어 다녔다. 그 빛은 서서히 그들의 영혼을 잠식해 들어가더니 그들의 동작까지 통제했다. 이제 사람들은 걸어가는 방향이나 주변을 쳐다보지 않았다. 그는 화면을 보고 웃거나 우는 사람들을 지켜보았다. 기이한 마법에 걸린 피해자라도 된 듯, 그들은 거기 있었지만 거기 없었다.

청소하는 남자는 종종 평행의 삶을 살아가는 다른 인간들의 세상은 어떻게 생겼을지 궁금해하곤 했다. 한 번도 그 세상에 들어가본 적 없었고, 어떻게 굴러가는지 모를 뿐만 아니라, 남들의 눈에 띄지 않는 투명 인간의 능력을 잃게 되지 않을까 너무나 두려웠다. 하지만, Fuck이라는 아이의 휴대전화가 손에 들어온 뒤로 갑자기 그 세상에 대한 궁금증이 커지기 시작했다.

150

근무시간이 끝나자 그는 버스에 올라 자신들의 기계를 만지작거리는 다른 승객들을 유심히 관찰했다. 잘 보고 따라 할 생각이었다.

"넌 절대 못 해. 덜떨어진 놈이거든!"

꼬마였을 때, 미키의 입에서 쏟아져 나오는 그런 욕설을 얼마나 많이 들어야 했던가? 시간이 흐르면서 그 자신도 그 말이 사실이라 믿게 되었다. 어쨌든 무언가를 이해하려면 언제나 어느 정도 시간이 필요하긴 했다. 어쩌면 머리에 난 두 개의 구멍 때문이었을 수도 있다. 다행인 건, 고도의 지능을 필요로 하지 않는 활동도 더러 있다는 사실이었다. 심지어 그도 문제없이 완수할 수 있는 그런 일도 있었다. 무엇보다 두 가지 분야에서만큼은 제법 능력도 있는 편이었다.

수영하기, 그리고 청소하기.

그는 Fuck의 휴대전화가 여전히 자신의 점퍼 주머니에 잘 들어 있는지를 주기적으로 확인했다. 혹시나 잃어버리지 않을까 두려웠다. 그가 그걸 꺼내서 만지작거리더라도, 다른 승객들이 이상하게 볼 일은 없었다. 딱 한 번, 그들처럼 될 수도 있었고, 놀랍도록 그래보고 싶은 생각도 들었다. 하지만 보라색 앞머리 소녀의 이름이 새겨진 그 분홍색 조가비 장식이 떠오르자, 마음을 접었다.

그는 그 물건을 자신의 집으로 가져가지는 않겠다고 생각했다. 안전을 위해서. 경찰이나 헌병대가 자신의 뒷조사를 하는 상황을 피하기 위해서. 하지만 미키의 수중에 들어가는 일을 막기 위해서이기도 했다. 어디에 숨겨야 할지 한참을 고민한 끝에 기발한 아이디어를 떠올렸다.

그는 오후 내내 정처 없이 떠돌다가 저녁 7시가 지나서야 버스에서 내렸다. 어둠이 내려앉은 시간이었다. 그는 언덕길을 걸어 올라갔다. 사방이 고요했다. 그는 항상 작업이 끝날 시간인 새벽녘에, 여전히 잠든 상태로만 보아왔던 집들이 있는 동네를 찾았다. 그 시간에 보니 모두 불이 켜져 있었고, 집 안으로 사람들이 보이기도 했다. 아이들을 위해 저녁 준비를 하는 엄마들, 아이들을 목욕시키고 수건으로 칭칭 감아주거나, 조금 큰 아이들의 숙제를 도와주는 아빠들의 모습이 눈에 들어왔다. 잠시지만 그 아이들이 부럽다는 생각이 들었다. 비슷한 경험을 한 번도 해본 적이 없었던 탓이었다.

그는 우연히 동네를 지나는 사람처럼, 서두르는 기색 없이, 유일하게 불이 꺼진 집 앞에서 걸음을 멈췄다.

23번지 주택이 그를 기다리고 있었다.

그는 자신이 자주 지켜봤던 뾰족하게 돌출된 기이하게 생긴 창문이며, 열려 있던 레이스 달린 커튼을 알아보았다. 수국은 이미 말라 죽어 있었고, 그 옆의 쿠션 위에는 고양이의 모습도 보이지 않았다. 청소하는 남자는 우선 지켜보는 눈이 없는지를 확인한 다음, 담을 타고 넘어가서 집 옆으로 돌아가 텃밭이 있는 뒷마당으로 향했다. 예상대로 뒤쪽에도 출입문이 있었다.

문을 강제로 열고 안으로 들어갔다.

세탁실로 사용하는 협소한 공간이 먼저 나왔다. 그는 귀를 기

울었다. 아무런 소리도 들리지 않았다. 진한 적막감만 전해졌다. 친애하는 마그다는 벽에 걸린 사진 속에서 미소 지으며 그를 바라보고 있었다. 청소하는 남자는 액자를 떼어낸 다음 밀짚색의 벽지가 붙은 주방, 식탁과 찬장이 딸린 식당, 소파 두 개와 티브이, 도자기로 된 입상 두 개와 조화가 꽂혀 있는 꽃병 두 개가 놓인 거실을 차례로 살펴보았다. 그는 집 안을 탐색하는 과정에서 발견한 집주인의 사진들을 일일이 떼어내 모아두었다. 한꺼번에 폐기할 생각으로.

위층으로 이어지는 계단이 나왔다. 그는 위로 올라갔다.

욕실, 드레스룸, 그리고 각종 옷가지, 신발, 화장대가 자리한 공간이었다. 그는 향수병 하나를 들고 뚜껑을 열어 향기를 맡아보았다. 블루에서 만났던 그 여자가 풍겼던 바로 그 향수였다. 그는 침실 문 쪽으로 고개를 돌렸다. 고양이 다섯 마리가 안락의자에서 엎드려 자고 있었다. 야윈 모습이었다. 회색 고양이가 고개를 들고는 그를 쳐다보았다. 그러자 나머지 고양이들도 따라 했다.

청소하는 남자는 고양이 밥그릇에 사료와 물을 담아 주방 바닥에 내려놓았다. 고양이들은 밥그릇으로 달려들었다. 그는 문 앞에 서서 고양이를 지켜보며, 자신이 왜 녀석들에게 밥을 챙겨주었는지를 다시 한번 생각해보았다. 사실 그가 어렸을 때, 며칠이나 혼자 집에 있을 때도 마실 것과 먹을 걸 챙겨주는 사람은 아무도 없었다. 고양이들의 운명은 전혀 그의 관심 대상이 아니었을 것이다. 그런데 왜 그랬던 걸까? 그렇게 해야 일단 고양이 사체

153

를 파묻어야 하는 상황을 피할 수 있긴 했다. 하지만 또 다른 이유가 있다는 걸 그도 알고 있었다.

그러고 난 다음에야 오롯이 Fuck의 휴대전화에 관심을 집중할 수 있었다.

그는 식당에 있는 식탁에 앉아 휴대전화를 제대로 살펴보기 위해 자기 앞에 내려놓았다. 기계 옆을 보니 버튼이 몇 개 달려 있었다. 아마 전원 버튼인 것 같았다. 그는 가장 큰 버튼을 꾹 눌렀다. 검은 화면이 희미하게 빛나면서 어둠 속에서 위쪽을 깨물어 먹은 것 같은 사과 모양의 그림이 나타났다.

기계가 갑자기 살아났다.

무수한 색이 폭발하듯 이어졌다. 먼저 분홍색 해골이 나타나더니, 그 아래로 각각의 문구를 가진 여러 가지 요소들이 차례로 뒤따르고, 다른 글씨가 달린 여러 개의 사각형이 나타나고, 여러 개의 음이 빠른 속도로 이어졌다. 마치 휴대전화가 그간 수많은 정보를 담아두고 있다가, 전원이 켜지자 한꺼번에 그것들을 쏟아내는 듯했다.

청소하는 남자는 두려운 마음으로 기계를 살피면서, 빨리 기계가 잠잠해지기를 기다렸다. 몇 초가 지나자 소원이 이루어졌다.

그는 여러 개의 상징 같은 그림 아래 적힌 글자를 읽기 시작했다. 형형색색의 꽃 모양 상징이 눈에 띄었는데, 그 아래에는 '사진'이라는 단어가 적혀 있었다. 검지를 뻗어 꽃 모양 상징을 건드리자 다시 여러 개의 항목이 나타났다. 그는 되는대로 아무거나 하나를 다시 손가락으로 건드려보았다. 그러자 일련의 사진이 펼

처졌다.

대부분 Fuck의 사진이었다. '그래 여기 있구나.' 청소하는 남자는 다시 보게 된 소녀가 반가웠다.

개중에는 보라색 앞머리 소녀가 무슨 의미인지, 혹은 어떤 감정 상태인지 파악하기 힘든 자세나 표정을 짓고 있는 사진들이 더러 보였다. 꼭 누군가의 허락을 구하는 표정 같기도 했다. 치아 교정기를 단, 또래로 보이는 다른 아이와 찍은 사진도 여럿 있었다. 배경이 학교인 것도 있었고, 바 같은 데도 있었다. 걷는 사진, 스쿠터에 앉은 모습의 사진도 있었다. 천진난만해 보이는 사진도 있었고, 가끔 긴장해 보이는 사진도 있었다. Fuck이라는 아이는 언제나 찢어진 티셔츠와 청바지 차림이었다. 청소하는 남자는 그렇게 돈 많은 부모를 둔 아이가 새 옷을 사 입지 않는 게 이상하게 느껴졌다. 어쩌면 일종의 반항심의 표현일 수도 있었다. 아니면 그와 마찬가지로, 남의 이목을 끌지 않기 위한 시도였을 수도. 계속 사진을 살펴보니 소녀가 가끔은 화장도 한다는 사실을 알 수 있었다. 도발적으로 보이고 싶었던 모양인데, 그래봐야 어린 아이에 지나지 않았다. '내가 상관할 바는 아니지.' 남자는 머릿속으로 그렇게 되뇌었지만, 마음이 편치는 않았다. 아이의 목숨을 구해줬다고 그에게 이런 식으로 사생활을 들여다볼 권리가 있는 걸까? 사진은 어마어마하게 많았다. 그는 화면 아랫부분을 손가락으로 눌러 조작해, 다른 사진을 불러냈다. 수백여 장의 사진이 펼쳐져 있는데 그중 하나가 유독 그의 관심을 끌었다.

Fuck이 잠옷 차림으로 닫집이 달린 분홍색 침대에 누워 있는 사진이었다. 화장을 하지 않은 걸로 보아 아마 자기 방에서 찍은 사진 같았다. 별 이상할 것도 없는 분위기에, 소녀는 곰 인형 하나를 끌어안고 있었다.

청소하는 남자는 그 사진을 가장 마음에 드는 사진으로 꼽았다.

그런데 공교롭게도 화면을 잘못 건드린 탓에 기계에서 암울한 분위기의 노래가 흘러나왔다. 그는 갑자기 다른 차원의 세상 속으로 빠져들었다. 감미로우면서 날카로운 남성의 목소리가 알아들을 수 없는 언어로 노래를 부르고 있었다. 가사의 의미를 이해할 수는 없었지만, 자신에 대해 이야기하는 기분이 들었다.

그는 지그시 눈을 감고 음악의 선율에 자신을 내맡겼다. 생전 처음 경험하는 일이었다. 그는 자신이 음악을 끔찍이 싫어한다고 생각했는데, 이런 경험은 정말 처음이었다. 모든 게 새로웠다. 새롭고 묘했다. 갑자기 현기증이 일더니 눈이 뜨이고 두려움이 밀려왔다. 무슨 일이 벌어진 걸까? 마치 폭풍우처럼 그를 엄습한 이 묘한 감각들을 어떻게 이해하고 해석해야 할지 알 수 없었다. 청소하는 남자는 아예 그 속에 잠겨 휩쓸려 갈까 두려워 휴대전화를 끄기 위해 전원 버튼을 꾹 눌렀다.

곰 인형을 끌어안고 있는 소녀의 사진도 사라졌다. 음악도 따라 멈췄다.

17

밤이 내려앉으면, 호수의 습한 기운이 옷 속으로 스며들고 사방을 희멀건 고색으로 만들어버린다.

사냥하는 여자는 집으로 들어오자마자 벽난로에 불을 지펴서, 그 열기로 몸에 달라붙은 축축한 기운을 몰아냈다.

오는 길에 편의점에 들러 맥주와 간편식 소시지 요리 한 팩을 사 왔다. 요리할 기분이 아니었기에, 별도의 조리 과정이 필요 없는 음식을 접시 위에 그대로 쏟고는 자기 스스로는 근사한 저녁 식사라 여기면서 따뜻한 페를렌바허 맥주 한 캔과 함께 소파가 있는 곳으로 가져갔다. 그러고는 소파에 누워 신발도 벗지 않고 담요로 몸을 감싼 다음, 최면에 걸리기라도 한 듯 타닥거리며 타는 장작 소리와 춤추며 타오르는 불꽃 속으로 빠져들었다.

그녀는 온종일, 틈만 나면 벨트를 풀어 자신의 다리와 엉덩이 등에 채찍질하듯 휘두른 남편을 고소하기로 마음먹은 다섯 아이의 어머니를 도와주고 오는 길이었다. 그녀는 피해 여성과 응급실에 동행해 의사가 피해 상황을 확인하는 절차를 거치게 했고, 헌병대까지도 동행했다. 피해 여성은 불행했던 자신의 결혼 생활보다도 나이가 적은 헌병대 중사 앞에서, 존경스러울 정도로 침착하게, 지난 26년간 자신이 겪은 학대 피해 사실을 진술했다. 그녀의 사연 중에서 가장 충격적인 부분은 학대가 장기간에 걸쳐 이루어졌다거나 주기적이었다는 사실도 아니고, 옷으로 가릴 수 있는 신체 부위만 골라서 폭행을 가한 가해자의 교묘하고 치밀한 범행 수법도 아니었다. 이제는 성인이 된 다섯 명의 자녀가, 이 같은 사실을 의심조차 해본 적 없다는 점이었다. 사냥하는 여자는 위선을 멈추게 하려고 몇 달에 걸쳐 피해 여성을 설득했다. 기나긴 설득의 과정은 진이 빠지는 일이었다.

소파 옆에서 바닥에 굴러다니는 그녀의 핸드백 속에는 그날 아침 파멜라가 병원에서 건네준 봉투가 들어 있었다. 로팅어 부부 딸아이 사고에 관한 수사 보고서 사본. 공권력을 행사하는 기관이 행해야 하는 의무적인 절차이지만, 법적인 후속 과정은 따르지 않는 경우였다.

사냥하는 여자는 온종일 그 서류를 들여다볼 틈이 없었다. 아니면 무언가가 그러지 못하게 방해했거나.

'상상해보세요. 여사님 같은 과거를 가진 사람이 끼어들었다는 사실을 알게 되면 어떤 일이 벌어질지 말이에요.'

파멜라의 말이 옳았다. 무엇보다 그녀를 두렵게 만들었던 건, 망각이라는 감옥에 꼭꼭 숨겨둔 그녀의 과거가 밖으로 튀어나오는 상황이었다.

그런 이유로 이 집에 살면서 그토록 경계를 게을리하지 않았던 것이다.

하지만 호숫가에서 벌어진 사건에 대해서만큼은 명확히 규명하고 싶었다. 그러지 않으면 마음이 편치 않을 것 같았다. 그래서 피곤한데도 불구하고, 팔을 뻗어 빈 맥주 캔을 바닥에 내려놓고 그 참에 핸드백에 있던 봉투를 꺼냈다. 그리고 이빨로 겉봉을 뜯고 안에 든 서류를 꺼냈다.

그녀는 희미한 금색 벽난로 불빛을 배경으로 서류를 훑어보았다.

보고서는 내용도 다소 부실했고, 기술된 표현도 완곡하게 다듬어져 있는 게, 아마도 소녀의 가족이 제공한 정보에 근거해 작성된 자료 같았다. 문제의 금요일, 소녀는 학교를 빼먹고 호숫가를 찾았다고 한다. 그리고 호수 반대편인 코마치나섬에 이르는 지점까지는 버스를 타고 이동했다고 한다. 버스 기사가 확인해준 사실이었다. 그런데 그 이후부터 '아마도 셀카를 찍다가' 그렇게 되었다고는 하지만 명확히 밝혀지지 않은 경로를 통해 물에 빠지기 직전까지의 행적은 확인되지 않았다.

파멜라는 여자아이가 술에 취한 상태였다고 했는데, 병원 진단서에도 기록된 내용이었다. 젊은 친구는 사건의 본질을 꿰뚫고 있었다. 사건을 철없는 10대의 실수로 축소하려는 냄새가 났다.

사냥하는 여자는 구조 과정을 요약해놓은 부분을 꼼꼼히 분석해보았다. 가장 그녀의 관심을 끄는 부분이기 때문이었다. 소녀를 구하기 위해 호숫가로 달려갔던 목격자들이 멀리서 지켜본 바에 따르면, 누군가가 와류에 휩쓸릴지 모를 위험을 무릅쓰고 물속으로 뛰어들어 허우적거리던 소녀를 구해낸 다음, 응급조치를 취해 살려냈다고 한다.

그런 다음 남자는 곧바로 사라져버렸다.

사냥하는 여자는, 비록 보고서에는 감춰져 있지만, 과연 어느 순간에 매니큐어 바른 손톱 조각이 소녀의 입으로 들어갈 수 있었을지 생각해보았다. 물속에서 허우적거리는 과정에서 그런 일이 벌어질 수도 있었을 것이다. 하지만 그런 경우라면, 그 손톱이 네소에서 발견된 자살 추정자의 팔에서 나왔을 가능성은 극히 적거나 아주 희박하다. 하지만 다른 설명도 가능하다. 모두의 상상을 빗나간 그런 정황.

파멜라가 전하는 사실관계를 듣다가 막연히 든 생각이 하나 있었다. 그 생각이 서서히 구체적인 형체를 갖추기 시작했지만, 미친 사람 취급을 받을까 두려워 젊은 친구에게는 솔직히 말할 엄두가 나지 않았다. 그러니까 소녀를 구해준 그 영웅을 이 일에 끌어들이는 내용이었다. 이번 사건에서 가장 모호한 인물이기 때문이었다.

이야기라는 게 도대체 일관성 있게 쭉 이어지지 않는다는 생각이 들었다. 자신의 경우를 생각해도 마찬가지였다. 미로 같은 이야기 속에서 때로는 닫힌 문을 마주치게 되지만, 그 문을 열고 나가면 평행한 현실이 나오거나 지금까지 몰랐던 새로운 비밀 이야기가 나오곤 한다.

수수께끼 같은 구조자가 바로 이 비밀 이야기의 열쇠가 되어줄 수 있었다.

선행을 베풀고 사라진 이유는 뭐였을까? 동시에 이렇게 따져 볼 수도 있었다. 만약 감추고 싶은 게 있는 사람이었다면, 애초에 누군지도 모를 사람을 구하겠다고 물속에 뛰어들어 자신을 노출하지는 않았을 것이다. 그렇다면 혹시 소녀를 아는 사람이었을까? 혹시 그 사고에 일말의 책임이 있는 사람이었을까? 아닐 것이다. 사냥하는 여자는 그렇게 추리해보았다. 그런 경우였다면, 로팅어 집안사람들이 굳이 사건을 축소하려 들지도 않았을 것이고, 헌병대도 구조자의 신원을 알아내려 대대적인 수사를 벌였을 테니까.

그녀는 소시지를 들고 한 입 베어 물면서도 보고서에서 눈을 떼지 않았다. '모든 진실에는 약점이 있는 법이다.' 그 생각이 떠올랐다. 이전의 삶에서 깨달은 교훈이었다. 그런데 아직 답이 없는 질문이 하나 남아 있었다. 수사관들의 의심을 일깨울지 모를 질문.

그 남자는 왜 그 장소에 있었던 걸까?

그녀가 어렸을 때 아버지가 낚시 대회에서 상으로 타 온 낡은 뻐꾸기시계의 똑딱거리는 소리가 답을 찾는 그녀의 생각에 리듬을 더해주고 있었다. 그녀는 소시지가 담긴 접시를 옆으로 치웠다. 허기가 가셨기 때문이다. 그녀는 추리를 이어나갔다.

사고 목격자들에게는 금요일 오전에 코마치나섬을 찾은 그럴 듯한 이유가 있었다. 인근 주택단지에서 일하는 정원사, 어느 주택 보수공사에 동원된 벽돌공 세 사람, 배달해야 할 우편물이 있었던 우체부. 익명의 구조자는 우연히 그곳을 찾았을 수도 있었겠지만, 그 점이 어딘가 더 이상했다. 사냥하는 여자는 사고가 발생한 지역의 생리를 누구보다 잘 아는 사람이었다. 그곳은 주말이면 가족 단위의 나들이객으로 붐비는 곳이지만 주중에는 찾는 사람이 거의 없는 곳이기도 했다. 그래서 그녀는 수수께끼의 인물에 관한 빈약한 정보를 바탕으로 계속해서 추리를 이어나갔다.

남자는 뛰어난 수영 실력을 갖추고 있을 뿐만 아니라, 소녀가 폐에 들어찬 물을 토해내도록 구호 조치까지 할 수 있는 사람이었다.

그녀는 관련 전문가를 떠올렸다. 수영 선생님, 잠수부, 혹은 의사나 간호사일 가능성도. 어쨌든 어떤 구호 조치를 취해야 하는지 잘 아는 사람이었다. 그런데 로팅어 부부의 딸에 관한 병원 진단서를 읽다가 생각을 바꿨다. 어깨 탈구가 생기고 갈비뼈에 금이 갔다는 건, 구호 조치에 능숙하지 않다는 뜻이었다. 미숙한 일반인.

또한 이런 내용도 적혀 있었다. 소녀가 경련을 일으키자 혀를 깨물지 못하도록 남자가 소녀의 입에 무언가를 물려놓았다는 사실.

사냥하는 여자는 그 부분에서 멈췄다. 소녀가 무엇을 물고 있었는지는 기록되어 있지 않았다. 작은 나뭇가지같이 현장에 있던 물건일 수도 있다. 아니면 소녀가 입고 있었던 옷의 일부. 아니면 구조자의 옷이거나. 보고서에는 그 부분이 명시되어 있지 않았다. 점점 더 관심이 깊어진 그녀는 이불을 걷어내고 책상다리를 하고 앉아서, 앞에 있던 소파에 보고서를 쭉 늘어놓고 계시 같은 게 떨어지기를 기다렸다.

보고서에는 사진 몇 장이 첨부되어 있었다.

소녀가 신었던 컨버스 신발, 짙은 색 청바지, 티셔츠, 책가방, 베이지색 체크무늬 손수건. 사냥하는 여자는 손수건 사진을 유심히 들여다보았다. 10대 소녀보다 성인 남성의 물건이라고 하는 게 더 어울릴 법한 손수건이었다. 그녀는 자신의 육감에 귀를 기울이며, 구조자가 소녀의 입에 물렸던 물건이 바로 그 손수건이었을 거라는 결론을 내리기에 이르렀다. 그리고 매니큐어를 바른 손톱 조각이 바로 그 손수건에 싸여 있었던 것이다. 확실한 인과 관계가 드러나는 순간이었다. 어떤 일이 어떻게 진행되었는지가 밝혀졌다. 하지만 그녀는 만족할 수 없었다. 가장 어려운 부분이 남아 있었기 때문이다.

그 빌어먹을 손수건을 찾아내는 일.

그 손수건에는 네소 피해자의 DNA 정보가 담겨 있을 수도 있었다. 하지만 서두르거나 헛된 망상을 품어서는 안 될 상황이었다. 수사가 진행된 사건이 아니기 때문에 범죄 사건의 증거물에 해당하지도 않았다. 따라서 소녀의 다른 소지품과 마찬가지로 가족에게 반환되었을 게 분명했다. 지금쯤이면 그 손톱 조각과 마찬가지로 어딘가에 버려졌거나 폐기되었을 수도 있었다.

사냥하는 여자는 또다시 수수께끼의 구조자를 떠올렸다. 아직은 아무런 결론도 내릴 수 없는 상황이었지만, 그 구조자가 어두운 오라를 뿜어내고 있다는 사실만큼은 의심의 여지가 없었다. 오싹 소름이 끼쳤다. 과대망상이라고 할 수 있을까? 그건 아닐 것이다.

무언가 끔찍한 사건이 벌어졌다. 아직 끝나지 않았을 사건이.

이번에도 또.

11월 29일

'입 닥치고 있기.' 아이는 그 생각만 되뇌었다. '말하지 않기.' 어차피 말을 하려고 하면 욕이 튀어나오고 침도 뱉게 된다. 그러니 차라리 아무 말 안 하는 게 낫다는 게 아이의 생각이었다.

"무슨 일 있었어? 왜 아무 말도 안 하는 거니?" 운전대를 잡은 마르티나가 물었다.

그녀는 아이를 자신의 옆자리인 조수석에 앉히고 안전띠를 매 주었다. 그 과정에서 두 사람의 얼굴이 순간적으로 가까워졌을 때, 아이는 그녀의 숨결을 느낄 수 있었다. 마르티나의 숨결에서는 좋은 향기가 느껴졌다. 그 짧은 순간, 기분이 좋아졌지만 아이는 아무런 말도 하지 않았다. 얼굴이 벌겋게 달아오를까 봐.

하지만 친구 같은 아줌마는 아이의 침묵을 그냥 넘기지 않았다.

"라디오 듣고 싶니?" 그녀는 카 오디오 전원 버튼으로 손을 뻗으며 물었다.

하지만 아이는 그녀의 팔을 가로막았다. 음악은 듣고 싶지 않왔다. 지난 6개월 동안 미키가 찾아올 때마다, 베라는 이웃 사람들이 집에서 나는 소리를 들을 수 없게 음악을 틀어놓았었다.

"네가 얼마나 용감한지를 시험하는 거야." 엄마는 그런 핑계를 댔다. "미키는 네가 더 강해지기를 바라고 있어. 네가 자신처럼 진정한 사내가 되기를 바란다고."

하지만 아이는 두려움으로 만들어진 그런 용기 따위는 지긋지긋했다. 가끔은 파리 떼 같은 남자들의 존재 자체가 싫었다. 다행스럽게도 어느 날, 마르티나가 나타나 아이를 데리고 갔다. 그리고 한 달여 동안 병원에 입원해 있었던 아이는 이제 마르티나를 따라, 다른 아이들도 있는 커다란 기관으로 가게 되었다. 하지만 치아와 머리는 다시 자라지 않았다. 그리고 아이는 머리에 난 흉터를 비롯한 다른 것들 때문에 문제가 생기리라는 것을 이미 알고 있었다.

"마르티나 아줌마, 내 사연이란 게 뭐예요?" 아이는 손으로 입을 가리며 물었다.

"그게 무슨 말이니?"

"아줌마가 베라한테 그랬잖아요. 내 사연을 알게 되면 어떤 가족도 나를 데려가지 않을 거라고요. 결심을 바꿀 거라고……. 그게 무슨 사연이에요?"

"네가 잘못 이해한 거야." 마르티나가 말했다.

하지만 그렇게 말하는 마르티나는 눈을 들지 못했다.

기관은 커다란 밤색 건물이었다. 그들이 도착한 시각은 저녁이었다. 아이에게는 따로 짐 가방이 없었다. 가지고 온 옷가지 몇 벌이 전부였다. 마르티나는 기관에서 다른 옷도 줄 거라고 아이에게 약속했다.

"여기 있으면 안전할 거야." 그녀는 떠나기 전에 아이에게 그렇게 말해주었다.

아이는 마르티나가 미키를 염두에 두고 한 이야기라는 걸 알았다. 미키는 이번에도 역시 빠져나갔다. 베라는 어디에 있느냐고 물었을 때, 마르티나는 엄마는 몸이 많이 안 좋아서 제대로 치료받을 수 있는 곳으로 가게 되었다고 말해주었다.

"내 말 잘 들어야 해." 사회복지사는 아이와 시선을 맞추기 위해 허리를 숙이고 아이의 눈을 똑바로 바라보며 말했다. "아줌마는 너한테 거짓말하고 싶지 않아. 아마 처음 며칠 동안은 여기서 지내는 게 쉽지 않을 거야. 하지만 시간이 지나면 적응돼서 네 집처럼 편해질 거야."

아이는 마르티나가 무슨 말을 하는 건지 이해할 수 없었다. 그래서 자신이 겁을 먹어야 하는 건지 아닌지 알 수 없었다. 그런데 마르티나는 아이의 엄마가 절대로 해주지 않는 걸 아이에게 해주었다. 허리를 숙이고 아이의 이마에 입을 맞춰주었다. 그러고는 떠났다.

아이는 여전히 이마에 남아 있는 축축한 입맞춤의 흔적을 느끼면서 기다란 복도로 안내하는 수녀의 뒤를 따랐다. 춥기도 했는데, 수프 냄새가 나는 것도 같았다. 어둠에 잠긴 널찍한 공간으로 들어가자 그곳에는 여러 개의 침대가 놓여 있었다. 그리고 각각의 침대에 아이들이 자고 있었다. 수녀는 아이가 쓸 침대를 가리켰다.

"아침 식사는 오전 7시란다." 수녀는 아이에게 수건과 작은 비누를 하나 주면서 설명했다. "씻은 다음 기도하는 거 잊지 마라."

수녀가 가자 아이는 옷을 벗은 다음 잘 개서 의자 위에 올려놓았다. 그러고는 이불 속으로 들어가 눈을 감았다.

주변에는 다른 아이들이 자고 있었다. 하지만 이런저런 사소한 소리가 정적을 가르고 있었다. 다른 아이들의 숨소리, 누군가 움직일 때마다 삐걱거리는 매트리스 소리, 한숨 소리. 속삭이던 소리가 호기심에 가득 찬 목소리로 변했다. 발소리가 가까이 다가왔다. 다른 아이들이 아이가 누워 있던 침대를 둘러쌌다. 새로 온 아이가 누구인지 궁금한 모양이었다. 아이는 눈을 감고 있었지만 그들의 존재가 느껴졌다. 검은 그림자들이 감고 있던 눈꺼풀 너머로 움직이고 있었다. 그들은 키득거리면서 대머리라는 둥, 지퍼 자국이 있다는 둥 자기들끼리 수군거렸다. 그리고 아이를 놀리면서 이렇게 말했다. "머리가 없는 게 꼭 애벌레 같잖아."
'나는 애벌레가 아니야.' 아이는 그렇게 대답해주고 싶었다. '나는 어린아이라고.' 하지만 아이는 그냥 자는 척을 했다. 반응하지 않으면 심심해서 그만둘 거라는 기대 때문이었다. 하지만 기대는 빗나갔다. 다른 아이들은 아이를 흔들었다. 처음에는 조심스레 흔들다가 점점 세차게 흔들더니, 아예 꼬집기까지 했다. "애벌레가 완전 물렁물렁해." 한 아이가 말했다. "내가 깨울게." 다른 아이가 자신 있게 말했다. 그러고는 무언가를 했는데, 아이는 처음에 상대가 무슨 행동을 하는 건지 이해할 수 없었다. 그런데 뜨듯한 액체가 얼굴 위로 쏟아졌다. 아이는 냄새로 그게 오줌이라는 걸 알았다. "일어나, 이 뚱보 벌레 놈아!" 한 아이가 소리쳤다. 아이는 그대로 눈을 감고 있었지만, 울기 시작했다. 그러다 치명적인 실수를 하고 말았다. 입을 벌렸던 것이다. "이거 보라고!" 세번째 아이가 외쳤다. "아기처럼 질질 짜고 있잖아!"

'이리 와서 아가리 벌려……'

비웃는 소리가 주변으로 퍼져나갔고, 아이는 그 소리 속으로 쓸려 들어가는 기분이 들었다. 욕설은 점차 주먹질로 변했다. 엉덩이로 손바닥이 날아들고, 허리로 발길질이 날아들었다. 그 와중에 어떤 아이는 귓가에 대고 고래고래 소리까지 질렀다. 아이는 어떻게든 버텨보려 했지만 귀머거리가 될 것만 같았다. 그리고 그 순간, 아이는 다른 아이에게 달려들었다. 그렇게 달려들어 전혀 인간 같지 않은 사악한 미소를 보여주려 입을 크게 벌리던 순간, 다른 아이의 눈빛에서 놀라움이 공포로 변해가는 과정을 고스란히 읽을 수 있었다. 아이는 상대의 얼굴을 물어뜯으면서 상상하지 못했던 만족감을 느낄 수 있었다. 그 어떤 아이도 느껴선 안 될 그런 만족감을.

18

바람이 커다란 보리수의 나뭇잎과 가지 사이로 스며들더니, 숨바꼭질이라도 하자는 듯 천으로 된 식탁보 아래로 숨어들었다. 보라색 앞머리 소녀는 산들바람이 얼굴을 간질이도록 고개를 들었다. 전에는 이토록 단순한 행동 하나로 기쁨을 누려본 적이 없었다. 그런데 옴짝달싹할 수 없는 휠체어 신세라, 지금은 이런 소소한 기쁨을 누릴 시간이 차고 넘쳤다.

그날 아침, 소녀의 아버지는 집에서 상주하는 직원들에게 소녀의 아침 식사를 정원에 있는 정자에 차려주라고 명령했다. 대신 호숫가에서 멀리 떨어진 분수대가 있는 곳을 특별히 지정했다. 딸아이가, 그의 표현대로 하면, 그 '사고'를 떠올리지 않도록. 아이의 의견이 어떤지는 굳이 물어볼 생각도 하지 않았다. 그렇게 소녀는 각종 빵과 잼, 오렌지주스, 에그스프레드 등이 차려진 식탁을 마주하게 되었던 것이다.

소녀의 아버지는 모든 것을 계획했다. 회사 일은 물론, 집안일까지. 그리고 소녀가 계란을 싫어한다는 소리를 듣고 싶어 하지도 않았다.

그렇게 차려진 아침상은 사실 연출에 지나지 않았다. 최대한 이른 시간 내에 모든 게 정상으로 돌아가야 했기 때문에. 호숫가에서 벌어진 일도 지나간 옛일로 덮어야 하고, 일상의 흐름을 되찾고, 구겨진 체면도 세우고. 소녀는 그런 생각을 했다. 고작 열세 살 나이, 소녀는 너무 일찍 로팅어 가문이 세상을 살아가는 법을 깨달아버렸다. 사소한 부분까지 모든 일에 그에 따른 행동 수칙이 있었다. 좀처럼 벌어질 것 같지 않은 일에도. 그러니 그 '사고'가 흠잡을 데 없는 그들 일가의 일상에 혼란을 주지 않았던 것도 놀랄 일은 아니었다. '실수로 물에 빠진 10대 소녀'에 관한 문제까지도 처리하는 절차가 마련돼 있었기에 가능한 일이었다.

소녀는 물속으로 가라앉던 자신의 팔을 붙잡고 수면 위로 끌어 올린 손을 떠올렸다. 손이 닿던 순간의 기억이 떠오르자 전율이 느껴졌다. 그 외의 것들은 기억도 나지 않았다.

소녀는 음식에는 손도 대지 않았다. 배도 고프지 않았다. 아마 입 안에 감도는 톡 쏘는 맛이 가시지 않았기 때문일 것이다. 호수의 맛. 개펄에서 자라는 물고기가 아직도 배 속에 뛰어노는 그런 느낌이었다. 그 정도로 그 느낌이 생생히 살아 있었다. 그래서 무엇을 먹든 모든 게 질퍽거리는 것 같았고, 호수 맛이 느껴졌다. 약의 영향도 무시할 수 없었다. 엄마는 의사의 조언에 따라, 크리스털 잔에서 영롱하게 빛나고 있는 오렌지주스에 신경안정제를 탔을 것이다. 의료진들은 소녀가 사고의 기억을 완전히 잊고 있다는 것은 좋은 징조라고 설명했다. 소녀의 정신이 스스로 충격에서 벗어나는 중이라고. 하지만 소녀가 절대로 잊을 수 없는 게 한 가지 있었다. 그런데 남들이 믿어주지 않거나, 더 심한 경우 믿는 척만 하게 되는 수모를 당하는 건 아닐까 두려워, 아무에게도 말하지 않았었다.

소녀가 만난 빛을 발하는 존재는 이따금 소녀의 앞에 모습을 드러냈다.

호숫가에 자라는 나무들 때문에 군데군데 잘리고, 역광을 받은 검은 그림자의 형체로. 얼굴 없는 그 거인은 그렇게 아무 말 없이 소녀를 한 번 쳐다보고는 어딘지 모를 곳으로 홀연히 사라졌다.

소녀도 그런 식으로 사라지고 싶었다. 하지만 소녀는 그렇게 그 자리에 남아 있었다.

소녀는 부목을 댄 자신의 다리를 쳐다보았다. 다리를 움직이지 못하도록 고정해놓은 부목이 무릎까지 올라와 있었다. 스위스에서 일부러 그곳까지 날아온 정형외과 전문의는 별도의 수술 없이 발목이 나을 거라고 장담했지만, 그러려면 한 달 정도는 재활에 신경 써야 한다고 했다. 전체적으로 썩 좋지 않은 상태였다. 하지만 그래서 오히려 긍정적인 면이 있었다.

어쨌든 소녀의 부모에게는.

소녀는 홀로 정자에 앉아 있었다. 하지만 장미나무들을 손질하는 나이 든 정원사의 시선을 무시할 수는 없었다. 마찬가지로, 괜한 눈총을 받지 않으려 적정 거리는 유지하지만, 소녀의 시중을 들어준다는 핑계로 근처를 서성이는 상주 직원들의 시선도 피할 수 없었다. 그들은 모두 소녀를 감시하고 있었다. 소녀는 엄마가 그런 명령을 내렸을 거라 결론 내렸다. 정확히 어떤 상황이 두려웠기 때문일까? 설마 소녀가 휠체어에서 일어나 다리를 절뚝거리면서 호숫가로 나가 또다시 뛰어들기라도 할까 봐?

모든 게 괜찮고, 딸에 대한 자신들의 믿음도 변함없다는 사실을 보여주기 위한 위장 전술로, 부모는 소녀에게 최신형 새 아이폰을 다시 사주었다. 그들의 설명에 따르면, 셀카를 찍다 사고를 당한 그날, 호수에 빠져 잃어버린 스마트폰 대신이었다. 소녀는 이런 연출과 가식이 끔찍이 싫었다. 실제로 무슨 일이 있었는지 알고자 하는 사람은 아무도 없었다.

어쩌면 소녀 본인도 무슨 일이 있었는지 알 수 없었을지도 모른다.

사고 당일 아침, 잠에서 깼을 때 소녀의 머릿속에 묘한 생각 하나가 떠올랐다. 그래서 뭐에 홀린 사람처럼 찬장에 진열돼 있던 위스키 한 병을 몰래 훔쳐 장바구니에 넣고 그걸 들고 버스를 탄 다음, 생전 가본 적 없는 장소로 향했다. 그러고는 뚜렷한 이유도 없이, 한산한 정거장에서 내렸다. 버스를 타고 오면서 높이 자란 풀 뒤로 방치된 듯한 낡은 부교 하나를 눈여겨봐두었다. 소녀는 언덕을 내려가 수풀을 가로질러 호숫가로 갔다. 그리고 거기서 아빠의 전화번호를 자신의 몸에 꾹꾹 눌러 적었다. 배에 하나, 종아리에도 하나. 그런 다음 가지고 온 음료를 들이켰다. 목이 타들어가는 줄 알았다. 소녀는 술을 마시고는 반쯤 남은 술병과 아이폰을 거기서 주운 비닐봉지에 넣은 것 같았다.

나머지 기억은 모호했다.

자신을 물 밖으로 데리고 나온 수수께끼의 구조자가 너무나 원망스러워서 가끔은 저주를 퍼부을 때도 있었다. 그러다가 자신을 탓하면서, 자신이 심연 속으로 가라앉게 내버려두지 않은 그에게 속으로 고마운 마음을 전했다. 소녀는 그와 관련된 부분은 어떻게 이렇게 조용할 수 있는지 생각해보았다.

"새 아이폰 아직 안 써본 거니?" 등 뒤에서 다가온 엄마가 물었다.

엄마는 착 달라붙는 하얀 스커트에 실크 블라우스 차림이었다. 한결같이 아름답고 우아한 자태를 뽐내는 사람이라, 사람들은 모녀가 닮았다고 하지만, 보라색 앞머리 소녀는 엄마 곁에 서면 자신이 땅딸막하고 못생긴 사람이 되는 기분이 들었다.

"상자에서 꺼내지도 않았잖아." 엄마가 말했다.

"나중에 해볼게요." 소녀는 그냥 건성으로 대답했다.

"이상하네. 전에는 온종일 그것만 가지고 놀더니만."

'전에는.' 사고에 관한 이야기는 절대로 하지 않는 철칙에서 유일하게 예외가 되는 단어였다. 모두가 '이후에' 관해서만 신경 썼다. 소녀가 왜 스마트폰을 쓰고 싶어 하지 않는지 의아해하는 사람도 없었다. '절대 다시는.'

"진심으로 선물을 해주실 마음이었으면, 제가 고르게 해주셨어야죠." 소녀가 말했다.

"어디 들어보자. 뭐가 갖고 싶어?"

"목발이요."

"정형외과 선생님이 너무 이르다고 하셨잖아."

"선생님은 제가 준비된 것 같다고 느끼면 목발을 쓸 수 있다고 하셨어요." 소녀가 대답했다. "저는 준비가 된 기분이 들어요."

엄마는 팔짱을 끼더니 심문하는 수사관처럼 딸을 노려보았다.

"왜 목발을 쓰고 싶은 건데?"

소녀는 그 질문이 나오기를 기다리고 있었다.

"파티요."

학기 말 최고의 행사가 바 친구의 별장에서 열릴 예정이었다. 코모 일대에서는 유명한 집안 출신의 친구였다.

"꿈도 꾸지 마." 엄마가 말했다.

소녀는 그런 반응을 예상하고 있었다. 하지만 거기에 '꼭' 가야만 했다. 모든 친구들이 기대하는 파티였기 때문이다.

그리고 그 자리에서 보고 싶은 사람이 있었기 때문이기도 했다.

그러지 못하면 그 저주받은 호수에 다시 빠져버릴 것 같았기 때문이다. 아니, 확신이 들었다. 하지만 소녀는 물에 빠져 익사하고 싶지는 않았다. 무엇보다 물속으로 빨려 들어가 힘도 못 쓰고 숨도 못 쉬는 상황을 경험한 뒤로는 다시는 그런 경험을 반복하고 싶지 않았다.

"아직 네 몸 상태는 파티에 참석할 정도가 아니야." 그렇게 이유를 설명하던 엄마는 딸에게 또 다른 불행이 닥치지 않을까 두려운 마음에 목소리를 살짝 떨면서도, 단호해 보이려 애를 쓰고 있었다.

소녀는 생각했다. 엄마를 자기편으로 끌어들이지 못하면 아빠를 설득하는 건 불가능하다고.

"다른 사람들한테 제가 아무 문제 없다고 말씀하셨잖아요. 그런데 제가 파티에 참석하지 않으면 다들 수군거릴 게 분명한데……."

소녀는 원하는 반응을 이끌어내려고 말끝을 일부러 흐렸다. 엄마의 눈썹 사이에 물음표가 그려졌다. 엄마가 가장 두려워하는 건 사람들의 수군거림이었다. 다른 사람들은 상관없었다. 하지만 그들과 비슷한 부류의 사람들 사이에 도는 소문은 신경을 쓰지 않을 수 없었다.

"일단 아빠하고 얘기해봐." 엄마는 그렇게 결론 내렸다.

보라색 앞머리 소녀는 엄마의 저지선에 구멍을 만들었다는 사실에 일단 만족했다. 대단한 공학자 귀도 로팅어의 아내는 겉으로는 힘이 넘치는 여성으로 보였지만, 실은 한없이 연약한 사람이었다. 모두의 눈에 그녀는 남편을 주도하는 적극적인 여성으로 비쳤다. 사교계에 도는 소문에 따르면, 그녀는 남편에게 특별한 영향력을 행사한다고 알려져 있었다. 하지만 그녀는 권위적인 남편과 항우울제의 손아귀에서 벗어나지 못하는 나약한 여성이었다.

소녀의 엄마가 뭐라고 다른 말을 덧붙이기 전에, 집사가 손에 전단지 비슷한 종이를 한 장 들고 다가왔다.

전단지에는 이런 문구가 적혀 있었다. '나가는 문, 그건 바로 당신 자신이다!'

신중함을 몸소 실천하는 게 특기인 집사는 로팅어 부인만 제대로 알아들을 수 있도록 나지막이 속삭였지만, 옆에 있던 소녀에게 실례가 되지 않을 정도의 큰 목소리로 상황을 설명했다. 덕분에 소녀는 이 말은 알아들을 수 있었다. "일단 서재에서 기다리게 했습니다."

누군가 소녀의 엄마를 찾아왔던 것이다. 다행이었다. 엄마는 일어나서 집 쪽으로 향했다. 소녀는 전단지를 들고 찾아온 누군지 모를 손님이 고마울 따름이었다. 덕분에 대화를 거기서 끝낼 수 있었기 때문이다. 긴장이 풀린 소녀는 오렌지주스 안에 뭐가 들었거나 말거나 신경 쓰지 않고 그냥 마셔버렸다. 아니, 차라리 그 안에 든 약이 암울한 생각들을 날려주기를 바랐다. 그런 다음 눈을 감고 다시 뺨을 간질이는 바람을 느꼈다. 그런데 소녀가 갑자기 눈을 떴다. 무슨 소리가 들렸기 때문이다.

음악 소리.

느닷없이 들렸다가 순식간에 사라진 소리에, 소녀는 자신이 꿈을 꾼 건가 의아해했다. 담벼락 너머로 모든 게 고요했고, 아무도 보이지 않았다. 무슨 일이 있었던 거지? 누가 장난이라도 치는 건가? 그러더니 음악 소리가 다시 이어졌는데, 이번에는 암울한 목소리가 곁들여졌다. 소녀는 음악 소리를 알아듣고는 정신이 혼미해졌다. 그건 경고였다. 중단되었던 문제를 조만간 청산해야 할 거라는 예고. 그 소리는 호수에서 들려오고 있었다.

콜드플레이의 〈에브리데이 라이프〉.

죽을 결심을 하고 호수에 뛰어들던 날 자신의 아이폰으로 들었던 노래였다.

19

그런 집은 생전 처음 들어가봤다. 그런 집은 영화에서나 볼 수 있을 거라 생각했었다.

사냥하는 여자는 자신의 클리오를 탄 채로 정문 현관에서 자기소개를 했다. 어떤 대접을 받게 될지 전혀 모른 채로 무작정 찾아가 벨을 눌렀던 것이다. 그런데 놀랍게도 정문을 열어준 것도 모자라, 호화 별장의 실내로 안내까지 해주는 것이었다. 하지만 로팅어 부인을 만나러 왔다고 하면, 아마 그녀를 돌려보내기 위해 온갖 핑계를 댈 게 뻔할 거라 생각했다. 그런데 본분에 충실한 가사 도우미가 집사를 찾으러 갔다. 집사라면 스릴러소설에서나 볼 수 있는 직업군이 아닌가. 그런데 실제로 넥타이에 정장 차림의 남자가 나타나더니 깍듯하고 정중한 태도로 그녀를 대했다. 명함 만들 생각을 하지 않았다는 사실을 깨달은 그녀는 전단지 하나를 명함 대신 내밀었다. 그리고 호수에서 있었던 사고를 언급하는 것만으로도 집사의 안내를 받아, 검은색과 흰색의 체크무늬 대리석 바닥이 깔려 있고 여러 개의 석상과 고풍스러운 가구들로 장식된 긴 복도를 지나, 지금 자신이 기다리고 있는 방으로 오게 되었다.

어마어마한 책장이 갖춰진 서재였다.

위압감을 느낀 사냥하는 여자는 유일하게 고급 카펫으로 덮여 있지 않은 지점에 서서 기다렸다. 온갖 화려한 장식품들에 정신이 얼떨떨하다 못해 현기증까지 일었다. 도대체 어떤 사람들이 이런 집에서 살 수 있는 걸까?

"은행 잔고에 떡쳐도 우리보다 0이 세 개는 더 붙는 액수를 넣어두고 사는 그런 사람들이요." 파멜라는 그런 사람들을 이렇게 정의했었다.

로팅어 일가의 재산은 도대체 얼마나 되는 걸까? 사냥하는 여자는 자신의 은행 잔고가 얼마인지 알고 있었다. 2천 유로 정도. 로팅어 일가는 자신들이 얼마나 많은 재산을 보유하고 있는지 제대로 알기는 할까? 이런 부류의 사람들은 어떤 식으로 재산을 관리할까? 어쨌든 각종 고지서를 처리하는 데 아무런 문제가 없는 사람들일 거라고 쉽게 상상할 수 있었다. 도대체 이런 사람들은 돈하고 어떻게 이런 관계를 유지할 수 있게 된 걸까? 그녀로서는 백만장자의 삶이 어떨지 알 수 없었다. 마찬가지로 그들은 그녀 같은 사람의 삶이 어떨지 상상도 하지 못할 것 같았다.

그런 상념에 빠져 있던 탓에, 그녀는 로팅어 부인에게 해야 할 말을 제대로 준비하지 못했다. 남편보다는 일단 아내를 공략하기로 했다. 여자 대 여자로서 대화를 풀어가는 게 훨씬 수월할 거라는 판단 때문이었다. 그녀는 상대가 누구든 사소한 공통분모를 찾아내 대화를 이어나가는 재주를 가진 사람이었다. 반면 남자들은 적대감을 느끼고 그녀를 대했고, 대부분의 경우 대화가 아니라 언쟁으로 번지기 일쑤였다. 아마도 남자들은 그녀를 보면서 만나는 모든 남자를 거세시켜야 한다는 고정관념에 사로잡힌 사이코패스 페미니스트 정도로 여기는 듯했다.

높이만 3미터 정도 되는 통유리창을 통해 정원을 내다보니, 집사란 사람이 자신이 건넨 전단지를 들고 정자로 걸어가는 게 보였다. 시야에 들어온 로팅어 부인은 여신이라 해도 과언이 아닐 정도로 완벽한 미모를 가진 여성이었다. 그녀는 휠체어에 앉아 있던 소녀 앞에 서 있었다. 소녀는 검은 머리였지만 이마를 덮은 앞머리만 보라색이었다. 그녀는 10대 딸의 생각을 못마땅해하는 듯한 엄마의 몸동작을 유심히 살피면서 모녀가 언쟁을 벌이는 중이라고 판단했다. 집사가 두 사람의 대화에 끼어들었다. 로팅어 부인은 전단지를 들여다보더니 집 쪽으로 걸어왔다.

그동안 사냥하는 여자는 호수에 빠졌다가 살아 나온 소녀를 살펴보았다. 물에 빠져 허우적거리던 와중에, 자신을 구해준 생명의 은인의 얼굴을 볼 수는 있었을까? 만약 봤다면 묘사는 가능할까? 소녀에게 직접 물어보고 싶었지만, 소녀 근처에는 얼씬도 못 하게 할 것이 분명했다. 그렇기 때문에 부실한 보고서를 뒷받침할 충분한 증거를 수집해 수사관에게 내밀 수 있어야 했다. 그들이 수수께끼 같은 구조자를 찾아 나설 거라 희망하면서. 적어도 그가 누구인지, 그리고 왜 현장에서 그렇게 황급히 도망쳤는지 이유를 알아내기 위해서라도.

"안녕하세요. 저를 만나고 싶어 하신다고 들었습니다." 로팅어 부인이 먼저 인사를 건넸다.

자신의 딸을 감시하고 있는 상대의 허를 찌르려던 의도였을까? 어쨌든 로팅어 부인은 집사를 대동하고 집으로 돌아왔는데, 집사는 다소 거리를 둔 지점에 서서 두 사람을 지켜보고 있었다.

사냥하는 여자가 대답했다.

"번거롭게 해드려 죄송합니다. 가족의 사생활까지 침범할 마음은 눈곱만큼도 없습니다. 특히 최근에 그런 일까지 겪으신 터라서요. 그나저나, 결과적으로는 천만다행이 아니었나 싶습니다."

"무슨 의도로 찾아오신 건가요?" 상대는 그녀에게 전단지를 내밀며 말을 끊었다. "저희 딸아이는 가정폭력 피해자도 아니거든요. 그건 사고였어요."

상대는 방어 태세를 취하고 있었다. '뭐야, 내가 돈을 바라고 찾아왔다고 생각하는 거야?' 사냥하는 여자는 그런 생각이 들었다. 어쨌든 상황을 악용해 그런 시도를 한 족속들은 있었을 것이다.

"그렇다는 말씀을 드린 적은 없는데요."

"그럼 왜 여기까지 찾아오신 거죠?"

"저는 따님을 구해준 사람에게 관심이 있을 뿐입니다. 솔직히, 무슨 짓이든 할 수 있는 양심 없는 사람들만 넘쳐나는 세상 아닙니까. 목숨까지 걸며 누군지도 모를 사람을 구해놓고, 고맙다는 말은커녕 더…… 깊은 감사를 받아도 될 상황에서 홀연히 사라

저버린 그 남자의 사연 말입니다."

그녀는 모호한 말을 던지면서 상대가 설득당하기를 기대했다.

"그 남자분이 굳이 신원을 드러내고 싶어 하지 않으신다면, 저희로서는 그분의 뜻을 존중할 수밖에 없습니다."

'사람들이 당신들을 잊어주기 바라는 거겠지.' 사냥하는 여자는 그렇게 생각했다. 그 심정이 일면 이해는 갔다. 그리고 그녀는 바로 그 점을 노리고 있었다.

"그런데 사실이 우리 눈에 보이는 그대로가 아닐 때도 많더라고요. 그 남자에게 그렇게 자취를 감출 다른 이유가 있었을 수도 있을 것 같아요. 물론, 그 이유가 따님과는 아무런 상관도 없겠지만요."

심각한 비난에 가까운 발언이었다. 로팅어 부인은 입술을 살짝 깨물었다. 그녀와 남편은 아마 자신들이 내놓을 대답의 영향을 다각도로 따져보면서 똑같은 가능성을 제기해봤을 것이다.

"얼마를 원하는 거죠?" 로팅어 부인은 애써 태연한 척하며 물었다.

사냥하는 여자는 상대가 자신의 감정을 있는 그대로 드러내는 걸 어색해하는 사람이라는 사실을 간파했다. 그들 부류의 사람들에게는 여간 불편한 일이 아닐 테니까.

'부자들은 끝이 없는 파티에 초대된 사람들이니까.' 그녀는 생각했다. '언제 춤을 멈추고, 언제 웃음을 멈춰야 할지 모르거든.'

"돈 때문에 찾아온 거 아닙니다. 단지, 누군지 모를 그 사람을 찾을 수 있도록 조금만 도와주셨으면 합니다."

그렇게 말하면서 자신은 지금까지 말한 것보다 훨씬 많은 걸 알고 있다는 인상을 심어주고, 지금으로서는 굳이 경찰이나 헌병대에까지 알릴 필요는 없을 것 같다는 말도 잊지 않았다.

"남편하고 얘기해봐야 해요."

사냥하는 여자가 우려했던 대답이었다. 로팅어 부부 중에서 남편은 아내에 비하면 융통성이란 게 전혀 없는 사람이라는 악명이 자자했기 때문이다. 그래서 어떻게든 자신이 원하는 방향으로 그들을 끌고 가야 했다.

"손수건이요. 따님을 풀 밖으로 데리고 나온 남자는 아이가 경련을 일으킬까 봐 입에 자신의 손수건을 물려줬습니다. 아마 병원에서 따님의 옷가지와 개인 소지품과 함께 돌려받으셨을 겁니다. 그 손수건만 주시면 조용히 사라져드리겠습니다."

타당한 제안이었다. 금전적인 요구도 없었다. 단지, 대수롭지 않은 손수건 한 장이 전부였다. 부인은 무언가를 골똘히 생각하기 시작했다. 그런데 집사가 관심을 끌기 위해 헛기침을 하더니 가까이 다가왔다.

"당시 손수건은 없었습니다."

사냥하는 여자는 집사를 쳐다보면서 어떻게 대처해야 할지 머리를 굴렸다. 그 말을 그대로 믿어야 하나? 시간을 벌기 위한 핑계일 수도 있었다.

그러자 집사는 마치 그 생각을 읽기라도 한 듯 그녀를 향해 이렇게 말했다.

"병원에서 받은 개인 소지품은 봉투에 담긴 그대로 보관돼 있습니다. 원하신다면 보여드릴 수도 있습니다."

그러고는 안주인 쪽으로 돌아서서 허락을 기다렸다.

안주인이 고개를 끄덕이자 집사는 서재를 떠났다.

사냥하는 여자는 로팅어 부인과 함께 집사를 따라갔다. 대리석 바닥에 닿을 때마다 고무 마찰음을 내는 그녀의 스니커즈는 여신에 가까운 여자의 또각거리는 우아한 하이힐 소리와 불협화음을 만들어냈다. 그들은 여러 개의 거실과 대형 식당에 맞먹는 부엌과 주방을 지나고도 다시 직원들이 사용하는 방 몇 개를 거친 다음에야 세탁실에 도착했다.

소녀의 개인 소지품이 담긴 지퍼백이 선반에 가지런히 놓여 있었다. 사냥하는 여자는 가까이 다가가 살펴보았다. 집사의 말대로 손수건은 보이지 않았다.

"이럴 리 없는데……."

믿을 수가 없었다. 하지만 헌병대에서 정리한 보고서에 첨부된 사진을 봤다는 사실을 밝힐 수는 없었다. 그랬다가는 로팅어 부부가 민간인 신분인 그녀가 어떻게 공개 금지된 보고서 내용을 볼 수 있었는지 의혹을 품을 테고, 이는 파멜라를 난처하게 만들 수도 있었기 때문이다.

"산탄나 병원에서 퇴원할 당시, 병원에서 저희 쪽에 건네준 물건은 이게 전부입니다." 집사가 단언하듯 말했다.

그렇다면 손수건도 빨간 매니큐어를 칠한 손톱 조각처럼 사라졌다는 말인가? 우연이라고 하기에는 너무나 인위적이었다. 하지만 지금으로서는 달리 설명할 길이 없었다.

"마지막으로 제가 생각한 내용을 말씀드리자면, 만에 하나 그 남자가 무언가 숨겨야 할 게 있는 사람이었다면, 호숫가에 자기 손수건을 그대로 남겨두고 도망가는 그런 경솔한 행동은 하지 않았을 것 같습니다."

일리 있는 지적이었다. 그제야 로팅어 부인도 긴장이 풀어지는 눈치였다. 사실, 그녀로서는 감히 자신을 불편하게 할 엄두를 낸 성가신 중년 여성을 두려워할 이유가 전혀 없었다. 그런데 사냥하는 여자는 상대가 무언가 의아해하는 표정을 짓고 있음을 느낄 수 있었다. 그 눈빛의 의미는 그녀도 잘 알았다. 수도 없이 경험한 눈빛이었으니까. 게다가 파멜라도 이미 그녀에게 경고했었다.

"잠깐만요……." 의아한 표정을 짓던 안주인이 입을 열었다. "누군지 알겠어요. 그쪽……."

'상상해보세요. 여사님 같은 과거를 가진 사람이 끼어들었다는 사실을 알게 되면 어떤 일이 벌어질지 말이에요.'

"네, 맞습니다." 그녀는 전혀 당황하는 기색 없이 자신 있게 대답했다. "제가 그 엄마입니다."

그러고는 번거롭게 해서 미안하다고 정중히 사과한 다음 그 집을 떠났다. 빠른 걸음으로 자신의 클리오로 걸어가던 그녀는 화가 치밀어 올라 두 주먹을 불끈 쥐고 있었다. 계획도 실패로 돌아간 데다, 수모를 겪었기 때문이다. 게다가 로팅어 부부가 자신이 그들의 집까지 찾아왔었다는 사실을 헌병대에 알리면, 자칫 젊은 친구의 입장이 난처해질 수도 있는 상황이 벌어졌기 때문이다. 어디선가 암울한 음악 소리가 바람에 실려 들려오는 것 같았다. 하지만 음악 소리는 때마침 울린 휴대전화 소리에 묻히고 말았다. 번호 정보 없음이라는 표시가 뜨는 수신자 부담 전화. 굳이 액정 화면을 보고 확인할 필요도 없었다. 사냥하는 여자는 그냥 알 수 있었다.

'참, 때도 잘 맞추는구나.' 그녀는 그렇게 생각하고 수신을 거부했다.

20

목요일, 오전 11시. 그녀는 어디로 가야 그를 만날 수 있을지 잘 알고 있었다. 서로 얼굴을 본 지는 오래되었지만, 사냥하는 여자는 그가 여전히 습관대로 살고 있으리라 확신했다.

예상했던 대로, 코모 구시가지에 있는 아담한 카페테리아 문턱을 넘어서자마자 그를 찾을 수 있었다. 그는 화장실 근처의 구석자리 테이블에 앉아 있었다. 리날디 선생은 오가는 사람들이 잠시 들러 커피나 크루아상을 먹고 가는 곳에서 남들의 시선을 끌지 않고 조용히 앉아 있었다. 그는 혀끝으로 침을 묻힌 손가락으로 느릿느릿 페이지를 넘기며 신문을 읽고 있었다. 앞에는 카푸치노 한 잔이 있었는데, 밤색 재킷 주머니 밖으로 튀어나온 납작한 양철 수통을 보건대 커피에 술을 타서 마시는 중이라는 것을 짐작할 수 있었다.

사냥하는 여자는 그의 테이블로 다가갔다. 선생은 눈을 들고 그녀를 쳐다보았다.

"세상에……. 내가 여기 있는 건 어떻게 알았어?" 그가 말했다.

"당신 시간표는 지난 25년간 달라진 게 없잖아. 목요일 11시부터 정오까지 비는 시간이지. 앉아도 돼?"

그는 고개를 끄덕였고, 그녀는 자리에 앉았다.

거리가 가까워지자 술 냄새가 확 풍겼다.

"여전하네." 그녀는 턱짓으로 카푸치노 잔을 가리키며 비꼬듯 말했다. "학교에서 뭐라고 안 해?"

"지금 당장 수업에 지장이 없고, 학생들의 행복 추구를 방해하지 않는 이상 뭐라고 할 이유가 전혀 없잖아. 누구에게 해 되는 일을 하지는 않으니까."

사실, 리날디 선생은 그녀가 만나본 가장 올바르고 선량한 사람이었다. 그는 고등학교에서 컴퓨터와 정보과학을 가르치는 선생님이었다. 그리고 자신의 행동이 학생들에게 악영향을 끼칠 수 있다는 일말의 의혹이라도 드는 날, 곧장 스스로 사임할 사람이었다.

"왜 그런지는 모르겠는데, 당신이라면 잘 헤쳐나갈 거라 생각했었어." 그녀는 진심을 담아 말했다.

"이 가게를 운영하는 두 아가씨는 내가 옛날에 가르쳤던 졸업생들이야." 그가 설명했다. "가게를 처음 열 때 주문 관련 전산 시스템하고 인터넷 사이트 만드는 걸 좀 도와줬거든. 대가로 거의 지정석처럼 이 자리에 앉아 신문을 볼 수 있게 됐어. 이것도 남을 방해하는 건 아니긴 하지. 그러니까 뭐……."

그는 상대가 관여할 바는 아니라는 말을 하고 싶은 듯 말끝을 흐렸다. 이제 더는.

그러고는 덥수룩한 턱수염을 긁적였다. 그녀는 그가 마지막으로 언제 면도를 했을지 생각해보았다. 헝클어진 머리, 어깨에 내려앉은 비듬. 문득 자신이 그런 부분들을 신경 써주던 시절이 떠올랐다. 그 상태로는 절대 밖에 나돌아 다니지 못하게 했을 것이다. 그의 파란 눈동자에 반해 사랑에 빠졌었는데, 이제는 흰자위가 누렇게 뜬 상태였다. 간을 제대로 관리하지 않았다는 뜻이었다.

"내가 더 나은 배우자가 될 수도 있었는데 말이야."

"지금 무슨 상심 고백 같은 기 하러 온 거야? 당신은 죄의식 같은 거에 휩쓸리면 안 돼. 그건 당신한테 전혀 도움이 되지 않아."

그는 잔을 들고 마셔선 안 될 음료를 한 잔 들이켰다.

그의 자기 파괴 과정이 가동된 건 5년 전으로 거슬러 올라간다. 전에는 토요일 저녁에 피자 전문점에서 맥주 한 잔 정도 걸치는 걸 제외하면, 술을 마시는 모습은 볼 수 없었다. 그러던 어느 날, 그의 옷을 세탁기에 집어넣다가 진하게 배어 있는 술 냄새에 무슨 변화가 있었는지 깨닫게 되었다. 그 후로 리날디 선생은 자신의 주량을 철저히 관리했다. 절대로 만취 상태까지 마시는 일은 없었다. 그의 하루 주량은 알코올 도수와 상관없이 무조건 한 병이었다. 대신, 그 한 병을 하루 24시간 동안 나눠서 마시는 식이었다. 그에게 있어 음주 행위는 죄악이 아니라 일종의 타협이었다. 리날디 선생은 지속적인 무감각 상태를 유지하기 위해 애쓰는 중이었다. 쉰여섯의 나이에 스스로 생을 마감할 용기는 없었다. 그는 단지 생의 마지막 날에 도달하고 싶을 뿐이었다. 그래서 자신에게 남은 그 불행한 시간을 무감각한 상태로 지내고 싶었던 것이다.

"내가 어떻게 사는지 잔소리를 하려고 찾아온 건 아닐 텐데 말이야."

사실이었다.

"보안 시스템을 해킹할 수 있는 사람이 필요해. 무리한 부탁이라는 건 알지만, 좋은 일 하자고 이러는 거야."

남자는 손을 들더니 앞으로 뻗었다. 손을 떨고 있었다.

"예전에는 키보드 위에서 날아다니던 손이었어. 지금은 한 잔 정도 해야 겨우 진정시킬 수 있지. 그런데 이제는 술을 마시면 맑은 정신으로 일을 할 수가 없어."

"누구를 찾아가야 할지 모르겠어서 그래. 정말 중요한 일이거든."

"나보다 더 중요한 일이겠지?" 그는 아픈 곳을 쿡 찔렀다.

그녀는 할 말이 없었다.

"예전에는 매주 목요일, 이 비는 시간을 이용해 부리나케 집으로 가서 사랑을 나누곤 했었지."

두 사람이 같이 살았던 예전의 집에는 이제 그 혼자 살고 있었다. 사냥하는 여자는 그 시절을 잊고 사는 중이었다. 그냥 과거 속에 묻어버린 채로.

"그런데 지금 우리가 어떻게 됐는지 봐봐……." 남자는 그렇게 말하고는 단도직입적으로 물었다. "그래, 무슨 일 때문인데?"

사냥하는 여자는 청바지 주머니에서 접어놓은 종이 한 장을 꺼내 테이블 위에 놓고 그에게 밀었다.

"여기 다 적어놨어."

리날디 선생은 종이를 펼쳐 읽어보더니 다시 접어 자신의 재킷 주머니에 넣었다.

"당신이 필요로 하는 건 해줄 수 있을 것 같아."

"고마워."

"당신은 당신 일 잘하고 있었는데, 왜 그만둔 건지 난 솔직히 그 이유를 모르겠어."

하지만 실은 알고 있었다. 그녀는 같은 이유로 그를 떠났으니까.

"이 시기에 당신을 다시 보니 기분이 묘하네."

"기념일이긴 하지." 그녀는 자신도 잊지는 않았다는 사실을 보여주려고 받아치듯 한마디를 툭 던졌다.

"예전에는 결혼기념일에 파티 같은 것도 했었는데 말이야. 지금은 남은 게 그날밖에 없네……."

사냥하는 여자는 전남편이 무슨 말을 하고 싶은지 알 것 같았다. 그는 대가를 요구하고 있었다.

"당신한테도 전화 왔어?"

남자는 고개를 끄덕였다.

"그래서 받았어?"

"당연한 거 아니야?" 그는 그런 질문이 놀랍다는 듯 반응했다.

"그래서?"

"5년이 넘었어. 그 녀석에게도 두 번째 기회는 있어야지."

"그런 짓을 했는데도? 내 생각은 어떤지 알아? 그 자식은 있어야 할 곳에 있는 거야. 난 거기서 나오도록 도와줄 생각 없어."

"발렌티나도 그러자고 했을 텐데⋯⋯."

"다시는 그런 얘기 꺼내지도 마. 내 앞에서는."

머리끝까지 화가 치민 그녀는 나가려고 자리에서 일어났다.

남자는 고개를 떨궜다.

"예전의 삶이 그리워. 당신도 그립고⋯⋯. 이혼했다고 이런저런 기억이 사라지는 것도 아니고, 이렇게 헤어져 살아도 여전히 같은 기억을 공유하고 있잖아. 그걸 함께 하지 않을 뿐이지."

사냥하는 여자는 아무런 말도 하지 않았다. 이런 식으로 자신을 고문한다고 달라질 건 없었다. 어차피 이전으로 되돌아갈 수도 없으니까.

리날디 선생은 우울한 미소로 작별 인사를 건넸다.

"그 말처럼 말이야⋯⋯. 죽음이 우리를 갈라놓을 때까지."

21

일하는 사람들이 휠체어 밀어주는 게 끔찍이 싫었던 소녀는, 짧은 시간 안에 스스로 휠체어를 밀고 집 안을 돌아다니는 법을 터득했다. 안 그래도 온종일 일하는 사람들을 겪어야 하는 마당에, 적어도 한 가지만큼은 혼자 하고 싶었기 때문이다. 그래서 소녀는 마룻바닥이나 하얀 대리석 바닥에 검은 자국을 남기며 집 안을 돌아다녔다. 휠체어를 몰다가 일부러 복도에 진열된 고가의 도자기 석상에 부딪쳐 떨어뜨리곤 했다. 그럴 때마다 누군가가 황급히 달려와 청소하고 깨진 조각들을 주워 담았다. 소녀가 정해진 규칙과 집 안을 다스리는 체제에 맞서기 위해 내놓은 일종의 게릴라전술이었다. 부모님이 '사고'라고 규정한 그 일에 경의를 표하기 위해서.

사실, 소녀는 화가 치밀었지만 무엇을 하며 하루를 보내야 할지 알 수 없었다. 그래서 온 집 안을 엉망으로 만들려고 '사보타주' 작전을 시도했지만, 번번이 일하는 사람들의 '방어'에 가로막히고, 꾸지람은커녕 잔소리도 날아들지 않으리라는 사실을 깨닫자, 오후에는 아예 방구석에 틀어박혀 책만 읽기로 결심하고 방으로 돌아갔다. 그런데 방문을 열자마자 깜짝 놀라지 않을 수 없었다.

아빠가 자신의 침대에 앉아 기다리고 있었기 때문이다.

회색 정장에 하늘색 넥타이 차림의 아빠는 일을 마치고 막 집에 돌아온 터였다. 어렸을 때는 아빠의 우아한 자태와 자신을 무릎에 앉혀줄 때 나던 좋은 향기에 매료되어 아빠를 바라봤었다. 그렇게 해를 거듭하면서 부녀지간의 끈끈함은 사라지고 말았다. 소녀는 그게 자신 때문이라고 생각했다. 그리고 한 번도 그렇다고 고백한 적은 없지만, 그게 후회스러웠다.

"좀 어떠니?" 아빠는 상냥한 미소를 지어 보이며 물었다.

아빠의 옆에는 빨간 리본으로 묶인 기다란 하얀 상자 하나가 놓여 있었다.

"아주 좋아요." 소녀는 자신이 끔찍이 싫어하는 냉소적인 말투로 대꾸했다.

"아빠가 왜 여기서 기다리고 있었는지 궁금하겠지."

"엄마가 오늘 저녁에 있을 파티 얘기를 했으니까요."

소녀는 그 상태로 그런 자리에 가지 않아야 할 이유가 줄줄이 잔소리로 날아들 거라 예상했다. 그리고 하얀 상자는 소녀를 달래주기 위한 선물이었다. 너무나 익숙하고 속속들이 파악하고 있는 상대의 전략이었다. 절대로 덫에 걸려들지 않으리라. '절대로 그럴 수 없는 상황이었으니까.'

그런데 아빠는 또다시 소녀를 놀라게 했다.

"아빠도 네 생각에 전적으로 동의한다. 넌 그 자리에 꼭 참석해야 해."

이게 무슨 조화인가? 이렇게 쉽게 해결될 거라고는 전혀 예상치 못했었다. 소녀가 원하는 걸 얻어내려면, 분명 치러야 할 대가가 있을 것이다. 권모술수였다.

"그런데 아빠도 엄마랑 같은 생각이라고 말씀하시려는 거 아니에요?"

"진허 그렇지 않아. 너도 이제 열세 살이니, 엄마, 아빠가 이거 해라, 하지 마라 할 나이도 지났잖아."

하루아침에 부모님 눈에 성인으로 보이기 시작했다니 도저히 믿을 수 없는 일이었지만, 무엇보다 어이가 없어 웃음이 나오는 일이었다.

"그렇다면 그 안에 든 게 이브닝드레스 정도는 되어야 한다는 건데……."

아빠는 딸아이의 빈정거림을 무시한 채 리본을 풀고 뚜껑을 열어 안에 든 내용물을 보여주었다. 상자 안에는 빨간색 철제 목발 한 쌍이 들어 있었다.

"드레스보다 이게 너한테 더 잘 어울릴 것 같더라. 그래서 공장에 주문해서 제작한 건데 탄소섬유 재질로 된 세상에 하나밖에 없는 물건이다."

소녀는 자신이 뛸 듯이 기뻐해야 하는 상황인지 확신할 수도 없었지만, 무엇보다 아빠가 정말 자기편인지를 확신할 수 없었다. '내가 아빠의 이런 사랑과 관심을 얼마나 필요로 했는지 모르실 거예요.' 소녀는 아빠에게 그 말을 하고 싶었을 것이다. 지금 당장. '그래서 호수에 뛰어들기 전에 내 몸에 아빠 전화번호를 적어놓았던 거라고요.' 소녀는 자신이 그 파티에 얼마나 가고 싶지 않은지, 아빠에게 설명하고 싶었을 것이다. 하지만 소녀에게는 선택권이 없었다. 어쩌면, 어렸을 때처럼 아빠 품에 안기고 싶었을 것이다.

"정형외과 주치의한테 물어봤더니, 네가 이 목발을 짚고 열 걸음을 걸을 수 있으면 당장 오늘부터 사용해도 된다더라."

아빠의 그 말에 찬물을 뒤집어쓴 기분이 들었다. 끓어오르던 10대 소녀의 열정이 팍 식어버렸다. 이런 게 바로 사기라는 생각이 들었다. 모든 게 시험이었다. 언제나 그랬다. 실망으로 일그러지는 딸의 표정을 본 아빠는 히죽거렸다.

"한번 해볼게요." 소녀는 자신 있게 대답했다.

그 파티에서 이뤄질 만남, 소녀에게는 그 만남이 무엇보다 중요했다.

"그래."

아빠는 침대에서 일어나며 방 안에 일종의 코스를 만들어주었다. 의자 위치를 바꾸고 카펫을 걷어낸 다음, 장애물이 될 만한 물건들을 다 치웠다. 그러다가 서랍장 위에 있던 곰 인형을 들더니 물끄러미 쳐다보았다. 소녀가 어릴 때부터 끌어안고 잔 인형이었다.

"뉴욕에서 이걸 사서 너한테 주던 날이 기억나는구나. 네가 두 살 때였지."

파오 슈워츠에서 사 온 물건인데, 출장 갈 때마다 그 가게에서
파는 예쁜 장난감을 사다 주겠다고 약속하곤 했었다. 하지만 이
후에 그런 일은 없었고, 이제는 그러기에 너무 늦었다.

소녀와 5미터 정도 떨어진 곰 인형이 일종의 결승선이 되었다.
아빠는 소녀에게 목발을 건넸다.

소녀는 휠체어 바퀴에 제동장치를 걸고 스스로 일어났다. 부
러진 다리가 바닥에 닿자마자 소녀는 목발을 겨드랑이에 두고 두
손으로 꽉 움켜쥐었다. 아빠는 팔짱을 낀 채로 벽에 기대서서 말
도 안 되는 도전에 심판을 보듯 소녀를 지켜보고 있었다. 소녀는
작은 곰 인형을 뚫어지게 노려보았다.

그리고 첫발을 내디뎠다.

어렵지는 않았지만, 쾌재를 부르기에는 일렀다. 두 번째 걸음
도 역시 무난했다. 그런데 세 번째 걸음에서 부목 때문에 중심을
잃을 뻔했다. 네 번째 걸음은 짧게 옮겼다. 다섯 번째가 되자 용
기가 생겼다. 절반이나 왔기 때문이다. 여섯 번째 걸음을 내딛는
순간, 두 팔이 자신을 팽개치는 기분이 들었다. 한쪽 무릎이 접
혔지만 넘어지지는 않았다. 일곱 번째 걸음에는 금이 간 갈비뼈
에 통증이 느껴져서 숨을 고르느라 멈춰야 했다. 포기하고 목발
을 벽에 냅다 던져버리고 싶은 마음이 들었지만, 소녀는 포기하
지 않았다. 여덟 번째 걸음에는 온몸에서 힘이 다 빠져나갔다. 이
마에 구슬땀이 송골송골 맺힐 정도였다. 아홉 번째 걸음을 내디
딜 때는 이를 악물고 앓는 소리까지 냈다. 사실, 삔 어깨에도 통

증이 느껴졌기 때문이다.

곰 인형이 코앞에 있었다. 남은 건 한 걸음.

소녀는 뒤돌아 아빠를 쳐다보았다. 아빠의 표정은 사악한 게임을 즐기고 있는 사람의 표정인지, 딸에게 용기를 내라고 응원하는 표정인지 분간이 되지 않았다. 마지막 한 걸음을 떼면서 쾌재를 부르고 싶었지만, 소녀는 꾹 참았다. 아빠의 패배를 지켜보는 쪽을 택했다. 그래서 소녀는 아빠를 쳐다보았다.

여느 때와 마찬가지로 대단하신 공학자 로팅어는 냉정함을 잃지 않았다.

"잘했다." 딱 그렇게만 이야기했다.

"포기하지 않도록 가르쳐준 건 아빠잖아요."

하지만 아빠는 딸의 말에 아무런 반응도 보이지 않았다. 그저 가까이 다가와 곰 인형을 들고 배를 쓰다듬으며 이렇게 말했다.

"오스카르가 파티 장소에 데려다주고 밖에서 기다릴 거야."

오스카르는 아빠의 운전기사이기도 하지만, 경호원이자 거의 종에 가까운 사람이었다.

"알았어요." 진이 빠진 소녀는 휠체어에 앉으며 대답했다.

아빠는 방에서 나가기 전에 소녀에게 곰 인형을 돌려주었다.

"전에도 얘기했지만 너한테 뭐가 좋을지는 아마 너 자신이 제일 잘 알 거다……. 비록, 어떤 면에서는 우리 모두는 네가 아직 어린아이라는 사실을 인정할 수밖에 없겠지만 말이야."

아빠가 나가고 방에 홀로 남게 되자, 보라색 앞머리 소녀는 그제야 분풀이를 했다. 소녀는 곰 인형의 머리를 붙잡고는 몸통에

서 떼어내버렸다. 그리고는 책상 아래 휴지통에 던져버리고 왈칵
눈물을 쏟아냈다.

22

사람들은 그 집을 피해서 다녔다.

자전거를 탄 어린아이들은 그 앞을 지날 때면 페달을 힘차게 밟아 빠르게 지나갔고, 노부인들은 그 앞을 지나게 되면 성호를 그었다. 어느 날 밤인가는, 십자가와 양초를 들고 무슨 의식을 치르려던 10대 몇 명이 2층으로 들어가려 한 적도 있었다. 호숫가 사람들은 어느 신문 기사에서 제목으로 한 번 다룬 뒤로, 그 집을 '공포의 별장'이라고 불렀다. 그나마 다행인 건, 그녀의 부모님은 당신들이 50년 넘게 살아온 삶의 터전이 을씨년스러운 악명을 얻게 된 이런 수모를 겪을 만큼 오래 살지 못했다는 사실이었다.

사냥하는 여자는 집에 돌아올 때마다 그 생각을 했다.

이전의 삶에서 그녀와 알고 지냈던 사람들은 그런 일이 있었는데도 굳이 왜 그 집에 들어가 살려고 하는지 다들 의아해했다. 하지만 5년이 흐른 지금은 아무도 그녀에게 그런 걸 묻지 않았다. 친구라고 생각했던 사람들도 그녀의 삶에서 빠져나갔지만, 그들을 원망할 수도 없었다. 죽음으로 얼룩진 삶을 살아가는 누군가의 곁에 남아 있고 싶은 사람은 없는 법이니까. 그게 설명할 수 없는 잔혹한 죽음과 관련된 일이라면 더더욱. 그녀는 지금도 여전히 피 냄새를 달고 다녔다. 그 피 냄새가 사람들을 밀어냈던 것이다. 파리 같은 인간들만 빼고.

그녀는 중이층 문을 열다가 우편함에 꽂힌 봉투를 발견했다. 불을 켜보았다.

전남편은 약속을 지켰다.

그녀는 봉투를 책상에 내려놓고 화장실로 향했다. 차에 오른 뒤로 내내 화장실 용무가 급했던 터였다. 예전에는 호숫가를 돌아다니며 하루를 보내곤 했고, 그렇게 운전을 하고 돌아오면 머리가 맑아지곤 했었다. 급한 볼일을 보고 나니, 네소에서 발견된 팔과 빨간 매니큐어가 칠해진 손톱에 관한 일에서 완전히 손을 떼기 전에, 확인해봐야 할 가능성 하나가 남아 있다는 생각이 들었다.

슬픔을 겪는 사람들은 사소한 부분에 끌리는 편이다.

그녀의 심리 상담사가 그런 말을 했는데, 그러면서 덧붙인 한마디도 사실 틀린 말은 아니었다. 그녀의 삶이 이제 온갖 집착으로 뒤덮였다는 지적. 아마 상담사와 환자, 두 사람이 유일하게 의견 일치를 본 부분이었을 것이다. 사실, 심리 상담으로 나아진 건 전혀 없었다. 그래도 계속 상담을 받는 이유는, 자신이 정말로 이성을 잃게 될 때를 대비한 일종의 경고 버튼으로 삼기 때문이었다.

그녀는 자신이 정말로 이성을 잃고 미치게 되지 않을까, 그게 가장 두려웠다.

볼일을 보고, 휴지를 뜯어 쓴 다음, 청바지를 올리고, 물을 내렸다. 거울 앞을 지나던 그녀의 발걸음이 느려졌다. 자신이 지니고 있던 여성성은 어디로 사라져버렸나 하는 생각이 들었기 때문이다. 꾸미고 싶다는 욕망, 누군가에게 잘 보이고 싶다는 생각 같은 것들이. 단지 나이에 관한 문제는 아니었다. 쉰셋이면 여전히 젊은 나이였다. 추악한 무언가가 그녀의 내면으로 침투한 뒤 아예 자리까지 잡아버린 터였다. 그러다 보니, 거울을 통해 보게 되는 건 그녀와 그녀의 고통을 먹고 사는 그 기생충 같은 추악함이 빚어낸 결과물 같았다. 그녀는 리날디 선생을 떠올렸다. 그 역시 악의 기운에 휘둘리고 있었다.

'죽음이 우리를 갈라놓을 때까지……'

그녀는 화장실에서 나와 컴퓨터를 켰다. 부팅되는 동안 전남편이 두고 간 봉투를 열어보았다. 그 안에는 USB 하나가 들어 있었다. 그리고 거기에는 산탄나 종합병원 집중 치료실 감시 카메라 영상 파일 여러 개가 저장되어 있었다. 로팅어 부부의 딸이 사고 이후 입원해 있었던 나흘 치 영상 녹화분.

총 96시간 분량이었다.

필요하다면 전체를 다 들여다볼 준비는 돼 있었지만, 자신이 확인하고 싶은 장면은 아마 병원이 가장 한산한 밤 시간에 벌어졌을 거라는 확신이 들었다. 남의 이목을 끌지 않고 병원을 돌아다니기 편한 시간대.

그녀는 시간대를 밤 11시부터 새벽 5시 사이로 설정하고, 사고 당일인 금요일 영상부터 확인해보기로 했다.

화면은 아홉 개의 창으로 나뉘어 있었고, 아홉 개의 각기 다른 카메라 영상이 실행되었다. 광각렌즈가 달린 카메라가 주 출입문, 복도, 엘리베이터 출입문 등을 촬영하고 있었다. 환자들이 누워 있는 입원실은 당연히 사생활 보호 차원에서 촬영이 금지된다. 그렇기 때문에 그녀는 소녀가 어느 병실에 있는지 확인할 방법이 없었다.

시간은 겨우 오후 7시밖에 되지 않았지만, 그녀는 밤을 하얗게 지새울 각오가 돼 있었다. 그래서 큼지막한 잔에 커피를 가득 채워 가져온 다음 담배에 불을 붙였다.

집중 치료실과 회복실에서는 모든 게 느리게 진행되었다. 의사나 간호사들도 차분하게 오가고 있었고, 화면도 희미한 상태라, 들여다보고 있으면 최면에 걸릴 것만 같았다. 두 눈은 화면을 보고 있었지만 생각은 다른 곳을 돌아다니고 있었다.

리날디 선생을 다시 만나고 온 뒤, 그녀는 자신의 과거가 어떤 존재의 형태로 나타날 거라 예상했다. 안에서 걸어 잠근 문 앞에 설 때마다 항상 겪는 일이었다. 누군가가 그 문을 두드리곤 했다. 그러면 그녀는 무시하거나 들어오게 하거나 선택해야 했다. 그 존재는 대부분 발렌티나의 모습을 하고 있었다. 손과 발에 피를 묻힌 채, 시체처럼 생기 잃은 눈빛으로 울고 있는 발렌티나.

"네, 맞습니다. 제가 그 엄마입니다."

그녀는 미래의 자신을 떠올릴 때마다, 귀신으로 가득 찬 집에 있는 모습을 그리곤 했다. 점점 더 신랄해진 모습으로. 점점 더

외로움을 느끼면서. 살면서 가장 끔찍한 일은 현실에 묶여 있는 상태였다. 괴로움이 시간의 흐름을 방해하기 때문이다. 그녀의 고통은 어떤 변화나 해방을 상상하는 가능성까지 원천적으로 차단해버렸다. 달라질 수 있는 가능성까지.

"그런데 지금 우리가 어떻게 됐는지 봐봐……."

리날디 선생의 말이 옳았다. 그리고 그들이 그렇게 되기까지는 몇 년이라는 시간이 아니라, 단 하루밖에 걸리지 않았다. 저주받은 그 하루. 만약 그 시간이 더디게 흘러갔다면, 아마 그녀는 자신을 박해하는 그 잔혹한 죄책감에 시달리지 않았을지도 모른다. 하지만 그 시간은 어쩌면 막을 수도 있었을 만큼 순식간에 지나가버렸다.

'내가 조금만 신경 썼더라면……. 징후나 경고 같은 걸 감지할 수만 있었어도……. 아니, 조금만 일찍 도착했었어도…….'

그녀는 평소, 언제나 같은 결론에 이르게 되는 심리적인 덫을 피해 다녔다.

'살릴 수 있었을 텐데.'

전남편은 발렌티나 살인범에게 필요 이상으로 관대했다.

"5년이 넘었어. 그 녀석에게도 두 번째 기회는 있어야지."

아니, 두 번째 기회는 없다. 어쩌면 리날디 선생은 그냥 잊고 싶었던 것인지도 모른다. 밀어내고 지워버려서. 그래서 괴물과 타협해 계약을 맺을 생각을 하고 있었을 것이다. 아니면 고통을 멈출 방법을 찾고 있거나. 그렇다고 그를 비난할 수는 없었다. 자녀의 죽음은 그 자체로 비극이지만, 그런 식으로 자녀를 잃는 건 상상할 수 없을 정도로 끔찍한 일이었다. 그래서 사냥하는 여자는 자신의 괴로움도 살인범에게 내려진 형벌의 일부라고 여기게 되었다. 일종의 부수적인 형벌. 충분히 눈을 크게 뜨고 살피지 않았던 대가로. 좋은 엄마가 되지 못했던 대가로.

감시 카메라 영상은 계속 돌아가고 있었다. 시간은 오후 9시 반이었고, 봐야 할 분량은 한참 남아 있었다. 그런데 두 시간 반 동안 화면을 들여다보고 있으니, 호흡이 고르고 규칙적으로 변하면서 갑자기 몸이 안락하고 편해지는 기분이 들기 시작했다.

화면상으로 모이는 복도는 썰렁했다. 작업복에 마스크와 모자를 착용한 남자 직원이 청소기로 복도 바닥을 닦고 있었다. 느릿느릿한 그 동작은 최면 효과를 자아냈다. 사냥하는 여자는 담배에 불을 붙이고 빈 커피 잔을 쳐다보고는 한 잔 더 마셔야겠다고 생각했다. 전에는 하루 세 잔이 넘어가면 심장에 무리가 갔었다. 그때는 자신에 대한 보호 본능이 정상적으로 작동하던 때였고, 그녀의 삶에도 목표가 있던 시절이었다. 순간, 오른쪽 다리에서 견딜 수 없을 정도로 가려운 증상이 느껴졌다. 그녀는 다리를 긁기 위해 기계적으로 손을 뻗었는데, 그 과정에서 손에 든 디아나 담배의 끝부분이 책상 모서리에 부딪혔다. 재와 함께 벌건 불똥이 떨어졌고, 그녀는 손을 데지 않으려고 몸을 피하다가 팔꿈치로 커피 잔을 쳤다. 커피 잔은 중심을 잃고 바닥으로 떨어지며 산산조각이 나고 말았다.

"젠장!"

그녀는 도자기 파편을 손으로 주워 테이블 아래 쓰레기통에 던져 넣었다. 그동안 반대편 손가락으로 옮겨 들고 있던 담배는 벌레를 눌러 죽이듯 컴퓨터 옆에 놓인 사발에 넣고 꾹 눌렀다. 사발 속에는 이미 담배꽁초가 수북이 쌓여 있었다. 스웨터에 묻은 재를 털어내던 그녀는 무심코 모니터를 들여다보다가, 무언가를 발견하고는 그대로 동작을 멈췄다.

엉망이 된 주변을 정리하는 동안 화면 속에서 청소하던 남자가 복도에 청소기를 그대로 둔 채 사라졌던 것이다. 사냥하는 여자의 눈길을 끌었던 것은, 그가 청소기를 끄지 않았다는 사실이었다. 청소기의 솔은 계속해서 돌아가고 있었다.

저렇게 해놓고 어디로 간 걸까?

그녀는 청소부가 돌아오기를 기다리면서, 그가 작업에 필요한 다른 도구를 찾으러 갔을 거라 생각했다. 다른 도구 아니면 세제? 그렇다고 해도 다소 이상한 행동 같다는 느낌을 지울 수 없었다. 사냥하는 여자는 여전히 한자리에서 돌고 있는 청소기를 뚫어지게 쳐다보았다. 청소기는 그 동작의 무의미함을 감지하지 못하지만, 그래도 명령을 따르는 것에 만족하기 때문에 무한대로 같은 동작을 반복하고 있는 로봇 같았다.

청소하던 남자가 다시 나타나지 않을 거란 생각에 영상을 뒤로 돌리려던 순간, 남자가 어느 병실에서 나왔다. 병실은 왜 들어간 거고, 왜 이리 오랫동안 거기 머물러 있었던 걸까? 무엇보다 어떤 환자를 찾아갔던 걸까?

사실, 사냥하는 여자는 이미 답을 알고 있었다. 입증할 방법은 없었지만, 남자가 찾아간 곳은 로팅어 부부의 딸이 입원해 있던 병실이라는 확신이 들었다. 그리고 마스크와 모자로 얼굴을 가린 영상 속의 남자는 병원 직원이 아니라, 실수로 호숫가에 흘린 손수건을 찾으러 온 바로 수수께끼의 구조자가 분명하다는 생각이 들었다. 이런 사실이 걱정스러워졌다.

'슬픔을 겪는 사람들은 사소한 부분에 끌리는 편이다.' 그 생각이 다시 들었다. 그래서 포기할 수 없었던 것이다.

남들이 봤을 때는 억측에 지나지 않을 수도 있었겠지만, 그녀에게는 지금까지 자신이 놓친 적 없는 명백한 징후였다. 지금 밖에는 무언가를 감추어야 하는 사람이 버젓이 돌아다니고 있었다. 밝힐 수 없는 비밀을 가진 가짜 영웅. 찾아내야 할 파리 한 마리.

23

벨라조에서도 가장 선망의 대상이 되는 별장. 소녀는 그 사실을 알고 있었다. 엄마가 시도 때도 없이 그 집에 사는 사람들 흉을 보기 때문이었다. 산책로 양쪽에 두 줄로 늘어선 횃불이 길을 따라 파티 장소로 오르는 벤츠 승용차를 밝혀주고 있었다. 별장 유리창 앞에 설치된 접시 양초들이 만들어낸 불빛이 마치 검은 하늘에 둥둥 떠다니는 10여 개의 눈동자 같았다.

보라색 앞머리 소녀는 검은색 프라다 개버딘 드레스에 라피스 라줄리 버클이 달린 가느다란 벨트, 작은 황금색 꿀벌과 별 장식이 들어간 구찌 앵클부츠 차림이었다. 물론, 빨간색 철제 목발까지. 머리는 헤어밴드로 묶었다. 그리고 화장을 하는 대신 아이라이너로 눈가에만 대충 포인트를 주었다. 소녀는 자신이 그리 예쁜 편이 아니라는 걸 알고 있었고, 그로 인해 괴롭기도 했지만, 그래도 상관없다고 여기며 자신감을 가졌다. 동갑내기 친구들은 점점 그럴듯한 체형을 갖추기 시작했는데, 자신은 여전히 앙상한 줄기 같아 보였다. 빼빼 마르고 가느다란 체형은 도무지 달라지지 않았다. 이런 몸으로는 어른스러워 보이고 싶어도 그럴 수 없었다. 사실, 소녀는 시간을 거슬러 올라가고 싶은 마음이었다. 자신이 알고 있는 어른들은 하나같이 불행해 보였기 때문이다. 그리고 무엇보다, 더 어렸을 때는 부모님이 자신을 확실히 보호해주실 거라 믿고 의지할 수 있었기 때문이다. 열세 살이 되자, 상반된 두 개의 욕구가 부딪히기 시작했다. 어른이 되고 싶은 마음과 아이로 돌아가고 싶은 마음. 그런데 이번에는 어른처럼 혼자 해결해야 하는 상황이었다.

소녀가 탄 차는 정원 위에 세워놓은 닫집으로 이어지는 레드카펫 몇 미터 앞에 멈춰 섰다. 닫집을 둘러싸고 있는 하얀 천 너머로, 흘러나오는 음악의 박자에 맞춰 깜빡이며 회전운동을 하는 불빛이 보였다.

"좀 도와줄까?" 운전기사가 돌아보며 물었다.

"괜찮아요. 고마워요, 오스카르 아저씨."

"기다리고 있을 테니까 필요할 때 전화해라."

"알겠어요." 소녀는 휴대전화를 가지고 오지 않았음에도 그러겠다고 대답했다.

그런 다음 기사가 문을 열어줄 때까지 기다렸다가 용기를 내서 차 밖으로 나왔다. 어떻게든 덜 어색하게 걸어보려고 오후 내내 목발에 의지해 걷는 연습까지 한 터였다. 소녀는 목발을 짚고 대형 텐트를 향해 걸어갔다.

소녀가 도착했을 때, 파티 분위기는 이미 정점에 달한 상태였다. 예상했던 대로 소녀가 다니는 사립학교 친구들이 적잖이 참석한 자리였다. 그런데 고등학생도 몇몇 보이는 것 같았다. 소녀가 지나갈 때마다 얼굴들이 소녀 쪽으로 돌아갔다. 호수에서 사고가 발생한 지 채 일주일도 지나지 않은 터라, 모두들 그 자리에 나타난 소녀를 보고 놀라지 않을 수 없었다. '아, 그렇지. 난 죽은 자 가운데서 살아난 사람이지.' 소녀는 그렇게 생각하고 넘겼다. 하지만 소녀는 팔과 다리에 입은 찰과상과 발목에 덧댄 부목만 빼면 이전과 다를 게 하나도 없었다.

"괜찮아?" 혀 짧은 목소리가 안부를 물었다.

소녀는 뒤로 돌아보았다. 단짝인 마이아였다. 마이아는 짝 달라붙는 디올 드레스 차림이었다. 치아 교정기 때문에 발음이 새는 혀 짧은 소리를 냈다. 친구는 대답도 기다리지 않고, 감정이 북받쳤는지 그대로 소녀의 목을 끌어안았다.

"난 괜찮아." 소녀는 옆구리에 전해지는 통증을 애써 무시하며 친구를 달래주었다.

"너 때문에 얼마나 무서웠는지 알아?"

마이아는 귀여운 얼굴을 가진 아이였다. 체형은 제법 통통한 편이었지만, 남들의 생각 따위는 철저히 무시하는 친구였다. 보라색 앞머리 소녀는 마이아가 대단해 보였다. 왜냐하면 그런 체형을 가지고 있는데도 케이크와 과자 등 단것들을 멀리할 생각이 전혀 없었기 때문이다. 오히려 마이아는 밀라노의 '비아 몬테 나폴레오네'와 '비아 델라 스피가'에 있는 고급 부티크의 신제품들로 자신을 화려하게 꾸미고 다녔다.

"네가 오늘 저녁에 올 수 있을 거라고는 생각하지 못했어." 친구는 소녀의 상태를 살펴보려 살짝 물러서며 말했다.

"그냥 기분 전환도 하고 싶고, 다들 보고 싶기도 해서."

거짓말이었다. 소녀는 그렇게 말하면서, 그 자리에서 유일하게 보고 싶은 단 한 사람이 참석했는지 확인하려고 주변을 둘러보았다. 하지만 그 사람은 보이지 않았다.

"연말에 우리 같이 이비사 가야 하는 거 알지? 그런데 이 상태로 가능하겠어?" 마이아는 부목을 덧댄 소녀의 발목을 가리키며 물었다.

벌써 몇 달 전부터 계획한 여행이었다. 그런데 그 이후 떨어져 지내는 동안, 보라색 앞머리 소녀는 친구가 자신과 함께 여행 가는 걸 원치 않는다는 확신이 들었다.

"나는 올해 역시 토스카나에 계신 할머니 댁에 가게 될 것 같아. 정말 짜증 난다니까!" 마이아가 말을 이어나갔다. "그나저나, 최근에 네가 왜 그런 건지 모르겠어. 그냥 연락도 끊고, 잠수만 타고……. 나한테 기분 나쁜 거 있었어?"

"너 때문에 그런 거 아니야." 소녀는 질문이 끝나기 무섭게 대답했다.

둘 사이의 끈끈한 관계에 틈이 생긴 건, 친구에게 말해주고 싶지 않은 다른 일 때문이었다. 마이아는 아마 그 이유를 이해할 수 없을 것이다. 게다가 변한 건 둘의 우정만이 아니었다. 많은 게 달라져 있었다. 최악으로. 보라색 앞머리 소녀는 머리를 쥐어짰다. 이전의 삶으로 돌아가고 싶은 마음은 굴뚝같았다. 그래서 친구에게 그간 미안했다는 말을 전하면서 틀어진 관계를 바로잡고 싶다는 말을 하려고 입을 벌리려던 바로 그 순간, 자신이 그토록 찾고 있던 그 사람이 시야에 들어왔다.

목까지 내려온 밤색 머리, 자성을 지녀 보는 이를 끌어당기는 듯한 미소에 경탄이 절로 나는 초록색 눈동자를 가진 소년이 텐트 반대편 끝 쪽에 친구들과 모여 있었다. 청바지에 저지 셔츠, 그리고 모카신 차림의 소년은 어디서든 편하고 자연스럽게 어울리는 법을 배운 사람 특유의 거침없는 분위기를 풍기고 있었다.

소녀의 심장이 벌렁거리기 시작했다.

마이아는 사태를 파악했다.

"저 '개자식', 자기네 아빠가 준 오토바이 타고 왔더라고."

친구가 '개자식'이라고 부른 소년은 라파엘레라는 열일곱 살 고등학생이었다. 곱슬거리는 금발 머리를 가진 모델 같은 여자아이 하나가 소년에게 다가갔다. 둘은 키스를 나누었고, 소년은 여자아이 엉덩이에 손을 올렸다.

"아, 저기, 작은 공주님도 오셨네." 친구가 빈정거리며 한마디를 던졌다. "난 도대체 어떻게 저런 개자식하고 놀 수 있는 건지 모르겠어."

마이아는 라파엘레를 끔찍이 싫어했다. 지금처럼 자신감을 갖추기 이전에 그가 모두 앞에서 마이아의 외모를 비하하며 놀렸기 때문이었다. 그 이후, 보라색 앞머리 소녀는 라파엘레와 거리를 두기 시작했다. 어린애 수준의 볼품없는 몸매 때문에 자신도 비슷한 일을 겪지 않을까 두려워서였다.

그러던 어느 날, 라파엘레는 소녀를 눈여겨보게 되었다.

갑작스러운 그 관심이 사실 마이아와 멀어진 이유 중 하나이기도 했다. 소녀는 라파엘레가 자신과 마이아를 비교하는 걸 바라지 않았기 때문이다. 지금은 그랬던 자신이 너무 초라하게 느껴졌다. 어쨌든 소녀는 이 모든 과거에 종지부를 찍기로 마음먹었다. 그날 저녁부터.

소녀는 라파엘레가 혼자 남게 될 때까지 기다렸다. 그렇게 30여 분이 흐른 뒤, 소녀는 정원으로 나와 담배를 피우고 있는 라파엘레를 발견했다. 다가가기 적절한 순간이었다.

소년은 등을 돌린 채, 한 손은 바지 주머니에 찔러 넣은 자세로 수영장 쪽을 바라보면서 또래로 보이는 체크무늬 셔츠 차림의 다른 아이와 이야기를 하고 있었는데, 그 아이는 이야기가 끝나자마자 빠른 걸음으로 자리를 떠났다.

라파엘레는 돌아서다가 소녀를 보았다. 소년은 아무 말 없이 씩 웃기만 하고는 고갯짓으로 집 쪽을 가리켰다. 소녀는 목발 때문에 거리를 두고 소년을 뒤따랐다.

소년은 둥글게 휘감기는 구조의 대리석 계단 위로 올라갔다. 그다지 어렵지 않게 계단에 오른 소녀는 복도 끝 쪽에 있는 소년을 발견했다. 소년은 닫힌 문 앞에서 소녀를 기다리고 있었다. 소녀는 소년이 있는 지점으로 걸어갔다.

"네 소식은 들었어." 소년이 말했다.

하지만 소녀는 호수에서 있었던 일에 관해서는 아무 이야기도 하고 싶지 않았다. 소녀가 이 파티장에 찾아온 것은 명확한 목표가 있었기 때문이다. 소녀는 애써 끌어모은 용기를 잃지 않을까 두려워 본론으로 바로 들어갔다.

"난 여기서 멈췄으면 좋겠어."

"뭐라고?"

소녀는 상대가 못 들은 척 연기하고 있다는 걸 느낄 수 있었다. 실제로 소년은 전혀 놀라지 않는 눈치였다.

"말했잖아. 끝내자고."

"아까 개하고 키스해서 그런 거야?"

헤어질 거라고 전에도 자신에게 수천 번도 넘게 맹세했던 그 여자아이와 또다시 키스한 일은 전혀 중요하지 않았다. 소녀가 목발까지 동원해 어렵게 옮긴 발걸음에는 다른 동기가 담겨 있었다. 그 동기는 소년 스스로 깨달아야 했다.

"그 여자애는 관심 없어. 우리가 하던 거, 난 그거 더는 안 하고 싶어."

라파엘레는 팔짱을 끼었다.

"그럼 우린 뭘 해야 하는데? 궁금하네⋯⋯." 소년은 재미있다는 듯 물었다.

소녀는 아무 말 없이 소년을 똑바로 노려보기만 했다. 자신이 얼마나 진지한지 상대가 깨닫기를 바라는 마음이었다.

소년은 분위기를 바꿔 나긋나긋한 목소리로 소녀의 뺨을 어루만지며 말했다.

"난 지금 너하고 말싸움하고 싶지 않아, 자기야."

소녀는 고개를 흔들었다. 소년의 손길이 자신의 몸에 닿는 게

214

싫었다.

"왜 이러는 건데? 이제 더 이상 내 거 하고 싶지 않다는 거야?"

상냥한 듯 감미로운 그 목소리가 이제는 성가시게 들렸다. 불과 몇 주 전까지만 해도, 소녀는 자신이 언젠가 라파엘레의 마음에 드는 그런 우아한 여자아이들의 반열에 오르게 되리라고는 상상도 하지 못했었다. 처음에는 도저히 믿을 수 없었다. 그러다가 사실로 받아들이기는 했지만, 라파엘레같이 잘생기고, 모두가 탐을 내고, 인기 많은 남자애가 왜 자신처럼 별 볼 일 없는 아이에게 관심을 보이는지에 대해서는 단 한 번도 궁금해하지 않았다. 모든 게 꿈같은 일, 아니 더 나아가 악몽 같은 일이라는 걸 깨닫게 될까 두려웠기 때문이다. 어느 날 갑자기 자신이 누군가가 원하는 사람이 되었다고 믿게 된 불쌍한 여자아이의 헛된 망상이라는 악몽.

"그 사진들 다 삭제해주면 좋겠어." 소녀는 단호한 목소리로 명령하듯 말했다.

소년은 웃음을 터뜨렸다.

"농담하는 거 아니라고!"

순간, 소녀는 상대가 고개를 위로 들더니 자신의 등 뒤로 무언가를 살핀다는 걸 알아챘다. 뒤로 돌아보니 수영장 근처에서 소년과 이야기하고 있던 체크무늬 셔츠의 친구가 그들을 향해 걸어오고 있었다. 소녀는 앞으로 벌어질 일을 깨닫고는 한없이 서글퍼졌다. 하지만 눈물만큼은 보이지 않으려고 안간힘을 썼다.

"나를 사랑한다는 또 다른 증거를 보여줘야 할 것 같은데, 자기야." 개자식은 그렇게 말했다.

벌써 몇 달째였다. 처음에는 별 대수로워 보이지 않는 단순한 요구 사항에 불과했다. 그러다가 어느 순간부터 점점 더 곤란한 행동을 시키면서 문턱을 높이기 시작했다. 소녀는 한 번도 요구를 거절한 적 없었다. 경험이 전무한 자신 같은 아이에게 더 많은 '경험'을 쌓게 해주는 게 당연한 거라는 생각 때문이었다. 사실, 소년은 이게 모두 소녀를 위한 거라고 단언했었다. 그런데 어느 순간부터 소녀는 마음이 점점 불편해졌다. 더러워진 기분. 그런데 더 이해가 가지 않았던 건, 전부 자신의 잘못 같은 느낌이 든다는 사실이었다.

"난 싫어." 이번만큼은 소녀도 자신의 뜻을 분명히 밝혔다.

소년은 난처하다는 표정을 지었다.

"나한테 이러면 안 되잖아. 내 꼴이 뭐가 되겠어? 내 친구한테 약속까지 했다고."

소녀는 너무나 순진한 생각을 했던 것이다. 자신의 상태며 부목을 댄 것 등등, 이런 상황이 그들의 욕구를 꺾을 거라고. 천만의 말씀.

"난 싫다고." 소녀는 낙담한 목소리로 다시 한번 싫다는 의사를 밝혔다.

라파엘레가 가까이 다가왔다. 담배 냄새가 느껴졌다.

"넌 저 친구하고 이 방에 들어가서 네가 해야 할 일을 하는 거야, 알아듣겠어? 그러지 않으면 이 안에 든 사진들이 온 동네로 다 퍼져나가게 될 거야."

소녀는 소년이 그렇게까지는 하지 못할 거라 생각했다.

"우리 아빠가 고발할 거야." 소녀는 위협조로 반응했다.

"너희 아빠라면 일단 창피해하시지 않을까 싶은데." 소년은 싸늘하게 받아쳤다.

그러고는 복도 반대편으로 걸어가면서, 맞은편에서 소녀를 향해 걸어오고 있던 친구와 눈짓을 교환했다.

두 소년이 서로 마주치던 순간, 보라색 앞머리 소녀는 그들이 서로 돈을 주고받는 장면을 볼 수 있었다.

24

소녀는 누군지 모를 상대가 원하는 걸 빨리 끝내기만을 기다리면서, 아무 생각도 하지 않으려고 애썼다. 중요한 건 상대가 빨리 일을 치르는 것이다. 상대는 볼일을 마치자, 마치 방금 벌어진 일이 불편한 일이었다는 듯 황급히 자리를 떠났다.

역설적으로 소녀는 그런 상대가 안쓰럽게 느껴졌다.

상대가 방에서 나가자, 소녀는 잠시 그대로 침대에 드러누운 채 천장을 바라보았다. 드레스는 배꼽 근처까지 걷어 올려진 상태에, 팬티는 목발과 함께 바닥에 널브러져 있었고, 소중한 부위는 타들어가는 느낌이었다. 상대가 마치 달리기 경주를 마친 개처럼 헐떡이는 동안, 보라색 앞머리 소녀는 신음 한번 내지 않았다. 소녀는 자신의 가슴을 위에서 누르던 물렁살의 무게를 견뎌냈다. 상대는 마지막에 황급히 몸을 빼면서 열정의 초라한 흔적을 소녀의 배 위에 남겼다. 아직 온기가 식지 않은 액체가 허리를 타고 흘러내렸다. 소녀는 침대 커버 자락을 끌어당겨 배를 닦은 다음 상체를 일으켜 앉았다. 머리가 빙빙 돌았다. 소녀는 드레스를 내리고 속옷을 챙겨 입고는 목발을 들고 방에서 나갔다.

장식용 철제 난간을 붙잡고 대리석 계단을 내려오는데, 한 발을 내디딜 때마다 발목에 경련이 일었다. 계단을 거의 다 내려왔을 무렵, 마이아가 눈에 들어왔다.

"어디 있었던 거야?" 친구는 걱정스레 물었다. "여기저기 찾아다녔잖아."

소녀는 구역질이 치밀어 올랐다.

"여기 화장실이 어디 있는지 알아?"

"당연하지, 저기 아래쪽이야." 마이아는 친구를 부축해 화장실로 같이 갔다.

소녀는 거울 속에 비친 자신의 모습을 쳐다보았다. 창백한 낯빛에다, 눈물을 흘리고 운 기억도 없는데 아이라이너로 검게 칠한 눈 화장이 번져 뺨으로 흘러내려 있었다. 소녀는 수도꼭지를 틀고 세면대를 붙잡고 호흡을 가다듬었다.

"무슨 약 같은 거라도 한 거야, 뭐야?" 마이아는 갑자기 정색을 하며 물었다.

"아니야."

사실, 한번은 라파엘레가 작은 연보라색 알약을 강제로 삼키게 한 적이 있었다. 그러면서 약간 재미를 보기 위한 용도라고만 말했었다. 소녀는 그 '재미'라는 게 무언지 도대체 알 수 없었다. 아무것도 기억나지 않았는데, 정신을 차리고 보니 온몸이 멍투성이였기 때문이다.

"저기, 가서 오스카르 아저씨 좀 불러줄래? 나 집에 가고 싶어……."

마이아는 망설였다. 그런 상태인 친구를 혼자 두고 싶지 않았기 때문이다.

"부탁이야."

"알았어."

마이아가 화장실 밖으로 나가자 소녀는 구역질이 치밀어 올라 토하려고 고개를 숙였지만, 아무것도 나오지는 않았다. 트림을 하자 폐에서부터 익숙한 냄새가 올라왔다. 호수의 냄새.

소녀는 자신을 물속에서 건져낸 남자를 떠올렸다. 베일에 싸인 정체불명의 그 영웅을. 소녀는 버럭 고함을 질렀다.

"어디 있는 거야, 이 개 같은 인간! 지금처럼 당신이 필요한 이 순간에는 도대체 어디에 처박혀 있는 거야? 왜 그냥 물에 빠져 죽게 내버려두지 않았던 거냐고, 이 개 같은 인간아!"

그렇게 울면서 욕설을 퍼붓던 소녀는 순간, 창문 쪽으로 고개를 돌렸다. 유리 너머에 무언가가 있는 느낌이 들었기 때문이다.

자신을 향해 있는 두 개의 작은 눈동자.

소녀는 비명을 지를 뻔했지만, 손으로 입을 틀어막았다. 그러고는 비틀거리며 한 걸음 뒤로 물러섰다. 그러다가 한 걸음 앞으로 다가갔고, 또 한 걸음을 내디뎠다. 창가에 다다른 소녀는 손잡이를 잡고 창문을 활짝 열었다. 무언가가 발아래로 떨어졌다. 소녀는 어리둥절한 채로 아래를 내려다보았다.

바닥에는 자신이 화를 주체하지 못해 잡아 뜯었던 곰 인형이 떨어져 있었다.

누군가 곰 인형의 머리를 이어 붙여놓았던 것이다.

3월 25일

새로 온 아이가 다른 아이들과 함께 아침을 먹고 있을 때 수녀가 아이를 불렀다. 그런데 아이의 주변에는 빈 의자밖에 없었다. 수녀는 단지, 아이에게 누가 데리러 왔다고만 말해주었다. 특별한 아이들만 기관을 떠날 수 있었다. 아이는 짐을 챙기러 가면서 그 생각을 했다. 얼마나 많이 들었던 말인가?

아이는 자신을 찾아온 게 누구인지 알 수 없었다. 누군가가 자신을 만나러 온 것도 3년 만에 처음이었다. 아이는 잔뜩 기대에 부풀었고 떠날 수 있다는 사실이 만족스러웠다. 따로 작별 인사를 나눌 친구도 없었고, 그 기관과 자신을 이어주는 추억 같은 것도 없었다. 아이는 거기 머무는 내내 외톨이였다. 도착한 첫날 밤부터. 비명과 피, 복수로 얼룩진 그날 밤부터.

미키가 잘한 게 딱 하나 있었다. 아이에게 남자가 되는 법을 가르쳐줬다는 것.

그 일 이후, 누구도 아이를 괴롭히거나 머리 양쪽에 난 지퍼 자국에서 머리칼이 자라지 않는다고 놀릴 엄두를 내지 못했다. 모두 아이를 피해 다녔다. 마치 남들에게 얻어맞다 질려, 자신을 보호하기 위해 먼저 무는 법을 터득한 주인 잃은 떠돌이 개를 대하듯.

아이가 짐을 다 챙기자 수녀는 아이를 데리고 원장실로 향했다. 원장실 문이 열리자, 아이는 익숙한 얼굴 하나를 알아보았다.

마르티나는 머리가 희끗희끗해지긴 했지만 여전히 그대로였다. 그 마르티나가 미소를 짓고 있었다.

"안녕. 우리 기차 타러 갈 거야. 너와 함께 지내게 될 가족을 찾았거든."

아이는 더는 기대도 하지 않았다. 이미 포기한 뒤였다. 자신의 '사연'을 극복할 수 없는 장애물로 여기고 있었기 때문이다. 솔직히 그 '사연'이란 게 정확히 뭔지 알 수 없었지만 말이다. 아무도 이야기해주지 않았기 때문에.

마르티나와 아이는 기차역으로 가기 위해 택시를 탔다. 운전사는 백미러로 두 사람을 유심히 살폈다. 아이는 그게 자신의 외모 때문이라는 걸 알고 있었다. 사회복지사는 그런 사실을 눈치채지 못했고, 마치 일주일 만에 만난 사람처럼 아무렇지 않게 아이에게 이런저런 이야기를 하고 있었지만, 아이는 무언가가 달라졌다는 걸 느끼고 있었다.

"왜 그동안 나를 보러 안 왔어요?" 아이는 중얼거리며 물었다.

그녀는 그간 자신이 좋은 사람을 만나 결혼을 했다는 사실을 말해주었다.

"남편 일 때문에 한동안 여기서 먼 곳에서 지내야 했거든." 마르티나가 설명했다. "그런데 이제 이렇게 다시 돌아왔고, 내 일도 다시 시작하게 된 거야."

아이는 마르티나를 원망하지는 않았다. 사실, 마르티나는 아이에게 자신의 삶은 계속되고 있었다는 말을 하고 있을 뿐이었다. 세상을 구할 의무를 가진 사람은 아무도 없다. 버려진 기분을 느끼는 사람들의 괴로움이 제아무리 크다고 할지라도 말이다. 세상에는 행복한 사람도 있지만, 대신 그 행복의 대가를 치르는 사람도 있기 마련이다. 세상이 원래 그렇게 돌아가기에, 아이도, 마르티나도 어쩔 수 없는 일이었다.

"다른 아이들과는 어떻게 지냈니? 친구도 많이 만들었어?"

아이는 순간적으로 마르티나가 첫날 밤 일어났던 일에 관해 이야기하고 싶어 하는 거라 생각했지만, 그녀가 아무것도 모르고 있다는 사실에 안심했다.

"네. 많이 만들었어요. 그런데 베라는 한 번도 찾아오지 않았어요."

마르티나는 아이의 뺨을 쓰다듬어주었다.

"베라는 앞으로도 다시는 찾아오지 않을 거야."

아이는 자신이 슬퍼해야 하는 건지 알 수 없었다. 어쩌면 그래야 했을지도 모른다. 어쨌든 아이에게는 친엄마이니까. 아이는 유흥가에서 그토록 좋아하는 파리 떼 같은 남자들에 둘러싸여 있는 베라의 모습을 상상해보았다. 사실, 베라에 대해서는 아무런 감정도 느껴지지 않았다. 하지만 마르티나가 이상하게 여기지 않을까 두려워 사실을 말할 수 없었다.

　얼마 전부터 아이는 남들에게 아무런 감정이 들지 않았다.

　기차를 타고 가는 여행은 몇 시간 동안 지속되었다. 아이는 생전 처음으로 타본 기차였다. 마르티나는 다른 승객들의 시선이 향하는 방향을 간파하고는, 자신이 가져온 모자를 아이의 머리에 씌워주었다.

　"이거 벗으면 안 돼. 알았지?"

　저녁이 되어서야 두 사람은 목적지에 도착했다. 새로운 가족은 아펜니노라고 하는 산악 지방의 작은 마을에 살고 있었다. 거기까지 가려면 다시 차를 타고 가야 했다. 웬 남자가 역 앞에서 그들을 기다리고 있었다. 아이는 그 남자가 새아빠가 될 사람이라는 걸 알 수 있었다. 하지만 뭐라고 불러야 할지는 알 수 없었다. 아빠라는 사람을 가져본 적이 없었던 탓이었다. 베라의 주변을 맴도는 파리 떼 같은 남자들과 같이 지냈지만, 그들을 아빠라고 부른 적은 한 번도 없었다.

　새아빠가 될 사람은 덩치가 크고 어깨도 떡 벌어지고, 손도 굵었다. 얼굴에는 서글픔과 불신의 그림자가 짙게 드리워져 있었다. 새아빠가 될 사람은 아이를 뚫어지게 쳐다보았다. 아이는 남들이 그런 눈으로 바라보는 게 싫었다.

　"우린 여기서 작별 인사를 해야겠네." 마르티나가 말했다.

　"데려다주는 거 아니었어요?"

　"남편한테 가봐야 해서. 하지만 넌 여기서 잘 지내게 될 거야."

　아이는 마르티나의 남편이 누군지 알 수 없었지만, 마르티나

같은 여자를 아내로 맞이한 건 행운이라고 생각했다. 그러고는 자신을 데리러 온 사람을 쳐다보면서, 아무렇지 않게 이렇게 말했다.

"가요."

왜 그랬는지도 모른 채, 아이는 남자의 손을 잡았다. 남자도 전혀 개의치 않는 분위기였다. 두 사람은 함께 차로 걸어갔다.

새집은 숲속 한가운데 있었다. 현관문이 열리자, 하늘색 앞치마를 걸친 여자가 웃는 얼굴로 두 사람을 맞아주었다. 여자는 예쁜 얼굴에 머리를 단정히 한 모습이었다. 맛있는 음식 냄새가 났다.

"환영한다." 여자는 적극적으로 아이를 반기며 말했다. "여기가 이제 네 집이야."

새 부모를 살펴보던 아이는 그 즉시 어딘가 이상하다는 사실을 깨달았다. 두 사람은 젊어 보이려고 애를 쓰고 있었지만, 사실 나이가 많은 사람들이었다.

집도 이상했다. 방마다 흔들의자가 하나씩 놓여 있었다.

새엄마라는 사람은 아이의 외모에 크게 신경 쓰지 않는 듯했다. 아이가 민머리인 데다 머리에 흉터가 있다는 것도 알아보지 못하는 사람 같았다. 그리고 무엇보다 이빨은 어떻게 되었는지도 묻지 않았다. 저녁을 먹는 동안 새엄마라는 사람 혼자서 이런저런 이야기를 이어나갔다. 새아빠는 자신의 앞에 놓인 접시만 내려다보며 무슨 생각에 골똘히 잠겨 있었다. 아이는 새엄마가 자신을 이렇게 친절하게 대해주면서, 무언가 대가를 요구하지 않을까 생각하기 시작했다.

"아이스크림 좋아하니?" 새엄마는 맛난 채소 요리를 다 먹어 가는 동안 아이에게 물었다.

"네, 엄마." 아이는 새엄마가 그 말을 듣고 싶어 하는 거라 생각하고 그렇게 대답했다.

새엄마는 한동안 말을 잇지 못했지만, 표정은 여전히 웃고 있었다.

"내일 아이스크림을 먹게 될 거야. 오늘은 먼 길 오느라 피곤하겠구나." 새엄마는 한참이 지나고서야 아무 일도 없었다는 듯 멀쩡하고 자신 있게 말했다. 여전히 밝고 쾌활한 말투로.

새아빠와 새엄마는 아이에게 방을 보여주었다. 근사하고 널찍한 방이었다. 모든 게 새것이었다. 평생 한 번도 가져보지 못했던 가구며 책, 그리고 장난감까지. 옷장에 이미 옷이 들어 있었지만, 새엄마는 조만간 아이에게 맞는 새 옷을 더 사주겠다고 약속했다. 새엄마, 새아빠와 함께 문턱에 서서 방 안을 들여다보던 아이는 얼핏 복도 쪽으로 고개를 돌리다가 다른 방 하나를 발견했다.

어둠 속에서 체크무늬로 된 반투명 유리가 달린 문 하나를 알아볼 수 있었다. 초록색으로 된 문.

"무슨 일이니?" 새엄마는 아이가 불안해하고 있다는 사실을 깨닫고는 물었다.

아이는 아무런 대답도 할 수 없었다. 온몸이 마비된 기분이 들었기 때문이다. 그 반투명 유리창 너머로 그림자가 지나가는 걸 본 기분까지 들었다.

"저 방에는 절대로 들어가면 안 된다. 알아들었지?" 새아빠가 엄한 말투로 말했다.

　온 집 안에 불이 꺼졌다. 잠자리에 들 시간이었다. 아이는 자신의 새 방에 누워 있었고, 새엄마는 물컵 하나를 가져와 곁에 놔주었다. 아이는 피곤했지만 잠이 오지는 않았다. 그래서 가만히 누워 눈만 멀뚱멀뚱 뜨고 있었다. 눈을 감으면 무슨 일이 벌어질까 무섭기도 했다. 한밤의 고요함 속에서 들리는 거라고는 숲속의 나무들을 흔들고 집 안으로 밀려드는 바람 소리가 전부였다. 얼마 지나지 않아, 소리 하나가 은근슬쩍 말을 거는 것 같았다. 희미하게 시작된 소리는 점점 더 또렷해졌다.

　길게 이어지는 두 개의 음, 감미로운 것 같으면서도 성가신 소리. 익숙한 부름이었다.

　아이는 자신이 대답하지 않으면 소리가 멈추지 않을 거라는 걸 알고 있었다. 그래서 새아빠의 엄한 명령에도 불구하고, 침대에서 일어나 천천히 복도로 걸어가서 자신을 부르는 소리에 따랐다. 불투명 유리창이 달린 초록색 방문 앞에 서자, 아이는 열쇠를 돌리고 문고리에 손을 얹었다. 문이 열리자 어떤 냄새가 코를 찌르며 엄습해왔다. 익숙한 냄새였다.

　소독약. 병원 냄새.

　아이는 한 걸음 앞으로 걸어갔다. 철제 침대가 창에서 비쳐 드는 희미한 달빛을 받아 반짝이고 있었고, 그 위에는 작동하지 않는 여러 개의 장비가 있었다. 수액을 걸어놓는 거치대도 하나 있었고, 약병을 올려놓은 카트도 하나 있었다. 그런데 벽은 알록달록한 색깔이었고 장난감도 여기저기 보였다.

다른 아이의 방이었던 것이다.

삐걱거리는 소리. 아이는 고개를 돌렸다. 안락의자가 어둠 속에서 움직였다. 누군가 앉아서 담배를 피우고 있었다.

"역으로 너 찾으러 나온 남자 눈빛 봤어?" 미키는 잿빛 연기를 내뿜으며 물었다. "네가 얼마나 형편없이 생겼는지를 깨닫고는 아무런 반응도 보이지 않더라고."

"아줌마도 마찬가지였어요." 아이가 대답했다. "아마 그런 건 신경 쓰지 않는 사람들인가 봐요."

미키는 웃음을 터뜨렸다.

"사실을 말하자면, 이 녀석이나 저 녀석이나 두 사람에게는 상관없다는 거지."

"그게 무슨 말이에요?"

"너나 다른 녀석이나 결국 똑같다는 거야."

아이는 무슨 뜻인지 이해할 수 없었다.

"저 인간들에게는 아들이 하나 있었어. 그 아들이 죽은 거지. 그리고 넌 그 자리를 대신하기 위해 여기 온 거라고. 귀여운 동물원 원숭이처럼 말이야."

아이는 다시 한번 주변을 둘러보았다. 미키의 말을 믿을 수 없었다. 그들이 자신을 택한 건 그럴 만한 이유가 있어서였을 것이다.

"나 말고 다른 아이는 데려갈 수 없었던 거예요?"

"이 사람들 아들은 오래전에 죽었어. 이제 이들이 뭘 하기에는 모든 게 다 늦은 거지."

"나이 든 사람은 입양하기가 힘드니까." 아이는 자신에게 예외가 적용되었다는 확신을 갖고 그렇게 말했다.

남다른 '사연'을 가진 아이였기 때문에.

"넌 폐기물이야, 꼬맹이." 미키가 말했다. "네가 이 집에 오게
된 건, 저 사람들은 너 같은 폐기물로 만족할 수밖에 없었기 때문
이라고."

그 말을 믿고 싶지는 않았지만, 아이는 그게 사실이라는 걸 알
고 있었다.

"너 같은 '사연'을 가진 녀석이 뭘 더 기대했는데?"

미키도 그 사연에 대해 알고 있는 것 같았다. 그래서 아이는
운을 시험해보기로 했다.

"내 '사연'이 도대체 뭐예요?"

상대는 대답 대신 길게 담배 연기를 내뿜었다.

"정말로 그걸 알고 싶냐?"

"네, 정말 알고 싶어요."

미키는 잠시 무언가를 생각했다.

"좋아, 꼬맹이. 그렇다면 말이지, 지금 이 시각부터 너는 내가
시키는 건 뭐든 다 해야 하는 거다."

25

고양이들이 주변에 모여들어 발목에 몸을 비벼댔다. 청소하는 남자는 23번지의 문을 조심스레 닫은 다음, 언제나 그러듯 아무도 없는지 확인하기 위해 귀를 기울였다. 그의 손에는 자동판매기에서 구입한 클럽샌드위치 두 개와 작은 물병 하나가 담긴 봉투가 들려 있었다.

그는 퇴근하자마자 집에도 들르지 않고 곧바로 23번지의 집으로 향했다. 미키에게 구구절절 설명하고 싶지 않았기 때문이다. 솔직한 말로, 지난 세월 동안 도대체 미키가 그에게 해준 게 뭐가 있었나? 청소하는 남자는 그를 신경 써주고, 비위까지 맞춰주었는데 말이다. 그를 보살펴주고, 해달라는 건 다 해주었다. 더럽고 역겨운 일까지. 그런데도 미키는 약속을 지키지 않았다.

지금까지도 그 '사연'에 대해 이야기해주지 않고 있었다.

그랬기에 청소하는 남자는 자신이 지난 24시간 동안 보라색 앞머리 소녀의 근처를 맴돌았던 이유에 대해 해명하고 싶은 마음이 눈곱만큼도 없었던 것이다.

그는 소녀가 휠체어에 앉아 혼자 아침을 먹는 동안, 소녀의 집 정원이 내려다보이는 곳에서 소녀의 일거수일투족을 살피고 있었다. 소녀가 눈을 감으며 고개를 뒤로 젖히는 모습을 본 그는 그 동작을 똑같이 따라 하면서 부드럽게 간질이는 바람의 손길을 느껴보았다. 그에 대한 답례로, 그는 자신이 좋아하는 노래를 소녀에게 실어 보냈다. 부교에서 발견한 가방에 들어 있던 스마트폰에 '갇혀 있던' 그 음악.

소녀에게 자신이 가까이 있다는 사실을 알리는 방법이기도 했다. 그러니 두려워하지 말라고.

그런 다음 미키의 피아트 포리노를 빌려 타고, 소녀의 집에서 나온 쓰레기에서 찾아낸 목 잘린 곰 인형을 되돌려주기 위해 소녀의 뒤를 따랐던 것이다. 그는 손수 바느질까지 해 곰 인형을 이어 붙여놓았다. 그리고 소녀가 우아하게 차에서 내려 불빛이 번쩍이고 음악이 흘러나오는 텐트로 들어가는 것을 지켜보았다.

Fuck은 근사한 모습이었다.

그는 소녀에 대해 더 알고 싶다는 호기심에 이끌려, 파티가 열리고 있는 집으로 몰래 숨어들었다. 친구들은 어떤 아이들인지, 그 친구들과 있을 때 소녀가 행복해하는지, 슬퍼하는지가 궁금했다. 소녀가 다른 여자 친구와 이런저런 이야기를 하다가 자기보다 몇 살 많아 보이고 목까지 머리를 기른 남자아이에게 다가가는 것도 지켜보았다. 청소하는 남자는 그런 머리가 마음에 들었다. 자신도 해보고 싶은 머리 모양이었기 때문이다. 소녀는 남자

아이와 함께 계단을 올라갔고, 그는 둘을 놓치지 않으려고 빗물받이 홈통을 타고 올라갔다. 두 아이가 무슨 이야기를 하는지는 알아들을 수 없었지만, 무슨 사진 이야기를 하는 것 같았다. 그러다가 체크무늬 셔츠 차림의 다른 아이가 나타났고, Fuck은 새로 온 아이와 함께 침실 같은 방으로 들어갔다. 청소하는 남자는 그 안에서 벌어지는 일은 굳이 보고 싶지 않았다. 마음이 불편해지면서 역겨운 감정과 실망감이 치솟아 올랐다. 그러나 방에서 나온 소녀가 계단 아래로 내려가는 걸 본 그는 소녀의 상태가 심상지 않음을 알 수 있었다. 소녀가 그대로 화장실로 직행했기 때문이다.

청소하는 남자는 식탁에 앉아 들고 온 비닐봉지를 내려놓았다. 그리고 그 안에서 샌드위치 하나를 꺼내 아무 생각 없이 한 입을 베어 물고는 다시 지난 일을 떠올렸다.

화장실 창문을 통해 엿보고 있을 때, Fuck은 거울 앞에 서서 비명을 질렀다. 전혀 예상치 못했던 날카로운 비명이었다. 청소하는 남자는 처음에, 소녀가 하는 말이 자신에게 하는 말이라고는 생각지 못했었다. 하지만 소녀가 저주하듯 퍼붓던 말 중에서 이 말 한마디는 알아들을 수 있었다.

"어디 있는 거야, 이 개 같은 인간! 지금처럼 당신이 필요한 이 순간에는 도대체 어디에 처박혀 있는 거야?"

그가 필요하다니? 전혀 예상하지 못한 상황이었다. 아니, 상상은커녕, 스치는 생각으로도 떠올려본 적 없는 상황이었다. 어떻게 해야 할지 몰랐던 그는 곰 인형을 화장실 창문 앞에 두고 그 대로 줄행랑을 쳤다.

이제는 그도 무언가가 달라졌다는 사실을 인정할 수밖에 없었다. 그는 달라졌다. 자신도 느낄 정도로.

그래서 파티 장소에서 나와 바로 집으로 돌아가지 않았던 것이다. 미키라면 그가 느끼는 불안감을 귀신같이 간파해냈을 테니까. 미키는 가끔 그의 생각까지 읽어냈다. 그래서 청소하는 남자는 23번지의 집으로 돌아가, 다음 근무시간이 될 때까지 그 집에 머물렀던 것이다. 그는 혼란스러웠다. 평소 사람들은 그를 필요로 하지 않았다. 그의 쓸모는 더는 원치 않는 물건들로부터 사람들을 해방해주는 데 있었다. 게다가 쓰레기를 처리해주는 일 외에, 그들을 위해 자신이 딱히 할 수 있는 일이 있는지도 알 수 없었다.

오후 햇살이 닫아놓은 덧창 사이를 뚫고 들어와 금빛 먼지 물결을 만들어냈다. 청소하는 남자는 자신이 허기를 느끼고 있지 않다는 사실을 뒤늦게 깨달았다. 그래서 남은 샌드위치를 잘게 조각낸 다음 고양이들을 위해 바닥 여기저기에 내려놓았다. 그런 다음 물을 한 모금 마시고, 주머니를 뒤적여 Fuck의 스마트폰을 꺼냈다.

다시 전원을 켰다.

이번에도 역시 한쪽을 갉아 먹은 사과 그림이 나오더니, 여러 개의 사각형이 만들어졌다 사라졌다. 그렇게 만들어지는 공간에 적힌 글을 하나씩 읽을 시간은 없었다. 그만큼 읽는 속도가 느리기 때문이었다. 하지만 사실, 딱히 무슨 내용인지는 알고 싶지 않았다.

그의 관심사는 다른 데 가 있었다.

그는 자신이 Fuck에 대해 알고 있는 내용들을 다시 한번 정리해보고, 다음과 같은 결론을 내렸다. 보라색 앞머리 소녀는 나쁜 생각을 하고 호수에 스스로 뛰어들었던 것이다. 하지만 그 전에, 자신의 스마트폰이 든 장바구니를 부교에 걸어놓았다. 마치 자신이 그렇게 행동한 이유가 그 안에 들어 있기라도 한 듯. 그런 다음, 파티장에 가서 몇 살 더 많은 남자아이와 이야기를 하더니, 그 남자아이의 다른 친구와 단둘이 방으로 들어갔고, 그 방에서 나왔을 때는 상태가 좋지 않았다.

소녀 스스로 결정하고 한 행동 같아 보이지는 않았다. 마치 보이지 않는 어두운 힘에 이끌려 억지로 한 것 같았다. 소녀에게도 소녀만의 미키가 있어 이런저런 명령을 내리는 것처럼 말이다. 그는 Fuck이 원치 않는 일을 하는 거라고 생각했다. 강제로. 하지만 청소하는 남자는 같이 있던 남자아이가 강압적이거나 위협적인 태도를 보이지 않았다는 점을 떠올렸다. 그래서 곰곰이 생각해보았다. 그런 위협이 필요 없을 때도 있겠다는 생각이 들었다. 그는 Fuck이 머리가 목까지 내려오는 남자아이에게 했던 말을 다시 떠올려보았다.

"그 사진들 다 삭제해주면 좋겠어."

무슨 사진을 말했던 걸까? 혹시 그 사진들이 소녀의 스마트폰에도 들어 있을까? 스마트폰이라는 기계의 몇 가지 기능에 익숙해진 그는 Fuck의 사진이 들어 있는 갤러리 폴더를 열고 다시 한 번 살펴보았지만, 새로운 거나 이상한 건 찾을 수 없었다. 그런데 하위 항목을 검색하던 중 목록에 있는 마지막 아이콘에 유독 눈길이 갔다.

작은 휴지통.

청소하는 남자는 때로는 쓰레기통이 상상할 수도 없는 해답을 내놓는다는 사실을 잘 알고 있었다. 그래서 종종 속으로 이런 말을 되뇌곤 했었다. '쓰레기통은 거짓말을 하지 않아.' 그래서 그는 다소 긴장한 마음으로 아이콘을 눌렀다.

그는 눈앞에 펼쳐진 사진을 보며 질겁하지 않을 수 없었다.

해서는 안 될 입맞춤. 누군지 모를 여러 개의 손이 더듬고 있는 Fuck의 가냘프고 연약한 몸. 상상으로도 평생 해본 적 없는 행위. 하나같이 10대 소녀에게는 어울리지 않는 장면들이었다. 숨이 턱 막혔다. 그는 자리에서 일어나 부엌을 서성이며 돌아다녔다. 화가 치밀어 올랐다. 배신당한 기분이 들었다. 소녀가 죽도록 미웠다. 소녀는 왜 그에게 그런 감정을 들게 했던 걸까? 그는 찬장을 향해 주먹을 날리려다, 순간적으로 동작을 멈추고 다시 생각해보았다. 사진 속에서 잘못돼도 한참 잘못된 무언가가 느껴졌다. 그는 분명히 그런 분위기를 느낄 수 있었다. 하지만 그게 자신의 잘못 같지는 않았다. 또 다른 분노가 솟구쳐 오르면서 동시에 한없이 측은한 감정이 들었다.

청소하는 남자는 자신도 모르는 사이 눈물을 흘리고 있었다.

26

긴 고민 끝에, 사냥하는 여자는 뒤로 돌아가 처음부터 다시 시작해야 한다는 결론에 이르렀다.

네소에서 발견된 팔에서부터.

얼굴 없는 여성과 로팅어 부부의 딸을 구해준 수수께끼 인물 사이의 연관성만 알아내면, 그 남자의 신원도 파악할 수 있고, 그가 궁극적으로 감추려 했던 게 뭔지도 알아낼 수 있을 것 같았다. 양쪽의 접점만 찾으면 각자의 사연을 재구성할 수 있기 때문이었다.

시간은 밤 9시. 유난히 안개가 자욱한 밤이었다. 밖에 나다니는 사람도 하나 없어, 마치 한겨울 같은 느낌이 들 정도였다. 사냥하는 여자는 코모 법원 앞에 세워둔 클리오 안에 앉아 밖을 살피고 있었다.

그녀는 신원 미상 여성의 자살 추정 사건을 담당했던 법의학자인 실비 박사를 기다리고 있었다.

그렇게 기다리면서 박사가 호수에서 건져 올린 팔을 살펴본 다음 대강 작성한 보고서 내용을 떠올렸다. 백인 여성, 연령대는 60에서 65세로 추정됨. 피부 조직 보존 상태와 절단면의 상태로 보아 피해자 시신은 2, 3일 정도 물속에 잠겨 있었을 것으로 추정됨. 실비 박사는 오른쪽 어깨에서 절단된 것 같다고 이야기하면서 날카로운 도구가 사용되었을 가능성은 배제했었다. 하지만 사냥하는 여자는 이번에도 역시, 그럴 가능성이 낮다고 해서 살인 사건이 아니라고 단정할 수는 없다고 생각했다.

"사인은, 정체불명의 어마어마한 외력이라고 할 수 있지." 그녀는 실비 박사가 내린 결론을 나지막이 읊조렸다.

순간, 전화기가 울렸다.

"어디 계신 거예요? 집에 들렀는데 안 계시네요."

파멜라의 목소리는 언제나 나무라는 투였다. 딱히 그럴 이유가 없는 상황에서도.

"할 일이 좀 있어서."

산탄나 병원 감시 카메라 영상을 보고 알아낸 사실을 말해줘야 했지만, 그러려면 그 영상 기록의 입수 과정을 설명할 수밖에 없고, 로팅어 일가를 찾아간 일까지 털어놔야 했다. 전화 한 통으로 전하기에는 다소 과한 내용이었다. 그리고 무엇보다 자신이 어디에 와 있는지를 밝히고 싶지 않았다.

"무슨 일이야? 여전히 조르자하고 냉전 중인 거야?" 그녀는 화제를 돌리려고 질문을 던졌다.

"지금은 좀 잠잠해졌어요. 그나저나, 부탁하셨던 거 좀 더 조사해봤어요."

"부탁한 거라니?"

"포르쉐 타고 다니는 개자식이요."

냉동식품 칸에 피클 단지를 넣은 아가씨와 슈퍼마켓에서 있었던 일을 까맣게 잊고 있었다. 갑자기 죄책감이 들었다.

"그래서 뭘 알아냈는데?"

"여사님 생각이 옳았어요. 이 자식, 진짜 껄렁껄렁한 자식이었어요. 별다른 전과는 없지만, 전 여자 친구 두 사람이 학대 행위로 고소했다가 취하한 기록이 있어요."

'돈 주고 침묵을 산 거야.' 사냥하는 여자는 그렇게 생각했다. 아니면 피해자들이 그의 손아귀에서 빠져나왔다는 해방감에 고소전을 이어가는 게 무의미하다고 판단했을 수도 있다. 하지만 그렇게 고소를 취하함으로써, 그들은 결과적으로 자신들의 뒤를 잇게 될 다른 여성들을 위험에 빠뜨린 셈이었다. 그렇다고 해서 법정에 서야 하는 고행길은 물론, 폭력적인 애인을 둔 여성들을 피해자가 아닌 공범으로 바라보는 치욕적인 시선을 피해 갔다고, 그들을 비난할 수는 없는 일이었다.

"어떻게 하실 생각이세요?" 파멜라가 물었다. "평소처럼 하시려고요?"

"그래, 평소처럼."

포르쉐를 모는 개자식은 조만간 아주 따끔한 맛을 보게 될 것이다.

사냥하는 여자는 전화를 끊고 시계를 들여다보면서, 언제쯤 실비 박사가 밖으로 나올까 생각했다. 그때 앙상한 체형의 남성이 그녀의 시야에 들어왔다. 비옷을 단단히 차려입고 법원 계단을 내려오던 남자는 거센 돌풍이 들고 있던 가죽 서류 가방을 때리는 바람에 중심을 잃을 뻔했다. 그 모양새가 꼭 스스로 주체하지 못하고 이리저리 흔들리는 잔가지 같았다.

사냥하는 여자는 그의 관심을 끌기 위해 시동을 걸면서 경적을 두 번 울렸다. 실비 박사는 걸음을 멈추고 주변을 둘러보았다. 그리고 그녀의 차를 발견하고는 몇 초가 지나서야 상대가 누군지 알아보았다.

"또 뭐가 알고 싶은 거야?" 그는 평소처럼 투덜거리며 물었다.

사냥하는 여자는 차창을 내렸다.

"박사님의 소중한 시간 딱 15분만 내주세요." 그녀는 은근슬쩍 비꼬듯 말했다.

"지금 네 시간짜리 증언을 하고 나오는 길이야. 너무 피곤해서 집에 가고 싶어."

"로팅어 부부의 딸은 호수에 빠졌다가 구조되었을 당시, 빨간 매니큐어가 칠해진 손톱 조각을 감싼 손수건을 입에 물고 있었어요." 그는 상대가 멀어지기 전에 단호한 한마디를 던졌다.

실비 박사는 그대로 걸음을 멈췄다. 그녀의 눈에 비친 박사의 반응은 순간적으로 네소에서 발견된 팔을 떠올리면서 무언가를 생각하는 것 같았다. 그렇게 몇 초가 지나자, 그는 다시 발걸음을 되돌려 그녀에게 다가왔다. 사냥하는 여자는 설득에 더 많은 시간을 들일 준비를 하고 있었다. 하지만 실비 박사가 자신의 차에 타려 한다는 사실을 깨닫고는, 조수석에 쌓여 있던 전단지와 구겨서 던져놓았던 빈 디아나 담뱃갑 등을 치웠다.

"진짜 힘든 밤이네." 실비 박사는 차에 오르며 투덜거렸다. "그러니까 그 손톱이 뭐가 어쨌다는 건데?"

사냥하는 여자는 개인 소지품으로 분류되어 있었던 손수건 이 야기부터 시작했다. 그러면서 유기물 성분의 그 증거물은 지금 다른 병원 폐기물과 함께 영영 사라졌다는 사실을 정확히 설명했 다. 법의학자는 상대를 정신 나간 사람으로 여기는 대신, 사실관 계만을 다시 짚어보았다. 그러자 소름이 돋았다.

"빌어먹을 봄은 왜 이리 더딘지 모르겠구."

"말 돌리지 마세요." 그녀는 나무라듯 쏘아붙였다.

그 말에 박사는 그녀를 무섭게 쏘아보았다.

"지금 나랑 장난하자는 거야?"

"전 박사님이 언제나 솔직하게 대해주신 점을 고맙게 생각해 요. 진지하게 드리는 말씀이에요. 저를 동정의 시선으로 바라보 지 않았던 사람은 박사님 한 분뿐이었어요."

"아, 몰라. 부탁인데, 골치 아프게만 하지 말라고." 박사는 여 전히 무뚝뚝한 역할을 고집하며 대꾸했다.

어쩌면 자신들이 처음으로 만나게 된 그날의 정황을 다시 떠올 리고 싶지 않았을 뿐일 수도 있었다. 5년 전 그날.

"솔직히 말하면, 그 팔에 관한 이야기를 좀 부탁드리려고 기다 렸어요. 부검은 하셨잖아요. 안 그래요?"

"나흘 전에."

"결과는요?"

박사는 무언가 마음에 걸리는 게 있는 사람처럼, 무릎에 올려놓았던 서류 가방을 꼭 끌어당겼다.

"여전히 자살 사건이라고 생각하세요?" 그녀는 상대가 의혹에 휩싸여 있다는 점을 간파하고는 그렇게 물었다.

"그렇다고 생각은 해." 박사가 드디어 설명을 시작했다. "그런데 지리적인 관점에서 보면, 코모 호수는 천혜의 조건을 갖춘 쓰레기 매립장이라고 할 수 있어. 만약 무언가를 없애야 한다면, 그게 뭐든 나는 그냥 눈 감고 코모 호수에 던져버릴 거야. 그 아래에는 별의별 게 다 있어. 트렁크에 뭐가 들었을지 모를 자동차 차체부터 상자며 가방까지. 심지어 강도 사건에서 사라진 장갑차가 저 안에 처박혔을 거라고 말하는 사람도 있어. 그 안에 타고 있던 사람들은 해골이 된 상태로 금괴를 지키고 있다고 말이야." 그는 애써 웃는 표정으로 마지막 한마디를 덧붙였다. "그런데 물의 흐름 때문에, 오만 것들을 다 삼키지만 뱉어내는 경우는 거의 없어. 호수가 무언가를 뱉어낸다는 건 메시지를 전하기 위해서인 거야."

"무슨 말씀을 하시는 거예요?"

"잔잔하고 평화로운 수면을 보면 도저히 믿기지 않겠지만, 호수 밑바닥에는 일종의 늪지대가 형성돼 있어. 원래 그렇잖아, 늪을 파보면 뭐가 나오기 마련이라고……. 예전부터 여기 사는 사람들은 꼭꼭 숨겨야 하는 비밀을 마주하게 되는 날이 종종 찾아온다는 사실을 잘 알고 있거든."

사냥하는 여자는 실비 박사가 자신이 발견한 사실을 털어놓는 걸 두려워하고 있음을 직감했다.

"저는 다른 사람들하고 다르잖아요." 그녀는 상대가 비밀을 털어놓을 수 있도록 유도했다.

적어도 그녀는 자신의 비밀을 감추고 덮지 않았다.

실비 박사는 그녀를 빤히 쳐다보았다.

"나는 자네가 왜 아직도 여기 남아 있는 건지, 도대체 모르겠어⋯⋯."

"호수를 벗어날 수 없더라고요. 어디를 가든 결국 찾아오더라고요."

법의학자는 무언가를 골똘히 생각했다.

"좋아. 그럼 이것부터 자네 눈으로 직접 확인해봐야 할 거야."

27

두 사람은 썰렁한 시체 안치실로 들어갔다. 그들의 발소리가 냉동 보관 캐비닛이 층층이 쌓여 있는 널찍한 방 안에 울려 퍼졌다.

"이걸 착용하게." 실비 박사는 그녀에게 가운과 발싸개, 장갑, 마스크 등을 건넨 다음 자신도 착용했다.

두 사람은 스테인리스 벌집 같은 덩어리로 다가갔고, 법의학자는 그중 캐비닛 하나의 손잡이를 자신 쪽으로 끌어당겼다. 먼지가 일 듯, 하얀 서리가 구름처럼 확 피어올랐다가 순식간에 사라졌다. 법의학자는 사냥하는 여자도 이미 네소 현장에서 봤던 그 철제 보관함을 꺼냈다. 호수에서 발견된 팔이 담긴 일종의 관이기도 했다.

법의학자는 상자를 부검대에 올려놓았다. 그리고는 발을 사용해 그림자를 만들어내지 않는 특수 조명 장치를 켰다. 그는 스테인리스 상자를 열기 전에 사냥하는 여자에게 말했다.

"부검을 시작할 때만 해도 평소와 같은 결론에 도달할 거라 예상했었어. 그러니까 검찰 쪽에 보낼 간략한 설명과 함께 사인은 불명이라는 결론."

"그런데요?"

"그런데 두 가지 특이 사항을 발견했지……."

실비 박사는 상자를 열고 그 안에서 냉동 상태의 팔을 꺼내, 조심스레 철제 테이블에 내려놓았다.

사냥하는 여자는 팔을 알아보았다. 이름 없는 여인에게 조의라도 표하기 위해, 부교에서 자신도 보게 해달라고 했던 바로 그 팔이었다. 그런데 시체 안치실에서 마주하자, 그 분위기는 사뭇 날랐다. 상당히 충격적으로 다가왔다.

법의학자들은 가끔 일반인들이 이 정도로 죽음을 가까이 접하지 않는다는 사실을 간과할 때가 있다. 실비 박사는 아무 일도 없었다는 듯 평소처럼 설명을 이어나갔다.

"알다시피, 살갗에는 물살로 인해 만들어진 훼손 흔적은 물론, 바위나 이런저런 부유물과 충돌하면서 발생한 상처 등이 있었어. 그런데 더 자세히 살피다 보니 다른 것도 있더라고……."

그는 장갑을 낀 손으로 어느 부위를 가리켰다. 그녀는 숨을 깊이 들이쉰 다음, 허리를 숙이고 가까이 다가가 그 부위를 살펴보았다. 팔꿈치 접히는 부분에 초승달 같은 모양의 반원 두 개가 살짝 거리를 두고 위아래로 붙어 있었다. 그런데 다른 상처와 달리, 그 모양새가 상당히 규칙적이었다.

"이게 무슨 자국이에요?"

"깨문 자국이야."

법의학자는 심각한 어투로 대답했다. 사냥하는 여자는 무슨 말이 이어질지 두려웠다.

"이 자국에 가해진 압력이나 아치 모양의 크기로 봐서 깨문 자국은 분명해. 그런데 이해가 가지 않는 건 이거야. 홈이 길게 이어진다는 거. 이빨의 흔적이 없다는 거지."

"물고기 같은 거 아닐까요?"

"코모 호수에 이런 자국을 남길 수 있는 물고기는 없어." 실비 박사는 단정적인 어투로 대답했다.

"그럼 '동물'이에요, '사람'이에요?"

망자 전문 의사도 답을 알 수 없었다.

"나도 모르겠어."

"헌병대에 얘기는 하셨어요?"

"보고서에 적어두기는 했는데, 아무런 기대도 하지 않는 게 좋을 거야. 달라질 건 없을 테니까. 지금으로서는 자살로 추정하고 있으니까."

"그렇다면 저한테 이건 왜 보여주시는 건데요?"

"자네라면 이 여성의 신원을 알아낼 수 있을까 싶었거든. 이 여자, 남편 혹은 동거인에게 살해당한 걸 수도 있어. 그런 거라면, 그자는 해방감에 두 다리 쭉 뻗고 편히 쉬면서 행복한 나날을 보내고 있을 거야. 나는 벌써 며칠째 잠도 제대로 못 자고 있는데 말이야."

"부검하시다가 발견하신 특이 사항이 두 개라고 말씀하셨잖아요……. 나머지 하나는 뭐예요?"

"또 놀랄 준비 됐나?"

사냥하는 여자는 깨문 자국도 이미 적잖이 충격적이라 생각했었다. 그런데 더 놀랄 게 남아 있다니? 실비 박사는 부검에 사용하는 도구들이 정리된 곳으로 향했다. 사냥하는 여자는 그가 메스나 전기톱 같은 걸 가지고 오는 건 아닌가 두려웠다. 그런데 그가 가지고 온 것은 작은 네온등이었다.

"인간의 피부는 일종의 백지 같은 거야." 법의학자가 설명을 이어나갔다. "가끔은 그 백지 위에 보이지 않는 이야기가 기록돼 있을 때가 있어. 그래서 우리는 시신에 남아 있는 지문이나 유기물 등이 있는지 확인하기 위해 자외선을 사용해. 그런데 솔직한 말로, 이런 걸 보게 되리라고는 전혀 예상하지 못했어……."

그는 네온등을 켜는 동시에, 먼저 켜두었던 특수 조명을 발로 조작해 껐다. 시체 안치실이 갑자기 어둠 속에 잠겼다. 보이는 거라고는 희미한 보라색 후광뿐이었다. 실비 박사는 네온등을 네소에서 발견된 팔 가까이 가져간 다음, 피해자의 손등 바로 위를 비추었다.

살갗에 문구 하나가 나타났다. 보이지 않는 잉크로 찍은 문신처럼 보였다.

'댄싱 블루—음료 한 잔 무료.'

28

소녀의 엄마는 열여섯 살에 이미 모델로 활동하고 있었다.

아르마니 전속 모델이 되어 패션쇼와 사진 촬영을 위해 전 세계를 돌아다녔다. 어린 나이였지만, 주변에서는 그녀에게 찬란한 미래가 보장될 거라고들 했다. 각지고 신비로운 분위기를 자아내는 특징적인 얼굴을 가진 탓에, 모두가 그녀를 기억하고 있었다. 그런데 열여덟 살이 되자, 미래의 로팅어 부인은 자신이 최고의 톱모델이 되는 건 불가능하다는 사실을 깨달았다. 아무리 봐도 자신에게는 남들 눈에 특별하게 보일 그런 묘한 매력이 없었기 때문이다. 잘해봐야 그저 그런 모델 가운데 하나였다. 잘 풀린다 해도 결국은 부자들이 주최하는 파티에 종종 불려 다니는 그런 삶을 살게 될 것 같았다. 진정한 톱모델의 특권은 남들이 의무적으로 놀 수밖에 없을 때, 자신은 일찍 잠자리에 들 수 있는 자유였는데, 자신은 아무래도 그런 자유를 누릴 수 없을 것 같았다.

현실감각이 전혀 부족하지 않았던 그녀는, 아름다움이라는 마력이 그 힘을 상실하기 전에, 자신에게 남은 유일한 가능성은 자신이 물려받은 아름다운 몸매에 걸맞은 생활수준을 보장해줄 남편을 찾는 길이라는 걸 일찌감치 깨달았다. 보라색 앞머리 소녀의 엄마는 키는 작아도 다부진 체구에, 노골적으로 롤렉스 시계를 과시하고 입에는 고급 시가를 물고, 아버지의 돈만 있으면 뭐든 할 수 있는 30대 남성만 만날 수 있다면 만족할 생각이었다. 그런데 운 좋게도 젊고 잘생긴 데다 대단한 기업가 집안의 아들인 남자와 사랑에 빠졌고, 그 역시 그녀에게 완전히 빠져들었다.

로팅어는 6개국어를 능수능란하게 구사했다. 젊은 시절, 그는 익스트림 스포츠에 심취해 있었으며 서핑이나 조정 선수권대회에 나가 우승 트로피도 거머쥔 사람이었다. 최고의 명문 사립 국제학교를 거쳐 스탠퍼드에서 학위를 받았다. 그리고 마흔의 나이에 수억에 달하는 지주회사의 대표인 동시에 전 세계의 낙후된 지역에 학교와 병원을 지어주는 재단을 운영하고 있었다.

그가 어렸을 때부터 들었던 이야기에 따르면, 그의 부모님은 그가 태어나기 2년 전에 폭풍우가 몰아치는 인도양 한가운데서 만났다고 한다. 그의 아버지는 미래의 부인이 될 여성을 비롯해 친구들끼리 여행 온 관광객들이 카타마란에 올랐다가 조난되자, 자신의 배를 몰고 나가 모두를 구해주었다. 그때부터 두 사람은 현지 부유층이 부러워하는 세기의 커플이 되었다.

그리고 지금, 이 절대 완벽이라는 그림 속에, 보라색 앞머리 소녀가 등장하게 된 것이다.

열여섯 살 생일까지는 아직 3년이 더 남아 있었지만, 그 나이가 되더라도 소녀는 자신이 순식간에 엄마처럼 될 리는 만무하다고 생각했다. 소녀는 일반적으로 돈 많고 못생긴 부자 남자들은 어마어마한 미모의 여성과 결혼하지만, 그 둘 사이에서 태어난 자녀들은 항상 불완전하고 그저 그런 편이라는 사실을 눈여겨보았다. 주변에서 가장 명백한 경우를 들자면, 바로 마이아였다. 마이아는 귀족 출신이지만 꼽추 같은 아빠와 유명 여배우 엄마 사이에서 태어난 딸이었다. 그런데 소녀의 부모 같은 경우 유전자가 긍정적으로 작용한 게 분명했다.

반면, 그 유전자는 반신반인에 가까운 엄마와 아빠의 얼마 되지도 않는 단점만 모아 두 사람의 딸에게 고스란히 전해주었다. 마치 짓궂은 장난이라도 하듯.

덕분에 소녀는 상체에 비해 지나치게 가느다란 새 다리를 가진 아빠로부터 두 다리를 물려받았다. 두 손도 지나치게 큰 편이었다. 엄마는 소녀에게 머리 모양을 어떻게 다듬어도 감출 수 없는 툭 불거져 나온 귀와 매부리코를 물려주었다. 매부리코가 대단하신 공학자 양반의 사모님에게는 아랍 사람 같은 분위기를 풍기게 하는 매력 포인트였던 반면, 그 따님의 얼굴에서는 어색하게 튀어나온 돌출부처럼 보일 뿐이었다.

게다가 소녀에게는 남다른 재주도 없었다. 운동에도 소질이 없었고, 다른 과목 성적도 형편없었다. 특별히 흥미를 보이고 파고드는 분야도 없었고, 뭐 하나 잘하는 것도 없었다. 유일하게 잘하는 게 하나 있다면, 그저 부모가 기다렸던 모범이 될 만한 딸이 되지 못한다는 핀잔을 듣는 일이었다. 소녀는 부모님이 자신에게 말을 할 때면, 두 사람의 표정과 목소리에서 실망감을 읽고 느낄 수 있었다.

열세 살이 되자 부모님의 기대에 미치지 못한다는 생각이 단순한 의심 이상으로 느껴졌다.

어쩌면 이런 집안 분위기 때문에, 라파엘레가 뻗은 마수의 손길에 걸려들었을지도 모를 일이다. 딱 한 번, 아무도 예상하지 못했던 일이 소녀에게 일어났다. 소녀는 자신보다 몇 살 더 많은 소년의 사랑 고백에 온갖 상상을 하며 꿈에 부풀어 있었다. 소녀는 '나한테 이런 일이 벌어지지 말라는 법도 없잖아?'라는 단순한 생각에서 출발해, 자신이 상상했던 동화 같은 이야기를 사실로 믿게 되었다. 그 내막이나 그로 인한 결과는 생각해보지도 않은 채로. 소녀는 소년의 요구가 정상적인 거라 생각했고, 사랑의 순수함을 이해하지 못하는 '다른 아이들'이 둘만의 사랑을 방해할 수도 있으니 그들의 관계를 철저히 비밀로 해야 한다는 강요 아닌 강요도 굳게 믿었었다.

소녀는 자신의 첫 경험을 라파엘레에게 선물했다. 그런데 그 뒤로 라파엘레는 소녀에게 자신의 다른 친구들과도 관계하라고 강요했다. 소녀는 그 이유를 알 수 없었다. 처음에는 자신이 그만큼 매력적으로 보이기 때문이라 생각했다. 소녀와 관계를 갖고 싶어 하는 남자아이들이 여럿이었기 때문이다. 그런데 점점 내면에서 자라고 있던 불편한 감정과도 타협해야 했고, 무엇보다, 이런 사악하고 타락한 소용돌이에서 빠져나올 수 없다는 무력감까지도 받아들일 수밖에 없었다. 여전히 어린아이인 자신이 다 큰 어른들의 노리개로 전락했다는 현실을.

소녀는 그 호숫가에서 자신을 가두고 있는 소용돌이에서 빠져 나갈 출구를 찾으려 했던 것이다. 하지만 소녀가 찾아낸 것은 죽음에 대한 두려움뿐이었다.

그리고 파티장에서 체크무늬 셔츠의 소년이 라파엘레에게 돈을 건네는 장면을 보고서야, 전모를 깨닫게 된 것이다. 라파엘레가 자신을 팔았다는 사실에 상처를 받지는 않았다. 어쨌든 라파엘레는 돈이 궁한 아이가 아니었으니까. 돈을 지불하는 행위는 재미를 위한 단순한 게임의 규칙에 지나지 않았던 것이다. 사실, 남자아이들이 돈을 주고 산 것은 소녀의 육체가 아니라 로팅어 집안의 딸과 성관계를 가질 수 있는 가능성이었다. 그 집안 딸이 예쁜지, 아니면 못생겼는지, 그런 건 애초에 아무런 의미도 없었다. 그 아이들은 완벽한 조화를 깨뜨리고, 가족의 초상화에 끈적이는 정액을 분출하고 싶었던 것뿐이었다.

바로 그런 게 소녀를 아프게 했다.

보라색 앞머리 소녀는 자신만 수모를 당한 게 아니라, 온 가족의 명예를 더럽힌 셈이었다.

파티가 끝나고 집으로 돌아온 소녀는 목발을 아무 데나 던져놓고, 자기 방에 틀어박힌 채, 생리통이 심하다는 핑계로 식사까지 거르면서 방 밖으로는 한 발짝도 나오지 않았다. 실제로 하혈 증상이 있기는 했다. 나름 대가를 지불하고 자기 이름은 밝히지 않은 채 막무가내로 들이민 미숙한 소년 때문이었다. 유일하게 소녀에게 위안이 되었던 건, 아마 그 소년이 나중에 커서 이번 일을 수치스럽게 기억할 거라는 사실이었다. 어쩌면 본인도 그 사실을 미리 예감했을지 모른다. 결혼하고 아이를 갖게 되고, 사랑스러운 남편이 되더라도, 영원히 비열한 인간, 성폭행범으로 남게 되리라는 사실을.

보라색 앞머리 소녀가 방 밖으로 나오지 않은 이유는 또 있었다. 바람에 실려 들려온 콜드플레이의 노래, 그리고 느닷없이 화장실 창문 앞에 떨어진 곰 인형. 자신이 머리를 뜯어버렸던 그 곰 인형을 손수 이어 붙이고 화장실까지 따라와 창문 앞에 그걸 두고 간 사람은 분명 소녀에 대해 많은 걸 알고 있었을 것이다. 소녀가 드러내 보여주고 싶은 것 이상으로.

화창한 오후가 펼쳐진 날이었지만, 소녀는 덧창까지 걸어 잠갔다. 그리고 어둠 속에서 침대에 앉아, 무언의 메시지를 보낸 주체가 과연 누구일까 생각하며 좌우로 몸을 흔들고 있었다. 소녀는 그게 단순한 장난은 결코 아니라는 확신이 들었다. 머릿속에 떠오르는 유일한 인물은 자신을 물에서 건져놓고 사라진 바로 그 정체불명의 남자였다. 호숫가에서 언뜻 본 것 같은 빛을 발하는 그 존재.

어쩌면 천사였을 수도 있다.

자신의 공(功)이라고 주장하지 않고 선행을 베푸는 건 천사만이 할 수 있는 일이기 때문이다. 게다가 소녀에게 위로가 필요한 바로 그 순간, 다시 나타났었다. 곰곰이 기억을 더듬다 보니, 병원에 입원했던 첫날 밤에도 그의 존재를 느꼈던 기억이 떠올랐다. 발목 시술을 마치고 진통제에 취해 있을 때, 누군가 병실 안으로 들어오는 소리를 들었었다. 그는 이불을 들추다가 소녀가 자신이 죽었을 때를 대비해 종아리에 적어놓은 아빠 전화번호를 발견한 바로 그 누군가였다.

확신이 들기 시작했다. 그건 꿈이 아니었다고. 천사가 소녀를 찾아왔던 것이다.

그런데 너무 기이해서, 과연 이 천사를 믿어도 되는 건지 알 수 없었다. 자신이 무슨 일을 겪었는지는 중요하지 않았다. 어차피 아무에게도 말할 수 없는 일이었으니까. 그런데 누군가가 소녀를 보호해주기 위해 천사를 내려보낸 거라면, 그건 저 위에서 소녀가 무슨 행동을 했는지 알고 있지만, 그렇다고 소녀를 이렇게 저렇게 판단하지 않는다는 뜻이었다. 그리고 그 천사가 뼈와 살로 이루어진 인간이라면, 자신이 겪고 있는 이 악몽에 마침표를 찍어줄 수도 있을 거라는 생각이 들었다.

보라색 앞머리 소녀는 자신도 모르는 사이 신비로운 정의의 힘이 작동해, 결국 모든 걸 바로잡아줄 거라는 생각마저 들었다. 동시에, 헛된 기대를 품고 싶지는 않았다. 끝없는 실망감 같은 쓴맛을 경험하고 싶지는 않았다.

소녀에게는 무언가 확실한 증거가 필요했다.

자신이 얼굴을 떼어내고 직접 쓰레기통에 버리기까지 했던 곰인형이 다시 자신에게 돌아온 걸 생각하면서, 소녀는 수수께끼의 수호천사에게 메시지를 전할 방법을 생각해냈다. 그래서 그날 아침, 소녀는 메모지에 무언가를 적은 다음 시선을 끌 수 있도록 알록달록한 스팽글 장식이 달린 봉투에 넣었다. 그리고 그걸 우편으로 보내는 대신 자기 방에 있는 휴지통에 버리고, 일하는 사람이 찾아와 휴지통을 비울 때까지 기다렸다.

소녀는 자신의 계획이 성공하기를 바랐다.

오후 4시 무렵, 소녀는 목발에 의지해 방에서 나와 엄마를 찾아 나섰다. 엄마는 부엌에서 주방장과 가정부에게 모레 있을 만찬과 관련하여 원하는 바를 지시하고 있었다. 로팅어 부인의 유일한 관심사가 있다면, 그건 친구와 지인들을 자기 집에 불러들여 우아한 모임 자리를 주선하는 일이었다. 남편은 아내가 전권을 가지고 마음대로 하도록 내버려두었다. 자신에게 중요한 건, 모임이 잡힌 그날에 자신이 도움이 되는 일을 할 수 있도록 미리 일정과 내용을 알려주는 것뿐이었다. 하지만 보라색 앞머리 소녀의 눈에는 이틀 뒤에 있을 모임이 의도된 자리 같아 보였다. 호숫가에서 그런 사고가 있긴 했지만, 가족 모두 잘 지내고 있다는 사실을 초대된 손님들로 하여금 직접 확인하게 하려는 목적을 가진 자리. 뜬구름처럼 돌아다니는 소문을 잠재우기 위해서. 평소보다 모임 자리에 더 신경 쓰는 엄마를 보고, 소녀는 자신이 원하는 바를 더 쉽게 얻어낼 수 있겠다 생각했다.

"엄마?"

일하는 사람들과 한창 이야기를 나누던 엄마는 놀란 듯 돌아보았다.

"좀 괜찮아졌니?" 엄마는 건성으로 물었다.

"나아졌어요, 고마워요. 혹시 오스카르 아저씨한테 저를 코모 시내에 데려다주라고 말씀 좀 해주시면 안 돼요?"

그 말에 로팅어 부인은 건성으로 안부를 물었던 좀 전과 달리 딸아이를 유심히 살펴보았다. 이내 그녀의 시선은 의심의 눈초리로 변했다.

"모임 자리에서 입을 옷 좀 사고 싶어서요."

딸의 말에 엄마는 곰곰이 생각에 잠겼는데, 소녀에게는 그 시간이 끝도 없이 길게 느껴졌다.

"알았다. 대신 너무 늦지 않게 돌아와야 해." 엄마는 딸의 말을 곧이곧대로 믿지는 않았지만 그래도 허락해주었다. "오스카르한테 한시도 너한테서 눈을 떼지 말라고 단단히 일러둘 거야."

소녀는 기쁨을 꾹 억누르고 있었지만, 성공했다는 사실에 뛸 듯이 기뻤다. 이제 남은 건 계획의 나머지 부분이 최대한 예상대로 흘러가주기를 바라는 것뿐이었다.

29

시내 중심가에 있는 20세기 초에 지어진 건물을 통째로 차지한 어느 옷 가게 앞에 젊은 사람들이 무리를 지어 서 있었다. 건물 내부는 신축 건물을 방불케 할 정도로 싹 달라졌지만, 외관은 그 대로였다. 화려한 LED 조명을 제외하고는.

보라색 앞머리 소녀는 옷 가게 앞에서 내렸다.

"주차하고 바로 올 테니까 절대로 어디 가면 안 된다." 오스카르는 목발을 짚고 벤츠에서 내리는 소녀에게 말했다.

소녀는 오스카르 아저씨가 엄명을 받았다는 걸 알 수 있었다. 사실, 부러진 발목이 경호원을 떼어놓을 수 있는 좋은 핑곗거리가 돼주었다. 만약 자유롭게 돌아다닐 수 있는 상황이었다면, 경호원이 어디든 악착같이 따라다녔을 것이다.

기사가 멀어지자 소녀는 건물 입구를 쳐다보며 용기를 냈다.

드라이아이스 같은 연기가 피어오르고 화려한 레이저 불빛이 움직이고 있었다. 디제이가 래퍼의 공연에 흥을 돋우고 있었다.

판매하는 옷들은 일반 진열대에 걸려 있었고, 구두나 소품 등은 빛이 들어오는 진열장에 비치돼 있었다.

보라색 앞머리 소녀는 자신의 수호천사와 만날 약속 장소를 잘 선택한 건지 의문이 들었다. 사실, 수호천사가 메시지를 받긴 한 건지 확신도 없었다. 주소와 대략적인 시간을 알려주긴 했지만, 상황을 제대로 파악하고 설명은 제대로 한 건지 자신이 없었다. 소녀는 유리병에 편지를 넣어 망망대해에 띄워 보내는 조난자처럼 절망감을 느끼고 있었다.

소녀는 어떤 신호 같은 게 보이기를 기다리면서 매장 이곳저곳을 돌아다니다가, 아무런 걱정 없는 표정으로 각자의 옷을 고르고 있는 자기 또래 10대 소녀 여럿의 무리를 발견하자마자 온몸이 얼어붙었다. 친구들과 함께 보내던 오후 시간이 떠올랐다. 그 친구들과 함께 남자아이들에 관해 나누었던 이야기, 시시콜콜한 흉보기, 깔깔거리며 기뻐하던 일까지. 그 모든 게 그리웠다.

오스카르는 매장 안으로 들어와, 사람들 사이를 어색하게 비집고 다니며 소녀를 찾았다. 소녀는 오스카르가 자신을 발견하기 바로 직전에, 아무 옷이나 하나 골라 탈의실로 들어갔다.

소녀는 맨 마지막 칸에 들어가 문을 잠갔다.

그리고 안에 있는 의자에 앉아 목발을 옆에 두고 거울 속의 자신을 쳐다보았다. 생전 처음으로, 놀랍게도 자신이 엄마와 닮았다는 사실을 깨달았다. 엄마처럼 미모의 여성이 아니라, 엄마처럼 실망한 여성의 모습을 한 미래의 자신을 본 기분이 들었다. 벽으로 막혀 있는 공간이라 음악 소리가 희미하게 들렸다. 음악이 잠시 멈춘 짧은 순간, 다른 소리가 소녀의 귀를 자극했다.

누군가 탈의실 문을 두드리는 소리였다.

"사람 있어요." 소녀는 쌀쌀맞게 대꾸했다.

하지만 밖에 있는 사람은 또다시 문을 두드렸다.

"안 들려요? 사람 있다니까!"

세 번째로 문 두드리는 소리가 이어지자, 소녀는 화가 난 오스카르 아저씨가 분명하다는 생각에 문을 확 열었다.

하지만 탈의실 밖에는 아무도 없었다.

소녀는 다시 문을 닫았다. 다시 이어지는 세 번의 두드림. 소녀는 그제야 자신의 관심을 끌려고 했던 장본인이 문밖이 아니라, 바로 탈의실 옆 칸에 있다는 사실을 깨달았다.

소녀는 조심스레 거울이 달려 있던 벽에 양손을 얹고 한쪽 귀를 갖다 댔다. 심장이 벌렁거려 가쁜 숨을 몰아쉬자, 거울에 습기가 생겼다. 하지만 차가운 벽 너머로 들을 수 있는 건 아무것도 없었다. 그래서 자신을 불렀던 그 두드림에 답하기 위해 똑같이 벽을 두드렸다. 세 번.

반대편에서도 답이 왔다.

수수께끼 같은 엉뚱한 대화를 계속 이어가기 위해 소녀는 벽을 네 번 두드렸다. 벽 너머의 상대도 똑같이 네 번을 두드렸다. 그렇게 두 사람은 잠시 동안, 아무도 규칙은 모르지만 그 의미만큼은 명확한 비밀스러운 대화를 이어나갔다. 그 대화를 말로 풀어서 설명할 수 없어도 상관없었다. 중요한 건, 두 사람의 교류가 시작되었다는 사실이었다.

'나는 이 현실 속에 살고 있어. 너를 위해서 여기까지 나왔잖아.' 상대는 그렇게 말하고 있었다.

하지만 보라색 앞머리 소녀에게는 그것만으로는 부족했다. 소녀는 둘 사이에 암묵적으로 형성되었던 침묵 서약을 깨고 말을 걸었다.

"뭐라고 말 좀 해봐요. 제발요……."

소녀는 상대의 목소리라도 들을 수 있기를 바랐지만, 아무 소리도 들리지 않았다. 그래서 다시 한번 벽을 두드렸지만, 이번에는 되돌아오는 소리조차 없었다. 그래서 소녀는 목발에 의지해 밖으로 나왔다. 탈의실 옆 칸은 텅 비어 있었다. 애초에 아무도 없었던 것처럼.

'나 혼자 상상했을 리가 없어!' 소녀는 그렇게 생각했다.

그러다가 매장 끝 쪽에 '화재 시에만 사용'하는 비상구가 열려 있다는 사실을 발견했다. 수호천사가 그 문으로 빠져나갔다는 소리인가? 저 비상구로 도망쳤다고? 그런 생각이 들자 마음이 아팠다. 소녀는 발길을 돌려 반대 방향으로 향했다. 당장이라도 그곳을 벗어나고 싶은 생각뿐이었다. 목발을 짚고 발걸음을 재촉하자, 발목에서 느껴지던 통증이 점점 심해지기 시작했다. 눈물이 뺨을 타고 흘러내렸다. 주변에 있던 스피커에서는 보코더로 변조된 래퍼의 목소리가 흘러나오고 있었다. 바로 그 순간, 소녀는 음악 소리까지 누르면서 누군가의 이름을 부르는 소리를 들었다.

바로 자신의 이름이었다. 누군가 소녀를 불렀던 것이다.

보라색 앞머리 소녀는 뒤를 돌아보았다. 마이아가 치아 교정기가 다 드러나 보일 정도로 활짝 웃으며 소녀를 향해 다가오고 있었다. 보라색 앞머리 소녀는 한쪽 목발을 겨드랑이에 걸치고 한 손으로 재빨리 눈물을 닦았다. 친구는 소녀의 상태를 눈치채지 못했다.

"여기서 널 만나리라고는 생각 못 했는데. 그나저나 지난번에는 많이 힘들어하더니, 괜찮아?"

"그날 파티는 어땠어?" 소녀는 대화를 다른 방향으로 돌리기 위해 질문을 던졌다. "재미는 있었어?"

"자정이 되니까 어마어마하게 커다란 케이크가 등장하더라고. 다들 진짜 케이크리고 생각했었는데, 알고 보니 그 안에 대포 같은 걸 든 광대가 숨어 있다가, 밖으로 나와 샹티이 크림을 사정없이 쏘아댔어. 야밤의 드레스 학살 사건이 따로 없었다니까."

보라색 앞머리 소녀는 재미있었겠다는 표정을 지어 보였다.

"내가 사진 보여줄게." 마이아는 자기 스마트폰을 꺼내며 말했다.

로팅어 부부의 딸은 자기 방의 박스에 고스란히 담겨 있는 새 아이폰을 떠올렸다. 엄마가 말했듯이, 전에는 마이아처럼 스마트폰을 손에서 내려놓는 일도 없었고, 모든 추억을 여과 과정을 거쳐 그 안에 보관하기도 했었다. 전에는 현실을 절감하기까지 적당한 시간 차가 있어서, 어느 정도 대비나 준비를 할 수 있었다. 그런데 지금은 모든 게 너무나 급작스럽고, 너무나 즉각적이었다.

"나한테 사진 좀 보내줘." 소녀는 짤막하게 대답했다. "지금은 가야 해서. 오스카르 아저씨가 날 찾고 있거든."

소녀가 한 발을 내디디려던 순간, 누군가가 지나가다 소녀를 치는 바람에 하마터면 넘어질 뻔했다. 다행히 마이아가 붙잡아주었다.

"그나저나 이런 막대기를 들고 어떻게 다녀? 나 같았으면 그냥 호수에 빠져버리고 말았을 거야!" 친구는 그렇게 말했다.

악의가 전혀 없는 마이아 특유의 농담이었다. 보라색 앞머리 소녀는 그 말에 웃음을 터뜨리기는 했지만, 또다시 흘러나오려는 눈물을 참기 위해 입술을 꽉 깨물었다. 소녀는 지난 몇 달간 마이아가 얼마나 그리웠는지 속마음을 털어놓고 싶었다.

"어쨌든 무슨 일 있으면 난 믿어도 된다는 거 잘 알지?" 친구는 소녀의 마음으로 들어갈 틈을 벌렸다는 생각에 그런 말을 건넸다.

소녀도 그렇다는 사실은 잘 알고 있었다. 하지만 소녀의 비밀은 친구에게 털어놓기에는 감당할 수 없이 커다란 것이었다. 소녀가 침묵으로 일관하자, 마이아는 대화를 다른 방향으로 틀었다.

"우리 여덟 살 때, 얼간이 같았던 내 사촌한테 우리가 동시에 자기를 좋아하고 있다고 믿게 했었던 거 기억나?"

"당연히 기억하지!"

"그리고 헤어드라이어로 너희 이모가 키우던 요크셔테리어 머리 모양 만들어준다고 하다가 털을 홀랑 태웠던 것도 기억나?"

"맞아, 그때 강아지가 진짜 로켓처럼 도망갔잖아! 우린 물통들고 따라다녔고 말이야."

두 친구는 목젖이 드러나 보일 정도로 깔깔대며 웃었다. 보라색 앞머리 소녀는 수호천사를 만나지 못했다는 실망감을 잠시나마 잊고 실컷 웃었다. 마이아와 마주쳐서 정말 다행이라는 생각이 들었다. 지난 추억이 둘 사이의 관계가 얼마나 돈독했는지를 말해주고 있었기 때문이다. 친구는 소녀에게 둘 사이의 관계는 하루아침에 갑자기 이어진 게 아니라, 오랜 세월을 거치며 다져진 관계라는 걸 말해주고 싶었던 것이다. 그래서 오늘만큼은 무슨 비밀을 털어놓더라도 감당할 수 있다는 걸 보여주고 싶었다.

"마음의 준비가 되면 꼭 그렇게 할게." 소녀는 친구에게 약속했다.

마이아는 그 말을 믿었다.

"나도 이제 가야겠다. 피아노 레슨 받으러 가야 하거든. 늦으면 우리 엄마가 나 죽일지도 몰라."

친구는 험악한 말을 해도 귀여웠다. 친구는 발걸음을 돌리려다 멈춰 서서, 소녀 쪽으로 다시 돌아섰다.

"그런데, 너 혹시 탄크레디라는 애 알아?"

"아니, 모르는데."

"너도 봤어, 걔! 파티장에 왔었거든. 흉측한 체크무늬 셔츠 입고 있던 애 말이야."

소녀는 갑자기 손에 땀이 차기 시작했다. 마이아가 왜 그 애 이야기를 하는 걸까? 불길한 예감이 들었다.

"어젯밤에 스쿠터 타고 집에 가다가 누구한테 얻어맞았대. 빌어먹을 롤렉스 시계도 빼앗겼다는데, 반쯤 죽을 정도로 두드려 패고 길바닥에 그대로 내버려뒀다고 하더라고!"

보라색 앞머리 소녀는 거의 기절할 뻔했디. 머릿속에서 무시무
시한 생각이 깜빡이고 있었기 때문이다.

수호천사가 그런 일을 하지는 않을 텐데…….

30

오후 5시, 사냥하는 여자는 텅 빈 주차장에 차를 세웠다. '댄싱 블루'라는 영업장을 찾느라 땡볕에서 한 시간을 돌아다녔다. 간판은 불이 꺼져 있었고, 건물은 마치 공장 창고처럼 보였다.

그녀는 건물의 주 출입구 쪽으로 걸어갔다. 하지만 방화 셔터가 내려와 있었다. 여기저기 칠이 벗겨진 파란 통유리를 들여다보았다. 겉보기에는 안에 아무도 없는 것 같았다. 그녀는 잠기지 않은 문이 있지 않을까 하는 생각에 문이 보일 때마다 문고리를 돌려보았다.

세 번째 시도에서 문이 열렸다.

안으로 들어가자 입구 비슷한 공간이 나오고, 매표소 같은 게 보였다. 두껍고 묵직한 빨간 커튼을 젖히고 나니 테이블과 작은 소파가 둘러싸고 있는 큼지막한 콘크리트 플로어가 눈에 들어왔다. 낡고 해진 카펫에서는 습기와 담배 냄새가 스멀스멀 올라왔다. 사냥하는 여자는 과연 이런 공간이 저녁에 조명과 음악을 통해 그럴듯한 장소로 변신할 수 있을까 의심스러웠나.

"계세요?" 그녀는 침묵을 향해 질문을 던졌다.

침묵은 아무런 답도 해주지 않았다. 그런데 희미하게 유리 부딪히는 소리가 들린 것 같았다.

카운터 뒤로 작은 문 하나가 열려 있었다.

그녀는 문을 열고 안으로 들어갔다. 창고로 사용되는 공간이었다. 팔뚝에 표범 문신을 한 남자가 러닝셔츠 차림으로 빈 병이 든 상자와 맥주 통을 옮기고 있었다.

"안녕하세요." 그녀는 자신의 존재를 알리기 위해 인사말을 던졌다.

남자는 눈만 들어 올리고 하던 일을 계속했다.

"아직 영업 전입니다."

"죄송한데요, 혹시 여기 직원이세요?"

"네, 제가 바텐더입니다. 마리오 사장님을 찾으시는 거라면 7시 넘어야 오십니다."

"궁금한 거 하나만 여쭤보려고 왔는데요, 혹시 여기 입장할 때 무료 음료 쿠폰을 도장처럼 손에 찍어주는 거 맞아요?"

"투명 잉크라 바에 설치된 네온 불빛을 받아야만 보여요. 마리오 사장님의 사모님이 생각해낸 건데, 물로 씻으면 지워집니다."

'꼭 그렇지는 않더라고. 다행히도 말이야.' 그녀는 그렇게 생각했다.

"그런데 그런 게 왜 궁금하세요?"

"혹시 도장 찍어주는 거, 매일 그런 거예요, 아니면 특별한 경우에만 그러는 거예요?"

"목요일에 테마 댄스라는 행사가 있을 때만 하는 거예요."

목요일이면, 실비 박사가 네소에서 발견된 팔의 주인공이 호수에 빠졌을 수도 있다고 추정한 날과 공교롭게 겹치는 날이었다.

"그러니까 매주 목요일에만 도장을 찍어준다는 거네요."

"그렇습니다. 그날이 매출이 가장 많이 오르는 날이에요. 손님이 가장 많은 날이기도 하고요. 밴드도 출연하고, 입장료에 무료 음료도 포함되니까요."

"그런데 혹시, 한 2주 전 목요일에 이상한 걸 목격한 저은 없 있어요?"

남자는 동작을 멈추고 이마의 땀을 닦으며 상대를 빤히 쳐다보았다.

"경찰이세요?"

그녀는 주머니에서 자신이 들고 다니는 전단지를 꺼내 남자에게 건넸다.

"그날 저녁에 이 업소를 찾았던 한 여성에게 누군가 나쁜 짓을 하지 않았는지, 그걸 알아보는 중이에요." 그녀는 방문의 목적을 솔직히 밝혔다.

"문제를 일으키고 싶지 않습니다."

"문제 일으킬 사람은 아무도 없어요. 그건 보장해드리지요."

"얼마 전에 출소해서, 아직 보호관찰 기간이라서요." 남자는 그렇게 말한 이유를 털어놓았다.

그녀는 민감하게 반응하는 전과자의 심리를 이해할 수 있었다.

"좋아요. 그럼 마리오 사장님을 만나러 7시 이후에 다시 오지요."

그렇게 발걸음을 돌리려다, 바텐더가 전단지를 뚫어지게 쳐다보고 있음을 깨달았다.

"혹시……."

"네……. 맞습니다. 그 엄마예요." 그녀는 이번에도 그렇게 대답했다.

"그런데 지금은 이런 일을 하신다고요?" 바텐더는 놀랍다는 듯 물었다.

사냥하는 여자는 교도소에도 일종의 불문율이라는 게 있어서 여성이나 아이들을 건드린 재소자는 결코 인간적인 대우를 받을 수 없다는 걸 알고 있었다. 발렌티나의 죽음을 이용하는 건 죽기보다 싫은 일이었지만, 지금은 바텐더의 도움이 절실한 상황이었다. 그래서 순순히 그 사실을 밝혔다.

바텐더는 긴 한숨을 내쉬었다.

"말씀해보세요. 정확히 뭘 알고 싶으신 겁니까?"

"2주 전 목요일에 여기 온 고객 중에 60에서 65세 정도 되는 여성 고객이 있었나요?"

"더 자세히 설명해주시면 좋겠는데요."

"불행히도 더는 아는 게 없네요. 하지만 어쩌면 누구하고 같이 있었을 수는 있을 텐데……. 그럼 혹시, 그날 기억에 남는 다른 손님은 없었나요? 지나치게 술을 많이 마셨다거나, 지나치게 흥분한 사람이거나……. 아니면 뭐 다른 사람들하고 시비가 붙은 손님이라도요."

바텐더는 고개를 절레절레 저었다.

"원래 여기 오는 손님들 연령대가 좀 높은 편이에요. 아니, 그러니까 그쪽한테 하는 얘기는 아니고요."

그녀는 그 말에 아무런 대꾸도 하지 않았다.

"사장님 말로는 여기는 단골손님이 대부분이라고 합니다. 다들 서로 아는 사이라, 분위기도 딱히 험악할 일은 없는 편이고요. 가끔은 사장님이 손님들한테 술을 한 잔씩 돌릴 때도 있어요. 사장님 친구분이 가재도구 같은 걸 팔려고 영업을 할 때도 있거든요. 그리고 보니……. 맞네요, 그게 2주 전이었네요……."

"뭐가요?"

"어떤 남자 손님이 왔었는데……. 장신에 체구도 좀 큰 편이고, 짙은 색 옷에 선글라스를 낀 손님이었어요. 머리는 금발이었는데, 모양새가 꼭 가발 같은 느낌이었어요."

그녀는 특이 사항을 머릿속에 담아두면서 이어질 설명을 기다렸다. 신체적인 조건으로는 병원 감시 카메라 영상에 나왔던 청소하는 남자와 비슷한 것 같았지만, 확신은 할 수 없었다.

"전에도 자주 찾아왔던 단골인지는 잘 모릅니다. 말씀드렸다시피, 출소하고 여기서 일한 지 얼마 안 돼서요."

"그런데 무슨 이유로 기억에 남았던 거죠?"

"다른 손님들에 비해 상당히 젊은 편이었거든요……. 젊은 친구가 늙다리들이 모이는 곳에 왜 찾아왔는지 의아했죠. 이번에도 그쪽한테 하는 말은 아닙니다."

"혹시 그 남자가 누구랑 같이 있었는지도 기억해요?"

"단골 여자 손님하고 이야기하는 건 봤습니다."

"혹시 서로 잘 아는 사이 같아 보였어요? 아니면 그날 처음 만난 사람 같았나요?"

"그거야 저도 모르지요. 아무튼 같이 나가는 건 봤습니다."

사냥하는 여자는 배 속에서 무언가가 밀물처럼 밀려드는 걸 느꼈다.

"혹시 그 여자 손님 이름은 알아요?"

"마그다였어요. 마그다 콜롬보."

31

보라색 앞머리 소녀는 간밤에 잠을 이룰 수 없었다. 그래서 오전 6시에 침대에서 일어나 목발을 짚고 적막감에 휩싸인 집 안을 가로질러 서재로 갔다.

소녀가 예상한 대로 아빠는 이미 일어나 있었다.

아빠는 매일 아침, 출근하기 전에 서재에 앉아 여러 개의 일간지를 탐독했다. 아침마다 반복되는 이 의식에 필요한 준비물은 은 쟁반 위에 군림하는 커피 잔이었다. 당연히 설탕 같은 건 전혀 첨가하지 않은 커피가 담긴.

소녀는 문을 두드리지 않고, 아빠가 자신의 존재를 알아차릴 때까지 기다렸다.

"우리 딸 왔어?" 아빠는 반갑게 인사를 건넸다. "왜 이렇게 이른 시간에 일어난 거니?"

"얘기 좀 할 수 있어요?"

"비행기 시간이 얼마 안 남긴 했는데……." 대단하신 공학자 양반은 그렇게 대답하고는 딸아이를 쳐다보았다. "무슨 일인데 그러니?"

"호수에서 제 목숨을 구해준 사람에 대해 생각해봤는데……."

아빠는 딸이 무슨 이야기를 하고 싶은 건지 알아보기 위해 아무 말 없이 기다렸다.

"아무래도 아빠가 그 사람한테 사례금을 줘야 하는 게 아닌가 하는 생각이 들었어요."

"정체를 밝히고 나타났다면 당연히 그랬을 거야." 아빠는 웃으며 대답했다.

"그런데 왜 직접 찾지는 않으시는 건데요?"

로팅어는 가죽 의자의 푹신한 등받이를 누르며 뒤로 기댔다.

"그러니까 네 말은, 이 사람이 익명을 버리고 정체를 드러내도록 내가 공개적으로 사례금을 내걸어야 한다는 말이니?"

그게 바로 소녀의 의도였다.

"그러면 얼마나 많은 사기꾼이 꼬일지는 생각해봤어? 기자들은 말할 것도 없고 온갖 허언증 환자에 사기꾼까지 말이야!"

아빠의 말에 보라색 앞머리 소녀는 자신은 자신이 익사하지 않도록 구해준 정체불명의 남자보다 차라리 그런 사람들이 덜 무섭다고 말하고 싶었다. 사실, 소녀의 기대는 어긋나고 말았던 것이다. 그는 수호천사가 아니었다. 어쩌면 위험인물일 수도 있었다. 그런데 소녀는 자칫 가족들의 삶을 위험에 빠뜨릴 수도 있는 위험천만한 짓을 하고 말았다. 하지만 그 사실을 아빠에게 말할 수는 없었다. 그렇게 되면 감추고 싶었던 나머지 부분들도 모두 털어놓아야 했기 때문이다. 그리고 자신은 물론 가족들의 삶을 언제나 철저히 관리한다고 믿고 있는 대단하신 공학자 양반께서는 결코 진실을 감당할 수 없을 것 같았다.

"그러니까 그건 안 된다는 말씀이네요."

로팅어는 고집스러운 딸아이의 요구에 짜증이 난다는 듯 고개를 절레절레 흔들었다.

"이런 일은 어른들이 결정하게 해주면 좋겠구나. 알았지, 우리 딸?" 아빠는 괜히 친한 척을 하며 말했다.

그러고는 대화는 끝이라는 사실을 알리기 위해 신문으로 관심을 돌렸다.

보라색 앞머리 소녀는 움직이지 않았다. 소녀는 자신이 원하기만 한다면, 아빠를 무너뜨리고, 아빠가 휘두르는 권력이 허상이라는 사실을 만천하에 드러낼 수 있었다는 걸 이미 알고 있었다. 평범한 딸이 자신을 낳아준 사람에게 언제나 그러듯, 그저 마음의 문을 열고서 하고 싶은 말을 솔직히 털어놓으면 그만이었을지도 모른다. 하지만 소녀는 이렇게 말했다.

"제가 세 살 때였어요. 어느 날인가, 오후에 낮잠을 자는데 아빠가 깨웠어요. 아빠는 저를 차에 태우고 전망대로 갔어요. 우리는 몇 시간 동안 차에 탄 채로 전망을 감상했어요. 아빠는 제가 너무 어려서 제대로 기억을 못 할 거라 생각하시겠지만, 전혀 그렇지 않아요."

"저녁놀이 질 때까지 기다렸었지." 아빠가 말했다.

"맞아요. 그리고 전 아빠가 우시는 걸 봤어요……. 그때, 왜

273

우셨어요, 아빠?"

한 번도 꺼낸 적 없는 이야기였다. 소녀는 대단하신 공학자 로팅어가 사실은 자신이 외부에 그렇게 보이기를 바라는 것만큼 언제나 강인한 사람이 아니라고 생각하고 있었다. 아빠에게도 분명 약한 모습을 보이고 싶은 마음이 있었으며, 그래서 아빠가 더 인간적으로 보였던 것이다. 만약 그게 사실이라면, 보라색 앞머리 소녀는 아빠를 전적으로 믿고 의지할 수 있었을 것이다. 그렇게만 되면 부녀 사이에 새로운 공간이 조성되는 셈이고, 소녀는 그 공간에 아름답거나 흉측하거나, 어쨌든 자신이 느끼는 오만 감정을 다 쏟아낼 수 있을 것 같았다.

"네가 잘못 본 거야." 아빠는 새롭게 조성되던 공간의 문을 단호히 닫아버리며 차갑게 대꾸했다. "넌 그때 너무 어렸어. 네 기억이 잘못된 거야."

소녀는 실망감을 감출 수 없었다.

"2주 전에 만약 제가 호수에 빠져 죽었다면, 아빠가 어떠셨을지 생각해봤어요."

"아마 시름에 빠져 있었겠지."

보라색 앞머리 소녀는 아빠의 진정성이 의심스러웠다. 그래서 다시 잠을 청하려고 목발을 짚고 발걸음을 되돌리려는데, 아빠가 할 말이 남은 듯 헛기침을 했다.

"저기, 한동안은 지난 크리스마스에 할머니가 사주신 까르띠에 시계는 안 차고 다녔으면 좋겠구나."

소녀는 무슨 뜻인지 모르겠다는 눈빛으로 아빠를 쳐다보았다.

"너도 들었을지 모르겠지만, 너보다 몇 살 많은 남학생 하나가 롤렉스 시계를 차고 다녔는데, 길 가다 폭행당하고 시계도 빼앗겼다더라."

탄크레디. 어떻게 그 사실을 모를 수 있단 말인가. 모든 게 소녀의 잘못이었다. 소녀는 수호천사에게 계시를 내려달라고 부탁했고, 수호천사가 그 계시를 내려주었던 것이다.

아빠는 읽고 있던 신문을 내려놓았다.

"헌병대에서 시계는 찾았다더라."

심장이 멎는 줄 알았다. 그렇다면 헌병대에서 호숫가의 그 남자를 체포했다는 말인가?

"아무래도 집시촌 아이들 소행인 것 같다."

소녀는 멈췄던 숨을 내쉬면서, 자신이 얼마나 심각한 잘못을 저질렀는지를 깨달았다. 실질적으로 자신을 걱정해주는 유일한 사람을 나쁘게 보고 있었던 것이다.

수호천사는 무고한 사람이었다.

'사실, 저도 아빠와 크게 다를 바 없는 사람이에요.' 소녀는 그런 생각을 했다. 소녀 역시 다른 사람들을 진심으로 이해할 수 없었다.

32

처음에는 그 시계를 보라색 앞머리 소녀에게 주려고 했었다. 파티장에서 곰 인형을 건넸던 것처럼 옷 가게 탈의실에서 그 시계를 은근슬쩍 건네고, 소녀가 놀라는 모습을 멀리서 지켜볼 수도 있었다. 하지만 Fuck이 벽 너머로 하는 말을 듣고, 청소하는 남자는 생각을 바꿨다.

"뭐라고 말 좀 해봐요. 제발요⋯⋯."

시계를 선물로 건네는 건 위험천만한 행동이었다. 자신에게 위험한 게 아니라, 자신이 보호하는 소녀에게 위험한 일이었다. 헌병대나 경찰이 분명 체크무늬 셔츠를 입은 소년을 폭행한 가해자를 찾아다닐 터였다.

그는 Fuck이 자신이 저지른 일에 연루되기를 바라지는 않았다.

전리품을 처리해야 했던 그는 의심의 방향을 돌릴 묘안을 떠올렸다. 집시촌 청년들이 들락거리는 술집 테이블에 슬쩍 내려놓고 오면 그만이었다. 그들은 인근에서 강절도 행위를 일삼아 악명이

높았다. 청소하는 남자는 그렇게 시계를 남겨놓은 뒤, 경찰에 익명의 신고 전화를 걸었다.

그는 자신의 행동이 Fuck을 위한 일이라는 걸 Fuck이 알아줄까 생각해보았다.

누군가의 명예를 되찾아주기 위한 행동은 그의 삶에서 가장 보람된 일이었다. 평생 자신이 누군가를 보호해줄 수 있다는 생각은 단 한 번도 해본 적 없던 그였다. 세상에서 자신이 가장 약한 인간이라는 생각에 언제나 스스로를 보호하기에 급급하던 그였다. 그린데 징의의 사도라는 새로운 역힐이 떡히 싫지만은 않있다.

그저께 밤, 그는 체크무늬 셔츠의 소년을 찾아다녔다. 젊은 층이 자주 찾는 바 같은 곳에 가면 녀석을 찾을 수 있을 거라는 확신이 있었다. 그는 그런 업소들을 잘 알았다. 아침나절에 엉망이 된 영업장 앞의 보도블록을 종종 청소했기 때문이다. 무리를 지어 다니는 10대 후반 아이들 사이에서 소년을 알아본 그는 일단 기다렸다. 새벽 1시가 되자, 소년은 친구들과 인사를 하고 헤어졌다. 그리고 무슨 일이 벌어지는 건지 깨닫기도 전에, 얼굴에 정통으로 주먹을 한 방 얻어맞았다. 이어지는 발길질 세례는 Fuck을 위한 선물이었다. 그렇게 정의를 실현하고 나자, 청소하는 남자는 마음이 차분해지면서 선행을 베풀면 이런 기분이 드는가 보다고 생각했다.

그날 이후 여느 때처럼 이른 아침에 자신의 쓰레기차를 몰고 나가던 그는 선행을 베푸는 거야말로 자신이 지닌 진정한 자질이라는 것을 깨닫게 되었다. 미키가 틀렸던 것이다. 그는 못된 아이가 아니었다. 이 세상이 그에게 못되게 굴었을 뿐이었다.

어쩌면 이제 그 세상과 화해할 순간이 온 건 아니었을까?

불필요한 위험을 자초하지 않기 위해 매일 반복했던 일상이라는 규칙을 깨고, 그는 지난 한 주 동안 자신의 생활에 이런저런 변화를 주었다. 23번지에 있는 집에 가서, 몇 분간이나마 다락방에 숨겨놓은 Fuck의 스마트폰에서 Fuck의 사진을 보고 싶다는 생각이 들었다. 그 참에 상당히 마음에 드는 그 울적한 노래도 다시 듣고 싶었다.

그렇다, 보상받을 자격은 충분했다.

그는 뾰족하게 돌출된 기이하게 생긴 창문과 지붕에 첨탑이 달린 주택에서 대략 50여 미터 떨어진 지점에 차를 세웠다. 그런 다음 도로 청소부 모자를 머리에 눌러쓰고, 23번지 집의 뒷문으로 들어가기 위해 서서히 걸어갔다. 아침 공기는 서늘했지만 묘하게 흥겨운 기분이 들었다. 그런데 철책 앞에 선 그는 담을 넘어가려다 멈춰 섰다. 집 안에서 무언가가 움직인 것 같았기 때문이다. 고양이일까?

그는 기다렸다.

그의 직감은 틀리지 않았다. 오랜 친구인 마그다의 집에서 그림자가 움직이고 있었다. 청소하는 남자는 순간적으로 레이스 달린 커튼 앞으로 지나가는 그림자를 볼 수 있었다. 그림자는 집 열쇠를 가진 사람은 아니었다. 현관문이 굳게 잠겨 있었기 때문이다. 다시 말하면, 뒷문을 통해 집 안으로 들어갔다는 뜻이었다. '나처럼.' 청소하는 남자는 그렇게 생각했다.

그렇다면 짧은 머리의 50대 여성 역시 침입자였다. 그와 마찬가지로.

현관문이 다시 닫혔지만, 아무도 아이가 들어왔다는 사실을 눈치 채지 못했다.

아이는 주변을 둘러보며, 새엄마와 새아빠가 어디 있는지 눈으로 살펴보았다. 저녁 먹을 시간이 다가오고 있었다. 아이는 6학년에 올라간 기념으로 양부모가 사준 자전거를 타고 온종일 이리 저리 쏘다니고 돌아온 터였다. 그런데 반바지와 티셔츠, 운동화는 흙과 먼지투성이였고, 아이는 땀범벅이 된 상태였다.

아이는 조심스레 통로를 거쳐 부엌으로 향했다. 다시 한번, 부엌에서 오븐에 무언가를 넣고 요리하고 있던 새엄마의 동정을 살펴보았다. 그리고 새엄마가 등을 돌린 때를 틈타 부리나케 욕실로 향했다. 부엌을 지나치면서 보니 새아빠는 거실 소파에 앉아 티브이를 보고 있었다. 새아빠는 뉴스를 보고 있었고, 얼굴 위에 알록달록한 그림자가 지고 있었다.

아이는 욕실로 들어가 문을 잠갔다.

심호흡을 했다. 숨을 내쉬었다. 그리고 들이마셨다. 자신의 숨소리밖에 들리지 않았다. 성공적으로 거짓말을 하고 넘어갈 수 있을까, 아니면 지금 당장 사실대로 털어놓아야 하는 걸까? 아이는 온종일 양부모에게 늘어놓을 핑곗거리를 고민해보았지만, 그럴듯한 말이 떠오르지 않았다.

어차피 말이라는 건 소용없었다. 진실은 이미 양부모 얼굴에 각인돼 있었으니까.

아이는 세면대 가장자리를 붙잡고 머리를 숙였다. 거울에 비친 자신의 모습을 바라볼 엄두가 나지 않았기 때문이다. 이마에 송골송골 맺혀 있다 아래로 흘러내린 땀방울이 눈에 스며들어 따가웠다. 아이는 땀에 젖어 축축해진 셔츠를 내려다보았다. 몸에 달라붙은 셔츠는 숨을 들이마실 때마다 앞으로 부풀어 올랐고, 목 부분은 햇볕에 까맣게 그을린 상태였다. 결국, 아이는 그 눈빛을 마주했다. 아이는 그 눈빛에서 두려움과 뒤섞인 기쁨을 읽을 수 있었다.

바로 자신의 눈빛이었다.

아이는 거울 속에서 미소를 볼 수 있었다. 새로 자란 치아가 보이는 미소. 자신이 얼마나 아름다운 미소를 짓고 있는지 잘 아는 사람의 그 미소.

'곧 아시게 될 거야.' 아이는 생각했다. '나를 보자마자 이해하실 거야.' 확신은 있었지만, 과연 그게 정말로 자신에게 중요한 일인지는 알 수 없었다. 아이는 그 결과에 대해서는 생각하지 않았다. 그날 아침에 있었던 일의 흥분은 여전히 강렬하게 남아 있었다.

가을이었지만 여전히 여름 같은 날씨가 이어졌다. 전날 저녁, 새엄마는 새아빠에게 다가오는 일요일에 아버지와 아들이 둘만의 피크닉 시간을 즐길 수 있게 해주겠노라 약속했었다. 예를 들면 버섯도 따고, 개똥지빠귀 같은 새 사냥도 하는 시간을. 아침에 일어나보니, 머리맡에 세제 냄새가 솔솔 풍기는 깨끗한 옷이 놓여 있었다. 새엄마가 두고 간 옷이었다. 새엄마는 아침 식사로 빵과 설탕, 그리고 우유 한 잔을 준비해주었다. 아이는 새아빠와 피크닉을 가게 되어 너무 행복하다는 속마음을 털어놓았다.

사실, 새아빠는 아이와 함께 시간을 보내지 않았다. 오히려 아이를 피하는 눈치였다. 말을 하는 일도 거의 없었다. 그저 작업실에 틀어박혀 흔들의자나 새집, 빨간 모자를 쓴 도깨비 인형, 물레방아, 풍향계 등등을 만들었다. 그렇게 하루를 보냈다. 작업실 밖으로 나오는 건 식사 때나 소파에 앉아 뉴스를 볼 때뿐이었다. 새엄마는 친절하고 항상 웃는 얼굴이었다. 심지어 잠을 잘 때도 그런 표정이었다. 아이는 양부모 침대 옆에 서서 한참 동안 그 얼굴을 바라본 적도 있었다.

그랬기에 그 일요일 아침, 아이는 뭘 어떻게 해야 할지 알 수 없었다.

그래서 자전거를 타고 나가기로 마음먹었다. 자전거 타이어에 바람을 넣고 핸들에 벨을 단 다음 안장에 오르려던 찰나, 휘파람 소리를 들었다.

길게 이어지는 두 번의 휘파람 소리. 아이의 관심을 끌기 위해 반복된 그 휘파람 소리를.

명령에 따라야 한다는 사실을 잘 알고 있었던 아이는 다른 아들이 사용했던 방으로 올라갔다. 미키는 나무로 된 흔들의자에 앉아 있었다. 미키는 묘한 임무를 맡기면서 따라야 할 과정을 아이에게 상세히 설명해주었다. 아이는 그래야 하는 이유를 알 수 없었지만, 물을 엄두가 나지 않았다.

잠시 뒤, 아이는 자전거를 타고 나갔다.

바퀴가 길바닥에 깔린 자갈과 부딪히며 소리를 냈고, 속력을 높이기 위해 페달을 힘차게 밟을 때마다 체인이 삐걱거리는 소리가 났다. 아이는 혼자라는 자유를 만끽할 수 있었다. 미키가 시킨 일이 있다는 사실까지 까맣게 잊을 정도였다. 가파른 비탈을 오른 아이는 그 끝에 있는 모퉁이를 돌아 농기계 관련 차량이 이용하는 주유소에 도착했다.

세 살 정도 돼 보이는 꼬마 하나가 연석 위에 앉아 있었다.

꼬마는 작은 양철 탱크 장난감을 가지고 놀고 있었다.

아이는 자전거에서 내리면서 부모라면 저렇게 어린아이를 지켜보는 사람 없이 혼자 둬선 안 된다는 생각을 했다.

그리고 지금 욕실 문을 잠근 채 정신을 집중하자 아이는 코끝에서 주유기 휘발유 냄새를 생생하게 느낄 수 있었다. 아이는 새아빠가 보고 있는 티브이 뉴스 소리를 들을 수 있었다. 뚝뚝 끊기는 몇 마디 말. 무언가 심각한 일이 벌어졌다. 이루 말할 수 없을 정도로 끔찍한 일이. 그제야 아이는 아나운서가 자신의 이야기를 하고 있다는 사실을 깨달았다. 이에 놀란 아이는 떨기 시작

283

했다. 진혀 예상하시 못한 일이었다. 이제 벌을 받게 될 것이다. 아이도 알고 있었다. '실종', '수색', '심각한 사건' 등등의 말이 귀에 들렸다. 하지만 유독 한 단어가 아이의 관심을 확 끌었다.

'괴물.'

아이는 괴물 같은 건 전설이나 동화 속에만 나오는 존재라고 생각했었다.

"괴물……." 아이는 그 단어가 입술 사이로 흘러나오도록 나지막이 반복해서 발음했다.

'다들 어른이 벌인 짓이라고 생각할 거야.' 그런 생각을 하자 웃음이 터져 나올 것 같았다. 다른 사람들을 속일 수 있다면 새엄마도 속일 수 있을 것 같았다. 하지만 새아빠는 아니었다. 새아빠는 분명히 알아볼 거라는 확신이 들었다. 새아빠라는 사람은 첫눈에 알아보았다. 아내와 자신이 커다란 실수를 저질렀다는 사실을. 하지만 되돌리기에는 이미 늦었다.

주유소에 있던 그 꼬마도 아이를 믿었다. 새끼 고양이를 보여 주겠다고 약속하는 것만으로도 꼬마를 유인할 수 있었다. 아이는 그렇게 꼬마를 언덕 너머에 있는 폐가로 유인했다. "고양이 저기 있어." 아이가 말했다. 주유소에 있던 꼬마는 울지 않았다. 그저 아이를 빤히 처다볼 뿐이었다. 아이는 질겁한 그 눈빛을 평생 잊을 수 없을 것이다.

누군가 욕실 문을 두드렸다.

"저녁 다 됐다." 새엄마의 목소리였다.

아이는 대답 대신 씻는 척을 하려고 물소리가 나도록 수도꼭지를 틀었다.

"절대로 못 찾을 거예요." 아이는 허공에 대고 나지막이 속삭였다. 그러고는 반바지 주머니에 손을 넣어 작은 양철 탱크를 꺼내 살펴보았다. 미키에게 가져다줄 생각이었다. 다만, 나중에. 미키가 그걸로 열쇠고리를 만들어줄 수도 있을 테니까. 아이는 미키가 자신을 자랑스러워할 거라고 확신했다. 자신을 자연이 저지른 실수로 여기는 듯한 눈빛으로 쳐다보는 새아빠와 달리.

베라도 자신을 그렇게 쳐다봤었다.

아이는 신싸로 제대로 씻은 다음 욕신에서 나왔다. 그리고 이제 어떤 일이 벌어질까 생각하면서 부엌으로 걸어갔다. 아이는 마카로니 그라탱이 담긴 커다란 접시 앞에 앉았다. 아직은 새엄마, 새아빠의 얼굴을 정면으로 쳐다보지 않았다. 아이는 한 입을 먹기 전에 눈을 들었다.

아무 일도, 아무런 일도 벌어지지 않았다.

새엄마, 새아빠는 평소처럼 그냥 식사를 했다. 고요한 가운데 들리는 소리라고는 식기 부딪히는 소리와 똑딱거리는 벽시계 소리가 전부였다.

아이는 너무나 만족스럽고 행복했다. 그러자 미친 듯이 허기가 몰려왔다.

33

"코모 호수는 지구상에서 가장 고요한 장소라고 하더군요." 곧 은퇴를 앞둔 공무원이 미로 같은 관공서의 길을 안내해주면서 그렇게 말했다. "몇 년 전에 어느 기사에서인가 본 글입니다. 그런데 그 문구가 인상적이더라고요."

"정확히 무슨 뜻이지요?" 사냥하는 여자가 물었다.

"코모와 주변 도시에 빈집이 많습니다. 거기 살던 거주자들이 상속인도 없이 하나둘 유명을 달리하기 때문입니다."

사냥하는 여자는 자신이 사는 집을 떠올렸다. 전에는 부모님이 사시던 집이었다. 자신이 죽고 이 세상에 없으면 그 집은 어떻게 될까?

"그렇게 집에서 지내다가 갑작스레 사망하기도 하는데, 몇 년이 지나서야 발견되는 경우가 심심찮게 발생합니다." 어린아이로 착각할 정도로 키는 작지만 빨간 테의 돋보기안경을 낀 호의적인 여자 공무원이 설명을 이어나갔다. "그런데 지금은 거주자가 사망했는지 알아볼 수 있는 간단한 방법이 있어요."

"그게 뭔데요?"

"고지서지요! 납부일을 넘기고 일정 기간이 지나면 전기와 가스가 끊기거든요. 그러니 고지서 발행 기관에 확인만 해도 충분히 알 수 있어요. 덕분에 많은 문제를 해결할 수 있답니다."

"자동이체가 되는 경우는요?"

"한번은 홀아비로 살던 어느 분이 리모컨을 손에 쥔 채 안락의자에서 미라 상태로 발견되었어요. 그 상태로 6년간 전원이 들어온 티브이 앞에 앉아 있었던 거죠…… 채널 한번 돌리지 않고 말이에요!" 공무원은 복도로 나가며 냉소적인 투로 한마디를 내뱉었다.

사냥하는 여자는 마그다 콜롬보라는 여성의 집을 방문한 뒤, 관공서를 찾았다.

이틀 동안 각기 다른 시각에 찾아가 성가실 정도로 벨을 울려대도 인기척조차 느껴지지 않자, 그녀는 철책을 넘어 들어갔다가 뒷문이 열려 있는 것을 발견했다. 강제로 열고 들어간 것 같기도 했지만, 그렇다고 확신할 수도 없었다. 법을 어기고 상식의 테두리까지 벗어난 그녀는 그렇게 인기척이 없는 집 안으로 들어갔다. 마그다가 여전히 살아 있다는 사실을 증명해줄 단서를 찾기 위해서. 하지만 그녀가 찾아낸 거라고는 잘 먹고 잘 지내고 있는 고양이 다섯 마리뿐이었다. 이는 다시 말하면, 누군가 고양이를 돌봐주고 있다는 뜻일 수도 있었다. 친척일까? 아니면 이웃 사람? 어쨌든 남편이나 동거인 등이 있었던 흔적은 보이지 않았다.

마그다 콜롬보는 홀로 사는 독신 여성이었다.

무슨 실수라도 저질렀다간 주거침입 혐의로 고발당할 수 있다는 생각에, 그녀는 더 이상 지체하지 않고 밖으로 나왔다. 그녀는 마그다가 사용하던 빗에서 떼어내 가지고 나온 금발 머리카락을 실비 박사에게 가져다주면서 네소에서 발견된 팔과 DNA가 일치하는지 비교해달라고 부탁했다. 법의학자는 연구소 일이 밀린 탓에 DNA 대조 작업에 일주일이 넘게 걸릴 거라고 대답했다.

그런 다음에 관공서를 찾았던 것이다. 23번지의 집을 둘러본 결과 때문에.

일단, 그 집에는 거주자의 사진이 단 한 장도 보이지 않았다.

그 점이 너무나 이상했다. 무엇보다 그녀가 어떻게 생긴 사람인지가 너무 궁금했기 때문이다.

그래서 사생활 침해에 관한 법률 위반의 테두리를 벗어나기 위해 공무원에게 거짓말을 했다. 마그다에게 무슨 변고가 생긴 건 아닌지 걱정스러운데, 그녀의 사진 없이는 찾을 수가 없다고. 그녀는 같은 여성으로서 느낄 수 있는 연대감에 기대볼 생각이었다. 그런데 공무원은 이제 은퇴를 앞두고 있기 때문에, 자신이 사소한 절차를 무시한다고 문제 될 일은 없다고 대답했다.

두 사람은 자료 보관실 구석에 놓인 작은 책상 앞으로 갔다. 책상 위에는 카드 점에 쓰는 전용 카드와 커피 보온병, 그리고 과일 사탕 상자가 놓여 있었다. 사냥하는 여자는 그곳이 공무원의 비밀 도피처라는 사실을 알 수 있었다. 낡은 컴퓨터도 한 대 설치돼 있었다. 공무원은 책상에 앉아 컴퓨터를 켰다.

"어디 이 녀석이 우리가 찾는 답을 내놓을 수 있을지 한번 알아봅시다." 그녀는 그렇게 말하면서 놀라운 속도로 키보드를 두드렸다.

공무원은 사진이 포함된 개인 신원 자료에 접속하기 위해 마그다의 이름과 주소를 쳐 넣었다. 나름 가꾼 듯한 얼굴, 풍성한 잿빛 금발 머리, 조악한 싸구려 귀걸이, 그리고 진한 화장을 한 여성의 사진이 나왔다.

"좀 지난 사진 같네요. 아마 제 나이 정도 됐을 텐데……." 사냥하는 여자는 난처한 기색을 표했다

"신분증 갱신할 때 아마 훨씬 젊어 보이는 사진을 낸 모양이에요. 가끔 늙어 보이기 싫어하는 사람들이 있거든요."

사냥하는 여자는 화면을 들여다보면서, 과연 사진 속의 저 여인이 네소에서 발견된 팔의 주인일까 생각했다. 마그다 콜롬보라는 여성의 나머지 신체 부위가 수심 400미터 아래 모랫바닥에 잠겨 있다고 생각하니 마음이 불편해졌다.

"이 사진이라도 인쇄해드릴까요?"

"네, 그래주시면 감사하지요."

공무원은 인쇄기에 종이를 넣고 '인쇄' 아이콘을 눌렀다.

"실종 사건의 경우 경찰이 우리 쪽으로 연락을 해요." 그녀는 상대가 묻지도 않은 설명을 시작했다. "콜롬보 씨라는 분이 다시 나타나지 않으면 어떻게 될까 궁금하실 것 같아 미리 말씀드리는 거예요."

"어떻게 되는데요?"

"법원은 실종자가 10년간 나타나지 않으면 사망으로 추정하고 사망 신고를 가능하게 해줍니다. 그 기간 동안 실종자의 법적 지위는 생사의 중간에 걸려 있게 되고, 이른바 유령 명단에 이름을 올리게 돼요."

사냥하는 여자는 코모 호수 주변에 있는 여러 채의 빈집을 떠올렸다. 산 사람들에 의해 버려진 집, 하지만 예전에 살았던 사람들의 추억으로 '오염된' 집. 그녀가 살고 있는 집처럼. 그러다가 네소에서 발견된 팔에 나 있던 물린 자국을 떠올렸다.

"저기 혹시 실종자 명단에서 뭘 좀 찾아볼 수 있을까요?" 그녀는 왜 그러는지도 모르고 그런 질문을 던졌다.

아니, 어쩌면 알고 있었을 것이다. 하지만 지금은 그 가능성을 인정하고 싶지 않았다.

"물론이지요. 어떤 사람들을 찾아야 해요?"

호흡이 곤란할 정도로 갑자기 숨이 가빠졌지만, 가까스로 입을 열었다.

"마그다 콜롬보 씨하고 비슷한 연배의 여성들이에요. 똑같은 금발에 혼자 사는 여성들이요."

공무원이 검색 범위 설정에 필요한 정보를 입력하는 동안 사냥하는 여자는 자신의 추측이 틀리기만을 간절히 바랐다. 어떤 도식 관계가 성립된다면 그것만큼 끔찍한 일도 없다는 뜻이기 때문이었다. 그런데 모니터에 여성의 얼굴들이 주르르 뜨기 시작했다. 지난 10년 사이 실종된 사람들이라는 것 외에 또 다른 공통점을 가진 여성들이었다.

"세상에!" 공무원은 놀라서 입을 다물지 못했다. "이 사람들 마치……."

이어지는 말은 사냥하는 여자가 대신 했다.

"자매처럼 닮았네요."

34

커다란 먹구름이 미끄러지듯 호수의 수면 위를 지나고 있었다. 뜨거운 바람에 힘을 얻은 먹구름은 점점 커지더니 오후의 풍경을 집어삼켰다. 그렇게 지나가던 먹구름은 이따금 모세혈관처럼 가느다란 붉은 섬광을 만들어냈다.

사냥하는 여자가 자신의 집 앞에 차를 세우자마자 빗방울이 떨어지기 시작했다. 그녀는 가방을 머리 위로 올려 비를 막으면서 중이층으로 이어지는 계단까지 뛰어갔다.

폭우가 맹위를 떨치기 바로 직전에 현관문을 닫고 안으로 들어왔다. 몇 초 만에 마치 댐의 수문이라도 개방한 것처럼 어마어마한 물이 땅을 울리면서 쏟아져 내렸다. 그나마 벽 덕분에 폭우의 강렬한 두드림이 다소나마 줄어들긴 했다. 사냥하는 여자는 비에 홀딱 젖은 강아지처럼 소파로 몸을 피해 담요를 두르고 하늘이 화풀이를 끝내고 잠잠해지기를 기다렸다. 눈을 휘둥그렇게 뜬 그녀는 떨기 시작했다. 폭우가 두려웠던 건 아니었다. 먼지 쌓인 관공서 책상 위에서 자신이 알아낸 사실 때문이었다.

아직은 입증해 보일 수 없는 그 진실.

눈길을 끄는 금발 머리 여성들만 골라 살해하는 살인범이 버젓이 돌아다니고 있었다. 지난 10년간. 그것도 무려 아홉 명이나. 실종 사실조차 알려지지 않은 사람은 말할 것도 없이. 그렇다면 도대체 몇 명이란 말인가?

연쇄살인범들의 특징에서 볼 수 있듯, 그녀가 찾아낸 살인범은 비슷한 유형의 피해자들을 범행 대상으로 삼았다. 그런데 해를 거듭할수록 피해자의 연령대가 55세에서 65세로 점점 높아지고 있었다. 다시 말하면 살인범이 나이를 먹을수록 피해자의 연령대도 높아지고 있다는 뜻이었다. 그녀는 범인에게 피해자를 선택하는 자기만의 정확한 기준이 있다는 것을 간파했다. 그러니까 자신이 가진 상대적 젊음을 미끼로 피해자들을 유인했던 것이다. 블루 나이트클럽 바텐더가 말해준 것처럼. 이 여성들은 지금 어디에 있는 걸까? 그 답은 네소에서 발견된 팔에 적혀 있었다.

호수 밑바닥.

그러나 무엇보다 그녀를 경악하게 만든 한 가지 사소한 사실은 10년이라는 시간이 흐르는 동안, 아무도 이런 정황을 인식하지 못했다는 사실이었다. '나 혼자 알고 있는 내용이니, 아무도 내 말을 믿어주지 않겠지.' 그런 생각이 들었다. 하물며 파멜라에게 이야기한들, 상관에게 보고하는 것 외에 그녀가 해줄 수 있는 일이 있을까? 게다가 '그녀 같은 과거를 가진' 사람이 제공한 정보인 만큼, 의혹의 눈초리를 피할 수는 없을 터였다. 사냥하는 여

자는 또다시 그녀가 너무나 잘 알고 있는 심연의 끝자락으로 내
몰렸다.

그녀는 자신이 아래층을 차지해 살고 있는 주택의 2층을 떠올
렸다.

"그쪽은……."

"네, 맞습니다. 제가 그 엄마입니다."

발렌티나의 비극적인 죽음 이후, 그녀는 위험에 처한 다른 여
성들을 구하는 일에 매달렸다. 대부분 본인들이 위험에 처했다는
사실도 모른 채 지내고 있는 그런 여성들을. 보이지 않는 괴물을
맞닥뜨릴지 모른다는 두려움을 품은 채로. 5년 전 그날처럼. 그
런데 설마 설마 했던 최악의 시나리오가 현실로 드러나자, 그녀
는 자신이 맞서서 해결할 수 있는 일이 아니라는 사실을 깨닫게
되었다.

'나처럼 평범한 아줌마가 해결하기에는 너무 거칠고 괴로운 일
이야.' 그녀는 그렇게 되뇌었다. '내가 할 수 있는 일이 아니라
고.'

폭우가 잠잠해지면서 빗줄기도 가늘어졌고, 천둥도 하늘에 걸
려 멈춘 것처럼 아무 소리도 내지 않았다. 사냥하는 여자는 잠잠
해지는 주변 상황과 정반대로 또다시 미친 듯이 뛰고 있는 자신
의 심장박동 소리를 들었다. 그러다 갑자기, 고치처럼 감싸고 있
던 담요 속에서 무감각해지며 힘이 빠지는 느낌이 들었다. 호흡
이 규칙적으로 돌아오면서 눈꺼풀이 무거워졌다. 결국 그녀는 모
든 걸 잊었다. 쫓아오던 과거의 그림자는 거기서 그렇게 멈췄고,

현재의 그림자는 그녀를 과거 속으로 끌고 들어가지 않았다. 그녀는 마음의 안정을 되찾았다.

바로 그때, 위층에서 발소리가 들렸다.

그녀는 눈을 휘둥그렇게 뜨고 껌뻑였지만, 몸을 일으킬 힘은 없었다. 그래서 온 신경을 소리에 집중하면서 혹시 헛것을 들은 게 아닌가 생각했다. 하지만 마룻바닥 밟는 발소리가 분명했다.

그녀는 천천히 몸을 일으켜 앉았다. 담요가 허리로 흘러내리자, 한기가 온몸을 감쌌다. 입 밖으로 흘러나오는 입김을 보자 몸이 오들오들 떨렸다.

'호기심에 찾아온 꼬맹이인가 보네.' 그녀는 그런 생각을 했다. '아니면 길 가다 비를 피하는 사람이거나.'

하지만 전혀 그럴듯하지 않은 추측이었다. 그래서 이런저런 가능성을 떠올려보았지만, 어쨌든 그녀가 할 수 있는 일은 두 가지밖에 없었다. 침입자가 가기를 기다리거나, 직접 쫓아내거나. 관공서에 들르기 전이었다면, 아마 단 한 순간도 지체하지 않고 제 멋대로 들어온 침입자를 쫓아냈을 것이다. 하지만 엄청난 사실을 알게 된 지금은, 무얼 어떻게 해야 할지 알 수 없었다. 그녀는 신고할까 생각하고 휴대전화를 집어 들었지만, 아무래도 폭우 때문에 기지국 안테나에 장애가 생긴 모양이었다. 신호가 잡히지 않았다. 차를 타고 도망칠 수도 있었지만, 침입자가 자신의 차에 손을 써났을 거란 예감이 들었다.

괴물은 불시에 일격을 당할 만큼 호락호락하지 않은 존재이니.

머리 위에서는 여전히 발소리가 들렸다. 누구인지는 몰라도,

침착한 발소리로 미루어보아 자신의 존재를 드러내는 것을 아무렇지 않게 여기는 사람 같았다.

그녀는 벽을 사이에 두고 위층과 이어지는 실내 계단 쪽으로 시선을 돌렸다. 계단 위에는 한동안 열어보지 않은 문이 하나 있었다.

사냥하는 여자가 할 수 있는 건 한 가지밖에 없었다. 그 답을 얻으려면, 다시 한번 이 집을 믿어야 했다.

35

먼저 자물쇠에 열쇠를 꽂아 돌린 다음 조심스레 문을 밀자, 들릴 듯 말 듯 끼익하는 소리가 나며 문이 열렸다. 그녀는 조심스레 주변을 살피면서 비좁은 복도로 들어갔다.

방으로 연결되는 복도였다. 마름모무늬를 수놓은 자주색 카펫, 가느다란 베이지색 줄무늬가 들어간 초록색 벽지. 벽에는 코모 호수를 배경으로 한 그림 몇 점이 걸려 있었다.

사냥하는 여자는 신호가 잡히기를 기대하면서 휴대전화를 꺼냈다. 혹시나 하는 마음에 벽난로에 사용하는 부지깽이도 챙겨 왔다. 잭나이프는 쓸모가 없을 것 같았다. 몸싸움은 전혀 자신이 없었기 때문이다.

귀를 기울이니 추시계 소리가 들리는 것 같았다. 아버지가 결혼 후에 구입한 시계였는데 어머니가 유난히 아끼고 자랑스럽게 여기던 물건이었다. 시곗바늘은 이미 오래전에 멈춰 섰지만, 그녀의 어린 시절과 청소년기, 그리고 성인이 된 후에도 얼마간 함께

했던 특유의 추시계 소리는 여전히 집 안에 울리고 있었다. 하지만 그녀는 어느 날, 그 집의 시간을 스스로 멈춰 세웠다. 부모님이 돌아가시고 몇 년 후, 그 일이 발생한 순간에. 그 이후, 그 공간에 발을 들인 사람은 아무도 없었다. 그곳은 생명이 존재할 수 없는 공간이 되어버렸다. 죽음이 지배하기 때문이었다.

사냥하는 여자는 이미 어둠 속에서 누군가가 기다리고 있을지 모른다는 사실을 인지한 채로 앞으로 걸어갔다.

침입자는 거실 창문으로 들어왔다. 그대로 열려 있었던 것이다. 신혼 초에 어머니가 손수 바느질로 기워주셨던 커튼이 바람에 휘날리고, 빗물이 안으로 들이닥쳐 바닥에 흥건히 고여 있었다. 그녀는 커다란 석재 벽난로, 낚시 트로피, 액자에 담긴 가족사진, 다른 가구들과 마찬가지로 흰 천을 씌워놓은 소파를 하나씩 살펴보았다.

그런 다음 부엌으로 향했다. 벽은 물론 찬장에까지 곰팡이가 피어 있었다. 초록색과 흰색이 뒤섞인 이끼 같은 게 땅바닥에서 시작돼 벽을 타고 천장까지 번진 상태였다. 개수대에는 폭우로 인한 빗물이 시커먼 액체가 되어 꿀렁거리며 역류하고 있었다.

사냥하는 여자는 초대받지 않은 손님이 어딘가에 숨어 있다는 사실을 알고 있었다.

욕실에는 하수구 냄새가 올라오고 있었다. 유리에는 허연 석회층이 형성돼 있었다. 그 앞을 지나면서 본 자신의 모습은 영락없는 유령이었다.

부모님이 사용하셨던 방은 세월이 부린 행패를 비껴간 듯했다.

먼지가 내려앉은 것 외에 달라진 게 하나도 없었기 때문이다. 침대 한가운데를 차지하고 있는 도자기로 만들어진 장식 인형, 어렸을 때는 험상궂게 생겼다고 여겼던 육중한 떡갈나무 옷장. 혼수로 챙겨 왔던 옷가지와 이불 등을 넣어두었던 콘솔. 두 팔을 펼치고 애원하는 듯한 눈빛을 한 채로 호숫가에 서 있는 성모상이 그려진 장식용 종. 침대 머리맡의 협탁 위에는 유리잔 하나와 자명종이, 다른 쪽 협탁 위에는 신약성경과 달맞이꽃이나 데이지를 꽂아두던 꽃병이 제자리를 고스란히 지키고 있었다.

기신 들린 폐가 체험의 환상적인 과정은 이제 마지막 코스만 남겨두고 있었다. 방. 평생의 유일한 사랑이었던 리날디 선생을 만나기 전까지 그녀 자신이 사용했던 침실.

다른 방과 달리 그 침실 문은 반쯤 열려 있었다. 그녀는 허술하고 무의미한 그 최후의 저지선 너머에서 무얼 발견하게 될지 잘 알았다. 시커먼 얼룩이 고스란히 남아 있는 매트리스. 매트리스의 표면으로 스며들어 속을 흠뻑 적시고 바닥까지 흘러내린 발렌티나의 피.

사냥하는 여자는 그 방에 있던 나머지 것들은 다 끄집어냈었다. 청소년 시절 자신이 좋아했던 유명 가수들의 포스터, 자질구레한 잡동사니들, 학위와 상장, 오래지 않아 그만둔 일을 시작하게 된 스무 살 때까지 그녀가 차곡차곡 쌓아두었던 추억거리들.

증오의 성역이 된 그 방에 남아 있는 건 침대 하나가 전부였다. 그것만큼은 도저히 처분할 수 없었다. 그래선 안 될 것 같았다.

그녀는 침입자가 그 침대 위에 앉아 있을 거라 짐작했다. 이제 곧 알게 될 터였다.

그녀는 부지깽이를 더 단단히 쥐고 다른 손을 문 위에 얹었다. 그 문을 밀려던 찰나, 주머니에 든 휴대전화가 울렸다. 신호가 다시 잡혔던 것이다. 울림을 멈추려고 휴대전화를 조작하다가 그만 손에서 놓쳐 바닥에 떨어뜨리고 말았다. 그 과정에서 언뜻, 액정 화면에 뜬 '번호 정보 없음'이라는 문구가 눈에 들어오자, 그녀는 얄궂은 운명은 어쩌면 그렇게 한결같이 중요한 순간을 정확히 노리고 방해하는 건가 하는 생각이 들었다. 그리고 전화기를 집기 위해 허리를 숙이던 바로 그 순간, 무언가에 목덜미를 강하게 얻어맞고 앞으로 밀리며 넘어졌다.

"수신자 부담 전화입니다. 허가 번호는 200607번." 사전에 녹음된 여성 목소리의 기계음. "수신하시려면 9번을 눌러주세요." 모든 게 암흑으로 변하기 전에 들은 마지막 말이었다.

5년 전

커튼처럼 그녀 앞을 가린 병원의 자동문은 가까이 다가서자 저절로 열렸다. 마음 한구석에서는 일단 그 경계선을 넘는 순간, 모든 게 전과 같을 수 없을 거라는 사실을 이미 알고 있었다. 하지만 때로는 의심이 진실보다 나을 때도 있는 법이었다. 리날디 선생에게 소식을 들은 뒤, 그녀는 자신이 어떤 상황에 놓이게 될지 도무지 알 수 없었다.

그냥 평범한 어느 날, 오후 8시였다. 저 멀리, 하늘이 검게 보였다. 조만간 비가 쏟아질 분위기였다. 산탄나 병원은 안팎으로 상당히 소란스러웠다.

그녀는 병원 안으로 들어가 그녀가 누구인지 모르는 경찰관과 의료진 사이를 비집고 길을 내며 앞으로 걸어갔다. 그녀는 남편이 있는 쪽으로 가려고 했다. 남편은 그녀를 알아보고는 그녀가 다가오자 두 팔로 끌어안았다.

"무슨 일이야?" 그녀가 물었다.

그녀는 여전히 사실관계를 알고 싶었다. 그리고 확신이 있었다. 기다리고 있는 현실이 어떤 것이든, 자신이 통제하고, 심지어 막을 수도 있을 거라는 확신.

"곳곳에 경찰하고 헌병대가 깔렸어." 그녀가 말했다. "더 빨리 오고 싶었는데 그 사람들이 아무도 안 보내주는 거야."

"애들이……." 리날디 선생이 말했다.

딱 그 말뿐이었다. '애들이…….'

"애들이 뭐 어쨌다는 건데? 애들은 괜찮은 거야?"

그녀는 남편의 눈에서 대답을 찾고 있었지만, 남편은 그녀를 한쪽으로 데려갔다.

"애들이 오후에 장인, 장모님이 쓰셨던 그 별장에 있었어. 둘이서만 갔더라고."

아이들에게 그 집을 사용해도 된다는 뉘앙스를 내비친 건 그녀였다. 그런데 두 아이에게는 운전면허증이 없었고, 빈집이 있으면 미친놈들을 비롯해 가학적이고 음흉한 인간들, 엿보기 좋아하는 인간들이 모여드는 세상이라, 아이들이 그곳에 찾아가는 위험천만한 짓을 벌이지 않기를 바랐다. 다만, 그런 이야기를 함으로써 자신이 남다르고 진보적인 엄마가 된 기분은 들었다. 그녀의 엄마는 절대로 그래도 된다고 허락해주지 않았을 테니까.

"어쩌다가 이렇게 됐는지 모르겠어……." 리날디 선생은 더듬거리며 말을 잇지 못했다.

그녀는 정확히 무슨 일이 벌어진 건지 여전히 모르고 있었다. 그냥 사고가 있었다고만 생각했다. 바로 그때, 젊은 여성 헌병대원이 다가왔다.

"헌병대 소속 파멜라 데 조르조입니다." 그녀는 자신의 신분을 밝혔다. "두 분이 같이 계시니, 몇 가지 여쭤봐도 되겠습니까?"

하지만 그녀는 어안이 벙벙할 따름이었다. 모든 게 순식간에 벌어진 일이었다.

"당신 왜 대답을 안 하는 거야. 애들은 어떠냐니까?"

남편은 땅바닥만 쳐다보고 있었다.

"발렌티나는 위에 있어. 수술실에 있는데…… 출혈이 너무 심했대."

"디에고는?"

"경찰이 찾는 중이야."

36

자신의 집에 달아둔 자물쇠 세 개를 열면서, 청소하는 남자는 묘한 공포를 느꼈다. 며칠간 발도 들이지 않은 터였다. 23번지 주택을 거처로 삼고 있었는데, 이제는 다시 그곳으로 돌아갈 수 없을 것 같았다. 그래도 어떻게든 그 집에 들어가 다락방에 숨겨놓은 Fuck의 휴대전화를 가서올 방법을 찾아야 했다. 그대로 거기 둘 순 없었다.

그는 양철 탱크가 달린 열쇠고리를 손에 든 채로, 자신이 사는 교외의 아파트 건물 복도에 우두커니 서서, 불안한 기색으로 자신이 들락거렸던 그 빈집까지 찾아온 여자를 떠올렸다. 그러자 자신의 집에서도 결코 반갑지 않은 경험을 하게 되는 건 아닌가 하는 생각이 들었다.

나이 든 자신의 '친구', 마그다의 집까지 찾아온 침입자를 발견한 그는 자신의 쓰레기 수거 차량으로 되돌아갔다. 그리고 안전하게 차 운전석에 앉아 앞 유리를 통해 침입자가 담장을 넘어

나오는 모습을 지켜보았다. 그는 온종일 침입자의 뒤를 밟았다. 그러면서도 철칙처럼 일정한 거리를 유지했다. 하지만 그녀가 누구이고, 무엇을 원하는지는 알 수 없었다. 그렇게 그는 그녀의 집까지 미행했던 것이다.

호숫가 근처, 외진 장소에 있는 작은 주택.

그런데 때마침 섬광 같은 번개가 일더니, 천둥소리가 이어지면서 폭우가 쏟아졌다. 그는 그 틈을 노려 누군지 모를 침입자에게 깜짝 선물을 안겨주기로 마음먹었다. 그녀가 중이층 현관으로 들어가자, 그는 그녀 차의 주요 부품을 손본 다음, 그녀의 집 2층으로 들어갔다.

그는 오래전에 버려진 것 같은 집을 둘러보면서 일부러 발소리를 냈다. 상대가 자신의 존재를 인식하도록.

그리고 아래층으로 내려가려던 순간, 그녀가 위로 올라왔던 것이다.

그는 몸을 숨겼다. 그리고 그녀가 맨 끝에 있는 방까지 오기를 기다렸다. 문 열린 그 방으로. 그러면 등 뒤로 나타나, 평소 수거한 쓰레기봉투를 화물칸 안으로 밀어 넣을 때 사용하는 막대기로 일격을 가할 생각이었다. 누구인지 모를 여자는 휴대전화 소리에 주의가 산만해졌다. 그런데 상대에게 일격을 가하는 과정에서 복도 끝에 있는 방문이 활짝 열리며, 혈흔이 커다란 얼룩처럼 고스란히 남아 있는 침대 매트리스가 그의 시야에 들어왔다. 그제야 그는 앞으로 고꾸라지며 쓰러진 여성을 바로 눕혀 얼굴을 확인했다. 이미 의식을 잃은 상태였다.

자신이 미행하던 사람이 누구인지, 그리고 자신이 어디에 와 있는지를 깨닫자마자 그는 동작을 멈췄다. 또다시 그녀에게 위해를 가할 수는 없었다. 그래서 의식을 잃은 그녀가 무사할지 어떨지도 확인하지 못하고 그대로 내버려둔 채 그곳에서 빠져나왔던 것이다.

그리고 지금 이렇게 자신의 집으로 돌아왔다. 자물쇠를 열고 안으로 들어가자 적막감과 비닐을 덧대놓은 창문을 뚫고 들어온 흐릿한 빛이 그를 반겼다. 그는 초록색 방문을 쳐다볼 엄두가 나지 않아 그냥 가만히 기다렸다.

"지금까지 어딜 돌아다니다 온 거냐?" 미키가 물었다.

"여기저기 다녔어요." 그는 상대가 그 말을 믿지 않으리라는 걸 알면서도 거짓말을 했다.

"휘파람을 불어도 안 오더라."

"죄송해요."

"아무튼 네가 이렇게 왔으니, 몇 가지 할 말을 해야겠다."

이해할 수 없는 상황이었다. 청소하는 남자는 두려워해야 할지, 아닐지 알 수 없었다. 그래도 일단 상대의 말에 귀를 기울였다.

"요즘 들어서 우리 관계를 생각해봤어. 사실 같이 뭘 한 지도 좀 됐잖아."

그는 상대의 의도를 알 것 같았다. 미키는 그에게 시킬 일이 있었던 것이다.

"아직 준비가 안 됐어요." 그는 당당히 반기를 들었다. "아직 '선택받은 사람'을 고르지 못했거든요. 찾아볼 시간이……."

"솔직히 매번 그 쓰레기 더미들을 집으로 가져올 필요는 없잖아." 미키가 그의 말을 가로막았다. "예전처럼 할 수도 있다고. 기억나지?"

기억하고 있었다. 미키는 그냥 거리에서 일하는 매춘부를 골라 외진 곳으로 데려갔었다. 그리고 뒤처리는 항상 청소하는 남자의 몫이었다.

"그건 위험해요." 청소하는 남자가 말했다. "너무 큰 위험을 감수해야 해요."

"창녀는 원래 그렇게 살다 가는 거야, 경찰도 그렇다는 거 잘 알아."

청소하는 남자가 수천 가지 정당한 이유를 들더라도, 결국 결정권은 언제나 미키에게 있었다. 미키가 뭔가를 하겠다고 마음먹은 이상, 그의 생각을 바꾸는 건 불가능하기 때문이었다.

"알았어요." 청소하는 남자는 결국 그러겠노라고 대답했다. "준비할게요."

미키는 만족스러워하며 웃었다.

"그래, 장하구나, 우리 챔피언."

37

한동안 청소하는 남자는 자신이 왜 이 땅에 태어난 걸까 생각했
었다.

　어렸을 때부터 줄곧 그를 따라다닌 질문이기도 했다. 더러운
수영장에서 엄마가 자신을 물에 빠뜨려 죽이려고 하기 훨씬 이전
부터. '내가 이렇게 사는 건 아무도 나를 원하지 않았기 때문일
까?' 오래도록 그 답을 찾을 수 없었다. 그리고 다른 사람들도
같은 고민거리를 안고 사는지도 궁금했다. 가끔은 그렇게 사는
사람이 자기 하나밖에 없는 것 같았다.

　그는 어쩌다 실수로 태어나 쓰레기처럼 버려진 신세였다.

　버려진 쓰레기는 만들어진 물건에 결점이 있다는 증거였다. 그
리고 사람들은 남들이 자신의 결점을 지적하는 걸 싫어하기 때문
에, 성인이 된 그의 임무는 그런 결점을 흔적도 없이 사라지게 하
는 일이었다.

　사실, 사람들은 자신들이 쓰레기통에 내다 버린 물건들이 어떻

게 되는지 굳이 알고 싶어 하지 않는다.

하지만 언제부터인가, 세상에 존재하는 모든 것에는 다 이유가 있다는 사실을 깨닫게 되었다. 심지어 쓰레기조차 나름의 가치를 지니고 있다는 사실도. 그 쓰레기 덕분에 청소하는 남자가 직업을 가질 수 있었다. 그리고 쓰레기는 재활용될 수도 있고, 에너지원으로 사용될 수도 있으며, 나름의 수명을 가진 또 다른 물건의 원재료로 재사용될 수도 있었다.

청소하는 남자는 수년간 자신의 쓸모를 찾아다녔다. 그리고 마침내, 남들은 쳐다볼 엄두도 내지 못하는 부분에서 자신의 쓸모를 발견해냈다.

심연의 밑바닥까지 내려갔던 그는, 바로 거기서 자신 같은 존재에게도 쓸모라는 게 있을 수 있다는 사실을 깨달았다.

처음에는 그 사실이 무섭기만 했다. 진실을 마주할 마음의 준비가 되지 않은 탓이었다. 하지만 그 이후로 진실을 깨닫게 되었고 자신의 역할을 받아들이게 되었다. '애초에 부당함이라는 게 없으면, 공정함이라는 것도 있을 수 없잖아.' 그는 그런 생각을 했다. '고통이 없으면 기쁨도 없는 거고. 죽음이 없으면 삶이라는 것도 있을 수 없지.' 그리고 그는 쓸모없는 인간이 아니었다. 미키가 그에게 목표를 제시해주었기 때문이다.

그랬기에 초록색 방문을 연 다음, 다시 한번, 의식에 필요한 사전 작업에 착수할 수 있었다.

먼저 오랫동안 욕조에 몸을 담갔다. 무모증 덕분에 특별히 면도나 제모를 할 필요는 없었다. 하지만 욕조에 들어가 물에 몸을 불린 다음, 가질 제거 그림과 목욕용 수세미 상갑으로 피부에 일어난 각질을 철저히 제거했다. 그 찌꺼기 속에도 그의 신원을 밝혀주는 정보가 담겨 있었다. 그래서 여기저기 흘리고 다니지 않도록 각별히 주의해야 했다. 미키가 되려면 자신에게서 철저히 분리되어야 했다. 그는 이 모든 게 생태학적으로 도움이 되는 활동이라 생각하는 걸 좋아했다. 목욕을 마친 그는 손톱과 발톱을 깎은 다음 줄을 이용해 최대한 짧게 다듬었다. 민머리에는 붓을 이용해 정교하게 접착제를 바른 뒤, 중심을 맞춰 잿빛 금발 가발을 얹었다. 그리고 선탠 크림을 발라 허여멀건 피부를 감추고, 파란색 콘택트렌즈를 착용한 다음 선글라스를 썼다. 그러고는 가죽 재킷을 걸치고 보라색 넥타이를 골랐다. 다음으로 소품 고르는 과정이 이어졌다. 금장 손목시계, 터키석이 박힌 반지, 은색 지포 라이터, 빨간색 소프트 케이스 말보로 담뱃갑, 그리고 밤색 가죽 지갑

발목까지 오는 부츠를 신은 그는 방 한가운데 우두커니 섰다.

그러고는 어둠이 집 안으로 밀려들 때까지 그 자세로 가만히 서 있었다. 사전 작업이 마무리됐다고 판단한 그는 주머니에 손을 넣어 양철 탱크를 만지작거렸다. 피아트 포리노의 열쇠고리가 된 그의 부적. 이제 남은 건 한 가지밖에 없었다.

그는 헛기침으로 목청을 가다듬은 다음 이렇게 말했다.

"반갑습니다. 미키라고 합니다."

성공적인 변신이었다.

38

소녀는 역사 시험 준비를 핑계로 저녁은 나중에 먹겠다며 식사하러 내려가지 않고, 잠옷 차림으로 그냥 방에 남아 있었다. 기말고사가 채 한 달도 남지 않은 건 사실이었다. 하지만 배가 고프지 않다고만 하면, 부모님이 걱정하실 거라는 걸 잘 알고 있었다.

보라색 앞머리 소녀에게 지난 몇 주간은 힘든 나날이었다. 하지만 지난 며칠은 말 그대로 충격적이었다.

소녀는 언젠가 인터넷에서 자신처럼 죽음의 문턱을 경험한 사람들은 이후에 모든 게 나아진다는 글을 읽은 적이 있었다. 삶이라는 것도 때로는 동요되고 흔들려야 다시 잘 흘러가기 때문이라고. 보라색 앞머리 소녀는 지구 곳곳에서 자신처럼 색색으로 머리를 물들인 또래 소녀들이 모여드는 인터넷 사이트를 돌아다니며 시간을 보내곤 했었다. 그러면서 같은 식탁에 앉은 사람들한테 들키지 않고 몰래 군것질거리를 냅킨에 숨기는 방법이나, 음식물을 섭취하고 얼마쯤 지나서 토해야 지방과 당분의 흡수량을 최소화할 수 있는지, 혹은 면도칼로 자해할 때 어느 부위에 상처를 내야 효과적으로 흉터를 감출 수 있는지 등등에 관한 정보를 주고받았던 온라인상의 친구들에 관해 상상하기를 좋아했었다.

그런 이유로 소녀의 엄마는 딸의 식습관을 엄격히 관리했고, 딸이 샤워할 때마다 몸 상태를 살펴보려 했고, 주기적으로 체중을 측정하게 했다.

호숫가의 그 일이 있기 전까지 부모 입장에서 취했던 주도면밀한 '조사'의 결과는 안정적이었다. 그래서 소녀의 부모는 모든 게 다 지나간 옛일이라 여기게 되었다. 엄마, 아빠가 그런 판단을 내렸던 것도 어느 정도는 당연한 일이었다. 왜냐하면 처음에는 라파엘레 덕분에 자해를 중단할 수 있었기 때문이다. 그런데 자신이 사랑했던 사람이 무슨 짓을 벌이고 있었는지 그 실체를 깨닫고 나자, 부교에서 몸을 던진 그날 아침까지, 모든 일이 순식간에 벌어지고 말았다. 그러니 혹시 예진 같은 상황이 반복되지 않을까, 부모님이 걱정하시는 건 지극히 자연스러운 일이었다.

소녀는 불을 끈 채로 침대에 누워서, 누군지 모를 정체불명의 인물이 머리를 이어 붙여 자신에게 돌려준 곰 인형을 꼭 끌어안은 채 멀뚱멀뚱 천장만 쳐다보고 있었다.

보라색 앞머리 소녀는 죄책감이 들었다.

엄마한테, 아빠한테, 그리고 익사하기 직전에 자신의 생명을 구해준 누군지 모를 그 사람한테. 부모님에게 사랑을 받으면서도 행복해지지 않아서 부모님께 죄송했고, 두 번째 기회를 선물받고도 그걸 망친 것 같아서 누군지 모를 그 사람에게 미안했다.

소녀는 자신의 수호천사가 어떻게 생겼을지 궁금했고, 언젠간 직접 만날 수는 있을까 궁금했다.

소녀가 상상한 그는 밤색 머리에 초록색 눈동자, 그리고 아름다운 미소를 가진 사람일 것 같았다. 자연을 사랑하고, 동물은 물론이고 곰 인형까지도 아끼는 사람일 것 같았다. 자신보다 훨씬 나이가 많은 어른이라, 원한다고 해도 소녀를 사랑할 수 없기 때문에 자신의 앞에 나타나지 않는 거라 소녀는 생각했다.

갑자기, 뒤쪽 벽에 짧게 빛이 반짝였다. 소녀는 침대에 일어나 앉아 통유리 문 쪽으로 몸을 돌렸다. 다시 한번 벽 위에 불빛이 반짝였다. 소녀는 침대에서 일어나 커튼 뒤에 몸을 숨기고 밖을 살폈다. 컴컴해서 아무것도 보이지 않았다. 그러다 또다시 빛줄기가 소녀의 방 발코니 주변을 훑기 시작했다. 누군가 소녀에게 신호를 보내고 있었다. 정원으로 내려와주기를 바라는 것처럼. 순간, 소녀는 탈의실에서 신호를 주고받듯 벽을 두드린 일을 떠올렸다. 심장이 미친 듯이 두근거렸다.

소녀는 단숨에 욕실로 달려가 세수를 하고, 봐줄 만하게 보이도록 재빨리 이것저것 찍어 발랐다. 그리고 다시 방으로 돌아와 옷장을 열고 후드티 하나를 골랐다.

나갈 준비를 마쳤다.

소녀는 이목을 끌지 않으려고, 목발에 의지해야 하는 불편을 감수하면서 직원들이 사용하는 출입문으로 나갔다. 자갈길을 밟고 쥐똥나무 울타리가 높게 쳐진 지점으로 향했다. 그런 다음 어렸을 때 사촌들과 장난을 치면서 미로라고 불렀던 곳으로 들어갔다. '침입자'에게 자신이 밖으로 나왔다는 사실을 어떻게 알려야 하나 생각하고 있을 때, 등 뒤에서 발소리가 들려 돌아보았다. 그 순간, 플래시 불빛이 앞을 가렸다. 소녀는 자신에게 다가오는 상대의 정체를 알아보려고 손으로 빛을 막으며 살폈다.

"아니, 빌어먹을 전화는 왜 안 받는 건데?"

"나 전화 없어." 소녀는 라파엘레의 목소리를 알아듣고 대답했다. "호수에 빠졌을 때 물속에 빠뜨렸어."

소년이 우악스럽게 팔을 붙잡는 바람에 소녀는 넘어질 뻔했다.

"어디서 개수작이야!" 소년은 소녀를 위협했다. "며칠 동안 계속 내 메시지 읽어놓고 다 씹었잖아!"

소년의 눈빛에는 분노가 서려 있었다. 소녀는 라파엘레가 얼마나 잔인해질 수 있는지 이미 경험을 통해 알고 있었다. 소녀는 아무런 대답도 하지 않았다. 소년이 자신을 찾아온 건 무언가를 시키기 위해서라는 길 잘 알고 있었기 때문이다. 대신, 소녀는 자신의 뜻을 분명히 밝혔다.

"나 그만할 거야."

"웃기는 소리 하지 마! 이 사진들이 정말로 너희 가족사진하고 같이 영원히 박제되길 바라는 거야?"

보라색 앞머리 소녀는 수호천사가 바로 이 순간에 나타나, 자신을 멀리 데려가주기를 바랐다. 하지만 그런 일은 일어나지 않았다.

"뭘 어떻게 해야 하는 건데?" 소녀는 눈물을 글썽이며 물었다.

"수요일 저녁이면 알게 될 거야."

"우리 부모님한테는 뭐라고 말하라고?"

"내 알 바 아니야. 알아서 적당히 둘러대." 소년은 입을 맞추려고 소녀의 턱을 움켜쥐면서 이렇게 말했다. "그리고 예쁘게 차려입고 와."

39

그녀는 피바다와 토사물 사이에서 정신을 차렸다. 몸을 일으키기까지 적잖은 시간이 걸렸고 머리가 빙빙 돌았다. 문설주를 붙잡고 간신히 일어서긴 했지만, 두 다리가 휘청거렸다. 숨을 들이쉬고 내쉬었다. 오싹한 한기가 느껴졌다. 밖은 캄캄한 밤이었다. 휴대전화 배터리는 방전되기 직전이였지만, 액정 화면에는 마지막에 받은 전화의 흔적이 고스란히 남아 있었다.

"수신하시려면 9번을 눌러주세요."

사전에 녹음된 기계 목소리가 머릿속에 울리고 있었다. 기일 무렵이라는 생각이 들었다. 사냥하는 여자는 벽에 의지해 중이층으로 이어지는 문으로 걸어가, 계단 아래로 내려갔다. 무릎이 후들거렸다.

아래로 내려온 그녀는 곧바로 욕실로 향했다.

불을 켰을 때 거울에 비친 여자는 전혀 자신 같지 않았다. 얼굴 왼쪽으로 코에서 귀까지 마른 피가 긴 자국을 그리고 있었다.

두 눈도 시뻘겋게 충혈된 데다 눈언저리는 퀭해 보이는 게, 아무래도 머리를 심하게 얻어맞았기 때문인 듯했지만, 상태가 얼마나 심각한지는 몇 시간이 지나봐야 알 것 같았다.

그녀는 찬물을 틀었다.

일단 지금으로서는 공격한 상대가 왜 자신을 살해하지 않고 살려뒀는지 알고 싶지 않았다. '내가 죽었을 거라 생각했을 수도 있잖아.' 그렇게만 생각했다.

그녀는 입 안에 고인 침을 뱉고 두 손으로 물을 받아 힘차게 얼굴을 뒤었다. 그리고는 물기를 닦지도 않고 서랍장을 열어 두통을 잠재워줄 약이 있는지 찾아보았다. 눈에 들어온 진통제를 유통기한도 확인하지 않고 그대로 두 알 삼켰다. 당장 병원으로 달려가야 할 상황이었지만, 그러고 싶지 않았다. 그녀의 계획은 냉동실에서 얼음을 꺼내 행주에 대충 싼 다음, 소파에 드러누워 이마에 얼음찜질을 하면서 빙빙 돌아가는 세상이 멈추기를 기다리는 것이었다. 그런데 그렇게 드러누운 순간, 언제부터 굴러다녔을지 모를 낡은 립스틱 하나가 시야에 들어왔다.

그녀는 립스틱을 빤히 쳐다보았다.

폭력 피해 여성들을 돕고는 있었지만, 실제로 누군지 모를 남성에게 얻어맞은 건 처음이었다. 그렇게 당해보니 얻어맞는 일이 상상했던 것보다 천배는 더 끔찍하다는 사실을 절감하게 되었다. 물리적인 통증도 통증이지만, 그보다 더 깊이 가슴을 찢어놓는 감정이 하나 있었다.

수치심.

남자들은 결코 이 같은 괴로운 심정을 경험할 수 없으리라는 사실도 깨달았다. 그 수치심이 나약함을 통해 열등감까지 만들 어낸다는 사실을. 한쪽이 일방적으로 유리한 상황을 겪었다고 든 생각은 아니었다. 일종의 계시처럼 느닷없이 그녀의 의식 속으로 파고든 생각은, 이런 난폭함 뒤로 주체할 수 없는 확신 같은 우월감이 숨겨져 있다는 사실이었다. 자신이 육체적으로 더 강하다고 생각하기 때문에 폭력을 행사하는 게 아니라, 자신에게는 그럴 권리가 있다고 생각하기 때문이라고.

"수신자 부담 전화입니다. 허가 번호는 200607번."

매년 이맘때가 되면, 교도소에 수감된 디에고가 필사적으로 그녀에게 연락을 해왔다. 사냥하는 여자는 녀석이 무얼 원하는지 알고 있었다. 이번에도 역시 발렌티나의 죽음에 대해 이런저런 사과를 늘어놓으며 용서를 구할 의도라는 걸. 하지만 그녀는 디에고를 믿지 않았다. 그저 감형을 받기 위해 그러는 것일 뿐이다. 그녀와 전남편은 사과를 거절하고, 녀석을 그대로 교도소에 머물게 할 권한이 있었다. 하지만 전남편은 과연 그게 정말 최선인지 자신만큼 확신하지 못하는 눈치였다.

"5년이 넘었어. 그 녀석에게도 두 번째 기회는 있어야지."

구토 증상이 사라지면서 켜켜이 쌓인 분노가 그 자리를 대신했다. 사냥하는 여자는 이런 일이 반복된다는 걸 용납할 수 없었다. 이런 일이 버젓이 다른 여성을 상대로 벌어지고 있다는 사실을 가만히 두고 볼 수는 없었다. 그래서 립스틱을 들고 뚜껑을 연 다음, 부들부들 떨리는 손가락으로 최대한 정교하고 조심스레 입술에 발랐다. 퀭한 안색을 감추기 위해 블러셔는 물론, 아이섀도, 아이라이너, 심지어 마스카라까지 동원했다. 짧게 깎은 머리를 대충 다듬은 다음 욕실에서 나온 그녀는 갈아입을 옷을 고르기 위해 곧바로 옷장으로 향했다. 아무렇게나 막 입을 편한 옷은 일단 제외했다. 가급적이면 여성성을 부각할 그런 옷이 있는지 찾아보았다. 희망을 잃어갈 때쯤, 무릎까지 내려오는 검은색 스커트가 눈에 들어왔다. 발렌티나의 장례식 때 마지막으로 입었던 옷이었다. 그녀는 일종의 계시로 받아들였다. 하지만 최대의 난제가 기다리고 있었다. 스커트를 꺼내 입어본 순간, 지난 5년 동안 자신의 몸이 얼마나 불었는지를 절감할 수 있었기 때문이다. 출렁이는 뱃살은 선사시대 다산의 상징인 조각상 같았고, 골반도 틀어진 탓에 엉덩이가 왼쪽으로 쏠린 듯한 기분이 들었다. 하이힐을 신자, 진통제 몇 알을 먹었음에도 불구하고 여전히 머리가 빙빙 도는 느낌이 들었다. 게다가 발목까지 아팠다. 발뒤꿈치를 지상에서 5센티미터 이상 들고 걸어 다니던 습관을 완전히 잃은 탓이었다. 그녀는 불안한 걸음걸이로 자신의 휴대전화를 가지러 걸어갔다. 배터리가 바닥나기 직전이었다. 그녀는 60대 여성 고객을 상대로 영업하는 나이트클럽이 근처에 있는지 검색해보았다.

'글로리아'라는 피아노 바에서 행사가 있는 날이었다.

자신이 쫓고 있는 남자가 바로 그날 저녁에 행동에 나설 거라는 확신은 어디에도 없었다. 무엇보다 그가 글로리아라는 바에서 피해자가 될 여성을 물색할 거라는 확신은 더더욱 없었다. 차라리 집에 머물면서 가격당한 머리의 통증이 사라지기를 기다리는 세 나을 수도 있었다.

'놈은 지금 화가 난 상태야.' 그녀는 생각했다. '그래서 우리 집까지 찾아왔던 거라고.' 그런데 자신이 호수에 빠져 죽는 신세를 면할 수 있었다는 게 희한할 따름이었다. '그래, 난 놈이 원하는 유형이 아니었어. 그러기에는 너무 젊고, 머리도 원하는 만큼 금발이 아닌 거야. 그래서 내가 아니라 다른 피해자를 찾아 나선 거라고.'

'그래, 분명 오늘 밤에 일을 벌일 거야.'

그녀는 밖으로 나와 자신의 차에 올라타면서 놈이 추격을 막기 위해 자신의 차를 손봐놨을 거라 생각했다. 택시를 부를까 생각하던 순간, 단번에 시동이 걸렸다.

그녀는 백미러를 들여다보았다. 화장으로도 얼굴에 난 폭행의 흔적을 다 가릴 수는 없었다. 그래서 글러브박스를 열고 선글라스를 꺼내 썼다.

한가한 분위기, 자신감 넘치는 모습, 신비주의적인 인상. 파리를 잡기 위한 완벽한 덫이 준비되었다.

40

세월이 흐르는 동안 '글로리아'는 몇 번의 삶을 살았다. 처음에는 디스코텍으로 시작했다가, 스트립쇼 전용 극장도 되었다가, 스윙 클럽이 되기도 했었다. 새빨간 벨벳 커튼, 두툼한 카펫, 벽에 걸린 크리스털 조명. 아담한 크기의 카우치나 쿠션 의자 속에는 연무기가 뿜어내는 들척지근한 향이 스며들어 있었다.

미키는 원형 창이 달린 여닫이문 두 짝을 밀어젖히고 안으로 들어갔다. 가장 먼저 그의 시선을 끈 것은 무대 중앙의 그랜드피아노 앞에 앉아 노래를 부르고 있던 가수였다. 사실, 그랜드피아노는 전자 키보드를 가려주는 도구에 지나지 않았다. 가수 주변으로 네 쌍의 커플이 춤을 추고 있었다.

늘 그렇듯, 미키는 오늘의 행사가 자신에게 어떤 선물을 선사해줄 수 있을지 가늠해보기 위해 가게 분위기부터 살폈다. 무리지어 찾아온 사람들도 있었지만 대부분 혼자 온 남자와 여자들이었다. 여성이 절대다수라는 건 매춘부들도 적잖이 그 자리를 찾았다는 뜻이었다.

그는 황동 파이프가 길게 이어진 바 카운터에 자리를 잡았다. 그리고 가게 분위기를 제대로 살펴보기 위해 구석 자리에 있던 스툴에 앉았다. 일단 스프라이트 한 잔을 주문했다. 흰색이라 진 토닉처럼 보이게 할 수 있었다. 그런 다음, 오늘의 '선택받은 사람'을 찾기 위해 여성들을 하나씩 뜯어보았다.

이번에도 선택하는 사람은 그가 아니었다. 여자 쪽이었다.

우연에 맡기기로 마음먹은 터라, 실수하지 않도록 각별히 조심해야 했다.

제대로 준비하지 않고 나가선 안 된다는 청소하는 남자의 조언이 틀린 말은 아니었다. 미키는 '선택받은 사람'에 관해 모든 걸 다 알고 싶어 했다. 하지만 아무 말도 없이 며칠 동안 종적을 감췄다 나타난 이 배은망덕한 녀석이 옳다고 인정하고 싶지는 않았다. 녀석에게는 벌을 주고 싶었다. 하지만 지금 그에게 중요한 건 즐기는 일이었다.

미키는 반대편 끝에서 자신을 주시하고 있는 눈에 주목했다. 그런데 여자가 자신의 칵테일 잔을 손에 들고, 육감적이면서도 느린 걸음으로 자신을 향해 다가오고 있었다. 금발 머리도 아닌 데다 짧기까지 했다. 선글라스로 얼굴을 가리고 있었지만, 그 즉시 누구인지 알아볼 수 있었다. 숨이 턱 막혔다.

"안녕하세요." 그녀는 그의 옆자리에 앉으며 말을 걸었다. "친구 찾고 있어요?"

그는 마음의 결정을 내리지 못한 채, 상대를 빤히 쳐다만 보고 있었다. 여자는 걸걸한 목소리로 웃으면서 말을 이어나갔다.

"왜요? 우리 말 못 해요?"

"합니다."

"누구 기다리는 사람 있어요?"

그는 대답하기 전에 잠시 머리를 굴렸다.

"당신을 기다리고 있었습니다."

"베라라고 해요." 그녀는 여전히 걸걸한 목소리로 웃으며 손을 내밀었다.

그는 손을 내밀어 악수를 했다.

"미키라고 합니다."

아무런 반응도 없었다. 아주 오래전에 봤을 때와는 전혀 다른, 완전히 다른 사람이었다. 영화배우 같았던 그 풍성한 금발 머리는 다 어디로 간 걸까? 당시, 자신을 사로잡았던 그 아름다움은 시들어버렸다. 얼굴에는 주름이 자글자글했고, 눈 주변에 잡힌 주름 속으로 화장이 몇 겹의 층을 이루고 있었다. 피부는 누렇게 뜬 상태였다. 그리고 그의 기억 속에 자리 잡고 있던 그녀는 훨씬 키가 컸었다.

"당신은 어떤 사람이에요, 미키?"

'나를 몰라보는 거야.' 그런 생각이 들었다. '아무 일도 없었다는 듯이 나한테 추파를 던지고 있다는 게 그 증거잖아.' 그는 자신만의 전매특허인 미소로 응답했다.

"당신이 원하는 사람 누구든 될 수 있지요."

"내 생각에, 당신은 아직 결혼은 안 한 사람 같은데. 나한테 이렇게 노골적으로 들이대는 걸 보니 말이야."

"맞아요. 아내도 자식도 없는 몸입니다."

"그런데 내가 왜 당신 말을 믿고 있는 건지 모르겠네." 여자는 손에 들고 있던 잔을 한 모금 들이켰다.

"당신은요?" 이번에는 그가 질문을 던졌다. "가족 있어요?"

"세상에, 그럴 리가!" 그녀는 그렇게 반응하고는 그의 귀 가까이 몸을 숙였다. "혹시 자기 차, 밖에 있어?"

"그렇습니다."

그녀는 그의 손을 잡아서 자신의 가슴에 올렸다.

"그러면 말이야, 우리 어디 조용한 데로 옮길까?"

그는 망설였다.

"지금 나가면 당신한테 선물을 줄 수도 있을 텐데……. 그리고 당신은 당신이 원하는 대로 나를 요리할 수 있고."

그녀는 입술을 살짝 깨물면서 그에게 윙크했다.

41

두 사람은 10미터쯤 떨어진 곳에서 그녀 앞을 지나갔다. 부어오른 눈과 시커먼 선글라스 때문에 얼굴을 정확히 구분할 수는 없었지만, 적어도 두 사람의 체형만큼은 단번에 알아볼 수 있을 정도로 눈여겨보았다.

사냥하는 여자는 첫 번째 시도에서 예상이 적중했다는 사실이 놀라울 따름이었다.

한 20여 분 전, 그녀는 남자가 들어오는 걸 봤다. 키가 크고 건장해 보이는 게, 산탄나 병원 감시 카메라에서 청소기를 돌리던 그 남자와 상당히 닮은 모습이었다. 짙은 색 옷, 컬러 렌즈. 블루 나이트클럽의 바텐더가 묘사한 그대로였다. 바텐더는 그의 머리가 '어딘가 어색해 보이는 금발 머리' 같다고 했는데, 사냥하는 여자는 자세히 살펴보자마자 가발을 떠올렸다.

그리고 무엇보다 남자는, 그런 장소를 찾는 다른 사람들에 비해 상대적으로 나이가 많이 젊은 편이었다.

그녀는 남자가 안으로 들어와 가운터 구석 자리에 앉는 것을
쭉 지켜보고 있었다. 실내가 한눈에 다 들어오는 위치였다. 남자
는 스프라이트를 시켰다. 그 점이 어떻게 보면 그의 정체를 의심
하게 한 단서라 할 수 있었다. 술을 마시지 않는다면 그런 가게에
올 일도 없기 때문이다. 그녀는 이렇게 생각했다. 남자는 온전한
정신 상태를 유지하려는 거라고.

얼마 되지 않아 60대로 보이는 여자 하나가 그의 옆자리에 다
가가 앉았다.

사냥하는 여자는 남자가 상대를 그냥 돌려보낼 거라 생각했
다. 피해자 유형과 거리가 멀었기 때문이다.

무엇보다 여성은 금발이 아니었다.

그런데 놀랍게도 남자는 상대의 호의를 고분고분 받아들였고,
얼마 지나지 않아 여자와 함께 출구 쪽으로 걸어 나갔다.

사냥하는 여자는 자신이 차지하고 있었던 구석 자리 의자에서
일어나 거리를 두고 그들의 뒤를 쫓았다. 밖으로 나간 두 사람은
한적한 도로로 향했다. 아스팔트를 밟는 굽 소리에 자신의 존재
가 드러나지 않도록 그녀는 아예 구두를 벗고 맨발로 그들을 따
라갔다.

서로 팔짱을 낀 남녀는 마치 한 쌍의 연인처럼 보일 수도 있었
을 것이다. 두 사람은 낡은 피아트 포리노 앞에 멈춰 섰다. 남자
는 먼저 조수석에 여자를 태우고, 운전석에 앉기 위해 차를 한 바
퀴 돌고 있었다. 사냥하는 여자는 그 찰나의 순간을 노려 미친
듯이 자신의 클리오로 뛰어가 운전석에 앉았다. 그들을 미행할

생각이었던 것이다.

두 사람이 탄 차는 호수를 따라 난 한적하고 구불구불한 도로로 접어들었다.

사냥하는 여자는 그들이 탄 차와 100여 미터 정도 거리를 유지하면서 뒤쫓았다. 미행한다는 의심을 피하기에는 적당했지만, 번호판을 구분하기에는 먼 거리였다. 무기도 없었다. 하다못해 호신용으로 들고 다니던 잭나이프조차 집에 두고 나왔다. 무엇보다 휴대전화가 완전히 방전되기 일보 직전이었다. 그래도 전화 한 통 정도는 할 수 있을 거라는 판단에, 그녀는 두 번 생각해볼 겨를도 없이 파멜라의 번호를 눌렀다.

"무슨 일이세요?" 젊은 친구는 난처한 기색으로 전화를 받았다.

"잘 들어, 지금 시간이 별로 없거든. 전화 곧 끊길 거야. 아무래도 네소에서 발견된 그 팔의 주인을 살해한 남자를 찾아낸 것 같아."

"네? 그게 무슨 말씀이세요?"

신호가 고르지 않아 통화가 자꾸 끊겼다.

"놈이 오늘 밤에 글로리아라는 나이트클럽에 왔어. 내가 거기서 지금 차로 미행하고 있어. 다른 여자랑 차를 타고 이동 중이거든."

"아니, 지금 무슨 말씀을 하시는 거예요? 도대체 못 알아듣겠네. 그리고 그게 살인 사건이라고 어떻게 장담하시는 건데요?"

"살인 사건 맞아. 내 말 믿어봐."

"여사님은 제정신이 아니에요."

"나 미친 거 아니라고. 내가 틀리지 않았다는 걸 입증할 증서도 충분히 가지고 있어."

파멜라가 자신의 말을 믿어주지 않으리라는 건 이미 예상했었다.

"그래서 지금 어디신데요?"

"호수 전망 도로야. 놈이 네소로 향하고 있어."

"지금 정말로 그 차를 미행하고 계세요?" 파멜라는 놀란 목소리로 되묻고는 상대의 대답을 기다리지 않고 곧바로 말을 이어나갔다. "일단 알았어요. 제가 갈게요. 대신 어리석은 행동은 금물이에요."

"지원 요청은 안 해? 이 자식, 위험인물일 수도 있어."

"여사님이 지금 무슨 행동을 하시는 건지는 모르겠지만, 여사님이야말로 진짜 위험인물이세요."

전화를 끊은 바로 그 순간, 배터리가 방전되어 기기가 꺼진다는 신호음이 길게 이어졌다. 사냥하는 여자는 휴대전화를 조수석에 던지고는 양손으로 핸들을 잡고 급커브 길을 돌았다. 다행히 차가 도로를 벗어나는 사고는 없었다. 대신, 뒤쫓는 포리노와 너무 가까워진 느낌이 들었다. 운전석에 앉은 남자가 백미러로 그녀를 보는 게 보일 정도였다. 그래서 속력을 줄였다. 그런데 브레이크 페달을 밟던 순간, 그녀의 뇌는 이상 징후를 감지했다.

브레이크 페달을 밟는 힘이 자동차의 속력을 줄이는 일에 아무런 영향을 미치지 못하고 있었던 것이다.

다시 한번 페달을 밟아보았다. 이상했다. 그녀는 내리막길이

나오기 전에 가속페달에서 발을 뗐다. 그런데도 차는 속력이 줄기는커녕 요철을 타고 넘어갔다. 머리가 하얘진 그녀는 있는 힘껏 핸드브레이크를 잡아당겼다. 아무런 변화도 없었다.

차는 통제 불능의 상태였다. 커브 길이 다시 나오자, 차 앞쪽이 위로 들렸다. 그리고 다시 땅으로 내려오지 않았다.

42

"잠깐 차 좀 세워줄래, 자기?"

미키는 갓길에 차를 세웠다. 베라는 핸드백을 들고 차에서 내렸다. 그녀는 비틀거리면서 몇 걸음 걷다가 호흡을 가다듬었다. 그는 열린 차 문으로 그녀를 바라보고 있었다.

"너무 많이 마셨나 봐. 머리가 빙빙 도네……."

'예전에는 술을 마시면 악랄하게 굴었지.' 미키는 그런 생각을 했다. '술이 저 여자를 사나운 짐승으로 만들어버렸어.' 그녀에 대한 반감이 치밀어 올랐다. 하지만 나약해진 그 모습은 그가 아는 베라가 아니었다.

그녀는 선글라스를 벗다가 그대로 땅바닥에 떨어뜨리더니, 비틀거리며 식물들이 자라고 있는 오솔길로 걸어 들어갔다.

미키는 그녀를 따라갔다.

베라는 제대로 몸을 가누지도 못하는 채로 걸어갔다. 물에 빠져 생사의 갈림길을 오가는 아들을 뒤로하고 수영장을 떠나던 그날처럼. 미키는 거리를 두고 따라갔다. 전조등을 켜둔 차의 불빛이 숲 안쪽으로 들어갈수록 점점 더 희미해졌다. 오래지 않아 주변이 아무것도 보이지 않는 암흑천지가 되었다. 베라의 발소리조차 들리지 않았다.

그러다 갑자기 장벽같이 늘어선 나무 사이로 달빛을 받아 빛나는 전망대 하나가 눈에 들어왔다.

그는 전망대 난간에 기대서 있던 베라를 발견했다. 밝게 빛나면서도 움직이지 않는, 거대한 기름얼룩 같은 호수가 한눈에 내려다보이는 자리였다. 바람에 나부끼는 나뭇잎들이 마치 손뼉을 치며 그들을 반기고 인사하는 것처럼 느껴졌다. 그런 그녀의 모습을 보고 있으니, 악착같이 베라를 따라다니는 삶이 참 모질다는 생각이 들었다. 그녀가 멍한 상태로 앉아 있다는 건 이미 알아보았다. 아마 일종의 치매 초기 증상이 아닐까 짐작했다. 청소하는 남자였다면 바로 그 순간을 이용해 그녀에게서 '자신의 사연'이 무언지 알아낼 수도 있었을 것이다. 하지만 유감스럽게도 그는 거기에 없었다.

미키는 그녀에게 다가갔다.

"네 아들이 여섯 살이었을 때, 내가 지하실에서 그 녀석 머리를 바이스에 물려놓고 조였던 거 기억해? 그 자식이 말을 안 들을 때마다 펜치로 이빨도 뽑았잖아. 그거 기억하냐고, 베라?"

그는 서서히 발걸음을 늦추며 최대한 여유롭게 행동했다. 난간까지 남은 거리는 대략 2미터 정도였다.

"너는 바로 옆에서 그걸 보면서도 날 말리지 않았지. 그래서 사람들이 네 아들을 데려갔지만, 그 녀석은 너를 찾으려 했었어. 그건 알아? 난 그 녀석 곁을 지켜줬다고. 혼자 두지 않았지……. 난 그 녀석한테 유일한 가족이니까."

베라는 눈을 감고 있었다. 그녀는 깊이 숨을 들이쉬고는 눈을 떴다. 이번에도 그녀는 아무런 반응을 보이지 않았다. 미키는 그녀가 자신의 말을 듣고 있는지도 의심스러웠다.

"왜인지는 몰라도, 오늘 밤은 기분이 묘하네." 그녀는 차분하게 말을 꺼냈다. "내 생일이 기억나……. 자기는 자기 생일날 어땠는지 생각할 때 있어?"

그녀가 무슨 말을 하고 싶어 하는 건지 알 수 없었기에, 그는 아무런 대답도 하지 않았다.

"자신이 태어난 날이 인생에서 가장 소중한 날이라고 하잖아." 그녀는 말을 이어나갔다. "이 세상에 나온 날이니 당연한 거겠지. 그래서 매년 그날이 되면 모두가 축하해주고, 선물 같은 것도 안겨주고 그러지. 그런데 어릴 때는 그날이 자신한테 왜 특별하고 중요한 날인지를 몰라. 크면서 설명을 듣고 깨닫게 되지. 나는 말이야, 내 생일이 언제인지 몰라. 평생 모르고 지내왔어. 출생신고서에 기록된 날짜는 그냥 아무 날이나 적은 것뿐이지. 우리 엄마는 단 한 번도 나한테 내 생일이 언제인지 가르쳐주려 하지 않았어. 어렸을 때는 이렇게 통사정을 하면서 빌기까지 했었어. '엄마, 제발 내 생일이 언제인지 가르쳐주세요. 다른 아이들은 다 생일이 있단 말이에요. 나도 생일이 있었으면 좋겠다고요.' 하지만 아무 소용이 없었지……."

베라는 핸드백에서 담뱃갑과 라이터를 꺼냈다. 담배에 불을 붙이려고 했지만, 눈에 보이지 않는 바람이 매번 불꽃을 꺼뜨렸다. 그래서 담뱃불 붙이는 걸 포기했다.

"난 왜 자기한테 이런 얘기를 하고 있는 거지? 만난 지 고작 5분도 안 됐는데 말이야."

그녀는 깔깔대며 웃었다. 하지만 걸걸한 목소리는 그게 웃음이 아니라는 걸 말해주고 있었다.

미키와 그녀는 한 걸음 정도 떨어져 있었다. 달빛에 비친 그녀의 목덜미는 상아처럼 하얬다. 손만 뻗으면 쓰다듬을 수 있을 정도로 가까운 거리였다.

그런데 그녀가 뒤돌더니, 갑자기 그의 뺨을 쓰다듬었다.

"예전에 미키라는 사람을 알고 지냈어." 그녀는 아련해진 슬픈 기억을 떠올리고 있었다.

그러다가 마치 낯익은 무언가를 발견하기라도 한 듯 상대를 빤히 쳐다보았다.

'그래. 난 악취가 풍기는 수영장에서 태어나서, 더러운 물속에서 숨 쉬는 법을 배웠어. 바닥에 뚫린 구멍이 내게는 태반이었고, 그 안에 채워진 질퍽한 진창이 내게는 양수였어.' 그는 가까이 다가가 두 손을 그녀의 허리에 올렸다.

베라는 팔을 뻗어 그의 선글라스를 벗기고 컬러 렌즈를 끼고 있는 눈동자를 유심히 살폈다. 묘한 기분으로.

그는 그녀가 하는 대로 내버려두었다.

하늘색 컬러 렌즈 속으로 보이는 눈동자가 그녀를 불안하게

만들었다. 그녀는 마지 봐서는 안 될 걸 본 사람처럼 표정이 굳어
버렸다. 그 끝을 알 수 없는 우물 속에서, 비밀스러운 욕망이라는
추잡한 구멍 속에서. 그제야 돌이킬 수 없다는 사실을 깨달았다.

"당신…… 누구야?" 그녀는 망설이는 목소리로 물었다.

그는 씩 웃었다.

"심연에서 온 남자."

2월 18일

오늘은 아이가 열네 살이 되는 날이었다.

새엄마는 바나나크림케이크를 만들어주고는 새아빠에게 아이를 위해 작업실에서 특별한 선물 하나를 만들어주라고 부탁했었다. 그렇게 세 식구는 조촐한 생일 파티를 열었다. 새엄마는 깜짝 선물을 준비했다고 말했지만, 아이는 그 깜짝 선물이 무언지 알 수 없었다.

아이는 잠에서 깬 뒤에 계속해서 깜짝 선물만 생각했다.

특별한 생일날이었다. 일주일 전, 아이는 한밤중에 잠옷을 적신 채로 잠에서 깼다. 베라와 함께 살 때나 기관에서 지냈던 때처럼 자다가 오줌을 지렸을까 봐 두려웠다. 하지만 이번에는 무언가가 다르다는 걸 깨달았다. 아이는 새아빠에게 그 사실을 설명하려 애썼다. 하지만 새아빠의 대답에 아이는 어리둥절해졌다.

"남자가 됐다는 거야."

그 말이 전부였다. 그러고는 다시 작업실로 돌아가 하던 일을 했다. 그리고 그 이야기는 다시 꺼내지 않았다. 어쨌든 아이는 이런 생각이 들었다. 새아빠가 '남자'가 됐다고 했으니, 이제 자신은 아이가 아니라는 생각. 행복했다.

거실에 생일상이 차려졌다. 바나나크림케이크가 가운데 놓이고, 중요한 잔칫날 사용하는 식기와 식탁보가 준비되었다. 심지어 오렌지에이드에 민트 향 탄산수도 마실 수 있었다.

새아빠는 소파에 앉아 티브이만 보고 있었다. 생일 파티에는 별 관심이 없어 보였다. 새엄마는 벽난로 옆 흔들의자에 앉아 스웨터를 뜨고 있었다. 누군가를 기다리는 듯했는데, 아이는 그게 누구인지 알 수 없었다.

누군가가 초인종을 눌렀다.

새엄마는 뜨개질하던 걸 내려놓고 현관문으로 갔다. 잠시 후, 마르티나가 손에 선물 상자 하나를 들고 거실로 들어왔다. 깜짝 선물은 바로 마르티나였다. 몇 년 만에 그녀를 다시 보게 되자, 아이는 너무나 반가웠다.

"내가 가장 아끼는 꼬마 친구, 어떻게 지냈니?" 사회복지사가 물었다.

"잘 지내요. 저, 이제 남자가 됐어요." 아이는 중요한 사실을 발표하듯 말했다.

"아무렴, 그래야지." 사회복지사는 미소를 지으며 대답했다. "그래, 이제 남자가 다 됐네."

새엄마는 사회복지사가 코트를 벗도록 도와주었다. 그런데 바로 그 순간, 아이는 전혀 예상치 못한 장면을 보았다. 유일한 친구라고 여겼던 사회복지사의 배가 어마어마하게 부풀어 있었다.

"몇 개월이에요?" 새엄마가 물었다.

"아홉 달째예요." 사회복지사가 대답했다.

"아들이에요, 딸이에요?"

"안 물어봤어요. 깜짝 선물로 남겨두려고요!"

그렇게 말하면서 배를 쓰다듬는 사회복지사를 보고 아이는 그녀가 곧 아기를 낳을 거라는 사실을 깨달았다. 갑자기 서글픈 마음이 들었다. 이유는 알 수 없었다.

케이크에 꽂은 초에 불을 켜고, 아이는 입바람을 불어 촛불을 껐다. 새엄마와 마르티나는 손뼉을 쳐주었고, 새아빠는 거리를 둔 채로 그 장면을 쳐다보고만 있었다. 아이는 웃는 표정을 지으려고 애를 썼지만, 행복하지는 않았다.

드디어 선물 개봉 시간이 찾아왔다. 새아빠는 나무로 된 상자 하나를 만들어주었다.

"정리함이란다." 설명은 새엄마가 해주었다. "이 안에 가장 소중한 물건들을 넣고 보관하는 거야."

상자 뚜껑에는 '열네 살 생일을 축하한다, 엄마와 아빠가'라는 문구가 새겨져 있었다.

아이는 다음으로 마르티나가 준 선물 상자를 열었지만, 사실 선물은 관심사가 아니었다.

"이건 휴대용 시디플레이어라는 거야." 그녀가 설명했다. "여기에 시디를 넣어 가지고 다니면서 들을 수 있단다."

"감사합니다."

아이는 선물을 빼앗아 들고 뛰어 올라가 자기 방에 들어가려다 갑자기 생각을 바꿨다.

아이는 죽은 아이가 쓰던 방으로 걸어가서 초록색 방문을 열었다.

"널 벌써 잊은 거라고, 꼬맹아." 미키는 소년의 눈을 똑바로 바라보며 자신 있게 한마디를 던졌다. "널 대체할 아이를 찾은 거야."

"그렇지 않아요. 그리고 난 이제 꼬맹이가 아니라고요. 나도 남자란 말이에요!"

미키는 껄껄대며 웃었다.

"뭐가 그렇게 웃겨요?" 아이는 신경질을 냈다.

상대는 박장대소했다. 심히 기분이 상할 정도였다. 아이는 그 웃음을 멈추게 하려고, 들고 있던 선물을 바닥에 내동댕이치고 마구 짓밟았다. 하지만 미키는 점점 더 크게 웃었다.

"난 마르티나 아줌마랑 결혼할 거라고요." 아이는 굳은 결심을 한 사람처럼 말했다.

"그러려면 네 물건을 그 여자 안으로 집어넣어야 하는데, 보아하니 그 일은 이미 다른 사람이 한 것 같던데."

화가 난 아이는 발길을 되돌려 다시 아래로 내려왔다. 그러고는 거실 입구에 숨어서 마르티나와 새엄마의 이야기를 몰래 엿들었다. 두 사람은 아이가 혼란스러워하고 있다는 사실을 눈치채지 못했다. 다행이었다. 아이는 진정이 된 다음 거실로 들어갔다.

"어디 갔었니?" 마르티나는 평소처럼 친절한 미소로 아이를 대해주었다.

마르티나는 새엄마가 앉아 있던 벽난로 옆 흔들의자에 앉아서 몸을 앞뒤로 흔들고 있었다. 손에는 뜨개질바늘을 쥐고 있었다.

아이는 아무 말 없이 그녀 가까이 다가갔다.

"우리 같이 음악 듣지 않을래? 내 차에 시디가 많거든. 그러면 이 플레이어를 어떻게 사용하는지 설명해줄 수도 있을 거야."

"나중에요."

아이는 그녀에게 자신의 아내가 되고 싶은지 묻고 싶었다. 영원히 함께할 수 있도록. 하지만 그 말을 어떻게 전달해야 할지 알 수 없었다. 아이는 그녀 바로 옆까지 다가갔다.

'그러려면 네 물건을 그 여자 안으로 집어넣어야 하는데……'

"왜 그러니?" 마르티나는 아이에게 몸을 숙이며 걱정스러운 듯 물었다. "알겠다. 어리광이 부리고 싶었던 거로구나?"

아이의 유일한 친구는 아이를 향해 두 팔을 벌렸고, 아이는 그대로 품에 안겼다. 좋은 향기가 났다. 아이는 품에서 빠져나와 뒤로 한 걸음 물러섰다. 그리고 마르티나의 입술에서 미소가 점점 사라지는 것을 가만히 지켜봤다. 그녀의 얼굴에 지금 이 상황을 도저히 믿을 수 없다는 슬픈 표정이 번지고 있었다. 그런 다음 마르티나의 시선은 아래쪽으로 향했다. 그제야 그녀는 뜨개질바늘이 자신의 부풀어 오른 배를 뚫고 들어갔다는 사실을 깨달았다. 그녀는 비명을 질렀다. 새아빠도 무슨 일이 벌어졌는지를 확인하려고 티브이에서 눈을 뗐다. 모두가 경악을 금치 못했고, 꼼짝도 못 했다.

아이는 자신이 그 자리에 가만히 서 있을 수 없다는 사실을 깨달았다. 그래서 문밖으로 나가 도망쳤다.

43

귀도 로팅어는 아이를 원치 않았다. 보라색 앞머리 소녀는 우연히 그 사실을 알게 되었다. 어느 날인가, 엄마의 물건을 뒤지다가 엄마와 아빠가 자신이 태어나기 전에 주고받았던 편지를 발견했다. 편지 속에서 달콤한 말이나 아양 섞인 표현 같은 걸 읽게 되리라 생각했었지만, 언급된 내용은 한결같았다.

엄마가 아빠에게 생각을 바꿔달라고, 아이 하나만 낳자고 애원하는 내용이었다.

보라색 앞머리 소녀는 어쨌든 엄마가 아빠를 설득하는 데 성공하긴 했다고 생각하면서도 마음 한구석이 쓸쓸했다. 하지만 대단한 아빠가 자신의 출생을 억지로 받아들일 수밖에 없었다는 생각이 견디기 힘들었다.

"2주 전에 만약 제가 호수에 빠져 죽었다면, 아빠가 어떠셨을지 생각해봤어요."

"아마 시름에 빠져 있었겠지."

소녀는 그 말을 믿고 싶었다. 하지만 소녀가 읽은 그 편지 속의 아빠는 아내에게 아이를 갖고 싶지 않은 자신만의 이유를 설명하면서 무엇보다 그 아이가 태어나면 죽도록 미워할 거라는 말을 했었다. 결과적으로 아빠는 강제적인 단서를 달았다. 태어날 아기의 성별은 자신이 결정하겠다는 단서. 엄마는 그렇게 세 차례나 비밀리에 중절 수술을 받은 끝에 소녀를 낳을 수 있었다. 세 차례 모두 DNA 검사를 통한 의식적인 선택이었다. 대단한 아빠가 하나뿐인 자식을 싫어하지 않았던 유일한 이유는 그 자식이 딸이기 때문이었을 것이다.

귀도 로팅어는 정해진 운명을 타고난 사람이었다.

셋 중의 맏이로, 할아버지가 창업하고 그 이름도 유명했던 아버지가 이어받아 운영해온 가업의 경영권을 물려받게 될 터였다. 그의 운명은 태어나서 첫울음을 터뜨리던 순간부터 이미 정해져 있었다. 다른 사람들이 그의 삶을 결정해두었던 것이다. 돌이킬 수 없는 방향으로. 그 대가로, 그는 평생 배를 곯거나 불안에 떨 일도 없고, 별다른 노력을 들이지 않아도 모든 특권을 누리며 살게 될 터였다.

무엇보다 중요한 건, 이 모든 걸 또 누군가에게 넘겨줄 수 있는 권한을 쥐고 있다는 사실이었다.

귀도 로팅어는 자신에게 주어진 운명을 거스를 힘은 없었지만, 자기 자식에게 똑같은 일이 되풀이되는 상황을 막을 힘은 있었다. 딸을 가진다는 것은 자신의 삶을 감옥에 가두고, 꿈을 억누르고, 생각과 재능을 짓밟았던 성별의 저주를 깬다는 것을 의미했다. 하지만 보라색 앞머리 소녀는 통찰력을 가지고 있었다. 그게 부모로서 갖는 이타심이 아니라는 걸 소녀는 알고 있었다. 대단한 아빠는 그 문제에서도 자신을 위한 결정을 내렸던 것이다. 그가 아버지에게 그랬던 것처럼 자식이 자신을 경멸하고 무시하는 일이 없도록. 사회적 지위 때문에 아무에게도 그런 사실을 털어놓을 수 없었지만, 소녀의 아빠는 그런 사람이었다.

외동딸이 창녀처럼 살고 있다는 사실은, 신의 뜻을 거부하려 했던 아빠가 마땅히 받아야 할 벌이었다. 보라색 앞머리 소녀는 그렇게 생각했다. '난 태어나선 안 될 아이였어.' 소녀는 그 생각을 되뇌었다. 소녀는 앞서간 태아 셋에게 생명을 빚지고 있었다. 그 아이들은 지금 어디에 있을까? 무슨 나쁜 짓을 했다고 그런 운명을 겪어야 했던 걸까? 왜 자신이 그 아이들을 대신해 이 자리에 있게 된 걸까?

'수요일 저녁이면 알게 될 거야.'

소녀는 자기 방 책상에 앉아, 라파엘레와 마지막으로 나눴던 이야기를 계속해서 떠올렸다. 라파엘레를 위해 자신이 해야 했던 그 끔찍한 짓거리들도 다시 떠올렸다. 소녀는 무슨 일이 자신을 기다리고 있을지, 이번에는 무슨 일을 해야 할지 알 수 없었다. 무엇보다 누구를 상대해야 할지도. 소녀는 자신이 해야 할 일이 무언지 알아내려고 머리를 쥐어짜봤지만, 상상이 가지 않았다. 유일한 탈출구는 여전히 하나였다.

끝장을 보는 것. 가련하게 버려진 세 아들의 자리를 차지하기 위해 강제로 떨어져 나왔던 영원한 무의 세계로 되돌아가는 것.

하지만 인생에서 반복하다 보면 쉬워지는 다른 것들과 달리, 두 번째 자살을 감행하기로 마음먹으면 피할 수 없는 현실을 마주하게 된다. 죽는 게 얼마나 두렵고 끔찍한 일인지. 굶어 죽도록 식음을 전폐할 수도 있겠지만, 그럴 만한 시간적 여유가 없었다. 수요일의 약속이 당장 내일로 다가왔기 때문이다.

'마이아한테 말할 수도 있었잖아.' 그런 생각도 들었다. 하지만 친구가 어떤 조언을 할지는 이미 알 것 같았다. 부모님에게 모든 사실을 털어놓느니, 차라리 가출하는 게 나을 것 같았다. 발목이 부러져 목발에 의지하는 처지라 멀리 도망칠 수도 없었다. 이러지도 저러지도 못하는 신세였다.

소녀는 침대로 시선을 돌려 머리를 이어 붙인 곰 인형을 쳐다보았다.

며칠 전 정원에서 있었던 일, 라파엘레가 또다시 자신을 욕보였던 그날 이후, 소녀는 수호천사의 존재도 더는 믿지 않게 되었다. 그리고 수호천사의 도움 없이 그 상황을 벗어난다는 건 상상하기도 힘든 일이었다.

그렇다면 답은 하나였다.

소녀는 일어나서 다리를 절뚝거리며 방문으로 걸어갔다. 그러고는 아래층으로 내려가 아무도 없다는 걸 확인한 다음, 아빠의 서재로 향했다.

대단하신 아빠는 출장 중이었다. 그리고 엄마는 장을 보러 나간 상태였다. 집에서 일하는 직원들은 소녀를 감시하는 임무를 맡고 있었기에, 5분 후면 소녀의 상태를 살피러 방으로 찾아올 터였다.

시간은 충분했다.

소녀는 소리 내지 않고 서재 방문을 닫았다. 서재는 적당히 어둠에 잠겨 있었고 아빠의 향기가 떠돌고 있었다. 백단향, 담배 냄새, 육두구 냄새. 파리, 팔레루아얄 인근의 향수 전문점에서 진액만 따로 추출해 특별 제작한 향수.

소녀는 책장으로 향했다. 거기에는 부모님이 얼마 전에 밀라노의 어느 화랑에서 구입한 알베르토 부리의 〈포대〉가 비치돼 있었다. 소녀는 액자 아래쪽을 더듬거려 버튼이 만져지자 곧바로 눌렀다. 그러자 액자가 책장과 분리되면서 앞으로 나오더니 작은 전자 금고가 나왔다. 보라색 앞머리 소녀는 비밀번호도 알고 있었다. 가장 은밀한 가족의 비밀을 숨겨놓은 금고. 엄마의 생년월일 여덟 자리를 누르자 작은 금고 문이 자동으로 열렸다.

소녀는 안으로 팔을 뻗어 검은색 벨벳 주머니 하나를 꺼냈다.

그걸 가지고 아빠의 책상으로 돌아와 방문을 등지고 의자에 앉았다. 덧창 사이를 뚫고 들어온 아침 햇살이 소녀의 무릎에 놓인 주머니를 밝히고 있었다. 소녀는 벨벳 주머니를 풀고 그 안에서 리볼버 하나를 꺼냈다. 그리고 실탄도 그 옆에 세워놓았다. 그런 다음 실린더를 열고 실탄을 하나씩 끼워 넣었다. 부들부들 떨리는 손으로.

'그냥 시험 삼아 해보는 거야.' 소녀는 마음을 다스리기 위해 속으로 그렇게 되뇌었다. '그냥 시험만 해보는 거라고.'

하지만 과연 그렇게 될지는 알 수 없었다. 자신에게 그럴 용기가 있다는 사실을 알게 되면, 주저 없이 방아쇠를 당길 수 있을 것 같았기 때문이다. 호숫가의 버려진 부교 끝에 서서, 싸늘한 물의 부름을 거부할 수 없었던 그날 아침처럼.

소녀는 장전을 마치고 깊이 숨을 들이마신 다음 입을 벌렸다. 그러고는 안전장치를 풀고 총구를 입으로 가져가, 쇠붙이 끝이 입천장에 닿을 때까지 안으로 밀어 넣었다. 운이 좋으면 모든 게 눈 깜짝할 사이에 끝날 터였다.

심장이 미친 듯이 벌렁거리고 두 손에 땀이 차올랐다. 소녀는 죽기 직전에 마지막으로 무슨 생각이 들까 상상해보았다. 말도 안 되는 일이었지만, 안 좋은 생각, 보고 싶지 않은 장면으로 생에 작별을 고하고 싶지는 않았다.

"아니, 빌어먹을 전화는 왜 안 받는 건데?"

마지막으로 정원에서 만났을 때, 라파엘레가 던진 모진 말이 계속해서 머릿속에서 울려 퍼졌다. 분노와 함께 원망의 감정이 솟구쳤다. '어쨌든 너는 어디서도 날 찾을 수 없을 거야.' 소녀는 속으로 그렇게 대꾸했다. '내일이면 너도 살고 싶은 생각이 사라질 거다, 이 개자식아!'

"나 전화 없어. 호수에 빠졌을 때 물속에 빠뜨렸어."

그렇게 말했을 때, 라파엘레는 소녀의 팔을 붙잡고 이렇게 위협했었다.

"어디서 개수작이야! 며칠 동안 계속 내 메시지 읽어놓고 다 씹었잖아!"

그 순간, 자신의 아이폰을 위스키 병과 함께 장바구니에 넣으면서, 스마트폰의 보안 기능을 전부 해제했던 기억이 떠올랐다. 그걸 발견한 사람이 가족에게 전해주기를 바라면서. 부모님이 스마트폰에 저장된 사진을 보면서 자신이 그런 극단적인 행동을 하게 된 이유를 알아주기를 바라는 마음으로. 그러다가 전화기의 전원을 껐다는 사실도 오롯이 기억하고 있었다.

"며칠 동안 계속 내 메시지 읽어놓고 다 씹었잖아!"

갑자기 손에 들린 총이 무겁게 느껴졌다. 그래서 총구를 서서히 입에서 꺼냈다. 누군가가 부교에 둔 자신의 스마트폰을 챙겨갔던 것이다. 그리고 전원을 다시 켰던 것이다.

44

청소하는 남자는 미키로부터 베라를 만난 이야기를 전해 듣고는 온종일 울었다.

"이제는 잘 지낼 거야." 미키가 말했다. "더는 고통스러워하지 않을 테니까 말이다."

"앞으로 어떻게 되는 거예요? 우리 이제 다 끝낸 거예요?"

그는 미키가 자신에게 임무를 맡길 때마다, 그게 베라를 찾아다니는 거라는 걸 알고 있었다. '선택받은 사람들'은 자신의 어머니와 비슷한 연령대였고, 어머니와 같이 나이를 먹어갔다.

미키의 대답은 모호했다.

"두고 봐야지."

그 순간부터, 청소하는 남자는 청소하는 일 외에 자신의 쓸모가 사라졌다는 생각이 들었다. 예전 같았으면 괴로워했을 테지만, 지금의 그는 단지 그렇게 미키가 떠나가버리기만을 바라고 있었다. 자신 역시 뜻밖의 만남을 경험했다는 사실을 털어놓아야 했을지도 모른다.

하지만 사냥하는 여자의 이름을 입에 담는다고 해서 과연 그가 겁을 먹을까?

어쨌든 지금 그가 신경 써야 할 걱정거리는 Fuck에 관한 일이었다. 그 아이가 어떻게 지내고 있는지도 궁금했지만, 무엇보다 너무나 보고 싶었다. 하지만 그보다 먼저 23번지 집에 숨겨놓은 Fuck의 스마트폰을 찾아와야 했다.

사냥하는 여자가 그 집을 수사기관에 신고했을지 모르는데도 불구하고, 그는 동네에 내려앉은 적막감을 가르는 거라고는 오직 잔디 깎는 기계 돌아가는 소리밖에 없는 오후가 시작될 무렵, 23번지의 그 집으로 몰래 들어갔다. 고양이들이 평소처럼 그를 맞아 주었다. 달라진 건 아무것도 없었다. 하지만 서둘러야 하는 상황인 탓에, 고양이들에게 밥을 챙겨줄 시간이 없었다. 그는 다락방으로 뛰어 올라가 어둠 속에서 스마트폰을 찾아 손에 쥐었다. 시간을 끄는 건 신중하지 않은 행동이라는 걸 알면서도, 그는 스마트폰의 전원을 켰다. 그리고 Fuck의 사진을 들여다볼 수 있는 여러 개의 사각형이 나올 때까지 기다렸다. 어린아이처럼 초조한 마음이 들었다. 그리고 행복했다.

그때, 불길한 음악 소리가 울려 퍼졌다.

청소하는 남자는 당혹감을 감출 수 없었다. 그러다 깨달았다.

누군가 전화를 걸어왔던 것이다.

45

누군가 전화를 받았다.

그가 마음의 결정을 내리기까지 〈기묘한 이야기〉의 주제곡이 아이폰에서 흘러나오고 있었다. 그는 결국 걸려 온 전화를 받기로 했다. 그리고 아무런 말도 하지 않았다.

선물로 받은 새 아이폰 상자를 드디어 개봉한 보라색 앞머리 소녀는 방바닥에 앉아 있었다.

"아저씨 맞죠, 그렇죠?" 소녀가 물었다. "나 살려준 사람 맞는 거죠……."

숨소리밖에 들리지 않았다.

"곰 인형도 아저씨가 머리를 이어 붙여서 갖다준 거잖아요."

침묵만 이어졌다.

"옷 가게에서도 탈의실 옆 칸에 아저씨가 있었잖아요……. 적어도 그건 대답해줄 수 있잖아요. 안 그래요?"

여전히 묵묵부답이었다.

이루 말할 수 없을 만큼 답답했다. 하지만 소녀는 용기를 내서 대화를 이어나갔다.

"난 끔찍한 짓을 했어요. 수치스러운 짓이기도 해요. 그런데 더는 하고 싶지 않아요. 그런데 그 자식이 계속하라고 강요하고 있어요." 소녀는 울먹이기 시작했다. "아저씨한테 왜 이런 이야기를 하고 있는지는 모르겠지만, 솔직히 이런 얘기를 누구한테 할 수 있겠어요? 난 아저씨가 누군지도 모르고, 어떻게 생겼는지도 몰라요. 하지만 아저씨가 날 도와줬으면…… 한 번만 더 나를 도와줬으면 하는 마음이……."

소녀는 끝내 울음을 터뜨렸다.

"내일 저녁에 라파엘레가 날 데리러 올 거예요. 어딘가로 데려갈 거라는데, 어딘지는 몰라요. 내가 아는 건 단지, 거기가 어디든 가고 싶지 않다는 것뿐이에요."

소녀는 자신이 마지막으로 한 말의 뜻을 상대가 이해했기를 간절히 바랐다. 그러고는 그렇다는 어떤 신호를 기다렸다.

그렇게 몇 초가 흐르다가, 전화는 끊겼다.

46

창문은 열려 있었지만, 빠져나갈 구멍을 찾지 못한 파리는 닫혀 있던 창유리에 고집스럽게 부딪히면서 죽음을 자초하고 있었다. 이미 10분 전부터 그러고 있었다. 병원 침대에 누워서 그 모습을 지켜보던 사냥하는 여자는 자신의 처지를 보고 있는 듯한 기분이 들었다.

출산 이후로 병원에 입원하는 건 처음이었다. 무슨 이유로 입원했든, 그때마다 리날디 선생이 곁을 지켰다.

"좋은 소식은 당신의 고물 차가 수명을 다했다는 거야. 이제는 인정하고 받아들여." 전남편은 곧 퇴원을 앞두고 있다는 듯, 그녀의 소지품을 챙겨주며 그렇게 말했다.

나무에 들이받은 기억이 떠올랐다. 수풀 냄새, 그리고 뒤집혀 보이던 세상도. 그런데 파멜라가 자신을 발견하고, 도움을 요청한 다음, 산탄나 병원으로 향하는 구급차에 같이 올라탄 사실은 전혀 기억나지 않았다. 하지만 구급대원들 말에 의하면 그녀는 병원으로 이송되는 중에 의식이 또렷했고, 묻는 말에 또박또박 대답도 잘했다고 했다.

자칫 심각한 사고를 당할 수도 있는 상황이었지만, 한쪽 팔이 부러지고 여러 군데 찰과상을 입은 것이 전부였다.

사람들은 사고의 원인을 몇 시간 전에 둔기로 머리를 얻어맞은 충격으로 여길 뿐, 위험한 살인범이 그녀의 집으로 몰래 숨어들었을 가능성에 대해서는 믿어주지 않았다. 단순 절도범이 집주인과 마주치자 놀라서 그녀를 공격하고 달아났을 거라고만 여겼다. 위험한 살인범이라면 기필코 피해자의 숨통을 끊어놓지, 단지 기절만 시키지는 않았을 거라는 반박은 상당히 설득력이 있었다.

"누군가 브레이크에 무슨 짓을 해놨다니까." 그녀는 진이 빠진 상태로 항변했다.

"당신이 그렇게 주장해도 차는 이미 고철 상태가 됐어."

리날디 선생은 평소보다 더 힘들어 보였다. 사냥하는 여자는 그가 그날 아침 마셔야 할 술을 아직 입에도 내지 않았기 때문이라 판단했다. 대부분의 알코올중독자처럼 그는 술을 마셔야 행동이 자연스러웠다. 그래야 긴장이 풀어지고 손떨림증도 줄어들었다. 술은 술로 인한 그의 고통과 통증을 사라지게 하는 마취약과도 같았다. 곧 병나발을 불지 모르지만, 지금으로서는 그녀를 위해 맨 정신으로 버티는 중이었다. 그녀로서는 반갑지 않을 수가 없는 일이었다.

두 사람 모두, 산탄나 병원이라는 장소가 그들과 맺고 있는 비극적인 기억은 입에도 담지 않았다.

그가 가방에서 한 시간 뒤 그녀가 병원을 나설 때 입을 옷가지들을 꺼내는 동안, 사냥하는 여자는 그의 와이셔츠를 다려줄 걸 그랬다는 생각을 했다. 같이 살던 시절, 두 사람은 다림질을 제외한 모든 집안일을 분담했었다. 그래서 다림질도 배워야 했다. 남편의 와이셔츠 상태를 보면서 아내의 됨됨이를 평가하는 사람들도 있는데, 그런 사람들이 역겹긴 했지만, 그래도 학교로 출근하는 교사 남편이 반듯해 보였으면 하는 마음이 컸었다.

문은 열려 있었지만, 누군가 문 두드리는 소리가 들렸다.

열린 문틈으로 파멜라가 고개를 들이밀었다. 그녀의 미소가 사냥하는 여자를 긴장시켰다. 평소대로라면 화가 난 표정을 짓고 있어야 했기 때문이다.

"오늘은 기분이 좀 어떠세요?" 그렇게 묻는 파멜라의 억양은 억지스러웠다. 즉, 화가 난 상태라는 뜻이었다.

"좀 낫네요. 고마워요." 대답은 리날디 선생이 대신 했다.

"그럼 곧 집으로 돌아가실 수 있겠네요."

사냥하는 여자는 파멜라가 제복 차림이라는 사실을 눈여겨보았다. 적어도 오래 있지는 않을 거라는 생각이 들었다.

"용건이 뭔데?"

젊은 친구는 당해낼 수 없다는 듯 항복의 의미로 두 팔을 들었다.

"여전히 저한테 화가 나 계신지 확인하러 들렀어요."

"당연하지. 내 말을 안 믿어주는데. 그래도 나는 우리가 어떤 놈을 상대하는지 설명해줄 증거를 자네한테 다 넘겼는데 말이야."

파멜라는 의자를 침대 가까이 끌어와 앉았다.

"지금 실비 박사님을 만나고 오는 길이에요. 여사님한테 이런 일이 일어난 뒤에, 박사님은 마그다 콜롬보라는 여성의 머리카락에서 나온 DNA하고 네소에서 발견된 팔의 DNA 분석 작업에 속도를 내셨어요."

"그래서 결과는?"

"일치하지 않는다네요."

"어떻게 그럴 수 있지?"

"이유는 간단해요. 여사님이 빗에서 뽑아 오신 그 머리카락은 금발 머리 가발에서 나온 것이거든요."

마그다 콜롬보라는 여성이 금발 머리 가발을 쓸 수도 있다는 사실은 전혀 계산에 넣지 않았었다.

"그럼 경찰이든 헌병대든 당장에 그 집에 가서 다른 DNA 샘플을 가져오면 되잖아."

"무슨 명목으로요? 영장을 발부할 충분한 근거가 있어야 해요."

사냥하는 여자는 어안이 벙벙할 따름이었다.

"근거는, 그 여자한테 무슨 끔찍한 일이 발생했을 가능성이면 충분하잖아!"

"다음번에 조사차 불법 주거침입을 하시려거든 꼭 칫솔을 챙겨서 나오세요." 파멜라는 비꼬는 듯한 충고를 한마디 건넸다.

"그럼 지난 10여 년간, 코모 호수 인근에서 실종된 금발 머리 여성 아홉 명은? 그것도 내가 지어낸 얘기라는 거야?"

파멜라의 인내심도 한계에 다다랐다.

"관공서에 가서 변수만 바꿔서 똑같은 조사를 해보세요. 그러니까 예를 들어, 갈색 머리에 40대 남성 실종자를 검색하면 그것만큼 많은 실종자가 나올 테니까요."

"그럼 네소에서 발견된 그 팔의 물린 자국은? 그건 어떻게 설명할 건데?"

"그건 설명할 일도 없어요. 그리고 그렇다고 해도 그게 범죄 사건이라는 증거가 될 수도 없고요."

리날디 선생은 어느 쪽도 편들지 않고 두 사람의 말싸움을 묵묵히 지켜봤다. 사냥하는 여자는 그를 쳐다보며 눈빛을 통해 은근히 지원을 요청했지만, 그는 그냥 무시했다. 그러자 그녀는 젊은 친구에게 몸을 기울이면서 팔목을 붙잡고 자신 쪽으로 잡아당기며 말했다.

"내 말 잘 들어봐." 그녀는 애원하는 듯한 말투로 이야기를 이어나갔다. "살인자에는 두 가지 부류가 있어. 질서형과 무질서형. 질서형은 모든 걸 사전에 철저히 계획해. 사회에 동화도 잘돼서 번듯한 직장도 가지고 있고, 세금도 내고 법도 잘 알아. 아주 사악한 부류들인데 자신들만의 확실한 목표도 가지고 있다고. 그리고 신중하고 철저해서 웬만해서는 자신들의 정체를 드러낼 단서 같은 걸 흘리는 일도 없지……. 반대로 무질서형은 충동에 이끌리는 부류들이야. 사전에 특정 피해자를 선정하기보다, 그냥 그때그때 대상을 고르는 거지. 이들은 주로 사회에서 소외된 사람들이거나, 가족이나 친구도 없는 경우가 많아. 감정이라는 게 결여된 부류라 살인 그 자체를 즐기는 거야. 이들을 식별해내기 어려운 이유는, 실수를 범하기는 하지만 그 실수 자체가 워낙 예측 불가능하기 때문이야……."

파멜라의 관심을 끌었다는 사실을 확인한 그녀는 상대의 팔목을 놔주며 말을 이어나갔다.

"내가 글로리아 나이트클럽에서 본 남자는 금발 머리 여성을 찾고 있었어. 그런데 결과적으로 밤색 머리를 한 여성과 같이 나갔다고. 놈은 시신을 유기하는 일에 능해. 하지만 로팅어 집안의 아이를 구하려다 그만 그 아이 입에 부러진 손톱을 흘리는 실수를 범했지. 외톨이 유형이지만 덫을 쳐놓고 피해자와 친분을 쌓을 능력은 갖추고 있어. 공감 능력은 분명히 없는데, 물에 빠진 소녀의 목숨을 구해줬어."

"그런 거라면, 이번 경우는 특징이 상당히 대치되는 것 같은데요." 젊은 친구는 여전히 회의적인 투로 반론을 제기했다. "둘 중 어느 쪽에 속한다는 거예요?"

"양쪽 다. 최악의 상황이라고 할 수 있지."

파멜라는 아무 말도 하지 않았다. 리날디 선생도 그녀의 이야기를 귀담아듣고 있었다.

"놈을 움직이는 분노는 먼 과거에서 이어져온 거야. 분명히 적대적인 환경에서 성장했을 거라고. 폭력적인 상황을 보고 자랐고, 온갖 종류의 학대도 당했을 거야. 그럼에도 불구하고 살아남았지. 적응할 수 있었기 때문인 거라고. 놈은 지금 자신의 고통을 무시하고, 너무 어려서 아무것도 할 수 없었던 자신을 돌봐주지 않은 세상을 향해 복수하는 게 아니야. 그렇게 착각해선 안 된다고. 그건 치명적인 결과로 이어질 수 있어. 놈이 살인을 하는 건 특별한 이유가 있어서야. 자네가 공권력을 행사하고, 저 남자가 교사의 직분을 다하고, 내가 파리 같은 인간들을 사냥하듯이 말이야……. 놈은 자신의 행동이 정당하다고 생각하는 거야. 그게 천성이니까."

파멜라는 어안이 벙벙해져 체중을 뒤로 실으며 등받이에 기댔다.

"아니, 이런 건 어떻게 다 알고 계신 거예요? 어디 가서 배우시기라도 한 거예요? 아니 왜요?"

사냥하는 여자는 전남편을 바라보았다. 리날디 선생은 젊은 친구가 던진 질문에 대한 답을 가지고 있었다.

"발렌티나가 죽고 나서, 저 사람은 그 이유를 너무나 알고 싶어 했습니다." 전남편이 설명을 대신 했다. 그의 설명 속에는 자신들이 불행하게도 피해자를 특정하면서 본색을 드러내기 전까지 의심 한번 해보지 않았던 그런 괴물의 하나와 마주쳤다는 뜻이 담겨 있었다.

말 그대로, 사냥하는 여자가 열거한 특징의 하나가 디에고의 프로필과 정확히 일치했다. 리날디 선생은 눈물을 글썽이고 있는 전처에게로 다가갔다.

"우리는 그 아이를 보호해줘야 했어요." 그는 그녀의 이마를 쓰다듬어주면서 나지막이 한마디를 덧붙였다. "우리 잘못이기도 했습니다."

"일단 중위님한테 얘기는 꺼내볼게요." 파멜라는 그제야 결단을 내렸다. "단, 수사로 이어진다는 보장은 못 해드려요……. 그리고 다시는 불법적인 개인 수사는 하지 마세요. 여사님 말씀대로 그런 괴물 같은 살인범이 돌아다니는 거라면, 또다시 주저하지 않고 여사님을 해치려 들 테니까요."

사냥하는 여자는 젊은 친구의 제안을 받아들였다.

파멜라는 병실을 나서기 위해 자리에서 일어났다.

"대신 여사님은 다른 일에 집중하세요." 그녀는 그렇게 말하며 윙크를 보냈다. "흰 포르쉐 타고 다니는 젊은 친구 말이에요. 그 친구한테도 걸맞은 대우를 해줘야 하잖아요. 안 그래요?"

리날디 선생은 무슨 뜻인지 모르겠다는 눈빛으로 파멜라를 쳐다보았다.

"여자들만 아는 게 있어요." 파멜라는 그렇게 말하며 사냥하는 여자의 볼에 입을 맞춘 뒤 병실을 떠났다.

리날디 선생은 사냥하는 여자 가까이 다가와 깁스한 팔 아래 베개를 받쳐주었다.

"그 녀석, 나도 만나보고 싶어." 그녀는 불쑥 한마디를 던졌다. "나도 데려가줄래?"

리날디 선생은 한참 동안 그녀를 쳐다보고는 고개를 끄덕였다.

47

발렌티나를 살해한 범인은 범행 당시 미성년자였다. 8년형을 선고받고 첫 두 해를 소년원에서 보냈고, 성인이 된 뒤에는 일반 교정 시설로 이송되었다.

운전대를 잡은 건 리날디 선생이었다. 두 사람은 오페라 교도소로 향했다. 사냥하는 여자는 조수석에 앉아 발렌티나의 사진을 손에 쥐고 있었다. 사진을 들여다보려고 챙긴 건 아니었다. 발렌티나의 존재를 느끼고 싶었기 때문이다. 지금쯤이면 어떤 모습을 하고 있었을까? 치명적인 광기가 난동을 부린 그날, 살아남을 수 있었다면 말이다. 아주 근사한 아가씨가 되었을 거라는 확신이 있었다. 그래서 더더욱, 형이 확정된 후 디에고를 다시 만나고 싶지 않았던 것이다. 버러지 같은 파파라치들이 공익사업의 일환으로 교도소 담장 밖에서 진행되는 공사에 동원된 재소자들을 찍어서 언론에 흘린 사진으로라도. 그러니 지난 5년간, 디에고가 얼마나 청년의 면모를 지니게 되었는지는 알 길이 없었다. 곧장 알아볼 수 있을까? 아니면 알아보기까지 어느 정도 시간이 걸릴까? 면담은 어떻게 진행될까? 진심으로 후회하고 뉘우치는 모습을 보여줄까? 아니면 이번에도 기어이 실망스러운 모습을 보여줄까? 어쨌든 그녀는 구체적인 목적을 가지고 디에고를 찾아가는 중이었다. 절대로 놀아나지 않겠다고 단단히 다짐한 터였다.

교도소는 허허벌판에 자리 잡은 잿빛 콘크리트 덩어리 같은 건물이었다. 두 사람은 주차장에 차를 세웠다. 차에서 내리기 직전, 사냥하는 여자는 리날디 선생에게 불쑥 한마디를 던졌다.

"나 혼자 가는 게 좋겠어."

"괜찮겠어?"

"어, 괜찮아."

"누굴 상대하는 건지 잊지 마." 전남편은 그렇게 충고했다.

그녀는 그 충고를 통해 두 가지 사실을 알 수 있었다. 첫째, 리날디 선생은 전에도 이미 디에고를 만났다는 사실. 둘째, 자신의 생각이 틀렸다는 사실. 그러니까 전남편이 관용을 베풀어 디에고를 용서한 게 아니라는 사실이었다. 리날디 선생은 철창 너머에 갇혀 있는 게 어떤 부류의 인간들인지 너무나 잘 알고 있었던 것이다.

사냥하는 여자는 그를 태양 아래 홀로 남겨두고 유유히 교도소 정문을 향해 걸어갔다.

행정절차와 보안 검사를 거친 뒤, 접견실로 안내되었다. 사방에 둘러쳐진 벽은 5센티미터 두께의 유리로 돼 있었다. 집기라고는 철제 테이블 하나와 나사로 바닥에 고정된 의자 두 개가 전부였다.

그녀는 뗏목에 의지한 조난자처럼 의자를 손으로 움켜쥔 자세로 앉아 대략 15분 정도를 기다렸다. 얼마 후, 교도관들에게 둘러싸인 키 크고 비쩍 마른 청년 하나가 나타났다. 가운데 가르마를 하고 우등생처럼 안경을 낀 젊은이였다. 문이 열리자 교도관들이 청년을 그녀의 맞은편에 앉힌 다음, 양손에 쇠사슬 달린 수갑을 채우고, 다시 그 쇠사슬을 테이블 가운데 달린 고리에 연결해 고정했다. 그러는 동안 디에고는 그녀를 쳐다보지 않았다. 보안 절차를 마친 교도관들은 문을 닫고 접견실 밖으로 나갔다.

사냥하는 여자는 아무 말 없이 디에고를 바라보았다. 그동안 소년에서 성인 남성으로 변해 있었다. 하지만 양 볼에 난 여드름은 여전했다. 턱수염은 듬성듬성 자라 있었고, 손톱을 물어뜯는 버릇도 여전했다.

"잘 있었니, 디에고." 그녀가 인사를 건넸다.

"잘 지내셨어요, 엄마."

사냥하는 여자가 한동안 듣지 못했던 호칭이었다. 충격이 가시자 그녀는 용기를 냈다.

"난 네 감형에 동의할 생각은 없어. 네 아버지와 나는 재판 과정에서 너와 대치되는 입장을 가지고 있거든. 우리는 네가 있어야 할 곳이 여기라고 생각해. 적어도 선고받은 형이 집행되는 동안만큼은 말이야. 그다음은 두고 봐야겠지."

"그럼 왜 찾아오신 거예요?" 상대는 마치 어린아이 같은 미성의 목소리로 물었다.

"그때 그 일, 네 입장에서 듣고 싶어서."

"다 아시잖아요. 진술서에 다 기록돼 있으니까요."

"그건 네가 남들 듣기 좋으라고 늘어놓은 말이고. 난 진실을 듣고 싶어."

청년은 고개를 절레절레 흔들었다.

"제가 진실을 털어놓지 않았다고 의심하시는 거예요? 제가 자백을 강요당해서 여기 이렇게 갇혀 있는 거라고 생각하시는 거예요?"

청년은 웃음을 터뜨렸다.

그녀는 법정에서 아들이 한 진술이 불행히도 사실이라는 걸 알고 있었다. 하지만 그녀는 그 진술 속에 드러나지 않았던 개인적인 사연, 은밀한 뉘앙스, 감정과 정서에 대해서는 아는 게 없었다.

"잘못한 사람은 아무도 없어. 넌 여기 갇힐 만한 일을 해서 갇혀 있는 거야."

청년은 깊이 숨을 들이마시더니 드디어 그녀와 눈을 맞췄다.

"발렌티나는 기말시험 준비를 하고 있었어요. 저는 전화를 걸어 할아버지, 할머니 집에서 만나자고 했어요. 아시다시피, 종종 거기 가서 관계를 갖곤 했거든요. 그런데 언제인가부터 이상하다는 생각이 들었어요. 우리가 멀어지는 느낌이 들기 시작했는데, 그 이유를 알 수 없었거든요. 처음에 발렌티나는 오지 않으려 했어요. 그런데 제가 계속 강요하니까 결국 포기했던 거고요. 저는 먼저 도착해서 기다리고 있었어요."

"그런데 넌 이미 칼을 준비해뒀어." 사냥하는 여자는 여러 개의 상처를 떠올리며 그 사실을 엄하게 시석했다.

"맞아요. 하지만 그때는 칼을 어디에 어떻게 쓸지 저도 모르는 상태였어요. 맹세해요. 그냥 겁만 주려고 했을 거예요. 혹은, 발렌티나를 잃지 않기 위해서라면 무슨 짓이든 할 수 있다는 걸 보여주려 했거나요."

"그래서?"

"안에서 기다리고 있었는데, 산책로에서 발렌티나의 스쿠터 소리가 들렸어요. 문을 열었더니 발렌티나가 와 있더라고요. 얼마나 예뻤는지……."

"그다음에는?"

"엄마가 어릴 때 썼던 방으로 가서 관계를 갖고, 우리가 잃어버린 것들을 되찾고 싶었어요. 우리만의 특별한 마법……. 그런데 발렌티나는 저를 빤히 쳐다보다가, 만나는 사람이 생겼다고 하더라고요. 이미 사귀기 시작했다고요."

사냥하는 여자는 화가 치밀어 오른 상태에서 디에고 가까이 상체를 숙였다.

"그래서? 그다음에는 뭘 했는데?"

"머리채를 붙잡고 강제로 방으로 끌고 갔어요. 옷을 벗기고 침대 위에 밀어서 넘어뜨렸어요. 울면서 애원하더라고요. 반항하려 했어요."

"넌 그 아이를 성폭행했어."

"그러려고 했는데 그럴 수가 없었어요. 안 되더라고요. 그래서 칼을 꺼낸 거예요."

사냥하는 여자는 충격을 금할 길이 없었다. 자신이 배 속에 품고 있다 세상에 내놓은 자식의 입에서 그런 증오에 섞인 말이 흘러나오고 있었기 때문이다. 그렇게 낳아, 젖을 먹여 키우고 가르치면서 가장 좋은 환경을 만들어주었다고 생각했던 그 아이의 입에서. 그 아이가 이런 흉악한 짓을 할 수 있을 거라고는 상상도 할 수 없었다.

"도대체 왜 죽인 거니?"

"제가 나약했기 때문이에요. 발렌티나가 그걸 빌미로 저한테 싱치 주고, 저를 아프게 했기 때문이에요."

여자들에게 폭력을 행사하는 남자들의 같잖은 핑계는 나이를 불문하고 언제나 한결같다는 사실에 역겨움이 치솟았다. 그래서 고함을 질렀다.

"도대체 왜! 왜 죽였냐고!"

"제가 더 강하다는 걸 보여주고 싶었으니까요. 발렌티나를 고통스럽게 하고 싶어서 그랬던 거라고요." 그제야 디에고는 속내를 털어놓았다.

디에고는 왈칵 눈물을 쏟아냈다. 눈물이 얼굴을 타고 흘러내렸고, 오열이 터져 나오면서 가슴이 부르르 떨렸다. 그 모양새가 마치 제 힘으로 아무것도 할 수 없는 강아지 같았다. 어떻게 설명할 수는 없었지만, 모성 본능이 끓어오르면서 그 아이를 꼭 안고 위로해주고 싶다는 말도 안 되는 마음이 일었다. 그런 마음이 든다는 게 터무니없다는 건 그녀도 알고 있었다. 하지만 실제로 그렇게 하지는 않더라도, 생각까지 막을 수는 없었다.

"넌 내 인생 최대의 실패작이야." 그녀는 감정이 북받쳐 터져버릴 것 같은 가슴을 억누르며 그 말을 던졌다.

"엄마 잘못도, 아빠 잘못도 아니에요. 전 그냥 어렸을 때부터 이랬던 것 같아요. 달리 설명할 방법이 없더라고요. 마치 언젠가 죽음과 마주칠 운명인 것처럼요. 언젠가는 그 죽음과 마주칠 거라는 걸 알고 있었어요. 어릴 때부터."

그렇게 감정이 기울어가던 순간, 사냥하는 여자의 머릿속에 갑자기 호숫가의 그 남자가 떠올랐다. 로팅어 부부의 딸을 구하기 위해 주저 없이 물속에 뛰어든 괴물 같은 살인자.

"애초에 그랬다고, 그래서 어쩔 수 없었다는 건 핑계가 될 수 없어. 아니, 핑계라고 해도 터무니없는 거짓말에 불과한 거야." 사냥하는 여자는 차분하게 말했다. "넌 발렌티나를 죽이는 대신, 그 아이를 살려줄 수도 있었어."

"살려줘요? 뭐로부터 살려줘요?"

"너한테서." 그녀는 서글픈 표정으로 그렇게 대꾸했다.

얼마 지나지 않아, 교도관들이 접견실로 들어와 디에고를 다시 감방으로 데려갔다. 사냥하는 여자는 자기 자식이 고이 누운 관이 운구되어 나가는 장면을 바라보는 엄마처럼 괴로운 심정으로 그 모습을 바라보았다. 아마 발렌티나의 부모가 그 심정이었을 것이다. 그러니 그녀도 응당 겪어야 할 심정이었다.

마지막 철조망을 지나쳐 주차장에 이르자, 앞으로 어떤 삶이 펼쳐질지 아무런 생각도 들지 않았다. 절망감에 사로잡힐 기력조차 없었고, 느낄 수 있는 괴로움마저 다 소진해버린 것 같았다.

리날디 선생이 그녀를 마중하러 나와 있었다. 그는 아무런 말 없이 그녀를 꼭 끌어안아주었다. 두 사람은 그렇게 펑펑 울었다. 두 사람은 자신들이 영원히 함께할 수 없을 거라는 사실을 알고 있었다. 하지만 그 순간만큼은, 사랑의 결실인 한 아이에게 세상의 빛을 보게 해준 젊은 부부로 되돌아갔다.

서로에게 작별 인사를 건네기 전까지, 두 사람은 잠시나마 다시 가족이 되어 있었다.

48

심연의 고요함. 호숫가 한가운데서 느껴지는 어마어마한 평안함. 차가운 물 위에 매달린 듯, 몸이 이리저리 흔들리고 물살의 움직임에 따라 일렁였다. 눈을 뜨고 주변을 살펴보았다. 적막감이 자신을 감싸고 보호해주는 것 같았다. 더는 그 무엇도, 그 누구도 자신을 건드릴 수 없으리라. 보라색 앞머리 소녀는 그렇게 차분한 자신의 모습을 상상하고 또 상상했다. 그러면서 피할 수 없는 순간까지 남은 시간을 계산하곤 했다.

그날 아침, 정형외과 의사가 발목 상태를 살펴보러 왔었다. 뼈가 빠른 속도로 붙고 있었기에 의사는 목발을 쓰지 않아도 될 것 같다는 결론을 내리고, 걷기 편하도록 부목도 가벼운 것으로 바꿔주었다.

하지만 그 소식이 그리 반갑지는 않았다. 수요일 저녁에 자신을 기다리고 있는 일 때문이었다.

소녀는 옷장에서 손에 잡히는 대로 트레이닝복을 꺼내 입고 머리 감을 시간이 없을 때 그러듯 머리를 질끈 동여맸다. 그리고 샤워도 하지 않은 채 역겨운 향수를 온몸에 뿌려댔다. 가까이하고 싶지 않은 사람이 되고 싶었기 때문이다. '예쁘게 차려입고' 오라는 라파엘레의 강요에 반기를 들고 싶었다. 라파엘레에게 돈을 주고 자신과 관계를 하려던 누군지 모를 남자아이가 생각을 바꾸기를 바라면서. 하지만 밤 9시가 되자 그간의 자신감은 온데간데없이 사라지고, 그렇게 했다간 돌이킬 수 없는 수모를 겪게 될지도 모른다는 생각이 들었다.

주중에 외출 허락을 받기 위해 소녀는 엄마에게 자신을 데리러 올 남자아이가 좀처럼 만나기 힘든 '대단한' 아이라고 둘러댔다. 불행히도 사실이긴 했다. 로팅어 부인은 아폴론 신 같은 아이가 무슨 이유로 자신의 딸에게 관심을 보이는지는 궁금해하지 않았다. 아마도 딸에게서 엄마의 미모라는 유전자를 감지했기 때문일 거라 생각하고 넘겼다. 사실, 그녀는 딸아이가 자신의 미모를 물려받지는 못했지만, 그렇다고 엄마를 미워하지 않는다는 사실에 안심하고 있었다.

라파엘레는 오겠다고 말한 시간에 맞춰, 최근에 아버지에게 받은 새 오토바이를 타고 소녀의 집으로 찾아왔다. 보라색 앞머리 소녀의 옷차림을 본 그는 화를 내는 대신 낄낄대며 웃었다.

"적어도 병신같이 목발은 안 짚고 다녀도 되네." 단지 그렇게만 말했다.

라파엘레는 소녀에게 헬멧을 건네면서 그때까지 현관 계단에 서 있던 로팅어 부인에게 인사를 건넸다. 코모 일대에서 이름난,

잘나가는 집안의 자제답게.

오토바이가 빠른 속도로 출발하자, 뒤에 앉은 소녀는 라파엘레를 꼭 끌어안았다. 바람을 가르는 남자아이의 몸에서 온기가 느껴졌다. 순간, 소녀는 눈을 감고 정말로 라파엘레와 연인 사이가 된 상상을 했다. 자신을 친절하게 대하는 라파엘레, 모든 게 달라진 상황을. 하지만 현실은 추악할 따름이었다. 토할 것 같은 기분에 눈을 뜨자 자신들을 향해 달려오는 자동차 불빛이 눈에 들어왔고, 저도 모르게 허리에 힘을 주며 몸을 폈다. 오토바이는 순간적으로 균형을 잃고 위험천만하게 도로를 이탈했다가 간신히 위기를 모면했다. 자동차는 시야에서 사라질 때까지 경적을 울렸다.

"미쳤어? 지금 이게 뭐 하는 짓이야!" 라파엘레가 버럭 소리를 질렀다. "같이 죽자는 거야, 뭐야!"

'그래, 그러자!' 소녀는 그렇게 외치고 싶었다. 하지만 단지 미안하다고 사과만 했다.

그들이 탄 오토바이는 30여 분간 호수를 따라 난 도로를 달리다가 작고 어두운 도로로 빠져 언덕으로 올라갔다. 그리고 '호텔'이라는 간판을 단 70년대 건물 앞에 멈춰 섰다.

보라색 앞머리 소녀는 오토바이에서 내려 주변을 둘러보았다. 호텔이라고는 하지만 낡고 황폐한 건물이었다. 아니, 그런 장소에 오기에는 자신이 너무 어린 게 아닌가 싶기도 했다.

"우리한테 방을 내줄 리가 없잖아. 미성년자인데." 소녀가 말했다.

"그건 네가 신경 쓸 문제가 아니야." 라파엘레는 메고 있던 가방을 벗으면서 말했다. "넌 그냥 조용히 나만 따라오면 돼."

두 사람은 로비로 들어갔다. 실내장식은 바깥보다 더 끔찍했다. 가구에서 곰팡내와 탈취제 냄새까지 났다. 소년은 소녀에게 자신이 호텔 직원과 합의를 보는 동안 가만히 기다리라는 신호를 보냈다. 파란색 유니폼 속에 갑갑할 정도로 목이 푹 파묻힌 키 작은 남자 직원은 라파엘레가 자신의 손에 20유로 지폐 한 장을 쥐여주자 경멸 어린 눈빛으로 소년을 쏘아보았다. 마음이 불편해진 소녀는 그저 눈만 내리깔고 있었다. 얼마 지나지 않아 소녀의 '집행관'은 열쇠 하나를 받아 들고 돌아왔다.

두 사람은 209호로 올라갔다.

라파엘레가 방문을 열고 소녀를 안으로 들여보낸 다음 불을 켰다. 갑갑할 정도로 비좁은 방이었다. 10제곱미터 정도 될까 싶은 공간을 커다란 침대 하나가 거의 다 차지하고 있었다. 벽에 걸린 티브이는 구식 브라운관 티브이였고 미니바는 소음에 가까운 소리를 내고 있었다. 한눈에 봐도 시설이 노후한 욕실에서는 소변 냄새가 진동했다. 밤색 시트는 매우 더러워 보였고, 달랑 하나 있는 창문을 가려주는 커튼도 마찬가지였다. 블라인드는 반쯤 내려져 있었다.

"멍청하게 그렇게 서 있지 마." 라파엘레는 윽박지르며 자신이 메고 온 가방을 열었다.

소녀는 한 걸음 다가가면서 가방에서 과연 어떤 물건이 나올지 생각했다. 라파엘레는 침대 위에 속옷을 꺼내놓았다. 가터벨트 스타킹과 속이 다 들여다보이는 팬티, 그리고 소녀에게는 지나치게 커다란 브래지어. 그러더니 화장 도구 하나를 건넸다. 소녀는 트레이닝복 차림으로 나온 자신을 보고 라파엘레가 왜 그냥 피식 웃고 말았는지 알 수 있었다.

"화장하고 이거 입어." 소년은 명령조로 말했다.

"잠깐만." 소녀는 라파엘레의 팔을 붙잡았다.

"왜?"

소녀는 상대를 협박하고 싶었다. 곧 자신을 지켜주는 수호천사가 찾아와 자신을 구해주고 소년에게 대가를 치르게 할 거라고 말하고 싶었다. 하지만 아무런 대꾸도 하지 않았던 그 전화 통화 뒤로, 소녀는 그 어떤 확신도 가질 수 없었다. 자신의 옛 번호로 다시 전화를 걸어보았지만, 상대는 아무런 답이 없었다.

"아니야." 소녀는 그렇게 대답하며 화장 도구와 속옷을 주섬주섬 챙겼다.

"오늘 손님은 너하고 하려고 거금을 냈어." 라파엘레는 소녀가 옷을 갈아입으러 가기 전에 그렇게 말했다.

쓰레기 같은 자식은 그렇게 말해주면 소녀가 우쭐해질 거라 생각하는지 모르지만, 소녀는 역겹기만 했다. 자기 자신까지도.

"네가 네 친구에게 얼마를 받고 나를 팔았는지 따위는 관심 없어. 그저 다른 애들처럼 빨리 끝내면 그만이니까." 소녀는 욕실로 들어가기 전에 그렇게 대꾸했다.

욕실에서 립스틱을 바르고 있는데 밖에서 방문 두드리는 소리가 들렸다. 아마도 '손님'이 도착한 모양이었다. 보라색 앞머리 소녀는 라파엘레가 자신에게 왜 이런 옷을 입히려 했는지 그 이유가 궁금했다. 욕실 밖에서 누군가 옷 벗는 소리가 들리더니 침대 스프링 움직이는 소리가 이어졌다. '손님'이 준비를 마치고 소녀를 기다리는 중이었다.

소녀는 욕실 불을 끄고 문에 이마를 기댄 채 용기를 내기 위해 마음을 다잡았다. 그러고는 결심을 하고 문을 열었다.

방은 어둠에 잠겨 있었다. 블라인드 사이로 새어 들어오는 희미한 빛이 전부였다. 눈이 어둠에 적응하자, 침대에 누운 남자가 시야에 들어왔다.

그런데 상대는 또래의 남자아이가 아니라 배가 불룩하게 튀어나온 성인 남성이었다. 잔뜩 흥분해서 부풀어 오른 주요 부위를 그대로 드러낸 성인 남성.

"잘 보이게 가까이 와볼래." 남자는 불쾌한 기분이 절로 들 정도로 느끼한 말투로 말했다. "괜찮아, 이리 와봐."

소녀는 방문을 등지고 침대 가까이 다가갔다.

"넌 정말 예쁜 아이로구나."

아니다. 소녀는 자신이 예쁘다고 생각하지 않았다. '난 미성년자고, 당신은 괴물이야.' 소녀는 자신도 모르게 눈물을 흘리고 있었다.

"왜 우는 거니? 곧 재미있게 놀 텐데 말이야." 남자는 마치 위로라도 해주는 듯한 위선적인 말투로 말을 건넸다.

그러다가 소녀가 울음을 멈추지 않자, 갑자기 성질을 내며 버럭 소리를 질렀다.

"그만 울어! 너 때문에 분위기 다 깨졌잖아, 씨발!"

소녀는 참아보려 했지만 너무나 괴로웠다.

남자의 호흡이 거칠어지기 시작했다.

"여기 내 옆에 와서 누워."

소녀가 시키는 대로 하려던 순간, 등 뒤에서 방문 열리는 소리가 들렸다. 침대에 누운 남자의 표정에서 만감이 교차하는 과정을 고스란히 볼 수 있었다. 흥분, 경악, 그리고 공포.

보라색 앞머리 소녀는 등 뒤로 누군가의 존재를 느꼈다. 그 존재는 이렇게 말했다.

"뒤돌아보지 마."

소녀는 그 말을 따랐다. 그 존재는 소녀에게 망토 같은 것, 아니면 코트 같은 것을 덮어주었다. 아니, 그건 회색 점퍼였다.

"이제 여기서 나가."

부목을 댄 상태에서도, 소녀는 반쯤 열린 방문으로 달려가 밖으로 뛰쳐나갔다. 복도로 나온 소녀는 얼굴이 퉁퉁 부어오른 채로 기절해 있던 라파엘레를 발견했다. 소녀는 침대에 누운 남자가 울먹이다시피 애원하는 목소리로 하는 말을 들었다.

"다……당신, 누구야?" 하지만 상대는 아무런 대답도 하지 않았다.

보라색 앞머리 소녀는 뒤도 돌아보지 말고 복도 끝으로 달려가야 할 상황이었지만, 자신을 지켜주는 수호천사의 얼굴을 딱 한 번만이라도 보고 싶다는 욕구가 너무나 컸다. 그래서 천천히 발걸음을 되돌렸다. 소녀는 거구의 형체가 자신의 입에 손을 대더니 이빨을 드러내는 장면을 볼 수 있었다. 순간이 멈춰버린 것처럼 영원하게 느껴졌다.

수호천사는 칼날처럼 날카로운 허연 송곳니를 드러내며 웃고 있었다.

소녀는 방문이 닫히기 바로 직전, 수호천사가 입을 벌리고 변태 같은 남자에게 달려드는 장면을 볼 수 있었다.

소녀는 증오심도, 연민의 감정도 느껴지지 않았다. 단지 그곳을 빠져나가고 싶다는 생각뿐이었다.

49

새벽 2시, 자신의 아파트 현관문 앞에 도착한 그는 열쇠를 가지고 있지 않다는 사실을 깨달았다. 건물에는 적막감만 감돌았지만, 그는 온몸에 피를 묻힌 상태였다. 점퍼가 떠올랐다. 집 열쇠는 점퍼 주머니에 들어 있었다. Fuck의 어깨에 걸쳐준 그 점퍼. '열쇠 몇 개 달린 양철 탱크 열쇠고리를 가지고 여기까지 거슬러 올라올 수는 없을 거야.' 그는 그렇게 생각했다. '어쨌든 보라색 앞머리 여자아이가 그렇게 내버려두지 않을 테니까. 내 친구잖아.'

다행인 건, 피아트 포리노 스페어타이어 휠캡 안에 비상용 복사본 열쇠가 있다는 것이었다. 그는 열쇠를 가지러 차로 향했다. 만일을 위해 다음 날 퇴근하고 돌아오는 길에 자물쇠를 다 바꿔 달기로 마음먹었다. 일단, 당장은 샤워부터 하고 최대한 빨리 옷을 갈아입고 다시 나가는 게 그의 계획이었다. 미키가 아무것도 알아차리지 못하도록. 하지만 집에 발을 들이자마자 동거인의 목소리가 그를 맞아주었다.

"꼬맹이, 나한테 뭘 숨기고 있는 거야?" 미키는 초록색 방문 너머로 질문을 던졌다.

"숨기는 거 없어요."

"그런 장난 안 하는 게 좋을 거야, 꼬맹이. 나한테는 그런 거 안 통한다는 거 알잖아."

"숨기는 거 없다니까요." 청소하는 남자는 상대가 자기 말을 믿지 않는다는 사실을 알면서도 그렇게 말했다.

"그래? 그러면 주머니에 든 건 뭔데?"

바지 뒷주머니에 찔러 넣은 Fuck의 스마트폰 윗부문이 밖으로 삐져나와 있었다. 그걸 들고 집으로 왔다는 사실을 까맣게 잊고 있었던 것이다. 그런데 숨길 생각도 하지 않았다니, 용서받지 못할 실수였다.

"그래, 어디 해명이나 들어보자고."

청소하는 남자는 할 말이 없었다.

"나를 눈뜬장님으로 생각했던 거야? 아무것도 모를 거라고? 안 그래, 꼬맹이? 내가 멍청하다고 생각했던 거잖아?"

"그런 거 아니에요." 청소하는 남자는 말이 끝나기 무섭게 대꾸했다.

"아니긴 뭘 아니야!" 상대는 버럭 고함을 질렀다. "늙다리 미키가 너 따위 꼬맹이의 수작에 넘어갈 거라고 생각했던 거잖아, 안 그래?"

"그런 거 아니라고요." 청소하는 남자는 눈을 내리깐 채 다시 한번 말했다.

"당장 그 빌어먹을 전화기 테이블에 올려놔."

그는 고분고분 따랐다.

"이제 솔직히 털어놔. 그 빌어먹을 전화기로 무슨 짓거리를 한 거야?"

"사진을 봤어요." 그는 기어드는 목소리로 그 사실을 털어놓았다.

"뭐라고? 잘 안 들려, 꼬맹이. 더 크게 말하라고."

"사진이요. 사진을 봤다고요."

"그러니까 여자아이 사진을 봤다는 거지? 그런 거지? 너 변태야 뭐야?"

"아니에요." 청소하는 남자는 호텔 방의 그 남자와 똑같은 취급을 받는 데 분개해 항변했다. "그 아이는 친구예요."

미키의 목소리가 침울하면서도 경멸적인 투로 바뀌었다.

"너한테는 친구라는 게 없어, 꼬맹아."

청소하는 남자는 추궁당하는 형벌의 시간이 어서 빨리 끝나기만을 바랐다. 미키가 당장 벌을 내리고 자신을 가만히 내버려두었으면 하는 바람뿐이었다.

"용서해주세요." 그가 말했다. "잘못했으니까 벌을 받아도 싸요."

"어느 정도 벌은 받아야겠지! 거기 테이블에 달린 서랍 열어봐."

이 순간만큼은 미키의 심기를 건드리지 않는 편이 신상에 이로웠다.

"드라이버 보이지?"

청소하는 남자의 눈에 드라이버 하나가 들어왔지만, 무슨 용도로 쓰일지는 알 수 없었다.

"이걸로 뭘 해야 해요?"

"몰래 엿보는 인간들에게 어떤 벌을 내리는지 알아?"

아니, 모른다. 그리고 그게 어떤 벌이냐고 묻기도 두려웠다.

미키의 목소리는 점점 더 엄해지고 있었다.

"눈을 꼭 두 개 달고 다닐 필요는 없어, 꼬맹아. 하나면 충분해."

청소하는 남자는 침을 꿀꺽 삼켰다. 온몸에 식은땀이 흐르기 시작했다.

"뭐야, 왜 그래? 엄두가 안 나?"

"아니……. 그게 그러니까……. 아니에요." 청소하는 남자는 말을 더듬거리며 떨리는 손으로 드라이버를 들었다.

"내가 지금까지 너한테 가르쳐준 게 뭐지?"

"두려움은 쓸데없는 거라고요. 두려움이 날 살려주지는 않는다고요."

"그리고?"

"나를 위해서라고요. 오직 나만을 위한 거라고요."

"그럼 뭘 기다리고 있는 거야?"

자신이 과연 그럴 수 있을지 의문이었다.

"역겨운 오줌싸개 새끼."

그는 드라이버를 얼굴 가까이 가져가 두 손으로 꽉 붙잡고 왼쪽 눈을 조준했다. 날카로운 끝부분이 다가오는 게 느껴졌다. 광대뼈에 살짝 스치기만 했는데도 피가 흘렀다. 그는 심호흡을 하면서 제대로 조준할 수 있는 결단력을 끌어모으는 동시에 손을 떨지 않으려고 애썼다. 하지만 너무나도 어려운 일이었다.

"꼬맹아, 이 세상에는 너하고 나, 단둘밖에 없어." 미키가 말을 이었다. "괜히 헛물켜지 말라고. 이 세상에서 네 곁에 있어줄 수 있는 사람은 오직 나 하나야."

손에 쥔 드라이버가 동공 1밀리미터 앞까지 다가온 순간, 청소하는 남자는 그렇지 않다는 사실을 떠올렸다. 그에게는 Fuck이라는 친구가 있었다. 두 번이나 그에게 도움을 요청했다는 것 자체가 그를 친구로 여기고 있다는 증거였다. 어디서 오는지 모를 분노가 솟구쳐 오르자, 그는 들고 있던 드라이버를 초록색 문을 향해 던지면서 폐가 터져 나갈 정도로 힘껏 비명 비슷한 고함을 질렀다.

"너를 위해 살아온 나한테 고작 이 정도밖에 못 하겠다는 거냐, 이 배은망덕한 새끼……." 미키는 경멸조로 쏘아붙였다.

청소하는 남자는 숨을 헐떡이면서 1분 동안 멍하니 허공만 응시했다. 그러다가 옷을 벗고 작업복으로 갈아입었다. 그는 Fuck의 스마트폰을 테이블에 내려놓았다. 소녀가 다시 전화를 걸어올 거라는 확신이 있었다. 이번에는 전화를 받고 말도 하리라 다짐했다. 복사본 열쇠를 챙겨 밖으로 나가려던 순간, 마지막으로 미키의 목소리가 들렸다.

"넌 돌아올 거야, 꼬맹이. 너도 잘 알 거야. 나 없이는 넌 아무것도 아니라는 걸."

50

소녀는 호텔에서 빠져나왔다. 끔찍한 속옷 위에 회색 점퍼 하나
만 걸친 차림으로. 충격에 휩싸인 소녀는 맨발로 차가 다니는 도
로까지 걸어 나왔다. 어디로, 어떻게 가야 할지, 아무 생각도 나
지 않았다. 차들은 미친 듯이 경적을 울리다가 마지막 순간에 소
녀를 치지 않으려고 아슬아슬하게 비껴갔다. 그렇게 몇 대가 지
나간 뒤에야 한 운전자가 차를 세우면서 소녀에게 원하는 곳까지
데려다주겠다고 나섰다. 집에 도착한 보라색 앞머리 소녀는 부모
님을 깨우고, 두 사람의 품에 안겨 펑펑 울었다. 소녀는 무슨 일
이 있었는지를 낱낱이 털어놓았다. 이번에도 역시 누군지 모를
수호천사 덕에 위기를 모면했다는 사실만 빼고.

"그렇게 빠져나왔다는 거니?" 엄마는 믿을 수 없다는 표정으
로 물었다.

"날이 밝자마자 변호사한테 알려야겠다." 아빠는 그렇게 말했
다. "기필코 대가를 치르게 해야지."

소녀는 지금까지 아빠가 가족을 보호하는 일에 이렇게 단호히 나서는 모습을 한 번도 본 적이 없었다. 걱정하고 두려워했던 것과 달리, 부모님은 소녀를 이해해주었고 일말의 주저함 없이 소녀가 절실히 필요로 했던 무조건적인 지원과 사랑을 보여주었다.

엄마는 딸을 위해 욕조에 뜨거운 물을 받아주었다.

"차라리 엄마한테라도 말하지 그랬어." 엄마는 소녀를 부축해 일으켜주며 말했다.

욕조에 들어가 두 팔로 무릎을 감싼 채 쪼그려 앉은 소녀는 엄마가 거품을 묻힌 목욕용 스펀지로 조심스레 몸을 닦아주는 동안 그대로 가만히 앉아 있었다.

"엄마가 도와줄 수도 있었잖아." 그렇게 말하는 엄마의 목소리에 나무라는 어조는 전혀 담겨 있지 않았다.

보라색 앞머리 소녀는 뭐라 대답할 엄두가 나지 않았다. 그저 눈을 감고 있었다. 엄마의 손이 욕조의 물에 들어갔다가 나오면서 일으키는 물방울 소리만이 라벤더 향을 머금은 수증기와 정적을 갈랐다.

"아빠가 정말 그렇게 하실까요?" 소녀는 조심스레 엄마에게 물었다.

"아빠가 뭘?"

"대가를…… 치르게 하신다는 말씀 말이에요."

"널 아프게 한 사람들은 결코 가만두지 않으실 거야."

약속이라면 약속이랄 수 있는 그 말에, 소녀는 힘이 나는 것 같았다.

"엄마한테도 이런 일이 있었어요?"

소녀의 엄마는 대답을 머뭇거렸다.

"엄마도 겪었어." 엄마는 솔직히 대답했다. "모델로 활동할 때, 사람들이…… 엄마가 원하지 않은 그런 일들을 강요했었지."

"그래서요?"

"엄마는 거부할 수 있었어. 거의 대부분."

어렵게 털어놓은 엄마의 고백에, 소녀는 다소나마 죄책감을 내려놓을 수 있었다. 어쩌면 아빠에게도 말하지 못한 사연일지도 몰랐다. 생전 처음으로 엄마와 진심으로 무언가 통하는 게 있다는 기분도 들었다. 모녀는 잠시 침묵을 지켰다. 엄마는 딸을 씻겨주고, 은은한 향이 배어 있는 파자마를 입혀주었다.

로팅어 부인은 딸이 잠을 청하기 전에, 어렸을 때처럼 침대맡에 앉아 이마를 쓰다듬어주었다.

"엄마랑 아빠한테 다 말한 거 맞지?"

소녀는 입술을 깨물었다. 그간 숨겨온 이야기의 마지막 한 부분을 털어놓을 마음의 준비는 돼 있었다. 하지만 소녀는 어둠 속에서 무시무시하게 벌어지던 그 입, 복수의 화신으로 변해가던 수호천사를 다시 한번 떠올렸다. 아직은 그 이야기를 털어놓을 준비가 되지 않은 듯했다.

"네." 소녀는 거짓말을 했다. "그게 다예요."

엄마는 딸을 믿었다. 그런 다음, 의자에 걸려 있던 회색 점퍼 쪽으로 시선을 돌렸다.

"아, 널 집까지 데려다주신 친절한 분에게 이 점퍼를 돌려드려야겠구나."

보라색 앞머리 소녀는 그 말에 아무런 대꾸도 하지 않았다.

엄마는 딸의 이마에 입을 맞춘 다음, 방에서 나가면서 복도에 켜둔 불이 보이게 방문을 살짝 열어두었다. 엄마의 발소리가 멀어지자, 보라색 앞머리 소녀는 갑자기 진이 쑥 빠졌다. 그리고 무엇보다 제자리로 돌아온 것 같다는 느낌이 들었다.

날이 밝기 직전, 두려움이 소녀를 잠에서 깨웠다. 소녀는 이불 속에서 몸을 웅크린 채로 두려움이 가시기를 바랐다. 하지만 오래지 않아, 두려움에서 벗어나는 게 결코 쉽지 않을 거라는 사실을 깨달았다. 수호천사가 자신을 보호하려고 어깨에 걸쳐준 짐퍼가 눈에 들어왔다. 소녀에게는 갑옷 같은 옷이었다. 소녀는 의자로 팔을 뻗어 점퍼를 들고 이불 속으로 끌어당겼다. 그렇게 점퍼를 꼭 끌어안는데, 뾰족한 무언가가 느껴졌다. 소녀는 주머니를 뒤지다가 열쇠 여러 개가 달린 양철 탱크 열쇠고리를 발견했다.

소녀는 그것을 보면서 과연 무엇을 여는 열쇠일까 생각하다가 얼마 뒤 다시 잠들었다.

눈을 떴을 때는 이미 한낮이었다. 발목에 심한 통증이 느껴졌지만 화장실에 가고 싶었다. 소녀는 침대에서 일어나 아래층으로 내려왔다. 몇 시인지는 몰랐지만, 어쨌든 배도 고팠다.

내려와보니 집에서 일하는 사람들은 있었지만, 부모님이 보이지 않았다. 두 분은 파티오 아래서 가족 변호사와 함께 아침을 들고 있었다. 아빠가 그 누구보다 신뢰하는 변호사였다.

거실 커튼 뒤로 몸을 숨긴 소녀는 부모님과 변호사의 대화를 엿들을 수 있었다. 소녀는 세 사람이 자신을 학대한 인간들에게 어떤 식으로 대응할지 궁금했다.

"다시 말씀드리지만, 촬영한 사진 부분이 좀 걱정입니다." 변호사가 무언가를 설명하고 있었다. "고소장에 그런 사진이 있다는 사실을 빼놓을 수는 없습니다. 그렇게 되면 너도나도 그 사진을 손에 넣으려고 기를 쓰고 달려들 겁니다. 특히 기자들이요."

"그런 사진이 실제로 있는지 없는지 저희도 확실히 모르는 일입니다." 엄마가 대답했다.

"하지만 그런 사진이 존재하고, 누군가가 그걸 가지고 있다면…… . 두 분의 자제분까지 베이비스퀼로(baby-squillo, 베이비스퀼로 사건은 2014년, 14세와 15세 소녀가 고가의 명품 브랜드 의류를 구입하기 위해 성인을 상대로 매춘을 일삼았던 사건으로, 14세 소녀의 엄마는 포주로 나서기까지 했다. '스퀼로'는 이탈리아어로 '매춘부'라는 뜻을 가지고 있다—옮긴이)처럼 팔아먹은 그런 인간이, 단순한 사진을 가지고 똑같이 팔아먹으면서 과연 양심의 가책을 느낄 수 있을까요?"

'베이비스퀼로.' 로마를 떠들썩하게 만들었던 10대 청소년 성매매 스캔들을 예로 들었다는 사실이 소녀에게는 상처로 다가왔다.

"귀도, 내 말 귀담아들어." 변호사는 그때까지 입을 꾹 다물고 있던 아빠에게 말했다. "이런 스캔들을 꼬리표처럼 따라다니게 둬선 안 돼. 당장 나한테 전권을 위임해주면 내가 이 추잡한 일을 깨끗이 덮어버릴 수 있어. 그렇게 해야 해."

소녀는 변호사가 거래를 암시하고 있다는 사실을 알 수 있었다. 변호사는 대단하신 아빠가 돈으로 침묵을 사야 한다고 주장하고 있었다. 하지만 소녀는 아빠가 그런 제안을 거부할 거라 생각했다.

"오늘 당장 처리하지 않으면, 딸아이가 다 큰 다음에 무슨 일이 벌어질지 어떻게 알겠나? 열세 살 때 벌인 실수가 평생 꼬리표처럼 따라다니게 그냥 둘 생각이야?"

"그럴 일은 없어요." 엄마가 반기를 들고 나섰다. "필요하면 여기서 아주 먼 곳으로 데려가서 살면 됩니다."

아빠는 턱을 만지작거리다가 큰 결심을 내린 듯한 표정을 지었다.

"밖으로 알린다는 건 있을 수 없는 일이야." 아빠는 단호히 그렇게 말했다.

소녀에게는 그 한마디 말이, 마치 복부에 정면으로 날아든 주먹처럼 느껴졌다. 간밤에 보여주었던 결연한 의지는 도대체 어디로 사라진 걸까? "기필코 대가를 치르게 해야지"라며 뜻밖에도 단호히 뱉어낸 그 말이, 지금도 여전히 소녀의 뇌리에 생생히 살아 있었다. 아빠가 변호사의 말에 그렇게 쉽게 넘어갈 거라고는 생각하지 않았다. 어쩌면 가족 걱정이 앞섰을지도 모른다. 이해는 할 수 있었다. 하지만 소녀는 그 저주받을 변호사를 향해, 자신은 스캔들 따위는 아무래도 상관없다고, 자신에게 중요한 건 그저 죄를 지은 인간들이 대가를 치르는 것뿐이라고, 남들 생각 따위는 신경도 쓰지 않는다고 고래고래 소리를 지르고 싶었다. 아빠가 수군거리는 인간들을 닥치게 해줄 테니까. 하지만 이어지는 대단하신 분의 한마디 말이 소녀에게 엄혹한 현실을 일깨워주었다.

"내 개인 신상에도 전혀 이롭지 않고."

이번에도 아빠는 다른 모든 일보다 자신의 안위를 우위에 세웠다. 그 아빠의 딸은 당연히 그런 현실에 적응해야 했다. 그래서 적어도 엄마만큼은 자기편이 되어주기를 바랐다.

"그 말은 애를 스위스에 있는 학교로 보내야 한다는 거네요."

로팅어 부인은 순순히 투항하고 아빠의 뜻을 따랐다.

라파엘레가 예고한 그대로였다. 부모님은 자신을 수치스럽게 여길 거라고. 라파엘레가 옳았다. 소녀는 눈물을 머금고 분노에 휩싸인 채 발걸음을 돌려 방으로 올라가 방문을 닫았다.

침대로 뛰어들어 베개에 얼굴을 깊숙이 파묻고 절망 섞인 절규를 내질렀다. 그러다 고개를 들고 회색 점퍼를 쳐다보았다. 자연스레 협탁 위 곰 인형 옆에 내려놓은 양철 탱크 열쇠고리로 시선이 돌아갔다. 수호천사는 어디에 있는 걸까?

순간, 소녀에게 직감 같은 게 떠올랐다.

새로 산 아이폰은 책상에 놓여 있었다. 소녀는 기존의 데이터를 내려받기 위해 아이클라우드에 새 아이폰을 동기화했다. 그런데 그 순간까지, 먼저 사용했던 아이폰의 여러 기능을 그대로 활성화해두었다는 사실을 까맣게 잊고 있었다. 한 가지 기능.

소녀는 새 아이폰을 들고, 위치 추적 앱을 실행했다. 잃어버린 전자 기기의 이동 경로를 알려주는 프로그램. 그런데 그 순간, 전에 쓰던 아이폰에 전원이 들어온 상태로 지도상에서 깜빡이는 빨간 점으로 나타났다. 당장 전화를 걸 수도 있었다. 어쩌면 이번에는 그가 받을 수도 있을 테니까.

하지만 소녀는 그러지 않기로 했다. 더 좋은 생각이 있었기 때문이다.

51

마지막으로 버스를 타본 건 언제인지 기억도 나지 않을 정도로 오래전이었다. 어쨌든 클리오가 멀쩡한 상태였다고 해도, 한 손에 깁스를 한 채로는 운전이 불가능했다. 초여름 오후 더위로 인해 버스 실내에 에어컨이 가동되고 있었다. 사냥하는 여자는 호수의 풍경도 감상할 겸 창가 자리를 골라 앉았다.

그녀는 코모로 가는 중이었다. 부동산 중개인이 점심시간 직후로 약속을 잡아놓았기 때문이다. 그녀는 결국 부모님의 별장을 처분하기로 마음먹었다. 상태가 썩 좋은 편도 아니고, 서글픈 악평까지 꼬리표처럼 달라붙은 탓에 큰돈을 받을 수 없다는 건 잘 알고 있었다. 하지만 어린아이들이 딸린 단란한 가족 같은 새 주인이 찾아오면 그런 저주도 사라지지 않을까 싶었다. 사냥하는 여자는 그런 바람을 가지고 있었다.

목적지까지 가는 길에, 버스가 그렇게 많은 승객을 태운다는 사실은 상상도 하지 못했다. 게다가 시간도 예상보다 오래 걸렸다. 하지만 마음은 편안했다. 햇살이 그녀의 얼굴을 따사로이 어루만지고 있었고, 옆자리에 앉는 사람도 없었던 덕분이었다.

차창 밖으로 코마치나섬이 보였다. 물에 빠졌던 로팅어 부부의 딸이 구조된 지점이라는 사실이 떠올랐다. 디에고와의 접견 이후, 사냥하는 여자는 다시는 소녀와 관련된 그 사건에 개입하지 않으리라 다짐했었다. 그래서 그 생각을 머릿속에서 밀어내려고 가방에서 휴대전화를 꺼냈다. 어쨌든 버스는 그 작은 호숫가 근처 정류장을 금방 지나칠 테니, 굳이 계속 생각할 일도 없을 듯했다. 하지만 그러고 나서도 불안감은 좀처럼 사그라지지 않았다. 태곳적 본능이 깨어나는 느낌마저 들었다. 스마트폰 화면을 들여다보며 관심을 돌리려 애를 써봐도 좀처럼 다른 일에 집중할 수가 없었다. 이메일 확인, 인터넷 검색, SNS 새 글 둘러보기……. 그녀의 관심은 다른 곳을 향해 있었다. 버스가 모퉁이를 돌기 바로 직전, 더는 자신의 본능을 거부할 수 없다는 사실을 깨달은 사냥하는 여자는 자리에서 일어나 손을 흔들며 기사를 불렀다.

"정말 죄송한데 여기서 좀 내려주세요."

뜨거운 아스팔트 바닥에 발을 디디자마자, 기분이 한결 나아졌다. 버스는 그녀를 뒤로하고 다시 갈 길을 갔다. 그녀는 주변을 둘러보았다. 텅 빈 주차장이 보이고, 거기서 숲을 지나 강으로 내려가는 오솔길 하나가 눈에 들어왔다. 사냥하는 여자는 그 길을 따라 걸으면서 바람을 좀 쐬고 나면 기분이 나아질 거라 생각했다. 어쨌든 약속 시간까지 아직 여유도 있었다. 사실, 그녀는 정체는 물론이고 도대체 어떤 성향을 지닌 인물인지도 알 수 없는 그 남자가 생면부지의 10대 소녀를 구하겠다고 자신의 익명성을 버리면서까지 처음으로 모습을 드러낸 그 장소에 직접 가보고 싶었다.

나무 사이를 걷던 그녀는 주말에 나들이객을 위해 마련된 피크닉 전용 테이블 두 개를 볼 수 있었다. 그런데 소녀가 물에 빠진 건 주중이었다. 다시 말해, 그곳을 찾는 사람이 거의 없는 날이라는 뜻이었다.

사냥하는 여자는 편백나무 옆에 놓인 벤치에 앉아 소녀가 물 밖으로 끌려 나와 누워 있었던 호숫가를 바라보았다. 눈앞에 펼쳐진 섬세한 자갈밭이 바로 무고한 소녀와 살인범이 조우한 바로 그 장소였다. 그녀는 그날의 일을 머릿속으로 그려보았다. 물살에 휩쓸려 허우적거리는 사람이 있다. 어쩌면 소녀는 간신히 도움을 요청할 수 있을 정도의 의식은 있지 않았을까? 그는 몇 초간 주저하다 결심했을 것이다. 그리고 겉보기에는 잔잔하지만, 그 아래 숨어 있는 무시무시한 소용돌이 속으로 빨려 들어갈지 모를 위험을 감수하고 호수에 뛰어들었다.

'그는 도대체 왜 물속으로 뛰어든 걸까?' 사냥하는 여자는 그 점이 계속 마음에 걸렸다. '어떤 동기가 그를 그렇게 하도록 자극했던 걸까? 그는 혼자였어. 도와달라는 소리를 들었다고 해도 충분히 무시할 수 있었어. 본인에게는 소중한 익명성의 틀을 깨지 않을 수도 있었다고.'

그녀는 영웅 행세를 한 사람이 달아난 뒤, 소녀를 도와준 목격자들의 증언을 다시 되짚어보았다. 인근 빌라에서 일하던 정원사, 재건축 공사를 하던 인부 셋, 막 배달 일을 마친 우체부. 파멜라가 몰래 건네준 보고서에 담긴 진술 내용이었다. 그의 얼굴을 본 사람은 아무도 없었다. 그리고 목격자들은 그날, 그 자리에 있었어야 할 납득할 만한 이유를 가진 사람들이었다. 정체불명의 그 남자를 제외하곤.

그런데 정말 그럴까?

'당신은 그날 아침, 마그다 콜롬보라는 가련한 여성을 살해하고 시신을 훼손한 다음 왜 여기서 어슬렁거린 거지? 훼손한 시신은 이 호숫가를 따라 몇 킬로미터를 걸으면서 유기했을 거야. 그런데 왜 여기서 멈췄던 거지?'

살인범은 지금도 버젓이 자유롭게 돌아다니고 있었다. 얼마든지 다시 범행에 나설 수도 있었다. 그녀의 주장을 믿어줄 사람은 거의 없었지만, 그녀는 그게 사실이라는 것을 알고 있었다. 그런데 그녀는 모든 일이 시작된 그 금요일, 살인범이 정확히 무슨 이유로 이 코마치나섬 앞에 있었는지에 대해 간과하고 있었다.

산들바람이 불어오자 나뭇잎이 소리를 내며 흔들렸다. 사냥하는 여자는 보리수나무 향을 느꼈다. 그녀는 바람이 자신을 둘러싸고 있는 대자연을 흔들며 벌이는 협연을 감상하기 위해 눈을 감았다. 지저귀는 새소리, 찰랑거리는 호숫물 소리, 흔들리는 나뭇가지 소리, 나뭇잎이 웃는 소리.

그런데 자연이 만들어내는 소리 속에, 전혀 어울리지 않는 불협화음 하나가 숨어 있었다.

사냥하는 여자는 그 소리에 집중했다. 대자연의 협연과 전혀 어울리지 않는 그런 악기 같았다. 그래서 다시 눈을 뜨고 주변을 살펴보았다.

그녀가 앉아 있던 피크닉 전용 테이블에서 그리 멀지 않은 곳에 나무로 된 쓰레기통 하나가 있었다. 소리의 진원지는 바로 그 쓰레기통이었다. 그리고 바로 그 순간, 어떤 이미지 하나가 사냥하는 여자의 뇌리를 스치고 지나갔다. 전용 청소기를 돌리며 중환자실 병동 복도를 닦던 남자. 딱 한 번, 감시 카메라 영상에 등장했던 투명 인간은 청소 용역 직원 제복을 입고 있었다. 그 사실이 떠오르면서 불안감에 휩싸인 그녀는 쓰레기통에 뭐가 들었는지 확인하기 위해 자리에서 일어났다. 오솔길을 따라 설치돼 있던 다른 쓰레기통이 하나씩 눈에 들어왔다. 쓰레기통 안을 들여다보았다. 쓰레기 수거용 초록색 비닐봉지가 전부였다. 쓰레기통은 텅 비어 있었다. 비닐이 바람에 날리며 낸 소리였다. 이는 단한 가지 사실을 증명해주었다. 누군가 주기적으로 그곳에 찾아와꽉 찬 비닐봉지를 수거해 가고, 새로운 비닐봉지를 씌워놓는다는사실.

52

보라색 앞머리 소녀가 코모에서도 한적한 변두리 동네까지 가는데 걸린 시간은 한 시간 반이었다. 그리고 전에 썼던 아이폰의 신호가 잡히는 건물을 찾기까지 30분이 더 걸렸다. 중앙 광장 같은 곳이 있고, 거기서 아이들이 축구를 하는 동안 어른들은 라틴음악을 배경 삼아 맥주를 마시거나 담배를 피우며 이런저런 수다를 떠는 그런 동네였다. 첫인상이 제법 마음에 드는 다문화 축제 같은 분위기였다. 사람들은 지나가는 소녀를 미소로 환대해주었다.

소녀는 짧고 몸에 꼭 달라붙는 하늘색 원피스를 입고 나왔다. 예전에 샀다가 아무래도 자신의 체형으로는 소화하기 힘든 옷이라는 생각에 옷장 구석에 처박아둔 옷이었다. 그런데 이제는 그 옷을 편하게 입을 수 있게 되었다. 다시 자신감이 생겼기 때문이었다. 그리고 무엇보다, 자신의 수호천사는 자신을 있는 그대로 받아줄 거라는 확신 덕분이었다. 소녀는 멀쩡한 발에 격자무늬 양말과 워커를 신었다. 그리고 크고 헐렁하긴 했지만, 회색 점퍼도 걸치고 나왔다. 수호천사의 물건이라는 사실에 소녀는 자신이 보호받고 있다는 느낌이 들었다. 소녀는 양손을 점퍼 주머니에 찔러 넣고 걸으면서, 한 손으로는 양철 열쇠고리를 꽉 쥐고, 다른 손으로는 스마트폰을 만지작거리다가 가끔 꺼내서 위치를 확인했다.

소녀의 관심을 끄는 건물은 가운데 있는 건물이었다. 옥상에 커다란 물탱크가 세워진 건물.

소녀는 중앙 현관으로 들어가 엘리베이터로 향했다. 하지만 위치 추적 앱으로는 몇 층인지 알 수 없었다. 신호가 평면상의 위치로 나오기 때문이었다. 그게 문제였다. 소녀는 자신이 찾아왔음을 알리기 위해 수호천사에게 전화를 걸었다. 하지만 그는 받지 않았다.

계속 전화를 걸면서 아파트를 돌아다니다 보면, 〈기묘한 이야기〉 주제곡이 흘러나오는 집을 찾을 수 있지 않을까 하는 생각이 들었다.

소녀는 손에 스마트폰을 들고, 비록 한쪽 발목에 여전히 부목을 하고 있었지만, 일일이 돌아다니며 전화를 걸어 확인하기로 마음먹었다. 그렇게 일곱 번째 시도에서, 복도 끝에서 흘러나오는 음악 소리를 들을 수 있었다.

소녀는 문제의 현관문 앞에 섰다. 자물쇠가 세 개나 채워진 집이었다.

그리고 현관문 너머로 희미한 소리를 들을 수 있었다. 드디어 진실의 순간이 찾아왔던 것이다. 숨이 가빠질 정도로 흥분한 소녀는 전화를 끊고 깊이 심호흡을 한 다음 문을 두드렸다. 아무런 답이 없었다. 수호천사가 집에 있기를 간절히 바라면서 문을 두드렸다.

확실했다. 집에는 아무도 없었다.

실망스러워서 한숨이 절로 나왔다.

하지만 포기할 생각은 없었다. 소녀는 현관문에 등을 기댄 채 바닥에 쪼그려 앉았다. 그가 올 때까지 기다리기로 작정했기 때문이다. 소녀는 껌을 꺼내 입에 넣었다. 그리고 스마트폰을 가지고 이것저것 하면서 시간을 때웠다. 하지만 시간의 흐름이 얼마나 더디던지, 흥분의 감정은 차차 견디기 힘든 지루함으로 변해 가기 시작했다. 시간은 오후 4시였다. 소녀는 5분마다 시간을 확인했다.

순간, 소녀는 점퍼 주머니에 들어 있던 양철 탱크 열쇠고리를 꺼내서 살펴보다가 한 가지 생각에 이르렀다.

문을 열고 들어가 자신이 잃어버린 스마트폰을 찾아오는 게 나쁜 짓은 아닐 거라는 생각. 그러면 수호천사에게 그간의 일에 대한 고마움도 표시하고, 다음에 만날 약속도 정할 수 있게 메모를 써두고 올 수도 있겠다 싶었다. 곰 인형을 집에 두고 온 게 아쉬울 따름이었다. 그랬다면 그에게 선물로 남길 수도 있었을 테니까.

그게 최선이라는 생각이 들었다. 그래서 자리를 털고 일어나 열쇠로 자물쇠를 열었다.

집 안으로 들어가 현관문을 닫은 소녀는 몇 초간 가만히 서서 눈이 어둠에 적응하기를 기다렸다. 주방이 딸린 거실 같은 공간이 눈에 들어왔다. 모든 게 가지런히 정리되어 있었다. 바닥에 팽개치듯 벗어놓은 피 묻은 옷만 빼고. 소녀는 호텔에서 자신을 겁탈하려 했던 남자를 다시 떠올려보았다. 공포에 질린 그 남자의 표정도.

'당신…… 누구야?'

소녀는 이후에 그 남자가 어떻게 되었는지는 자신이 상관할 바가 아니라는 걸 깨달았다. 어쨌든 수호천사가 실현한 정의는 폭력까지 정당화해주는 저 높으신 분의 뜻이라는 확신마저 들었으니까.

오른쪽에는 희한한 초록색으로 칠해진 문이 하나 보였다.

일단 그 방은 무시하고, 소녀는 자신이 들어온 곳이 어떤 곳인지 둘러보았다. 거실 같은 공간에는 어둠에 잠긴 작은 욕실도 하나 딸려 있었다. 소파 겸 침대. 양문형 옷장. 그리고 꽃무늬 식탁보가 씌워진 테이블. 테이블 위에 소녀가 쓰던 아이폰이 놓여 있었다. 소녀는 액정 화면을 확인하고 자신이 때맞춰 왔음을 깨달았다. 배터리가 방전되기 일보 직전이었기 때문이다. 테이블에 딸린 서랍 하나가 테이블보를 밖으로 밀어내며 튀어나와 있었다. 안을 들여다보니, 라텍스 장갑, 가위 여러 개, 연필 하나를 끼워둔 노트 하나가 보였다. 소녀는 노트를 펼쳐보았다. 뜻 모를 기묘한 문장이 적혀 있었는데, 주로 사용하는 손이 아닌 다른 손으로 쓴 것처럼 필체도 이상했고, 맞춤법도 엉망이었다. 간신히 몇 줄을 해독할 수 있었다. 온갖 종류의 물건과 음식 이름 등을 줄

줄이 나열한 목록이었다.

마치 쓰레기통 내용물 같다는 생각이 들었다.

소녀는 노트를 다시 서랍에 넣고, 옷장으로 다가갔다. 왼쪽 문을 열자 똑같이 생긴 옷이 여러 벌 나왔다. 진한 회색 스웨터, 밝은색 청바지, 흰색과 하늘색 와이셔츠, 검은색 구두. 그 외에도 비닐 재질의 검은색 앞치마 하나, 빈 크로스백 하나도 있었다. 반대쪽 문을 여니, 짙은 색 가죽점퍼, 꽃무늬 와이셔츠, 날씬하게 빠진 자주색 넥타이가 옷걸이에 걸려 있었다. 선반에는 또 가죽부츠 한 켤레와 은색 버클이 달린 허리띠, 금장 손목시계, 터키석이 장식된 반지, 선글라스 등이 가지런히 정리돼 있었다. 그리고 그 옆으로 테이블 서랍 속에 있는 것과 비슷하게 생긴 노트 여러 권이 놓여 있었다.

적어도 서른 권은 돼 보였다.

소녀는 맨 위에 있던 선반에서 수건으로 덮어놓은 큼지막한 물건 하나를 발견했다. 그래서 까치발을 하고 수건을 살짝 들춰보았다.

사람 머리.

소녀는 화들짝 놀라 뒷걸음질 치다가 그게 폴리스타이렌 소재의 두상 마네킹 위에 얹어놓은 백금색 가발에 불과하다는 사실을 깨달았다.

자신이 멍청하다는 생각이 들었다. 다시 다가가려다, 초록색 방문 바로 앞에서 바닥에 떨어진 물건 하나를 발견했다.

드라이버.

나무로 된 방문에는 깊이 파인 자국이 하나 있었다. 누군가 부
언가로 문을 찍었다는 뜻이었다. 소녀는 방문을 열어보려 했다.
하지만 잠겨 있었다. 이상했다. 그래서 양철 탱크 열쇠고리에 달
린 열쇠를 다시 사용해보기로 했다.

운 좋게도 세 번째 시도에서 맞는 열쇠를 찾을 수 있었다.

53

초록색 방문을 열자, 고인 물 냄새와 염소 냄새가 코를 지극했다. 환기 한번 한 적 없는 듯 공기가 탁했다. 거기에다 자극적인 향 하나가 더 느껴졌다. '남자 향수하고 애프터셰이브 냄새야.'

마치 안으로 들어오라는 초대 같았다.

보라색 앞머리 소녀는 잔뜩 흥분한 상태였다. 소녀는 방 안으로 한 발을 내디디며 벽을 더듬거려 스위치를 찾았다. 스위치를 누르자, 천장 한가운데 달린 전구에 불이 들어왔다. 눈으로 보고도 믿을 수 없는 광경이었다.

그 방은 텅 비어 있었다.

소녀는 무슨 이유로 방에 가구 하나 갖춰놓지 않았는지, 왜 방을 아예 쓰지도 않았는지, 그 이유가 궁금했다. 소녀는 방 안에서 혼자 맴돌았다. 도대체 이해가 가지 않았다. 걱정스러운 기분이 들면서, 동시에 뭐라 설명할 수는 없지만 위협적인 기분도 들었다. 갑자기 울음이 터져 나올 것만 같았다. 소녀의 머리 위에서 내려오는 불빛이 흔들리기 시작했다. 어디서 불어오는지 모를 바람 한 줄기에, 온몸에 소름이 번져나갔다. 기분 나쁜 환영을 보게 될 것만 같은 상황이었다. 그림자 하나가 자신의 곁으로 다가와 마치 어루만지듯 감싸는 기분이 들었다.

막연했던 느낌이 확신으로 다가왔다. 그곳은 분명 사악한 기운이 넘쳐나는 곳이라는 확신.

막연했던 그 느낌에 어떤 의미를 부여하려던 순간, 등 뒤에서 목소리가 들렸다.

"여기까지 오지는 말았어야지."

54

소녀는 돌아섰다. 몸집은 거구인데 안색은 창백하고 인상은 여린 남자가 서 있었다. 그는 초록색 청소부 작업복에 모자를 쓰고 있었는데, 마치 인형에게나 어울릴 것 같은 빨간 머리가 우스꽝스럽게 삐져나와 있었다. '가발이야.' 소녀의 눈에는 그렇게 보였다. 알이 두툼한 근시 전용 안경 너머로 보이는 작고 검은 눈동자에는 홍채가 아예 없는 것 같았다.

'이 사람은 내 수호천사가 아니야.'

남자는 한 걸음 앞으로 다가왔다. 그는 어마어마하게 커다란 신발을 신고 있었다.

"Fuck." 남자는 불안한 사람처럼 말했다. "당장 여기서 나가, Fuck."

소녀는 어안이 벙벙했다. 남자가 자신에게 왜 영어로 욕을 하는지 알 수 없었기 때문이다. 순간, 이전 스마트폰 케이스에 적혀 있던 문구가 떠올랐다. 남자는 그게 소녀의 이름이라 생각한 것이다. 말도 안 되는 상황이 따로 없었다! 겁에 질린 소녀는 뭘 어떻게 해야 하는지 알 수 없었다.

"지금 바로 나갈게요." 소녀는 상대를 안심시키려 했다.

그렇게 말하고 현관으로 걸어가려는데, 남자가 앞을 가로막고 섰다.

"아니, 그렇게 놔둘 수는 없지." 남자의 말투가 갑자기 단호하게 바뀌었다.

소녀는 급변한 태도를 이해할 수 없었다.

"이 아이는 아무 말도 안 할 거예요. 그렇지, Fuck? 아무 말도 안 할 거지?" 남자는 소녀의 어깨에 손을 올리고 살짝 흔들면서 물었다. "제 말이 맞아요."

"아무 말도 안 할 거예요……."

"이렇게 그냥 가게 두면 안 된다니까."

그제야 소녀는 남자가 자신과 이야기하는 게 아니라, 방금 전 방 안에서 느꼈던 그 사악한 기운을 가진 존재와 대화하고 있다는 사실을 깨달았다.

"약속할게요. 아무한테도 말하지 않는다고요." 소녀는 남자만큼이나 공포에 질린 채로 다시 한번 강조했다.

"자, 꼬맹아, 끝내버리자니까!" 남자는 갑자기 버럭 화를 내면서 소리쳤다.

하지만 달라진 건 단순한 말투가 아니었다.

단호하고 화가 난 목소리 속에 또 다른 목소리가 있었다.

남자는 팔을 뻗어 소녀를 감싼 다음 자신 쪽으로 당겨, 꼭 끌어안았다.

"아니, 이 아이를 다치게 할 수는 없어요." 남자는 갑자기 울먹이기 시작했다. "그렇게 하도록 내버려두지 않을 거예요."

소녀는 좀처럼 갈피를 잡을 수 없었다. 남자는 정말로 괴로워하고 있는 것 같았다. 그런데 끌어안는 강도가 점점 더 세지고 있었다.

"저기요, 이렇게 힘을 주면 아파요." 소녀가 애원하듯 말했다.

"젠장! 빌어먹을!" 남자는 울먹이면서 소리쳤다.

하지만 끌어안는 강도는 오히려 더 세졌다.

숨도 제대로 쉴 수 없을 정도였다.

"차라리 나한테 해요!" 남자는 절망감에 사로잡혀 울부짖었다. "나한테 하라고, 나한테!"

소녀의 눈동자가 뒤집히기 시작했다. 질식 현상이 진행되고 있었는데도, 남자는 소녀를 꼭 끌어안고 있었다. 불가해한 동작과 자세의 포옹으로 마치 춤이라도 추듯 좌우로 빙글빙글 도는 동안, 소녀는 시야가 흐려지면서 말을 하거나 저항할 힘도 없는 상태가 되었다.

순간, 소란스러운 소리가 들려왔다. 그리고 누군가가 소리쳤다. "그 아이 놔줘!"

남자는 명령을 무시한 채, 계속해서 좌우로 흔들고 있었다.

"당장 놔주라고!" 어떤 여자 목소리였다.

다른 누군가가 외치는 소리도 이어지는 것 같았지만, 보라색 앞머리 소녀는 더는 아무 소리도 들을 수 없었다. 그러고는 총소리가 이어졌다.

비가 내리기 시작했다.

수호천사는 동작을 멈추더니 날개를 펼쳤고, 품에 안겨 있던 소녀는 바닥으로 쓰러졌다. 젖은 바닥에 머리를 부딪히면서 그 충격으로 소녀는 정신을 차렸다. 하지만 여전히 숨을 쉬지 못하고 있었다. 당장 폐에 숨을 들이쉬라고 명령하지 않으면 그대로 심정지가 올 상황이었다. 소녀는 그렇게 폐를 움직였고, 그러자 눈앞의 세상이 서서히 밝아지기 시작했다. 하지만 모든 게 느린 속도로 빙빙 도는 것 같았다. 소녀는 무장한 헌병대원들이 비처럼 쏟아져 내리는 미세한 물방울의 장막을 뚫고 자신들을 향해 다가오는 장면을 볼 수 있었다. 남자는 뒷모습만 보였는데, 목에서 시뻘건 액체가 뿜어져 나오고 있었다. 소녀는 그를 향해 손을 뻗었다. 천장에서 쏟아져 내리는 물과 뒤섞이는 그 피의 분수를 멈춰보려고. 제복 차림의 여성이 위험하다며 소녀에게 뒤로 물러서라고 경고했다. 귀를 찢는 듯한 날카로운 경보기 소리 때문에 상대의 목소리는 거의 들리지 않았다. 하지만 그런 건 중요하지 않았다. 모든 게 정신 나간 짓 같았고, 말도 안 되게 불공평하다는 생각만 들었다. 자신을 꼭 끌어안고 있던 남자가 어쨌든 자신을 풀어줄 거라는 확신이 있었기 때문이었다.

'당신들이 뭘 안다고! 이 사람은 나를 아프게 하지 못해요. 나를 보호하려 했던 거라고요!'

수호천사는 자신을 향해 손을 뻗는 소녀를 보더니 미소를 지었다. 그는 죽어가고 있었다. 그리고 얼마 남지 않은 숨을 써서

406

이렇게 말했다.

"어렸을 때, 수영장에서 빠져 죽었어야 했어. 그러면 차라리 나았을 거야."

보라색 앞머리 소녀는 울면서 이렇게 대답했다.

"아저씨가 그날 죽었으면 아무도 날 구해줄 수 없었을 거예요."

말이 끝나기 무섭게 누군가가 소녀를 남자와 떼어놓은 뒤, 천장에서 쏟아지는 물을 뚫고 데리고 나갔다. 하지만 남자와 소녀는 끝까지 서로에게서 시선을 거두지 않았다.

55

운전대를 잡고 있던 파멜라는 즐거운 표정과 동시에 뜻 모를 표
정을 짓고 있었다. 사냥하는 여자는 지금까지 그런 표정의 파멜
라를 본 적이 없었으므로, 자신이 걱정해야 하는 상황인지 궁금
해졌다.

"무슨 일이 있었던 거네." 그녀가 물었다.

"아닌데요." 젊은 친구가 대답했다.

"아니, 맞아. 나한테 얘기를 안 하는 것뿐이잖아."

침묵이 이어졌다. 그게 바로 증거였다.

"무슨 일이야?"

"그냥…… 조르자하고 결혼하기로 했어요."

"그런데 그걸 나한테 이런 식으로 알리는 거야?"

"사흘 전에 조르자가 청혼을 했어요. 양가에는 이미 다 알렸고
요."

"아주 반가운 소식이잖아. 드디어 조르자를 존중받는 여자로

만들어주는 셈이니까 말이야."

성차별주의적인 그 발언에 두 사람은 깔깔거리며 웃었다. 조르자가 그녀의 배우자로서 괜찮은지 의심이 들기는 했지만, 사냥하는 여자는 파멜라의 결혼 소식을 진심으로 기뻐해주었다. 젊은 친구에게는 조르자에 관한 자신의 개인적인 의견을 당연히 알릴 생각이 없었다.

그녀는 젊은 친구에게 빚이 있었고, 젊은 친구 역시 사냥하는 여자에게 빚을 진 셈이었다.

정체불명의 사내가 청소부라는 사실을 알아낸 그녀는 파멜라에게 전화를 걸어, 문제이 금요일에 코딩어 부부의 발이 구조된 그 작은 호숫가 일대를 청소하는 업체가 어디인지 시청에 알아봐달라고 부탁했다. 두 사람은 그렇게 이름 하나와 주소를 알아낼 수 있었다. 그리고 통상적인 절차에 따라 그 집을 찾아갔다가 끔찍한 장면을 목격했던 것이다.

거구의 사내가 보라색 앞머리 소녀를 질식시키려 하던 장면.

'놈의 천성은 살인이지, 남을 구하는 게 아니야.' 사냥하는 여자는 그렇게 생각했다.

파멜라는 총을 쐈다. 총알 하나가 낡은 화재경보기를 건드리며 옥상의 물탱크와 연결된 스프링클러를 작동시켰다. 남자는 목을 지나는 경정맥에 관통상을 입고 사망했다. 이 모든 사건을 꿰뚫는 하나의 요소가 있었다.

바로 물이었다.

사냥하는 여자는 어디서 모든 게 시작되었는지를 돌아보았다.

그리고 이제는 호수가 자신도 최종적으로 어떤 역할을 했다고 주장하는 것 같은 기분이 들었다.

소녀는 가족의 품으로 돌아갔고, 소녀의 부모는 딸이 정신적인 충격에서 벗어날 수 있도록 병원에 입원시켜 치료를 받게 했다. 사냥하는 여자는 소녀가 상처를 극복할 수 있기를 바랐다.

그런데 여전히 의문이 풀리지 않는 부분이 있었다.

그녀는 정체불명의 사내가 위험한 살인범이라는 자신의 이론은 일단 논외로 쳤다. 그 사실을 뒤집을 증거는 어디에도 없었다. 그리고 관공서에서 찾아낸 사망 추정 실종자 명단에 나온 사람들과의 연결 고리도 찾아낼 수 없었다. 하지만 그 남자의 정체는 미스터리 그 자체였다.

어딘지도 모를 곳에서 갑자기 튀어나온 사람이었기 때문이다.

그는 위조된 서류와 신분증으로 시청 소속 공무원이 될 수 있었다. 마찬가지로 위조된 서류를 통해 우편 사서함을 개설할 수 있었고, 자동차를 구입하고 집을 임대할 수도 있었다. 그런데 그가 가끔, 다른 사람처럼 변장하고 나이트클럽에 들락거린 이유를 설명해주는 단서는 어디서도 찾을 수 없었다. 사냥하는 여자는 젊은 친구에게, 무슨 일이 있어도 정체불명의 사내에 관한 자세한 이야기는 자신에게 하지 말라고 신신당부했다. 밤마다 꿈에 나타나 자신을 괴롭힐 것만 같았기 때문이다.

그는 무연고자 시신이 묻히는 공동묘지에 안치되었다.

본명을 알 수 없던 탓에, 사냥하는 여자는 그에게 '청소하는 남자'라는 이름을 붙여주었다.

410

"왜 그러세요?" 파멜라는 수심에 가득 찬 상대의 표정을 읽고는 그렇게 물었다.

"아니야." 그녀는 깁스한 자신의 한쪽 팔만 뚫어지게 쳐다보면서 대답했다.

"거의 다 왔어요."

얼마 지나지 않아, 두 사람은 코모에서 가장 화려한 상점 중 한 곳 앞에 차를 세웠다. 파멜라는 사냥하는 여자가 차에서 내리기 전에 그녀를 불렀다.

"잠깐만요. 이거 먼저 드리려 했는데……."

젊은 친구는 그녀에게 빨간 리본으로 간싼 작은 상자 하나를 건넸다. 사냥하는 여자는 상자를 물끄러미 쳐다보다가 아무 말 없이 열어보았다. 그 안에는 작은 양철 탱크 하나가 들어 있었다. 열쇠고리.

"그 남자 물건이에요." 파멜라가 설명했다. "나머지 유품과 함께 소각할 예정이었는데, 여사님께 드려야겠다는 생각이 들었거든요."

"왜지?"

"여사님이 아니었으면 제시간에 현장에 도착할 수 없었을 테니까요."

사냥하는 여자는 낡은 장난감을 내려다보며, 과연 이 물건에 어떤 사연이 담겨 있을지, 이 물건이 어쩌다 이 남자의 인생에 들어오게 되었을지 잠깐 생각해보았다. 그래봐야 어차피 답을 알 수 없다는 건 알고 있었지만…….

"준비되셨어요?" 파멜라가 물었다.

"그래. 준비됐어."

사냥하는 여자는 열쇠고리를 주머니에 넣고 차에서 내려 매장을 향해 걸어갔다.

점원이 문을 열고 나와 그녀를 맞아주었다.

"특별히 찾는 물건이 있으신가요?"

"가게 주인하고 애기 좀 하고 싶은데요."

젊은 여직원은 놀란 표정을 짓고는 어딘가로 들어갔다. 잠시 후, 사냥하는 여자와 동년배로 보이지만, 놀랄 만한 미모를 가진 중년 여성이 그녀의 앞에 나타났다.

"저를 찾으셨다고요?" 중년 여성은 미소를 지으며 물었다.

사냥하는 여자는 대답하기 전에 잠시 뜸을 들이다가 입을 열었다.

"제가 누구인지 모르시나요?"

"제가 알아야 하는 분인가요? 전에 어디서 만난 적이 있었던가요?"

"저는 오늘 그쪽을 처음 봅니다."

"저기 죄송하지만, 도통 모를 말씀만 하시네요……. 처음 뵙는 거라시면서, 제가 왜 부인을 알고 있는 것처럼 말씀하시는 거죠?"

"제 얼굴을 잘 보세요……."

가게 주인은 상대가 불쾌한 장난을 치는 거라는 생각에 화가 났다. 그러다 깨달았다.

"부인은 그······."

"네, 맞습니다. 제가 그 엄마예요."

상대는 점점 더 혼란스럽기만 했다.

"제 아들은 사흘에 걸친 도주 끝에 체포됐습니다. 녀석은 구걸해서 얻은 돈으로 밀라노역에서 샌드위치를 사 먹으려 했었습니다. 처음부터 순순히 자백하지는 않았습니다. 소녀를 칼로 찌르고 그 피를 뒤집어쓴 상태였음에도 무죄를 주장했습니다. 있지도 않은 유령이 창문을 넘어 들어와 발렌티나를 살해한 거라고 우겨댔지요."

주인은 그녀의 말을 막아서지 않았다. 좋은 징조였다. 그래서 사냥하는 여자는 설명을 이어나갔다.

"제 남편과 저는 경찰서로 가서 몇 분간 그 녀석을 볼 수 있었습니다. 디에고는 못마땅하다는 듯 우거지상을 하고 있더군요. 그 순간, 정말 맹세코, 제 손으로 그 녀석을 죽여버리고 싶었습니다. 그리고 저희 부부한테 똑같이 말도 안 되는 핑계를 늘어놓으며 눈물까지 뚝뚝 흘리는 모습을 보다가, 순간, 그 녀석의 눈빛에 어린 시커먼 기운을 감지할 수 있었습니다. 그때 깨달았지요. 녀석은 일말의 후회도 하지 않고 있었지만, 무엇보다 그러거나 말거나 전혀 개의치 않고 있다는 사실을요."

여주인은 놀란 표정으로 상대를 바라보고 있었다.

"엄마라는 사람은 자기 자식의 마음에서 무슨 변화가 일어나고 있는지 알 수 있는 유일한 사람입니다. 그걸 알 수 있는 건 오직 엄마밖에 없습니다. 전 알고 있었습니다. 그 녀석 마음에 들어 있는 게 무언지. 확신마저 들었지요. 그래서 마음속으로 빌었습니다. 제발, 남들이 그 녀석 말을 믿지 않게 해달라고요. 그 사악한 거짓말에 속지 않게 해달라고요. 내 배 아파서 낳은 자식이니만큼, 그 자식에 대해서는 내가 제일 잘 안다고 생각을 합니다. 그러다가 사랑이라는 이름으로 마냥 풀어놓기도 하고, 또 제대로 들여다보기를 거부하기도 합니다. 하지만 속으로는 다 알고 있을 겁니다……. 자식이 나쁜 행동을 하지 않도록 막지 않는 건 부모 잘못이라는 사실을 말입니다."

여주인은 당혹감을 감추지 못했다.

"왜 저한테 이런 이야기를 하시는 거죠?"

"왜냐하면 아드님이 흰색 포르쉐 소유자이고, 그 아드님의 약혼자라는 젊고 아리따운 아가씨는 펑퍼짐한 옷과 진한 화장으로 온몸에 난 멍을 가리고 다니니까요. 그리고 제 경우처럼, 때를 놓칠 수도 있기 때문입니다……."

여주인은 안절부절못하고 손가락을 이리저리 비틀면서 생각에 잠겼다. 눈빛이 흐려지고 걱정스러운 기색이었다. 사냥하는 여자는 다른 말을 덧붙이지는 않았다. 그리고 발걸음을 돌려 가게를 나섰다.

2월 23일

겨울날의 오후도 끝자락에 다다랐는지, 빛이 사라지고 있었다. 마지막 햇살 몇 줄기가 병실 안까지 뚫고 들어와 마르티나가 베개에 기대고 몸을 누인 침대 바로 옆에 조심스레 빛을 드리웠다. 그녀의 배는 꺼져 있었고, 눈빛은 한없이 서글퍼 보였다.

"의사들이 우리 아이를 살리려고 수단과 방법을 가리지 않았다더라고요."

사복 차림의 여자 경관이 그녀의 곁에 앉아 있었다. 경관은 대화가 시작될 때부터 노트를 준비해두고 있었지만, 그때까지 아무것도 적지 않았다.

"그 아이에 대해 하실 말씀은 있으세요?"

"그 정도로 질투가 났었구나 싶어요. 그 아이를 원망할 수는 없다고 말씀드리면, 경관님은 이해 못 하시겠지요?"

"글쎄요. 경우에 따라 다르겠지요."

"그 아이는 다섯 살 때 폐허가 된 호텔 수영장에 빠져 익사할 뻔했어요. 그때, 그게 사고가 아니라는 사실을 알아차렸어야 했었어요."

"그게 무슨 말씀이세요?"

"당시 아이 엄마가 함께 있었어요. 아이 엄마는 자신이 잠시 다른 데 정신이 팔린 사이에 그런 일이 벌어진 거라고 말했지만 거짓말이었어요. 아이가 위험에 처한 걸 보고도 그냥 자리를 뜬 거예요."

"그러니까 아이의 폭력성이 거기서 비롯된 거라는 말씀인가요?"

"아마 그 일이 아이에게는 방아쇠가 되었을 거예요. 엄마인 베라는 아들을 사랑하지 않았던 것 같아요. 오히려 아이를 향한 반감을 더 키우기까지 했을 거예요."

"그러니까 엄마가 아들을 그 정도로 싫어했다는 말씀인가요? 아니, 그런데 어떻게 그런 사실을 눈치채지 못하실 수 있었던 거죠?"

"이유를 찾자면 여러 가지예요. 우리 가톨릭 문화라는 게 어머니라는 인물을 이상적으로만 여기기 때문이기도 하고, 자기 배 아파서 낳은 자식을 증오할 수 있다는 가능성 자체를 원칙적으로 철저히 배제하기 때문이기도 해요. 사람들은 사랑 아니면 무관심 둘 중 하나를 택할 수 있다고 생각해요. 그리고 어떤 심리학자한테 물어도, 인간의 대부분에게 그런 원칙이 적용된다고 대답할 거예요. 엄마라는 존재를 제외하고는요. 엄마라는 사람에게는 선택권이 없어요. 그리고 엄마는 그런 사실조차 인지하지 못하고 지나가는 경우가 대부분이에요."

"엄마라는 존재는 똑같은 강도로 사랑할 수도 있지만, 그만큼 증오할 수도 있다는 거군요."

"맞아요. 베라가 바로 그런 사람이었어요. 게다가 그녀의 인간관계도 참 파란만장했어요. 언제나 과격한 남자들만 만났거든요. 그래서 베라가 미키라는 남자에 관해 이야기했을 때, 그 말을 믿었던 거예요."

"미키라는 남자요?"

"베라는 우리한테 이따금 만나는 남자 친구가 자기 아들을 다치게 했고, 자신은 그걸 막을 수가 없었다고 제법 설득력 있게 신술했었어요."

"그게 사실이 아니었나요?"

"네, 사실이 아니었어요."

"그걸 어떻게 알아내신 거예요?"

"어느 날인가, 이웃 주민이 아이의 비명을 듣고 경찰에 신고를 했어요. 경찰이 현장에 도착하자 베라는 미키의 소행이라고 주장했지만, 그 집에서 다른 사람의 흔적은 전혀 발견되지 않았거든요."

"그럼 아이도 엄마한테 그렇게 세뇌를 당한 거네요."

"처음부터 그 사실을 알아차리지 못했다는 게 어처구니없어 보일 수 있다는 거, 저도 알아요. 변명을 하려는 건 절대 아니에요. 그건 전적으로 저희 잘못이에요. 무엇보다 제 잘못이고요. 그런데 그런 상황이 벌어졌던 건, 사람들이 오직 남자만이 그런 식

의 학대를 일삼고 폭력성을 보일 수 있다는 맹목적이고 근거 없
는 믿음을 가지고 있기 때문이에요. 여자는 절대로 그럴 수 없을
것이다. 심지어 엄마라는 사람은 더더욱……."

"그 사실을 깨닫고, 아이를 기관으로 데려가셨지요."

"네. 아이는 자신이 입양되기를 바라고 있었지요."

"몇 년 후에는 아이가 원하는 대로 입양이 됐었잖아요."

"아마도 가족이라는 현실에 제대로 적응하기에는 너무 늦은
뒤였을 거예요. 비슷한 또래의 아들을 잃은 그 부부를 양부모로
선택하면서, 저는 두 분의 삶이 멈췄던 지점부터 다시 시작되고,
서로가 서로의 상처를 잘 보듬어줄 수 있을 거라 생각했었어요.
그리고 그 아이를 입양할 의사를 밝힌 부부도 그 두 분이 유일했
고요. 다른 사람들은 아이의 사연을 듣고는 하나같이 손사래를
쳤거든요."

"아이의 사연이라니요?"

"베라의 아버지 이름이 미키였어요. 그러니까 아이는 근친상간
으로 태어난 아이였어요."

"악순환의 연속이었군요."

"그렇게 생각하세요?"

"그렇지 않을까요? 열네 살 아이가 그걸 피해 숨을 곳이 어디
있겠어요?"

"아이를 너무 몰아붙이지는 마세요. 그렇게 해주실 거죠?"

"알겠습니다."

그 순간, 울음소리가 울려 퍼졌다.

경관은 아기 침대에 누워 있는 신생아 쪽으로 시선을 돌렸다.

"아이 이름은 지어놓으셨어요?"

"남편은 아이한테 친할아버지의 이름을 붙여주고 싶어 해요……. 시아버지 성함이 디에고거든요."

경관은 펼쳐놓기만 하고 아무것도 적지 않은 노트를 접은 다음 가방을 들고 떠날 준비를 했다.

"아이는 그 남자들을 '파리 떼 같은 남자들'이라고 불렀어요……." 마르티나는 무언가를 떠올리며 말을 이었다. "베라의 곁을 맴돌았던 남자들 말이에요. 그러면서 오직 저만이 그들을 자신과 베라 곁에서 떨어뜨려놓을 수 있다고 말하곤 했는데……. 그래서 저를 '사냥하는 아줌마'라고 불렀어요."

경관은 문을 향해 걸어갔다.

"건강 잘 챙기시고, 이 일은 이제 잊고 지내시기 바랍니다."

마르티나는 걸어 나가는 경관의 모습을 지켜보았다. 그러고는 울면서 보채는 자신의 아이를 향해 팔을 뻗었다. 그녀는 아기의 볼에 입을 맞춘 다음 미소를 지어주고, 아기를 달래주려고 젖을 물렸다. 아기는 힘차게 젖을 빨았다. 그녀는 아기가 처음으로 어떤 소리를 낼지, 어떤 성격을 갖게 될지, 어떤 남자로 성장해갈지 궁금했다. 하느님이 아주 중요한 일을 시키기 위해 아이를 보호해준 거라 생각했다. 확신처럼. 물론, 그런 생각이 허무맹랑하다는 건 잘 알고 있었다. 하지만 아무 상관 없었다.

조만간 디에고가 자라 자신만의 미래를 상상하게 될 테니까. 그때까지는 엄마가 대신 꿈꾸고, 엄마가 대신 원하면 될 터였다.

이 소설은 여러 편의 실화를 바탕으로 한 이야기이다.

감사의 말

친구이자 편집자인 스테파노 마우리, 그리고 세계 각국에서 필자의 책을 출간해주는 편집자들에게.

파브리치오 코코, 주세페 스트라체리, 라파엘라 론카토, 엘레나 파바네토, 주세페 소멘치, 그라치엘라 체루티, 알레시아 우골로티, 파트리치아 스피나토, 에르네스토 판파니, 디아나 볼론테, 줄리아 토넬리, 자코모 라나로, 줄리아 포사티, 그리고 이루 말할 수 없이 소중한 크리스티나 포스키니. 나와 한 팀을 이룬 여러분께.

앤드루 넌버그, 세라 넌디, 바버라 바비에리, 그리고 런던 에이전시에서 필자를 도와주시는 환상적인 스태프 여러분께.

티파니 가수크, 아나이스 부테이 바콥자. 그리고 언제나 친형제처럼 우리를 맞아주는 오타비오. 항상 필자의 곁을 지켜주는 비토. 아킬레. 그리고 언제나 빛나는 우정을 보여주는 안토니오 파도바노.

넉넉한 인심과 섬세한 관심을 보여준 파올로 파보네. 관심 어린 조언을 아끼지 않는 잔니 안토난젤리. 세심함과 애정이 넘치는 안토니오 타키아. 우정의 힘을 보여준 잠피에로 캄파넬리. 어둠 속의 길잡이가 되어준 마리아 조반나 루이니.

〈라 세타 델레 세테〉. '청소하는 남자'에게 영혼을 불어넣어준 L. M.

필자의 부모님인 안토니오와 피에티나. 여동생 키아라.

필자의 '영원한 현재'인 사라.

옮긴이의 말

심연을 뚫고 돌아온 도나토 카리시

2009년 1월, 잡재이시 숲의 언쇄실인마들 전면에 내세운 《속삭이는 자》로 스릴러소설계에 혜성처럼 등장한 뒤, 실종 전담반 형사, 바티칸 소속 사면관, 그리고 아동심리학자를 주인공으로 각기 다른 사건과 이야기를 끌어나가는 세 개의 시리즈를 비롯해 열세 권의 소설을 집필한 도나토 카리시. 나아가 직접 메가폰을 잡고 자신의 소설을 스크린에 올리며 열정적으로 작품 활동을 해온 그가 2023년 국내 독자들을 다시 찾아왔다. 코모 호수의 심연을 뚫고서.

언제나 새롭고 흥미진진한 이야기가 펼쳐지는 그의 소설에는 몇 가지 공통점이 있다.

첫째, 흥미진진한 범죄 사건을 다루면서, 범죄나 범죄자에 대한 예리한 분석을 보여주는 것은 물론, 피해자의 아픔을 가장 먼저 보듬어주면서 피해자를 바라보는 올바른 시각까지 소설 속에

풀어낸다는 점이다.

둘째, 소설의 후반부에 이르기 전까지 숨 막히는 이야기를 끌어가다가, 마지막 순간 소름이 끼칠 정도로 오싹하고 짜릿한 반전과 결말로 이야기에 종지부를 찍는다는 점이다.

셋째, 마지막 페이지를 덮는 순간, 더더욱 섬뜩한 기분을 선사하며 진정한 공포를 경험하게 해준다는 점이다.

사건과 범죄, 그리고 범죄자와 피해자를 바라보는 그의 시각이 남다른 것은 단순히 그가 범죄학과 법학을 전공한 범죄학자 출신이기 때문만은 아닐 것이다. 그는 몸과 마음이 더럽혀지는 느낌까지 감수하며 연쇄살인범과 일대일 인터뷰를 진행하고, 전 세계에서 벌어진 범죄를 다각도로 분석하고, 범죄의 세계로 직접 들어가 온몸으로 그 상황을 체험한 뒤, 자신의 경험에 작가적 상상력을 절묘하게 엮어 어느 게 허구이고, 어느 게 사실인지 쉽게 구분할 수 없는 '극'사실적 이야기를 만들어낸다.

스릴과 서스펜스, 그리고 강력한 반전을 무기로 활용할 수 있는 것은 범죄학자이기 이전에 시나리오 작가로 활동한 특이한 이력 덕분일 것이다. "수시로 떠오르는 아이디어가 사라지기 전에 붙잡아두는 것이 작가로서 겪어야 할 저주라면 저주"라고 말하는 그는 '메모광'답게 스마트폰의 메모리를 다 차지하는 메모 기능 앱 때문에 종종 스마트폰을 바꾸기도 하고, 식당이나 술집에서 작성해 집으로 가져온 냅킨을 서재 구석구석에 늘어놓기도 한다. 사건을 들여다보고 연구하고 분석하는 만큼 글쓰기를 위한 사전 작업 역시 치밀하게 하는 덕에, 그가 들려주는 이야기는 재미있을 수밖에 없다.

그의 이야기가 마지막 페이지를 덮은 뒤에도 간담이 서늘해지는 경험을 선사하는 이유는 아마도 그가 소재로 삼은 사건들이 대부분 실화이기 때문일 것이다. 그런데 그의 소설에는 모티브가 된 실제 사건을 유추할 수 있는 단서들이 좀처럼 드러나지 않는다. 그는 사회, 정치, 역사, 종교와 관련된 다양한 사건을 소설 속 일화로 꾸며내 은근슬쩍 꼬집고 공론화하는 동시에 범죄 피해자들의 인권에 남다른 관심을 기울이며 범죄 사건을 흥밋거리로만 여기고 넘어가는 일부 대중들에게 엄중한 경고를 날리기도 한다. 지금까지 꾸준히 그의 작품을 읽어온 독자들은 그의 소설 대부분이 특정 국가나 특정 도시가 아닌 가상의 도시를 배경으로 한다는 사실을 이미 알고 있을 것이다. 이는 특정 지역이나 특정인을 연상시키는 상황을 막기 위해 실제 사건의 본질을 제외한 겉모습을 모두 바꾸기 때문이다.

도나토 카리시는 결코 한자리에 머물며 안주하지 않는다. 그는 다양한 사건을 끊임없이 분석하고 연구하면서 범죄학자에서 소설가로 변신했고, 거기서 멈추지 않고 자신이 집필한 소설을 스크린에 올리는 영화감독으로도 활동하고 있다. 〈심연 속의 나〉를 비롯해 이미 〈안개 속 소녀〉(2018년 국내 개봉)와 〈미로 속 남자〉가 영화로 제작된 바 있다. 개인적인 경험이지만 영화의 완성도는 논외로 하고, 원작 소설의 한 문장, 한 문장이 각각의 장면과 대사가 되어 대형 스크린 위에 펼쳐지던 순간은 감동적이었다. 그런데 그의 변신은 거기서 끝이 아니었다. 그는 미스터리 사건과 사고를 다루는 티브이 프로그램에서 사회자로도 활동한 바 있다. 게다가 최근에는 아동심리학자를 주인공으로 한 작품(국내 미출간)에 등장하는 인물을 중심으로 아동용 그림 동화까지 출간했다. 그렇기에 그의 신작을 기다리는 동안 팔색조 같은 그의 변신이 과연 어디까지 이어질지 상상하는 것도 쏠쏠한 재미가 있을 것 같다.

프랑스 스릴러 분야에서 독보적인 베스트셀러 작가로 꼽히는 프랑크 틸리에는 어느 인터뷰에서 이렇게 말한 바 있다. "장르소설을 좋아하는 독자들은 허구의 세계 속에 구축된 소설의 배경과 묘사가 극도로 현실적으로 그려져야 한다는 강박관념에 사로잡혀 있는 것 같다"라고. 이렇게 까탈스러운 독자들을 두루 만족시키는 작품을 쓰는 건 결코 쉽지 않은 일이다. 하지만 도나토 카리시는 바로 그런 소설에 근접한 작품을 써낸 작가라고 할 수 있다. 거기에 더해, 그는 그런 소설을 영화로까지 만들어낼 수 있는 작가이기도 하다.

2023년 1월
이승재

심연 속의 나

초판 1쇄 인쇄일 2023년 1월 27일
초판 1쇄 발행일 2023년 2월 7일

지은이 도나토 카리시
옮긴이 이승재

발행인 윤호권
사업총괄 정유한

편집 박고운 **디자인** 서윤하 **마케팅** 정재영, 윤아림
발행처 ㈜시공사 **주소** 서울시 성동구 상원1길 22, 6-8층(우편번호 04779)
대표전화 02-3486-6877 **팩스(주문)** 02-585-1755
홈페이지 www.sigongsa.com / www.sigongjunior.com

이 책의 출판권은 (주)시공사에 있습니다. 저작권법에 의해
한국 내에서 보호받는 저작물이므로 무단 전재와 무단 복제를 금합니다.

ISBN 979-11-6925-555-4 03880

*시공사는 시공간을 넘는 무한한 콘텐츠 세상을 만듭니다.
*시공사는 더 나은 내일을 함께 만들 여러분의 소중한 의견을 기다립니다.
*검은숲은 ㈜시공사의 브랜드입니다.
*잘못 만들어진 책은 구입하신 곳에서 바꾸어드립니다.